北京作家协会作家签约扶持作品
北京市延庆区红色文化研究中心资助出版
北京市延庆区文学艺术界联合会重点创作项目

海　岳

——北平以北的烽火记忆

林遥 著

山西出版传媒集团　北岳文艺出版社
BEIYUE LITERATURE & ART PUBLISHING HOUSE
·太原·

图书在版编目（CIP）数据

海岳 : 北平以北的烽火记忆 / 林遥著 . —太原 :
北岳文艺出版社 , 2024.1
ISBN 978-7-5378-6800-6

Ⅰ . ①海… Ⅱ . ①林… Ⅲ . ①纪实文学－中国－当代
Ⅳ . ① I25

中国国家版本馆 CIP 数据核字（2023）第 224163 号

海岳——北平以北的烽火记忆

林遥　著

//

出 品 人
郭文礼

选题策划
高海霞

责任编辑
高海霞

封面设计
邓小林

印装监制
郭　勇

出版发行：山西出版传媒集团·北岳文艺出版社

地址：山西省太原市并州南路 57 号

邮编：030012

电话：0351-5628696（发行部） 0351-5628688（总编室）

传真：0351-5628680

印刷装订：唐山楠萍印务有限公司

开本：787mm × 1092mm　1/16

字数：293 千字　印张：23

版次：2024 年 1 月第 1 版

印次：2024 年 1 月河北第 1 次印刷

书号：ISBN 978-7-5378-6800-6

定价：99.80 元

目　录

题记　平北

武光①

平北！

你好比年轻貌美的少女，

仰望星空，期待着，

晨光的照拂沐浴。

"大海陀"在你头上高高地耸立，

有如那旗女的发髻。

"黑白河"在你身边川流不息，

好像那古装妙女肩头垂动着两条丝缕。

蒙古草原躺在你的背后，

更像那西装美女将嫩绿的薄纱轻轻披起。

平北啊！

你那诱人的青春，

你那媚人的姿态，

使多少有心人向往着你。

渴望着星光引征程，

投到你那热情的怀抱。

---

① 武光，1911 年生，1930 年参加革命，抗日战争时期曾任平北地委副书记。新中国成立后，
历任北京航空学院党委书记、院长，中国社会科学院副院长等职。

平北！

你好比超人的勇士，

雄踞在祖国的北疆，

抵挡着民族的大敌：

你，左手控着"满洲"，

右手摁着"蒙疆"，

脚前踏着汪逆"伪国"，

伸着你那有力的臂膀，

捍卫着我们受难的祖国人民和土地。

平北啊！

你那巨人般的雄姿，

你那豪壮的气魄，

你那不怕牺牲，敢于战胜困难的战斗精神，

诱吸着天下的青年男女，

哺育着千万的民族英雄。

你用枪炮给日寇侵略者挖掘坟墓，

你用尸骨给新中国大厦奠定了基础。

平北！

世界爱好和平的人们，

期待着明天，一齐来，

为你歌唱。

庆祝抗战建国的胜利。

1943 年 3 月于平北海陀山

楔子　红色海陀 [①] 山

平北抗日紧张，艰苦奋斗日夜忙。

地处日伪三国界，"满洲"、华北和"蒙疆"。

三八年宋邓纵队到，虎口夺肉很坚强。

四〇年建成根据地，战略要地放光芒。

沟通平西和冀东，平北好比是桥梁。

影响广及群情奋，抓紧时机打豺狼。

————左宝《赞平北抗日根据地》

　　海陀山，北京市内第二高峰，海拔两千两百四十一米，距北京城中心只有一百公里，离举世闻名的八达岭长城更近，是 2022 年北京冬奥会的主场地。

　　民间传说，古时此地曾为一片汪洋，海陀山只是水中的一块大礁石，燕山造山运动之后，石长水落，形成了如今海岛式的高山，故名海陀山。

　　按史籍记载，海陀山与大翮山，应为同山异名。北魏地理学家郦道元在《水经注》中形容此山："高峦截云，层陵断雾，双阜共秀，竞举群峰之上。"海陀山物种繁多，松桦连绵，百草萋萋，植被覆盖率达到百分

[①]　海陀山之"陀"，典籍为"陀"，20 世纪 80 年代，北京延庆地区编辑出版物更改为"坨"，造成北京、河北两地用法不同。2019 年 3 月 8 日，经北京市国土资源委组织专家论证会认为，应恢复"海陀"规范用字，要求相关单位在出版北京标准地名、图录、史志文献时，使用"海陀山"。本书正文使用"海陀"，引用资料出版于 2019 年 3 月 8 日前的书籍名称，维持原貌。

之八十以上，一派万物向天竞自由的蓬勃景象。

海陀山有大小两座主峰。相传，秦时，上谷郡人王次仲发明八分书，秦始皇三征不至，将其投入囚车，王次仲化鸟翻飞而去，落下羽毛，化作大翮山和小翮山，即今日大小海陀山。

海陀山的植被是绿色的，文化是古色的，而这片热土却是红色的。

1928年，东北易帜，北京改名北平，直到1949年9月。有了北平，遂有平西、平北、平绥路、平承路之称。

"平北"是指当时的北平以北，平承（指从通州到承德）铁路以西，平绥（指北京到绥远）铁路以东，长城内外的一片地域。它包括伪满洲国所辖热河省的丰宁、滦平；伪华北自治政府所辖河北省的昌平、怀柔、密云、顺义；伪蒙疆联合自治政府所辖宣化省的崇礼、宣化、怀来、龙关、赤城、延庆，察哈尔盟的康保、宝源、张北等县。如果将北平与察哈尔省会张家口、热河省会承德用直线相连，平北中心区恰在这三角区域内，处于伪蒙疆、伪满洲、伪华北三个伪政权的结合部，尤其是今天隶属北京市的延庆区，同时被三个伪政权瓜分，形成了"一县三国"的格局。

在地质结构上，太行山纵贯南北，耸立在黄河左岸和北平之间，燕山横亘东西，一字展开于山海关和张家口之间，军都山将太行山、燕山连成一体。著名爱国人士黄炎培，曾这样讲说热河地理位置之重要："因为热河是高地，东边高过辽吉黑三省（原文"看"，疑为"省"字讹误），南边高过河北省，我保住热河，不惟华北一带，得了天然屏障，即由热河向东出兵，依高屋建瓴的形势，虽欲收复东三省，也是不难。如果被日本占据了，不但东三省无收复的可能，而且华北从此不得安枕，所以热河在我，实有全力扼守之必要。"[①]

以海陀山为中心区的平北抗日根据地，处热河西南境；从地理上说，

---

① 黄炎培：《一枚大炸弹的药引——热河》，《申报月刊》第2卷第3期。

是东北平原、华北平原和内蒙古高原的结合部。河北六成面积是山地和高原，大体可分为张北高原、冀北山地和冀西山地三部分。张北高原在张家口至围场一线迤逦向北，属内蒙古高原东南部，俗称坝上。河北简称冀，明清两代泛称"畿辅"，即京都周边的意思。冀北山地是内蒙古高原与华北平原间的过渡地区，燕山山脉为其南部边缘，山间多盆地，宣化、怀来、承德等盆地较大，是主要的产粮区。燕山由潮白河河谷直到山海关，东西走向、河流切穿山岭形成险要关隘，如冷口、喜峰口、罗文峪口、黄崖关、古北口、白马关等，自然形成南北交通孔道。

山海关古称榆关，因而该市简称榆，清初才子纳兰性德扈从康熙帝出关东巡，留下"山一程，水一程，身向榆关那畔行，夜深千帐灯。风一更，雪一更，聒碎乡心梦不成，故园无此声"的千古佳句。

我们把目光投向今日的北京市地图，会发现北京市的行政区形状，犹如滑翔的蝙蝠，头顶云雾山，西东两翼尖分别为海陀山和雾灵山，西南脚蹼则伸入拒马河，进入太行山。

正是海陀山、雾灵山和冀北山地的高山大川、丘陵沟壑，造就了平北抗日军民栖身之所和杀敌驱寇的战场；海陀山北面的坝上草原，则活跃着纵横驰骋的平北骑兵支队，搅得日寇片刻不得安宁。

海陀山区以其山高林密、沟壑幽深，可攻可守，颇有回旋余地的地理优势，成为开辟平北的重要依托。

抗日战争时期，平北地委、专署、军分区司令部以及龙延怀、龙赤、龙崇赤联合县委、县政府等机关都设在这里，成为平北数百万军民团结抗日的指挥中心。

今日，在海陀山南麓，矗立着巍峨的平北抗日战争烈士纪念碑，碑心造型，是用汉白玉构筑的断折刺刀，象征着战斗的激烈和战争的残酷，也表现出我抗日军民威武不屈，奋勇拼杀，与敌人血战到底的民族精神和英雄气概。纪念碑正面是聂荣臻元帅题写的碑名"平北抗日战争烈士纪念碑"，背面为彭真委员长的题词"平北抗日烈士永垂不朽"，碑文记曰："……1940年春，根据我党'巩固平西，坚持冀东，开辟平北'之战略部署，我平北游击大队、挺进军第十团，开进平北。抗日政权，党群工作亦随之建立……"

从这里沿延庆区的龙庆峡风景区的水流上溯，可直抵海陀山。在山之北麓，赤城县大海陀乡，有聂荣臻元帅手书"平北抗日根据地纪念碑"巨石铭刻，石下碑文记载："平北人民，御侮不屈，军民同心，党群一德，度日艰辛，浴血奋战。烽火燃遍长城内外，碧血染草原，尸裹燕山岭，六年如一日……巍巍海陀，万古流芳。激励后人，永志不忘。"

海陀一南一北，碑文遥相呼应，带我们穿越岁月烟云，去眺望海陀山挺起的红色脊梁。

平北地区抗日工作的开展，始于1938年，准备阶段大概为1938年6月到1939年夏。

1937年10月下旬，中共中央决定，八路军一一五师主力南下，开辟新战场，留下该师政治委员聂荣臻，负责在以五台山地区为中心的晋察冀三省边界创建抗日民主根据地。11月7日，在五台山区成立晋察冀军区，聂荣臻任司令员兼政治委员，下设四个军分区，杨成武担任第一军区司令员，邓华担任政治委员。12月中旬，将四个军分区各编成一个支队，加上原来平西的"国民抗日军"，共有五个支队。

1938年2月，聂荣臻派第一支队政委邓华率主力部队挺进平西斋堂（今北京市门头沟区斋堂镇）。4月，八路军总部电令一二○师雁北支队（宋时轮支队）挺进斋堂。5月27日，为支援冀东人民抗日起义，两个支队合编，番号为八路军第四纵队。宋时轮任司令员，邓华任政治委员，伍晋南为政治部主任，受聂荣臻直接指挥，部队从斋堂出发，在镇边城（今属河北省怀来县瑞云观乡）集结，并作动员报告。

1938年5月31日，八路军第四纵队由宋时轮、邓华率领挺进冀东，途中留下第四纵队政治部主任伍晋南等率领的一支武装，在平北发动群众，建立抗日民主政权，开展游击战争，播下抗日火种，为开辟平北抗日根据地奠定了基础。在坚持三个月的游击活动中，一度开辟了昌平、滦平、密云地区，成立了滦昌密联合县政府。因敌我力量悬殊，同年10月，部队被迫撤出，返回平西抗日根据地。

抗日战争进入战略相持阶段后，中共中央对冀热察地区创建抗日根据地问题重新作了部署。1939年2月7日，以第四纵队为基础，在平西根据地组建了冀热察挺进军，萧克任司令员，程世才任参谋长，伍晋南任政治部主任，统一指挥平西、平北、冀东地区的抗日武装斗争。

1939年夏，挺进军总兵力达一万两千人。同年6月，根据八路军总部《冀热察军事行动方针》的指示，挺进军第三十四大队和蓟遵兴游击队一支队奉命挺进平北。此时，日伪在平北地区的统治已得到加强，加上挺进军活动地域狭小，地方工作过于薄弱，给养难以解决。大队长刘开锡率部进入昌平十三陵地区时，在马刨泉一带遇袭，遭受重大损失，一个月后返回平西，留下少数人坚持了三个月，也撤回平西。

这两次挺进平北，虽没能立足，但取得了经验教训，在平北的广大地区播下了革命种子，唤醒了人民群众的觉悟，发现和培养了一批当地的抗日积极分子，为以后抗日根据地的开辟，创造了有利条件。

1940年1月到1941年6月，是平北根据地的初创阶段。

1939年10月，平北工作委员会在平西成立。王伍任书记，史克宁为组织部长，李熔旭为宣传部长，钟辉琨负责军事。11月，八路军冀热察挺进军司令员萧克致电中共中央军委，提出"巩固平西，坚持冀东，开展平北"①的"三位一体"的战略决策。明确提出开辟平北抗日根据地这一战略思想，并将平西、平北、冀东三块根据地统一规划，并设定平西、

---

① "三位一体"战略决策，最初称为"开展平北"，在后期工作中逐渐改称"开辟平北"，特此说明。

平北、冀东"三位一体"的战略构想，为平北抗日根据地的创建提供了理论指导。

晋察冀军区再次指示，派出小股部队梯次挺进平北，开展游击战，实行从隐蔽到公开，站稳脚跟，逐步前进，根据地"从小到大"发展的方针。八路军冀热察挺进军决定，第三次挺进平北，创建根据地。

1940年1月，平北工作委员会和冀热察挺进军九团八连和平北地方游击队三十余人，组成游击大队，一同开进平北，紧抓武装斗争和发动群众这两个中心，连续取得了十几次战斗的胜利，地方工作得以比较顺利地开展起来。取得立足点后，冀热察区党委和挺进军决定采取"逐次增兵"的办法，继续增派一部分骨干力量进入平北地区。

1940年4月至7月间，八路军十团三营、一营和团直属队、挺进军军部特务连，七团一营、三营等先后开进平北，并粉碎了日伪军八次"扫荡"。武装斗争的胜利为政权建设提供了条件和保障。

1940年1月，平北工委首先在延庆、昌平、十三陵地区开展工作，创建了昌延联合县，建立起平北第一个巩固的抗日民主政权。1940年5月，平北工委移驻海陀山区后，派遣工作团在海陀山东侧建立了龙赤联合县，县政府设在纪宁堡一带。以此为中心，又派出工作团，进行区村政权建设，1941年，地方政权发展到十个区。

1940年6月建立了丰滦密联合县政府。同月，在海陀山西侧建立了龙延怀联合县，县政府设在海陀山中的阎家坪一带，并逐渐向南部的延庆、怀来、宣化渗透，发展到九个区。1941年，以龙赤、龙延怀两县为基础，从龙赤县抽调干部，向北发展，在宣赤公路北，西至张家口，东至长城，北达坝上草原，建立了龙崇赤联合县，全县共辖十个区。1941年6月，成立滦昌怀工作委员会和办事处。

为适应形势发展，1940年7月，在平北工委的基础上建立了中共平北地委，同时成立平北专署和平北军分区。1941年春，平北已由数小块抗日游击根据地连接，扩大为具有六个联合县政权的大块抗日根据地，东西达二百五十公里、南北二百公里，人口约四十万。

至此，中共冀热察区党委和挺进军实现了"三位一体"的战略构想，完成了创造冀热察区大块抗日游击根据地的战略任务。平北沟通了平西与冀东，冀热察区抗日游击根据地的人口达到三百二十万，部队发展到七个团和九个区队，共一万六千余人，游击队近一万人，建立了广大的民兵组织。

1941年6月16日，中共中央北方分局在《关于冀察热地区形势及目前中心工作的报告》中指出："以冀察热边为中心创造大块游击根据地的任务，目前基本上已经实现，因此冀察热党目前工作中心应放在巩固现有阵地，在巩固中向前发展。"

1941年7月到1943年底，平北抗日根据地进入巩固阶段。

1941年7月至1942年底，平北遭到日伪军连续不断的大规模"扫荡""蚕食"和"清乡"，实行"三光政策"，制造"无人区"。根据地被分割、缩小，部分较巩固的地区变成游击区、敌占区，生产遭到严重破坏，投敌变节者甚众。丰滦密联合县由原来的十六个区减少到十二个。在延庆和怀来的平川地带，地方工作甚至一度难于进行，滦昌怀联合县甚至停止工作。龙赤、龙崇赤、龙延怀地区，在1941年已连成大片根据地，但在1942年，又被分割成许多小块地区。龙崇赤除一个区外，其他十个区都丧失了工作基础。

1943年2月，中共中央北方分局作出《关于三年来平北工作总结的决定》，对平北根据地的创建与巩固作了历史评估，充分肯定了平北地区党组织和全体军民在开辟平北过程中的艰苦奋斗和流血牺牲。

为了贯彻分局对平北工作的指示，1943年5月初，平北地委在龙赤县西坡召开扩大会议。参加会议的除了地委委员外，还有县委书记、县长和部队负责同志共四十余人。5月30日，通过了《全面开展反"蚕食"斗争》等一系列文件，结束了为期二十天的会议。会后，平北党政军群各级组织认真贯彻执行分局指示，在政权建设方面采取了一系列措施，巩固各级政权，并依托政权开展了减租减息、大生产和扩军运动，从1943年下半年开始，逐渐扭转了被动局面，根据地逐步得到恢复。

1944年1月到1945年8月，平北抗日根据地进入发展阶段。

1944年，随着世界反法西斯战争的节节胜利，平北地区的抗战也发生转机，由被动应付日伪军的"扫荡"转为主动出击。

根据形势发展，1944年9月，平北抗日根据地由原有的六个县划分为崇礼、赤（城）源（沽源）、宣（化）怀（来）、龙关、赤城、延庆、昌平、怀（柔）顺（义）等八个县制。

1944年底，基本改变了敌我犬牙交错的态势，使各块根据地连成一片。平北抗日根据地军民与平西、冀东、冀中军民配合作战，基本上已将日伪追逼到北平城内的小范围区域。

1945年5月至7月间，平北部队响应中央军委指示"向一切被敌伪占领而又可能攻克的地方，发动广泛的进攻，借以扩大解放区，缩小沦陷区"的号召，发动了平北战役。在八路军沉重打击下，日伪军被迫龟缩在张家口及平绥铁路沿线的重要据点里。这时除少数城镇据点外，平北广大农村的辽阔大地，已被八路军全部收复。

为向东北、察蒙草原发展，平北地委成立了热西、察北两个工作委员会。1945年6月，派出四百余人的挺北第一支队，从密云经古北口、滦平进入丰宁，佯攻隆化，摆脱伪满洲军和讨伐队的围追堵截，于7月上旬到达丰宁、隆化、围场边界地带，开展敌后游击战争，成为反攻东北的触角。

1945年8月8日和10日，苏联和蒙古国分别对日宣战。平北军分区奉命与苏蒙军联络，8月17日，平北察蒙骑兵支队在张北县城与苏蒙联军会师。由普里耶夫上将指挥的苏蒙联军混合骑兵机械化集群，在占领察北重镇张北城并攻破张家口西北三十公里处狼窝沟的日军防线后，因《雅尔塔协定》规定，苏军突入中国，不能越过外长城一线，苏蒙联军即按兵不前。因此，平北抗日根据地和察南部队依靠自己的力量，独立作战，于8月23日收复了战区内最大的城市、伪蒙疆首府——张家口。被日本侵占八年之久的华北战略重镇终于回到了人民的怀抱，日本帝国主义扶植下的伪蒙疆政权宣告彻底垮台。

日本投降后，在新解放的锡林郭勒盟、察哈尔盟及张北、尚义、兴和、多伦、宝昌、商都、化德、康保等八县迅速建立起人民政权。

抗战胜利后的张家口，一时具有"小延安"之称，为中国共产党第一次治理城市，积累了经验。

平北抗日根据地处于华北抗战最前沿，是平西、冀东的桥梁和纽带，平北地区军民同日本侵略者及其扶植的伪蒙疆、伪满洲、伪华北三个敌伪政权进行了顽强斗争，付出重大牺牲，仅龙关、赤城两县，六万人口，就先后三千多人参军，八千多民兵参战，一万一千多名指战员、地方干部、人民群众牺牲在海陀山，每六人就有一人牺牲。据不完全统计，牺牲的战士平均年龄在二十到二十二岁左右。

平北抗日根据地的建立为解放张家口奠定了重要的基础，而张家口的解放，为中国共产党进军东北的战略部署铺平了道路。在随之而来的解放战争中，平北地区为进军东北，贡献了一千余名干部，三万余名子弟兵，北上南下，走遍了祖国大地的山山水水。

平北抗日根据地中心的海陀山，浸染着烈士的鲜血，如同一面红色的旗帜，猎猎飘扬在平北的大地上。

第一章　北平以北

东进火种

风雨神州忧陆沉，嚣谈大事夜窗深。

原来田野庄稼汉，便是兴邦救国人。

——刘力生[1]《夜谈·1938年春》

"快跑啊，带枪的人来了！"

1938年6月，当第四纵队民运科科长刘国梁[2]一行十多人，刚走进延庆东三岔村，见到他们的老百姓就大喊着四处躲藏。

东三岔是个小山村，位于延庆大庄科南面，西面距明长城遗址不过一里地，地势西北高，东南低，清代时建村，与昌平十三陵接壤。这个村子因为处于三条沟谷的汇合处，故名三岔口。邻近的二道河也有一个三岔村，为了相区别，改名为东三岔。

---

[1] 刘力生（1915—1998），原名刘天游，河北蓟县（今天津市蓟州区）人，1938年参加冀东抗日大暴动，同年12月加入中国共产党。曾任八路军晋察冀军区步兵第十团二营教导员、平北军分区政治部民运科长。1940年5月随十团挺进平北，为开辟和坚持平北抗日根据地作出过重要奉献。新中国成立后，任八一电影制片厂政委。

[2] 刘国梁（1910—1975），陕西省绥德县人。1929年，加入中国共产党。抗日战争时期，任第四纵队民运科科长、昌滦密联合县工委书记等职。新中国成立后，任天津铁路管理局局长、北京铁路管理局局长、党委书记，甘肃省委委员等职。

东三岔距离大庄科很近，大庄科设有日伪警察所，所长王小猴及其伪军横行霸道、搜刮民财、欺压百姓、侮辱妇女，当地老百姓对其恨之入骨。再加上附近土匪打家劫舍，东三岔的老百姓整日诚惶诚恐，不得安宁。今天见到背着子弹、挎着枪的人进入村子，老百姓立刻躲了个干净。

刘国梁刚坐在一块石头上准备休息一下，听到身旁窸窸窣窣地响。他扭过头来，发现墙根堆放的玉米秸上的叶子在簌簌地抖动，便"嗖"地站起身来，轻轻拉开秸秆，一位头发上沾满玉米叶的妇女正瞪着一双惊恐的眼睛望着他。

"大嫂，您出来吧，我们不是坏人，我们是老百姓自己的队伍。"刘国梁蹲下来，微笑着向藏在柴草里的妇女解释。

妇女一言不发，还是惊恐地看着眼前的一切。

"大嫂，我们是来打鬼子的，是为穷人翻身解放、救国救民的。"刘国梁盘腿坐在地上，挽起袖子接着说，"我们是八路军，就是过去的红军——鬼子说我们身上有红毛，青面獠牙。您看，哪儿有呢？"

妇女见刘国梁像庄稼人一样坐在地上，说话又那么和气，渐渐消除了恐惧心理，在战士的帮助下从柴草中钻出来。

跑开的村民没有听到枪声和打骂声，又悄悄溜到村口，小心地东张西望，看到战士和没有来得及跑的村民你一句我一句地聊得热闹，便纷纷跑进村来。

"你们真是八路军？"

提问的是村里的老乡傅伍一，他曾经离开延庆，去外面闯荡过，听说八路军是好人，现在听这些人自称是八路军，就小心地问。

"没错，我们就是八路军！"刘国梁拉着傅伍一的手，笑着说。

村里来八路军了，这个消息像长了腿似的，一会就传遍了全村，不知是出于好奇还是出于对八路军的好感，上至七八十岁的老头老太太，下至七八岁的孩子，都出来看八路军。刘国梁和同行的张书彦亲切地和大家招手、交谈。

夕阳落下山去了，晚霞把整个天空照得红彤彤的，夕照中的东三岔村也变得火一样红。

夜深了，刘国梁等人住宿的屋子里的灯光，很久还没有熄灭。这几名党派来开辟平北抗日根据地的干部，正在商谈着如何建立抗日政权、开展抗日工作的事儿。

刘国梁等人怎么会来到长城边上的这个小山村呢？

时间倒回十个月前，要从洛川会议说起。

1937 年，第二次国共合作，抗日民族统一战线正式形成，为了适应新形势，"8 月 22 日至 25 日，中共中央在陕北洛川冯家村召开政治局扩大会议（即洛川会议），讨论制定动员全国军民开展民族解放战争，实行全面持久抗战的方针，进一步确定党在抗日战争时期的任务及各项政策。"[1]

"会议通过《中国共产党抗日救国十大纲领》和毛泽东起草的宣传鼓动提纲《为动员一切力量争取抗战胜利而斗争》。会议强调，必须坚持统一战线中无产阶级的领导权，在敌人后方放手发动独立自主的山地游击战争，在国民党统治区放手发动抗日的群众运动。"[2]

关于军事问题，"毛泽东指出，根据中日战争中敌强我弱的形势和敌人用兵的战略方向（以夺取华北为主），抗日战争是一场艰苦的持久战。红军在国内革命战争中，已经发展为能够进行运动战的正规军，但在新的形势下，在兵力使用和作战原则方面，必须有所改变……红军的作战方针是：独立自主的山地游击战争，包括在有利条件下集中兵力消灭敌人兵团，以及向平原发展游击战争，但着重山地。独立自主是相对的，是在共同抗日的统一战略目标下的独立自主的指挥。游击战的作战原则

---

① 中共中央党史研究室：《中国共产党历史·1921~1949》（第一卷），中共党史出版社，2021。
② 《中国共产党简史》编写组：《中国共产党简史》，人民出版社、中共党史出版社，2021。

是，游与击结合，打得赢就打，打不赢就走，分散发动群众，集中消灭敌人；着重于山地，是考虑便于创造根据地，建立起支持长期作战的战略支点。"①

在这次会议上，关于北平以北、长城沿线的广袤地区，会议提出："红军可以一部于敌后的冀东，以雾灵山为根据地进行游击战争。"②

雾灵山，位于今天河北省北部承德市兴隆县境内，地处北京、天津、承德、唐山四市之间，距北京一百四十公里，距天津一百八十公里，距唐山一百四十八公里，距承德一百三十五公里，山地属燕山山脉，是燕山山脉的中段。

1938年2月4日，毛泽东致电朱德、彭德怀、任弼时及陈绍禹、周恩来、叶剑英，请朱、彭、任即行电告秘密准备执行雾灵山计划的各种条件，主要是干部配备。③同时派出中共代表团，向国民党方面交涉派五千人去冀东所需要的半年经费和装备。"

为何要找国民党方面索要钱和装备呢？

原来，在1937年8月中旬，即卢沟桥事变后四十天，时任国民党军委会第一部部长的黄绍竑和时任国民党军委会副参谋总长白崇禧提出八路军出动方案，简称"黄白案"，即规定八路军一个师到蔚县一带集中，一个师开到冀东玉田、遵化一带，开展游击战争。这两个地点，一个在冀西，一个在冀东，一个在清西陵左近，一个离清东陵不远。

当初，随着"何梅协定"和"秦土协定"签订，河北出现权力真空，日本积极扶持亲日政权，1935年10月4日，日本内阁正式通过《鼓动华

---

① 中共中央党史研究室：《中国共产党历史·1921~1949》（第一卷），中共党史出版社，2021。
② 聂荣臻：《聂荣臻回忆录》，解放军出版社，1986。
③ 中共中央文献研究室编：《毛泽东年谱 1893~1949》，中央文献出版社，2013。

北自主案》。11月25日，土肥原唆使汉奸殷汝耕①，在通县宣布成立"冀东防共自治政府"②，控制"满洲国"与平津地区之间的二十二县，脱离中央政府。

原日本在华北驻屯军有近六千人，其中一半驻扎在冀东北宁路沿线，"七七事变"后，至8月31日，冀察地区的日军总兵力猛增至三十七万人，并将天津驻屯军改编为华北方面军。在这样的背景下，国共两党会谈，出台了"黄白案"。

雾灵山地区，北踞长城，南濒渤海，西控平津，东临山海关，是东北通向华北的咽喉要道。冀东民物殷阜，有煤、盐和金矿，有沿海渔业，还有广大的植棉区和产粮区，这一带文化昌明，且乐亭是中共早期领袖李大钊的故乡，有成熟的党组织和群众基础。

中共代表团交涉开赴冀东的经费时，中共中央正在举行政治局常委会。2月8日会议上，谈到目前的军事问题，特别提道：热河、河北两省交界的雾灵山一带，派时任晋察冀军区第一军分区司令员杨成武去发展新的游击区域。这是敌人的远后方，东面策应东北抗联，南面策应晋察冀，北面与蒙古接近，西面与绥远联系，在天下有变的时候，这个地区可以首先得到国际的援助。

中共中央所担心的"天下有变"，是考虑到最坏的情况，即蒋介石政府投降日本，或在反共的旗号下日蒋勾结，联手对付中国共产党，此前，

---

① 殷汝耕（1883—1947），浙江平阳人，原河北省蓟密区行政督察专员，毕业于日本早稻田大学并娶日本妻室，早年参加同盟会，曾投身辛亥革命和二次革命。抗战期间，投靠日本，沦为汉奸，出任日本扶植的伪冀东防共自治政府主席。抗战胜利后，被国民政府以汉奸罪逮捕。1947年12月1日被处决。

② 冀东防共自治政府，1935年11月25日由殷汝耕等人所成立，初名"冀东防共自治委员会"，后改名为"冀东防共自治政府"，是日本成立的傀儡政权之一，以通州为政府所在地（1937年8月，伪政府由通州移驻唐山），统治面积约八千二百平方公里，统辖约六百万人口。财政收入占当时河北省的百分之二十二。1938年2月1日，冀东防共自治政府被并入北平王克敏组建的伪中华民国临时政府。

蒋介石在南昌讲话中曾言："中国亡于帝国主义，我们还能当亡国奴，尚可苟延残喘；若亡于共产党，则纵肯为奴亦不可得"。1938年2月9日，毛泽东致电八路军总部、长江局并告北方局，指出，以雾灵山为中心的区域，有广大发展前途，那是独立作战区域，应派精干部队去，派去的军政党领导人员须有独立应付新环境的能力。[①] 这里强调的"独立""新环境"，不仅因为冀东远离八路军主力集中的山西，亦是新近开辟的晋察冀根据地的前出部分，战略意义重大，但困难也可以想见。

雾灵山的主峰高两千一百一十八米，堪称京东第一高峰，原名伏凌山，曾名孟广硐山、五龙山，明代因大乘天真圆顿教三世祖天真古佛将此山誉为"求道灵山"，加之常年云雾缭绕，始称雾灵山。清代，由于此山处于东陵正北，属后龙聚气之地，遂被圈进红桩内，封为皇家风水禁地，封禁时间长达两百七十年，自然形成草木丛生、古树参天、野兽成群、遍地涌泉的原生态景观。

聂荣臻后来在回忆录里写道："我向邓华（时任一分区政委）交代任务时，把冀东的情况全面作了介绍……就冀东的群众基础而言，也并不比冀中和冀西差，这个地区早就有我党领导的工人运动，在遵化、玉田一带农村，也有我们党长期的工作基础。"[②]

聂荣臻特意指明的遵化、玉田一带，正是"黄白案"中规定的区域。

1938年4月，为支援冀东人民抗日起义，执行中共中央关于开展冀东敌后游击战争，创建以雾灵山为中心的抗日根据地的战略任务，4月1日，八路军总部向在晋西北作战的一二〇师下达命令：雁北支队（宋时轮支队）准备一千五百人，步枪六百支，改称察热支队，转移至龙关、赤城地区，同邓华支队靠拢，创建冀热察边抗日根据地。

雁北支队从河北蔚县桃花堡进入平西门头沟，在杜家庄村与3月份

---

① 中共中央文献研究室编：《毛泽东年谱 1893~1949》，中央文献出版社，2013。
② 聂荣臻：《聂荣臻回忆录》，解放军出版社，1986。

进驻门头沟斋堂村的晋察冀军区第一支队会师。

雁北支队是以三五八旅七一六团二营为基础组建，骨干为原陕北红二十八军成员，辖三十四大队和三十六大队，外加骑兵大队和独立营。

根据中共中央的决定，第一二〇师雁北支队和晋察冀军区第一支队合编为第四纵队，宋时轮 ① 任司令员，邓华 ② 任政治委员，李钟奇 ③ 任参谋长，伍晋南 ④ 任政治部主任，辖第十一、十二支队和独立营、骑兵大队，共五千余人。

第四纵队开赴冀东，系经国民党最高军事当局批准的行动，是按照"黄白案"的规定，名正言顺进行了报备。

第四纵队是一支接受过战火洗礼、拥有丰富革命经历的部队，寄托着中共中央对于开辟敌后抗日根据地的希望。

第四纵队完成改编以后，兵分两路挺进冀东，也被称作第一次开辟平北。

一路由司令员宋时轮、政治部主任伍晋南率领第十二支队，过居庸关，经昌平、延庆、怀柔、密云，先一步进入冀东开进。其中，在1938年6月4日，三十四大队二营攻打昌平县城，缴获一批武器弹药后主动撤出，在不到一个月的时间内，八路军两次攻打昌平县城，打击了日伪军的气焰，扩大了八路军的政治影响。

---

① 宋时轮（1907—1991），湖南醴陵人。1927年加入中国共产党。经历长征。抗日战争时期，曾任八路军第四纵队司令员。1955年被授予上将军衔。
② 邓华（1910—1980），湖南郴州人。1927年3月，加入中国共产党。经历长征。抗战时期，任一一五师独立团政委，同杨得志团长一起首战平型关。后任八路军第四纵队政委。1955年被授予上将军衔。
③ 李钟奇（1913—2003），辽宁建平人。1931年，参加东北义勇军。1933年，参加抗日同盟军。1936年加入中国共产党。曾任八路军第四纵队参谋长。1955年被授予少将军衔。
④ 伍晋南（1909—1999），原名伍晋兰，广东兴宁人，1927年4月入党，经历长征。抗日战争时期，曾任八路军第四纵队政治部主任、冀热察挺进军政治部主任等职。新中国成立后，任粤北区委书记兼军分区政委、广西省委副书记、广西壮族自治区区委书记处书记、陕西省政协副主席等职。

另一路由政委邓华、参谋长李钟奇率领第十一支队，5月31日出发，行军路线是沿康庄、延庆、永宁、四海进入怀柔。

邓华支队袭击康庄之敌后，大队人马打扫完战场，就沿着平绥铁路往东行军，到了四孔桥，顺着大浮坨村西沙河套往北，准备奔袭延庆县城。这时，在大浮坨村西沙河套边，刚刚十六岁的龚海庆正猫腰给毛驴割草。他累了直起腰时，发现一大队穿灰军装、戴灰军帽的队伍过来了。他想跑已经来不及了，心想："跑，也得被他们抓住。反正我是个穷孩子，看他们能把我怎样？"

这时向他走来一位挎盒子枪的人，问："小孩，你们这是什么村？"

龚海庆睁大了眼睛，想瞒过他们，上下打量了一下这些人，心里开始琢磨：听他们说话挺和气，应该是好人！想到这里，龚海庆高声说："我们村叫大浮坨！"

那人"呵"了一声，又问："小孩？你今年多大啦？"

"我今年十六岁了。"

那位当兵的说："跟我们当八路军好不好？打日本鬼子，解放受苦受难的穷苦大众？"

龚海庆反问："你们不嫌我小，个子矮？"

那人连连解释说："多一个人，多一份力量，我参军时和你一样小，现在不也长大了？"

龚海庆听了战士这番话后，想了想，斩钉截铁地说："我家也很穷，常常吃不饱饭，我愿意跟你们当八路军去！"

龚海庆没有回家，让别人给家里捎个口信，就到部队去当了一名小通讯员，跟邓华支队走了。

笔者没有查到龚海庆后来的经历，也许他看到了胜利的曙光，更有可能倒在了行军的路上。但是像龚海庆这样沿途加入部队的年轻人很多，前进的队伍，如同播种机，将星星之火，撒在了平北的土地上。

这一天是 1938 年 6 月 1 日，邓华支队在攻打延庆县城后，向东进入永宁，进而强袭四海日军据点，攻下两个炮楼，进入怀柔、兴隆，继续向冀东前进。

1938 年 6 月 11 日，邓华支队进入沙峪（今属北京怀柔），在参谋长李钟奇的指挥下，歼灭日军板垣师团教导营一个中队一百二十余人，缴获步枪八十余、轻机枪三挺、掷弹筒三个。这是继平型关大捷后，八路军又一次打击日军精部队——关东军阪垣师团。

当时，第四纵队为了开辟和控制由平西通往冀东的走廊，防止敌人切断这两块根据地的联系，在平北地区留下两部分队伍进行活动：一部分是挺进大队，由队长邓典龙①、政委钟辉琨②率领，活动在昌平北山"后七村"和延庆南山一带；另一部分是三十六大队和骑兵大队，由伍晋南、詹大南③、唐家礼④、王季龙率领，活动在千家店、花盆一带开展游击战，1938 年 6 月中旬，在花盆村（今属北京延庆）与伪满洲军三十五团二营相遇，于村南孤山一战，将二营三百余人全部消灭，击毙数名日军。

三十四大队在队长易耀彩⑤、政委王再兴、党支书张汉明的率领下，经过十三陵进入"后七村"，打下了大庄科日伪警察所，继续东进，支援冀东抗日大暴动，留下刘国梁等进入大庄科地区的东三岔村（今属北京

---

① 邓典龙（1905—1944），江西于都人，中国共产党党员，经历过长征，曾任晋察冀军区四十团副团长等职，1944 年在攻打新营子战斗中，壮烈牺牲。

② 钟辉琨（1911—1994），江西宁都人。1934 年，加入中国共产党。经历长征。抗日战争时期，曾任平北军分区副司令员。1955 年，被授予少将军衔。

③ 詹大南（1915—2020），安徽金寨人。1936 年，加入中国共产党。经历长征。抗日战争时期，曾任平北军分区第四任司令员。新中国成立后，曾任志愿军二十七军副军长、人民解放军二十八军军长、原兰州军区副司令员兼甘肃省军区司令员、原南京军区副司令员等职。1955 年，被授予少将军衔。

④ 唐家礼（1901—1990），江西吉安人，1930 年参加中国工农红军，经历过长征。新中国成立后，长期从事部队、民兵工作，原天津军分区司令员。

⑤ 易耀彩（1917—1990），江西泰和人，1930 年参加中国工农红军，经历过长征。抗日战争时期，曾任晋察冀军区第五军分区参谋长、晋察冀军区参谋长等职。新中国成立后，任中国人民解放军海军基地司令员、海军潜艇学校校长等职。1955 年，被授予少将军衔。

延庆），仅两天时间，刘国梁他们就把群众调动了起来。

一轮红日，从青黛色的群山中冉冉升起，不远处的长城披上了霞光，炊烟袅袅的小山村瞬间沐浴在阳光中，枝头的鸟儿清脆地啼啭起来，清幽的树林变得热闹起来。随着几声犬吠，村里的场院里聚满了人。

男男女女，挨挨挤挤，有的来晚了，不住地踮起脚尖隔着前面人的头顶往前看。原来，刘国梁正在召开全村群众大会。刘国梁讲了国内大事，讲了中国共产党的抗日主张和宗旨，最后向全村父老乡亲宣布："今天，我们正式成立了滦昌密联合政府。我们有了自己的政权，才能更好地领导大家抗日，才能把日本鬼子赶回老家去。"

村里的乡亲们听了，纷纷鼓起掌来。

群众大会结束，有的人向刘国梁问这问那，有的人接过战士手里的布告，学着战士的样子在大街上贴起来。东三岔村，处处洋溢着节日的喜庆气氛。

村民傅德玉的心咚咚地跳着，手心里也湿漉漉的满是汗水，他听着刘国梁的讲话，忽然想起了昨天早晨的情景。

昨天，傅德玉吃过早饭，像往常一样扛着锄头出门，不料和一个人撞了个满怀。傅德玉定睛一看，眼前站着一个身材高大的人。来人一边擦顺着额头淌下的汗，一边用一双明亮的眼睛望着他，没等傅德玉开口，就认真地说："我是中共滦昌密联合县工作委员会书记刘国梁，滦昌密联合县政府成立了，您把这张布告贴出去，叫老乡们都知道。"

傅德玉伸出满是老茧的手，接过布告转身回到屋里。他用铁锅做熟了玉米面糨糊，倒在一个白瓷碗里，拿上刷锅用的炊帚，把布告揣在怀里，向大街走去。

走到街中心，傅德玉看到南街有一处较高的房子，山墙全是用石头垒的，很显眼。他刚把手伸出去，又缩了回来，自言自语："不能，这里住着八路军，小鬼子看见了，把房子给烧了咋办？"傅德玉又往前走了几步，在一个猪圈前停住了脚步：如果把布告贴在猪圈墙上太低了，不好看，如果鬼子看见，这家该受连累了。八路军有纪律，哪能因一张布告惹出乱子来呢？

突然，他想到了一个好地方，撒腿就往前跑。他跑到村东的龙王庙前停下来，"哗啦，哗啦"几下就把布告贴到砖墙上了。

"联合县政府成立了！"人们奔走相告，全村男女老少都来看了。七十多岁的张大爷拄着拐杖也来了，他瞪大眼睛，上上下下左左右右反复地看，因为不识字，咋看也是白纸画黑道道，张大爷"嗨"了一声："布告上的字认识我，我不认识它，谁给我念念？"人们"轰"的一声都笑了，旁边一个小伙子自告奋勇："我念，让您这老脑筋也开通开通。"说着，他一字一句地念起来："人民团结起来，有钱出钱，有枪出枪，誓把日本鬼子赶出鸭绿江。"

布告的落款，写得清清楚楚："滦昌密联合县政府，县长——张书彦！"

这是平北地区第一次出现中国共产党的政权组织，滦昌密联合县政府虽然只坚持斗争三个多月，但却是平北第一个抗日民主政权，为后来长达七年的抗日斗争，点燃了第一枚火种！

平北抗日根据地第一村

平北抗日根据地，本是八路军开辟的；
解放无数父老兄弟，不给鬼子当奴隶，当奴隶。
勇敢男儿上战场，武装起来保家乡；
军民团结一条心，携手协力打东洋，打东洋。
——黎平、炜烨收集整理《平北抗日歌谣八首·平北抗日根据地》

第四纵队挺进平北的目的，是为前赴冀东地区，支援冀东开展的武装起义，而后来平北抗日根据地的重大意义之一，就是搭建平西与冀东的桥梁与纽带，所以，按下平北，先说冀东。

1938年7月，中国共产党领导的冀东武装起义首先在滦县港北村、丰润县岩口镇爆发，接着遵化县地北头、蓟县邦均镇及开滦矿区也相继爆发起义，并在滦县杨家院、遵化县玉皇庙等地打退日伪军的进攻。起义浪潮很快波及二十多个县，参加起义的人数达二十余万，并组成七万余人的冀东抗日联军和近三万人的其他抗日武装。冀东抗日联军与第四纵队转战冀东，一度切断北宁铁路，收复平谷、蓟县、玉田、迁安、卢龙、乐亭等县城和广大农村，初创了以蓟县、平谷、密云为基本区的冀东抗日游击根据地。

8月中旬，冀东抗日联军主力与第四纵队在遵化县铁厂镇会合，下旬成立冀察热宁军区和冀察热宁行政委员会。会议研究决定，第四纵队以山区为依托创建根据地。经过一段时间的尝试，发现村落稀少，加之处于伪满边境，日军修了环山公路，戒备很严。进军都山之时，正值连绵阴雨。各种条件交织在一起，第四纵队不得已放弃了原来的计划。

9月，第四纵队在迁安莲花院召开了五天会议，对冀东起义后的形势及纵队面临的现实应该怎么办的问题，进行了讨论，研究如何整顿部队及下一步行止。会上发言大多消极，摆出种种不利因素，又传来日军要大举"围剿"冀东的消息，概括一句话——走为上！先把新老部队拉回平西，明年开春后再卷土重来，但也有少数人持有异议。由于会议开得急促，没有省委和冀东抗联人员参加，所以无法贡献意见，也不能与闻会议决定。

9月17日，邓华汇总会议主流观点，致电聂荣臻，提出"冀东形势很难支持"，主张到白河以西创立根据地，地方武装则尽量争取拉到平西去整训。

9 月 26 日，在中共六届六中全会召开前夕，中央军委收到聂荣臻加急电，称"接邓、宋数急电，均表示绝无信心在冀东立足"，"同时他们自己亦称全体干部均无信心能继续在冀东立足"，并转述了八项"困难情形"。当天收到中央军委领导联名致电聂荣臻转宋、邓并冀热边特委，反向提出五个有利因素，认为"创造冀热察边区根据地，创造相当大的军队，是有可能的"，"目前主要的力量在白河以东之密云、平谷、蓟县、兴隆、遵化，以部分的力量在白河以西创造根据地"。

邓华接电后，拿不定主意，于是邀河北省委的同志李运昌、胡锡奎，在迁安的新庄子开会，此时，河北省委书记马辉之①率机关人员从天津赶来，准备与第四纵队会合，参加领导创建冀东根据地工作。

马辉之刚从延安汇报工作归来，对冀东起义及事态发展并不完全掌握，听了敌情通报及四纵领导干部意见，特别是到达密云、平谷、蓟县地区的第四纵队主力，在宋时轮率领下，已提前将部队带过潮白河以西，回到龙关、延庆附近，并致电邓华"敌人要分七路大举进攻，蓟平密也站不住脚"，要求邓华率队西撤，于是便附和了部队回返平西的意见。

10 月 2 日，中央军委和八路军总部又电：在冀热边区创造抗日根据地有极重要的战略意义，宋邓纵队与冀热边区全体同志应为达成这个任务而坚决斗争。8 日，电示宋、邓，再次反对总退却，并指出：目前即将冀东游击队拉到白河以西，将要发生许多困难。"只有到万不得已时，才可率主力向白河以西转移"。

邓华遂在丰润县九间房再次召开会议，第四纵队、省委、特委和抗联主要负责人悉数到场，多数人认为，在敌人很严重的进攻和已失四纵主力，形势正"到万不得已时"。会议决定第四纵队主力和抗联西撤，留

---

① 马辉之（1901—1994），湖南长沙人。1926 年加入中国共产党。抗日战争时期，曾任冀热察区党委书记兼挺进军军政委员会委员。新中国成立后，曾任中共中央东北局纪律检查委员会副书记、国家交通部副部长兼党组副书记等职。

下陈群、包森、单德贵三个小支队①和一个军政委员会，书记是第四纵队政治部副主任苏梅②，地方上只留周文彬一人任地委书记。

10月上旬末，总共约五万人开始向平西撤退。

10月15日，武汉会战已接近尾声，华北的形势预料会更趋严峻。马辉之、姚依林③、邓华致电八路军总部和中央，报告了部队西撤的具体情况，称"如果在冀东继续坚持抗战，是非常不利的"。接15日电报后，中央军委立即致电冀热边特委并告宋、邓，反映了中央的深度关切："你们应坚持冀热边的艰苦斗争，克服发展中所遇到的一切困难"。

然而，由于目标大，第四纵队连续战斗，伤亡过半，此时日军已从武汉调来一个旅团，本已疲惫不堪的部队，又在滦县北部东西安河、后良庄的偏山一带连日苦战，第四纵队从鼎盛时期的万余人锐减至三千人，带回平西起义队伍只有高志远冀东抗联的千余人，蓟县游击队百余人。④

在主力转移过程中，三十四大队由热河省丰宁县经黑河，进入赤城县境内，在大队长易耀彩、政委王再兴的带领下，利用部队抓到的俘虏叫开城门，巧取赤城县城，毙伤和俘敌两百余人，缴获大量枪支弹药和棉花、布匹等物资。之后，相继攻下独石口、龙门所、后城等许多敌人据点，打了十余个胜仗。所到之处纪律严明，爱护群众，野餐露宿，不扰百姓，用粮付款，秋毫无犯。转战到海陀山区，途经纪宁堡，给当地

---

① 三个支队，每支队各两百人左右，后陈群、包森战死，单德贵投敌。

② 苏梅（1909—1992），辽宁庄河人。1933年加入中国共产党。抗日战争时期，曾任八路军第四纵队政治部副主任、平北地委书记等职。新中国成立后，曾任东北铁路总局副局长、铁道部工务局副局长、科学技术委员会副主任和科技馆馆长（副部长级待遇）等职。

③ 姚依林（1917—1994），安徽池州人，曾用名姚克广，1935年11月加入中国共产党，并先后担任北平学联秘书长、党团书记，一二·九运动的主要领导人之一。1938年，参与组织冀东暴动，1939年2月任冀热察区党委宣传部长，1939年7月起，调任中共中央北方分局秘书长。

④ 此两部人员部分与后来白乙化绥远垦区抗日先锋队合编，成为日后坚持平北抗战的十团的基础。

百姓留下了深刻的印象，为后来平北抗日根据地以海陀山为中心开展斗争，先期留下了群众基础。

1938年立秋过后，天渐渐凉爽起来。漫山遍野的槭树、杏树，经秋风一吹，几天工夫一片火红。田里的庄稼成熟了，红的高粱、黄的稻谷，散发着清香。

第四纵队返回平西，路过昌平、延庆交界，留下一个排的战士及地方工委，其中有十二支队宣传队长史克宁①。留下来的这支队伍由刘国梁任队长。

分别了一个夏天，两个战友见面有说不完的话。史克宁谈完支援冀东起义的事，刘国梁又迫不及待地说起建立滦昌密联合县政府的问题。两人滔滔不绝地聊着，竟然忘记了吃饭。

八路军在东三岔建立起抗日联合政府的消息，传到了不远的沙塘沟（今属北京延庆）。沙塘沟的老百姓吃尽了日伪军和土匪的苦头，早就想和八路军接头了。正当他们苦于无法联系时，1938年10月，之前留下来的干部刘国梁、张书彦、陶元庆、史克宁、李平来到沙塘沟。沙塘沟的百姓知道他们是八路军，热情地接待了他们。

刘国梁等人为了熟悉村内情况，一面帮老乡们收割庄稼，一面和老乡唠起家常来。夜晚召集群众开会，给老乡讲抗日道理，讲全国抗战形势，讲党的性质和宗旨，老百姓渐渐明白了，共产党是为老百姓服务的，是领导人民打鬼子的，八路军是党领导下的军队，是老百姓自己的军队，军民是一家人。明白了这些，老百姓对八路军就更加信任和亲热了。

12月12日，刘国梁、陶元庆等把经常跟他们行动的村民张福、张

---

① 史克宁（1914—1971），原名史文昭，河北涿鹿人。1938年初，在家乡组织抗日救国会，同年3月参军，5月加入中国共产党。抗日战争期间，历任八路军第四纵队十二支队宣传队长、冀热察挺进军十一支队民运科长、平北工委组织部长、昌延联合县县委书记等职。1971年，史克宁不幸溺水身亡，生前为国务院建筑委员会城市局副局长。

朴悄悄叫上，领着他们径直出了村，向村后的山里走去。张福和张朴心里直打鼓，不知道要干什么，在后边紧紧地跟着。走到一个最隐蔽的山洼，刘国梁和陶元庆停了下来。张福和张朴紧盯着刘国梁和陶元庆，想从他们脸上寻找出答案。

"别紧张，今天把你们俩找到这里，是党组织要吸收你们为党员。"刘国梁拍了拍张福和张朴的肩膀，郑重其事地说。

"我们？"张福和张朴相互看了一眼，异口同声地说。

"怎么，不相信吗？"刘国梁看着眼前这两个青年，在他们肩头用力捶了一下，"从今天开始，你们俩就是中国共产党正式党员了。"

"太好了，我们终于盼到这一天了。"张福和张朴眼睛睁得大大的，闪烁着兴奋的光芒。

张福和张朴成为平北地区发展起来的第一批党员。

不久，张福和张朴两人又介绍张瑞、张银、张殿、胡殿鳌等人入党。他们在一个隐蔽的山沟里成立了党支部，这也是平北地区第一个农村党支部。

在党支部的领导下，村里的救国会也成立起来了，并建立了自卫军。过去村民搞"伙会"①购买的十九支枪，包括子弹，全都献了出来。到年底，联合附近村民还建立起一支游击队。从此，平北不仅有了第一个党组织，还有了第一个民间自己的抗日武装——游击队。

游击队成立的消息像一阵风，很快就传开了。正在大庄科村里做木匠活儿的赵起②听说后，沉吟片刻，放下手里的锛子、刨子，出门迈开大

---

① "伙会"，即合伙入会的意思，最早出现在清朝末年，也叫"联庄会"。抗日战争时期，一些地方伙会和人民武装一起对日寇进行过斗争，也有部分地方伙会被日本帝国主义利用来镇压抗日人民。

② 赵起（1898—1941），原名赵奇，延庆大庄科乡里长沟村人。1938 年，参加八路军游击队，后任平北游击大队三中队中队长。1939 年 5 月，加入中国共产党。1941 年 7 月，在怀来八宝山与敌战斗中牺牲。

步就往沙塘沟走。出门时红日已经坠落山头，只一会儿工夫，天就完全黑了，到处都是黑黢黢的，好在赵起常年在外耍手艺，通往各村的道路早已了如指掌。

赵起是沙塘沟东北的里长沟人，父亲赵永亭给地主扛长活，一家五口勉强度日。有一年春天，父亲出外谋生久久未归，身为长子的赵起担负起家庭的重任。起先，他给地主家里放牛放羊，年龄大一点了，就在大庄科给地主扛长活。到十七八岁，不仅做一手好农活，而且五行八作，样样精通，修鞋，糊顶棚，编筐篓，扎纸活儿，安门做窗，上檩挂椽，什么活儿都干得有模有样。

1937年初，伪满洲国在大庄科设伪警察所，日伪警察拉赵起去做木匠活，干了二十多天，分文没给，他憋了一肚子气。正在这时，伪警察强奸了他把兄弟董学升的媳妇，董学升邀请赵起给他出气。于是，他们组织了四十九个农民，捣毁了大庄科伪警察所，打死了全部伪警察。事情发生后，伪满洲军的一个营进驻大庄科，他们这些人跑到南张庄躲了起来。不久，发生了"七七事变"，8月，日本军队占领了延庆城，他们暗地里也找了日本人几次麻烦，受到百姓的拥护。但是，这些人没有远大的理想，更没有严明的纪律，渐渐的，有的打家劫舍，有的欺男霸女，俨然成了一伙土匪。赵起不屑和他们为伍，就离开他们，到柳沟一户地主家做长工。

想着这些年自己的遭遇，又想起别人说起的八路军，赵起不知不觉来到沙塘沟。

刘国梁听了赵起的想法和经历，握着他的手连声说欢迎。赵起虽然年纪大，但样样干在前面。出操认真，打仗勇敢，给群众担水扫院子，帮群众干活更是一把好手，很快，他就担任了游击队二班班长。

1939年农历正月初五，部队在东二道河北梁石江口一带，袭击了伪满洲军运送武器的军车，缴获步枪五十余只，手榴弹百余枚，还有两箱子弹。回到沙塘沟后，发现本班战士小刘没有回来。赵起带着三名战士到石江口去找，见小刘已经牺牲了，枪没了，衣服也被扒光。他们把小刘掩埋好，到二道河村去调查，得知小刘战斗负伤，被二铺村特务董维柱发现，他夺过小刘的枪，将小刘打死，带着这支枪到永宁（今属北京延庆）向伪满洲军请赏去了。

有人告诉赵起，董维柱在永宁南关有一个姘头，这会儿一定住在那里。赵起带着一腔怒火，赶到永宁。半夜，在董维柱姘头家把这家伙掏了出来，连夜押回沙塘沟。经过审讯，这个特务对他杀害小刘及其他一些罪恶都供认不讳。经党工委批准，赵起亲手处决了这个特务，为乡亲们除了害。

这件事一传十，十传百，加入游击队的人更多了。

一天，刘国梁得到情报，知道日军有两辆军车从永宁出发前往大庄科的据点运送军火。刘国梁立即布置游击队埋伏在二道河北梁。等到两辆日军军车进入埋伏圈，一通手榴弹炸毁了两辆军车，十余名日伪军也全被消灭，缴获机枪两挺，步枪五十余支，子弹两箱。

不久，刘国梁又得到情报，说伪满洲军几十人分乘三辆军车去大庄科重新设立局子。这次，刘国梁把伏击地点设在二铺。路旁有一棵大树，刘国梁看了看，便有了主意，他让战士进村找来一把钢锯和一条大绳子，然后把树干锯断多半，上面拴上绳子，隐蔽在丛林中。等到汽车进入到预测距离，战士用力一拉树干，大树便倒了下来，正好砸在第一辆车上，紧接着手榴弹雨点般抛向汽车。车上二十余名日伪军全被炸死，汽车也被炸毁，后面那两辆车见势不妙，转头就跑了，算是便宜了他们。

这两次伏击的胜利，不但武装了游击队，鼓舞了人员的士气，也为后来扩大武装游击队创造了条件。

黑马队的故事

第一杯茶送我大，儿去当兵打天下。

第二杯茶送我妈，儿去当兵您看家。

第三杯茶送我哥，我去当兵哥哥乐呵呵。

第四杯茶送我的嫂，我去当兵妯娌们好。

第五杯茶送我妻，我去当兵你笑嘻嘻。

第六杯茶送我妹，我去当兵你陪嫂子睡。

——陈光德、左宝、边玉亭搜集整理《平北抗战歌谣选·参军歌》

  阎家坪，位于河北赤城县，今日从北京延庆翻山进入赤城，第一站就是阎家坪。这里三面环山，只有北面有个沟壑，通向大海陀山，日伪在其四周设了不少据点，往西十多里是长安岭，这里旧名枪竿岭，明代又称桑干岭。往西南二十几里是王家楼和土木火车站，往东北是东山庙和雕鹗堡，往东南十几里是佛峪口，日伪派部队攻占这里，就等于封堵了海陀山区的南大门。

  在阎家坪和姜庄子村一带，有一批"伙会"武装。这个地区的"伙会"武装可谓远近皆知，自从日军侵占热河、蚕食华北，这一带便成无人管束的散兵土匪的天下，他们不时横行乡里，奸淫、烧杀、绑票、喊项（公开勒索），坏事做绝。仅经常出入怀来的匪伙就有黑马队、夜猫张、老袋王、白满胜、曹老七等，烧杀抢掠，无恶不作。

  为求自保，怀来境内及其附近的大地主，比如人称童大掌柜的东庄子村童希金和阎家坪村姬永德，发起并联络附近三县二十二村富户，分别摊派资金，购买枪支、弹药组织"伙会"，各村"伙会"为壮大声势逐步联合，形成以阎家坪为指挥中心的联庄会，以后慕名前来投奔者络绎不绝，势力范围扩大到龙关县东南、延庆县以西、怀来县京张公路以北四十余个村落，先后购置步枪两百余支，机枪六挺，手枪、冲锋枪三十余支。

"伙会"成员都是各村挑选的壮丁、猎手，多时人数达一千五百人，最初目的自然是为有钱有势的人看家护院，但"保境安民"的宗旨对维持治安、阻吓土匪骚扰起到积极作用。

1937 年秋冬，日军侵占龙关、怀来、延庆后，曾派汉奸强力收缴"伙会"枪支弹药，遭拒后抓捕了会长童希金、副会长姬永德，因软硬兼施不成，便将两人杀害，姬永德弟弟姬永明①，因作风正派办事公道，遂成"伙会"新首领。

1938 年 5 月，第四纵队途经此地，在大海陀附近开展工作，派蔡平②去联络姬永明。

蔡平 1911 年生人，是陕西平利县人，1936 年在北平中国大学读书时加入中国共产党，虽然他家境比较富裕，但是蔡平志存高远，年纪轻轻就远离家乡，奔赴抗日前线。这一次他肩负重任，来争取"伙会"头目姬永明，只是几次接触，没有效果。

这天半夜，姬永明的家门被敲响了。

"谁？"

"我！"

姬永明略一沉思，目光一闪，赶紧拨了门闩打开家门，把外面黑影迎进屋来。这人一进来，姬永明顺手又把房门关上，到了里屋，把油灯重新点起，灯花闪闪，这个黑影出现在姬永明的面前。

---

① 姬永明（1909—1950），赤城县阎家坪村人。1940 年，在平北党组织影响下，他将联庄会武装改编为龙延怀游击大队，任大队长。曾担任平北军分区参议。1950 年 10 月被错杀。1989 年 1 月 17 日，怀来县人民法院宣布无罪，恢复名誉。

② 蔡平（1911—1965），陕西平利人。1936 年加入中国共产党。抗日战争时期，曾任平北龙延怀联合县县长、平北军分区武装部长等职。新中国成立后，曾任北京市京西矿区（门头沟区）区长、北京市商业局副局长、北京市宣武区区委书记兼区长等职。

眼前这个人，宽肩膀，细腰身，别看瘦，浑身上下满是精神头。二十来岁，却老成持重，往这一站，气定神闲，最突出的就是他留了满脸的络腮胡子。姬永明刚才听声音，已经认出正是此前多次找过他的共产党干部——蔡平。

蔡平留着满脸的大胡子，而且他的胡子与众不同，根根朝上，足有三寸。有了这把大胡子，让蔡平的气质与众不同，在平北地区的地方干部中，蔡平特别擅长审讯汉奸特务，遇到顽固不化的，蔡平一出马，胡子一撅，眼睛一瞪，汉奸特务立刻心理崩溃，气势全无。在后来日伪察南政厅《东部三县特别计划》文件中，还特意提到蔡平，说他是海陀山清剿不了的匪首。

姬永明的家，蔡平已经来过几次。蔡平的来意，姬永明很清楚，但是姬永明一直显得殷勤而客气，热情却有距离。这时看蔡平半夜过来，风尘仆仆，衣服凌乱，赶紧把他让到里面坐下，倒了碗水。

蔡平非常有工作经验，一看姬永明脸色，心里就猜个八九不离十。姬永明欢迎共产党挺进平北，开展抗日活动，可是他也有顾虑。他的"伙会"毕竟实力有限，怕真的激怒日本人，后果更不可收拾，因此他内心有点犹豫，对于蔡平几次接触，始终不置可否。

蔡平喝了一口水，也不着急，他看着姬永明："来的时候，我还担心，大半夜的你能给我开门吗？"

"这话咋说的？你们共产党打鬼子，一等一的中国人，只是……我哥哥和童掌柜的都让小日本给杀了，日本人也盯上我了，打小鬼子，是我们所有人的愿望，只不过，你当初提的事儿还不成熟，得从长计议啊！"

蔡平也不生气，叹了口气，话题一转，跟他聊起了姬永明的老朋友孙元洪。

当初蔡平在姬永明这里没有得到准确的回音，但他毫不气馁，转脸去找另一支土匪武装——黑马队。

黑马队的头目叫孙元洪，是姬永明的朋友，他们之间还颇为英雄相惜。黑马队虽然是土匪，可是他们与其他土匪队伍不一样，有些绿林义气，讲究杀富济贫，对姬永明手下的"伙会"不媚敌求荣，敢于迎头打日本鬼子的骨气十分钦佩。姬永明听说蔡平要做孙元洪的工作，这次没推辞，派弟弟姬永泰和蔡平来到黑马队。

　　这个时间已经是1938年10月份的一天，孙元洪的黑马队驻扎在延庆城西南十二公里多的耿家营村。

　　中午时间，黑马队得到敌人的内部消息，下午4点日本鬼子要来耿家营讨伐"土匪"。得知消息后，孙元洪立即决定严阵以待，要和日本人拼杀一场。他看着身边的蔡平和姬永泰："远来是客，你们觉得怎么样？"

　　姬永泰挥着紧握的拳头，咬着牙低声说："我同意，打他个狗日的！"

　　"打可以，但我们必须做好充分的准备。"蔡平捋着络腮胡子，不慌不忙地说。

　　"好，打！"

　　命令一下，所有的人立即进行战前准备。孙元洪一点也不敢放松，和蔡平、姬永泰在所有隐蔽的地方转了几遍，反复叮嘱后也隐蔽起来。

　　过了一会儿，一个哨兵气喘吁吁地跑来说鬼子进村了。话音刚落，就听村东北、东南、正东各打一枪，紧接着便传来嘈杂的脚步声和打枪声。原来，从三个不同方向传来的枪声，是日伪军从佛峪口、延庆城、康庄调集的兵力发出的信号，到齐后直奔耿家营进攻，遍地的日伪军就像一个扇面似的到了村边。

　　孙元洪的黑马队眼看日伪军端着刺刀，嗷嗷怪叫着进了村子，孙元洪举起手枪，一声大喝："打——"随着"啪"的一声枪响，"噼里啪啦"枪声响成一片。

　　孙元洪的黑马队打得勇敢，打得坚强，打得出神入化：有的骑在房脊上打，有的趴在墙头上打，还有的可街跑着打，有的边打边喊："打呀，为中国人民报仇呀！鬼子汉奸听着，不怕死的来呀！"战斗从下午四点一直打到晚上八点左右，打退日伪军多次进攻。日伪军不服气，仍哇啦哇啦叫着往上冲。见到这种情况，黑马队兵分三路，快速猛攻猛打，把日伪军彻底击溃，可是在这次战斗中，姬永泰也壮烈牺牲了。

经过这次战斗，孙元洪同意改编为八路军。蔡平也就留在了这支队伍中，协助孙元洪对队伍进行整编。

这一天，蔡平见孙元洪闷闷不乐，就问他出了什么事儿。孙元洪"吭哧"半天，不好意思说。蔡平乐了，问了半天，原来孙元洪的妻子雷云兰昨天闹着要跳井。

孙元洪和雷云兰两人结婚才三个多月，为什么要这样折腾呢？蔡平一问，才知道雷云兰是孙元洪抢来的妻子！

蔡平听完孙元洪说的这些事儿，想了想，就把党的婚姻政策以及尊重妇女的要求，告诉了孙元洪。孙元洪听了，也痛快地说："人家实在不想跟我过，那就散！"蔡平说："她不愿意跟你过日子，因为你是土匪，现在你是八路军了，已经走了正道，我先去劝劝，看看她会不会改变想法。"

果然让蔡平猜中了，雷云兰就因为孙元洪是土匪，觉得不光彩，整天哭天抹泪。蔡平就对雷云兰说："你不要难过，你觉得他名声不好，有不好的习气，这些都可以改。但是，咱们得公平的说，这个人不错，有正义感。话说多了你不清楚，以后你就会知道，我们都是好人。"

蔡平将着络腮胡子，不慌不忙，一番话说得头头是道。雷云兰听了，也犹豫了。

1938 年 11 月，孙元洪把雷云兰接到北京城里，之后送到平西斋堂。

1939 年 9 月，在北京辗转了三个住处的雷云兰被接到平西斋堂的抗日根据地。她在村里看见到处是军队，他们说话和气，办事公平，不打人骂人，不抢不夺，军民好像一家人。勤务兵给雷云兰领回粮食，让她自己做着吃，还让她上识字班学文化。

雷云兰吃惊地问："你们是哪一杆的？大官是谁？"

勤务兵听了，哈哈地笑了。

雷云兰眼睛睁得大大的，有些不知所措地看着勤务兵。

勤务兵放下捂着嘴的手，轻声说："我们没杆，是八路军，是老百姓的军队，是打日本侵略军、解放劳苦大众的军队。我们的大官儿是萧克、杨成武，我们是官兵一致。"

"官兵一致？"雷云兰嗫嚅着，怎么也想不通这个词到底是啥意思。

过了几天，蔡平来了，一进门，就大声说："怎么样？我们是好人吧？我不是土匪，是八路军，孙司令也成八路军了！"

"我知道你们都是好人。"雷云兰想起来当初蔡平说的话，脸一下子红了起来。

"在这习惯吗？"蔡平看了看收拾得干干净净的屋子和放在炕上的白面问。

没等雷云兰开口，蔡平又说："别急，过一两天呀，你们小两口就能见面了。有什么事儿，就和勤务兵说。"

等了几天，孙元洪果然带着大队人马回来。看到雷云兰，孙元洪先是一愣，然后走过来，低声说："我原来是土匪，是硬强迫你和我结婚的，不讲人道。我现在不是土匪，是八路军，是人民的军队，今后要和全国人民一道抗日。你不愿意和我在一起，明天就派人把你送回家。"

"咱们已经生米做成熟饭了——这些日子的事，我都亲眼看见了，八路军是好人，你投奔八路军，也变成好人了。我听蔡平同志的话，愿意和你在一起。"说完，雷云兰羞怯地低下了头。

孙元洪一把把雷云兰搂在怀里，搂得紧紧的。

"快松开，别让别人看见。"雷云兰挣脱开孙元洪有力的臂膀，揉着酸胀的胳膊，嗔怪着，"你都把人家勒疼了。"

孙元洪自责地抖着双手，吞吞吐吐地说不出话来。

雷云兰看了，扑哧一声捂着嘴笑了。

对于 1938 年挺进平北、支援冀东，马辉之在事后总结说：由于我们把当时的情况估计得过于严重，对刚暴动起来的武装长途转移的种种困难估计不足，缺乏坚持冀东游击战争的信心，因此在九间房会议上作出大规模西撤的错误决定，这个教训是深刻的。[①]

1938 年 11 月 25 日，中央军委致八路军前方总指挥部及晋察冀军区电报，对第四纵队挺进冀东给予充分肯定，同时严肃指出应汲取的教训："没有尽可能保持并发展这一胜利，没有很好地团结地方党及军队，没有很镇静地应付那里的局面，以致退出原地区，军队及群众武装受到相当大的损失"。[②]

为了使成果不致丧失殆尽，在冀热察地区继续坚持抗日游击战争和创造根据地，中共中央和中央军委决定成立八路军冀热察挺进军，派萧克主持军政委员会工作："指挥机关由延安拨出一部分干部，并由贺、萧、关负责成立之"。以挺进军作为部队番号，与八路军、新四军同为军级称谓，是中共领导的抗日武装仅有的高规格建制，以此可知该部队的目标、工作方式和优先任务并不单纯，亦表明中共对这一战略要地势在必得的决心。

萧克回忆说："中央指定我当司令员，冀热察我没去过，就找地图、看材料。当时河北有地图，热河没图，滕代远当参谋长，我找他，他告诉我热河就一份二十万分之一地图。后来，我直接找到毛主席，我讲，别的要求没有，我就要份热河地图。当然得有干部啦，干部我找李富春要去。毛主席就问参谋部还有别的地图没有啊？我讲有五十万分之一地

---

① 马辉之：《回忆冀热察抗日根据地建立的前后》，载曹子西主编《北京地区抗战史料》，紫禁城出版社，1986。
② 以上电报见《毛泽东年谱》《晋察冀抗日根据地》《八路军冀热察挺进军》等书。

图。毛主席说，军委有一份五十万分之一地图就行了，你把二十万分之一地图拿去。"[1]

根据中共中央和八路军总部指示，1939年2月7日，晋察冀军区在平西八路军第四纵队基础上与冀东起义部队合编组成冀热察挺进军，并以萧克、马辉之、伍晋南、宋时轮、邓华组成冀热察军政委员会，萧克任委员会书记兼司令员，程世才任参谋长，伍晋南任政治部主任，统一指挥平西、平北、冀东地区的抗日武装斗争。同时，撤销八路军第四纵队番号，随后成立了冀热察区党委，马辉之任区党委书记。

1939年6月，冀热察区委党委和挺进军派遣三十四大队和蓟遵兴游击队一支队再次挺进平北，执行开辟北平任务，大队长刘开锡[2]、政委吴迪[3]所部在十三陵受阻，返回平西。

这次行动，也被称作第二次开辟平北。

1939年8月，冀热察区党委在平西地区组建了中国共产党龙（关）赤（城）工作委员会，王伍任书记，史克宁、刘国梁为委员，蔡平为游击队政治部主任，试图开辟龙赤地区，建立抗日根据地。

1939年9月，中共冀热察区党委和八路军冀热察挺进军军政委员会正式公布"巩固平西、坚持冀东、开展平北"[4]三位一体的战略任务，为此后的平北抗战工作指明了方向。

1939年11月，萧克致电中共中央军委，明确"巩固平西，坚持冀

---

[1] 见1987年8月21日《萧克在赤峰接见当地驻军干部时的讲话》。

[2] 刘开锡（1905—1942），湖南桑植人。1928年参加红军，经历长征。1939年任冀热察挺进军三十四大队大队长。1940年4月，任平北游击第一支队支队长。1941年11月，调任冀察热军区第九团团长。1942年6月，在试验新式手榴弹时，不幸以身殉职，。

[3] 吴迪（1914—1948），湖北黄安人，1930年6月参加红军，1932年加入中国共产党，经历过长征。抗战时期，先后任第十二军分区武装部长、第二十四团团长等职。1945年4月，调任平北军分区十团政委。1947年10月，任冀热察军区独立第二师参谋长。1948年1月，在与国民党军队的南湾战斗中英勇牺牲。

[4] 最初相关文件皆写为"开展平北"，后通行称呼为"开辟平北"，特此说明。

东，开展平北”的“三位一体”的战略任务。

1939 年冬，按照八路军前方总部发出的整军训令，晋察冀军区对挺进军进行统一整编为六、七、九、十共四个团：原第四纵邓支队的三十一、三十二、三十三大队和房涞涿游击支队改编为六、七团，原第四纵宋支队的第三十四、三十六大队及骑兵大队改编为第九团，由青年大学生为主的“抗日民族先锋队”与冀东起义的武装合编为第十团。

1939 年 9 月，挺进军先行组建了以孙元洪为司令、刘国梁为政委、蔡平为政治处主任的延怀游击支队，加上地方干部共计一百三十余人，再次进军平北。

部队行至马刨泉（今属河北张家口怀来），遭遇敌人袭击，部队大部伤亡。补充两个警卫连后，部队越过永定河、横穿边城长城，抵达小纸坊屯（今在官厅水库淹没区）。天色已晚，部队原地休息，准备翌日早晨奔赴海陀山阎家坪，与姬永明会面。

孙元洪的拜把子兄弟单成元，看看没人注意，悄悄地潜入茫茫黑夜之中。

单成元是个好吃懒做的人，早在孙元洪投奔八路军时，单成元已经不愿意了。当了八路军后，从前那肆意妄为的日子一去不复返，习惯了声色犬马的单成元早已心猿意马。在日本特务的拉拢下，他渐渐萌生了杀害孙元洪的恶念。

就在孙元洪进入龙赤地区的时候，忘恩负义的单成元勾结日本宪兵队，一起策划了一个针对孙元洪的阴谋。

要说孙元洪对单成元可算是亲如手足，当初，孙元洪在耿家营挫败了日伪军的讨伐，吃了败仗的日伪军怀恨在心，到处抓捕孙元洪，可连个影子也扑不着，于是，派一群伪警察包围了单成元的家。谁知单成元没回来，就把单成元的父亲单老头五花大绑，押往康庄（今属北京延庆）日本宪兵队。经过马坊村时天色已晚，就把单老头捆在村当街戏楼里的一根大柱子上，找地方吃饭去了。

孙元洪得知消息后，像绑走自己的父亲一样着急，他骑着马一溜烟往南奔向马坊村。在村中遇到一个老人，得知这些人在村里光棍老拐子家吃饭。

孙元洪来到老拐子家门旁，偷偷往里一看，这个村的伪甲长刘成明正在殷勤地端饭端菜，伪警察们一声不响地吃得正香。孙元洪乘着这伙人全神贯注吃饭的机会，冷不防地蹿上去，左手一下子把刘成明按在地上，还没等伪警察发觉，立即用右手开枪打死了六个。活着的见势不好，转身从窗户往下跳，正好掉在窗前的菜窖里，还没等他爬起来，也被打死了。孙元洪跑向戏楼，把单老头从柱子上救了下来。

孙元洪对单成元极为信任，怎么也没想到单成元会害自己！

孙元洪的部队驻扎在小纸坊屯外，但是始终没看见事先派出的侦察员回来报告，就再次派人进村查看。

过了一会儿，一个农民打扮的人急匆匆地走来说："孙司令，快到庙里看看吧，你的人在跟老乡要钱呢。"

孙元洪听了勃然大怒，拔腿径直奔向了村中的大庙。

孙元洪自从加入八路军以后，他更注重军队的纪律，容不得一点损害群众利益的行为。敌人利用孙元洪这个治军特点，设计了阴谋。

孙元洪走进大庙，连一个人影也没看到。他觉得不好，拔出枪刚想隐蔽，子弹就打进了他的胸膛。战士们准备过来接应，围上来的敌人先开火了。战斗结束，一百多人的队伍，有的牺牲了，有的打散了。

战斗结束，蔡平放心不下孙元洪，悄悄跑到大庙，看到孙元洪倒在血泊中，走近了才发现，头已经被敌人残忍的割去了。蔡平含泪把孙元洪埋在一棵松树下，然后大步直奔海陀山，虔夜来到姬永明家中。

蔡平把孙元洪牺牲、队伍被打散的事情讲述一遍，姬永明气得直拍桌子。

蔡平说："你哥哥和童掌柜的牺牲了，孙司令也牺牲了，但他们是光荣的，而海陀山的抗日武装，也绝不会因为牺牲几个同志就放弃了，咱们坚持下去，将来一定能建设起平北的抗日根据地！我们对付日本人，既要打得聪明，也要打得更坚定！我只身前来，为讨你一个准话，你是想继续首鼠两端，等着鬼子杀上门来，还是抄起家伙，跟着共产党干！"

这一番披肝沥胆的长谈，姬永明听后，一时间家仇国恨涌上心头，"啪"地一拍大腿："不管龙赤环境多么险恶，只要你们来，我就敢干。"

姬永明热血沸腾，紧紧握住蔡平的手，他答应蔡平，就等八路军的队伍再次到来，一起抗日，打鬼子！

平西一席谈[①]

> 风云变冀东，奋起请长缨。誓抗胡奴暴，坚扶华夏倾。
> 荒村独行夜，古寺密谈声。闪电惊桥镇，侦骑空蓟城。
> 西山奔雨夕，百户赴军营。斗志因徐展，征途共李行。
> 果庄方脱险，清水此屯兵。训练从头好，何忧杀敌功。
>
> ——刘力生《平西上清水村受训·1938 年秋》

1940 年 5 月 24 日，金肇野[②]在平西斋堂编写着《挺进报》的稿子，准备赶印几期报纸，尽快送出去，让各县区干部和老乡们知道各地抗战

---

① 本节文字改编自金肇野的《血沃长城》部分内容，当代世界出版社，1995。该书部分为金肇野日记选，故留下大量对话细节。
② 金肇野（1912—1995），辽宁辽中人，1939 年加入中国共产党。1938 年底，金肇野来到平西，创办八路军冀热察挺进军《挺进报》。1940 年 5 月，他作为随军记者，同白乙化挺进平北，写有平北抗战日记九十余篇，另著有《血沃长城》一书。新中国成立后，金肇野历任辽宁省农业厅长、辽宁省计委副主任、中联部东欧研究所副所长、中联部五届顾问和第二、第三届全国人大代表。

情况和天下大事。

金肇野按出身说起来，还是前清皇族，原名爱新觉罗·毓桐，曾用名华岩，笔名王介。1912 年 4 月 12 日出生于辽宁省辽中县金海堡村，父母去世后，家道中落，便成了放牛娃。他喜欢木刻，开始自己摸索着挥舞木刻刀，后来参加了当时北平的"北方左翼作家联盟""中国左翼戏剧家联盟"和左翼"木刻研究会"，刻出了一些战斗性、艺术性都很强的作品，参加展览，发表在《科学新闻》等报刊上，受到鲁迅先生的重视，从此得到鼓舞，走上文艺道路。

"九·一八"事变后，金肇野在热河一带参加过抗日义勇军。1935 年 12 月初的一天，遵照中共北平市委的指示，金肇野与中国大学学生会负责人白乙化①、董毓华等秘密聚会于北京大学，参与组织了一二·九爱国学生运动。金肇野和他的同学魏震五、佟云、白乙化等先后被捕，直到 1936 年初才被释放出狱。在北平左联的安排下，他进入《北平新报》社做编辑工作，曾一度主编该报的"文艺草"副刊。1938 年 8 月，金肇野在延安参加了由刘白羽、欧阳山尊、汪洋等组成的"抗战文艺工作团"，10 月间，金肇野从冀中到达五台山晋察冀军区访问。为报道沦陷区的情况，他曾长途跋涉秘密深入到北平、天津敌占区活动，写出了《夜袭卢沟桥》《荒淫无耻的总站》等特写报道。

1939 年初，金肇野来到平西抗日根据地工作，担任京郊抗日宣传报纸《挺进报》的总编。

---

① 白乙化（1911—1941），辽宁辽阳人，1930 年考入中国大学，并加入中国共产党。1931 年"九一八"事变后，白乙化回乡抗日，组建"平东洋"抗日义勇军。1933 年，回校读书，获中国大学学士学位并留校，1935 年，参与组织一二·九学生运动，1937 年秋，领导组织绥西垦区暴动。1938 年后，相继担任华北人民抗日联军副司令员和冀热察挺进军第十团团长等职。白乙化好穿白衣，指挥作战灵活，人称"小白龙"。1941 年 2 月 4 日，在指挥密云马营战斗中不幸牺牲。

这天早饭后，金肇野刚拿起笔来，就接到平西专员公署专员杜伯华[①]捎来的信，约他去公署那里谈谈，并说十团的团长白乙化和宛平县的县长焦若愚[②]也到专署来，要他在中午前务必赶到。

杜伯华是河北人，幼年随父亲跑到吉林谋生，父亲是医生，所以打小就随父亲学医治病，九一八后参加过东北义勇军，抗战全民爆发后，他率领一支游击队在平西战斗，称为"国民抗日军"，这支队伍，后来改编为八路军晋察冀第五支队，杜伯华仍任第二总队政治处主任。1938年4月下旬，杜伯华调任房（山）良（乡）联合县县长，1939年3月，任平西专员公署专员。

五月的百花山，正是山花盛开的时候，在崎岖起伏的高山峻岭上，险峻陡立的岩石间，一簇簇姿态优美的各色各样的小花锦绣成团，拥聚在碧草丛里，更显得特别艳丽灿烂。

山坡上梯级麦田，一片油绿，郁郁葱葱，麦穗儿沉甸甸的招人欢喜。立夏已过十天，正是种庄稼的好时候。

平西专员公署在达幺庄，大道两旁，田地里玉米禾苗生长得苗壮，深绿肥大的叶片向两边舒展着，叶面上浮着晶莹滚动的露珠。前几天锄过的田里，莴苣菜、荠荠菜芽儿刚刚钻出土皮，露出娇嫩的芽尖儿。沟坎壕边上的杨槐枝条刺叶里挂满了一簇簇洁白的串珠般的花穗，随风飘散着一阵阵芬芳蜜甜的花香气味。

金肇野心情是愉悦的，但是他骑在马上，心里不停在想："杜伯华今

---

① 杜伯华（1904—1941），出生于河北，幼年逃荒至吉林榆树县，原名杜维汉，以行医为掩护，从事地下交通联络站工作。1935年加入中国共产党，1936年，接收组织安排，到西安参加东北军。1937年，来到北平，建立抗日游击队，曾任晋察冀军区卫生部副部长等职。1941年6月30日，在参加实验新药品时中毒，抢救无效，以身殉职。

② 焦若愚（1915—2020），河南叶县人，1936年加入中国共产党，早年就读于北平华北大学，曾长期在晋察冀和冀热辽工作。新中国成立后，曾任朝鲜、秘鲁、伊朗等国大使，1979年离开外交战线，先后任第八机械工业部部长、北京市市长、中共北京市顾问委员会主任等职。

天找我又有什么事呢？老白、老焦也去了，也许日军要向平西进攻？"

金肇野想到这儿，有些着急，在马屁股上猛抽一鞭，马儿扬起蹄子，伸着头，一口气奔跑到平西专员公署所在地。

专员公署大门外柳树底下，拴着两匹汗水淋漓的战马，小灰马是白乙化骑的，黄马是焦若愚骑的，他们已先金肇野到了。

金肇野跨进大门，从北屋传出白乙化豪放爽朗的笑声，间或还伴有焦若愚兴奋欢快而清脆的嗓音。他们的警卫员都坐在墙根下晒太阳，玩弄着驳壳枪的红缨穗，悄声说道什么。

窗前的红玫瑰和院子里的红白芍药花交相怒放，金肇野急忙走进屋里，一眼看到炕上放着饭桌，桌上摆着四个冷盘——猪肝尖、猪皮冻、粉肠、鸡杂，另外还有四双竹筷加四只小酒盅。

白乙化一米九的大个子，蜷着两条长腿坐在饭桌旁的行李卷上，胡子扎撒着往上翘，脑袋剃得净光。焦若愚坐在长枕头上，梳着乌黑浓密的大分头，脸面白净，两眼有神。两人正在议论着反"扫荡"胜利后平西的形势，看到金肇野走进来，一起说："老金，快坐下，老杜今天要请我们喝几盅，你快把腿挪到里边来！"

金肇野心想，有什么大喜事值得这样操办呢？也掀起毛毡坐过去。毡底下的苇席烧得滚烫，屁股烤得火烧火燎，金肇野不由得把身子挪动到炕沿边上。

杜伯华从里屋的厨房走出来，手持一把锡酒壶，健壮的身材，圆脸上冒出细密的汗珠。金肇野起身迎上去，抱歉地说："老杜，我来迟了！"

杜伯华把手一挥："不迟，酒刚烫热。快来，趁热喝。"

杜伯华用右手抹一下额角上的汗珠说："老金，你还不知道怎么回事呢？我是为白团长奉命东征饯行，这几天他要率十团挺进平北，打回老家去。今天，没有外人，只咱们四个老伙伴，也没啥好吃的，家常便饭，老母鸡、炸香椿鱼；喝几杯从易县紫荆关那边王安镇捎来的红枣酒，咱们叙叙战斗友情。"

杜伯华今天显得特别高兴，他先把锡酒壶举到白乙化面前，给他斟满，又给焦若愚和金肇野斟上，兴奋地说："感谢你老白为咱们东北人打了先锋！"说完看了焦若愚一眼："也为你，你早先在咱们东北救亡总会里工作，没有人把你当外省人看待。"

焦若愚笑着点头："这是真的，很少有人知道我是河南人，都把我归到东北帮了。"

杜伯华举起酒杯，慷慨激昂地对白乙化说："你白大个子在九一八事变后，砸了日本警察所，夺来敌人的快枪，揭竿而起，组织抗日救国军，几次打败日军的进攻，在辽河草原、热河森林，谁不知道有一位草莽英雄，大名鼎鼎的'平东洋'呢？一些人还给你取了绰号'小白龙'！"

白乙化抹了一下满脸的虬须，一笑："那是因为我这把胡子。"

"卢沟桥七七事变后，你又把绥西垦区扒子补隆（今内蒙古自治区巴彦淖尔市新安镇）的青年组成挺进军抗日先锋队，驰骋雁北疆场。去年4月，你率领这两百多名英雄健儿来到平西，咱们几个朋友又聚在一块了。"杜伯华说这话，又看看金肇野，"老金是前年年底从延安到平西的，这是共产党、毛主席把咱们哥儿几个又从各地集合起来了。咱们最喜欢唱的歌是《松花江上》和《打回老家去》。"

"白大个子，你今天幸运地比我们先走一步，为祝贺你能先打回老家去干杯！"杜伯华的声音有点颤抖，举着酒杯的手也有点哆嗦，激动得眼圈发红，是高兴？是惜别之情？还是嫉妒白乙化能比他先打回东北家乡去？也许各种复杂的情感都有，彻底交织在一起了。

其余三人也激动起来，同声说："干杯！"把酒杯碰在一起，然后都一口倒进肚子。

杜伯华给每个人又满上酒，再次举杯，看着焦若愚："七七事变后，国民党撤出北平城，你和我一块来到妙峰山安营扎寨，在党的领导下，

44

高举抗日大旗,建立咱们平西抗日根据地。你是宛平县的第二任抗日父母官,你广招志士,动员爱国同胞,有钱出钱,有力出力,团结杀敌,保家救国,与平西地区人民同命运共患难,誓与平西土地共存亡,为了表示你抗战到底的决心,情愿将自己姓名改为'焦土',你的美名声扬四方呀!"

接着杜伯华举起酒杯,激动地说:"我们不打到鸭绿江边,不把全东北国土收复,不把日本鬼子赶出中国去,誓不罢休!咱们举杯,为收复东北失地,为争取早日打到鸭绿江边干杯!"

白乙化起酒杯,他环视大家一眼,表示谢意。然后,他用手捋捋挂在胡子上的晶莹酒珠,陷入了沉思:"说起收复东北失地,我就想起沈阳事变时的情景。那时候,我正在辽阳中学教语文,眼看国土沦丧,国势蜩螗,东北人民遭受日本帝国主义铁蹄的践踏蹂躏,我的心像被火烧刀搅呀!"

白乙化说着,声音有些沙哑,他皱紧眉头,握住拳头,连续捶打了几下自己的胸脯。这引起大家的回忆,都争着讲述自己的遭遇。

白乙化抬高嗓门,把几人的话音压了下去,愤懑地说:"我曾经在东北军的教导队和讲武堂受过军事训练,应该说是行伍出身,是个真正的军人。只因为闹革命,不安心学习,要抗日,才被迫脱离军界。但是,常言说:'国家兴亡,匹夫有责','养兵千日,用兵一时'。眼看着中国军队不战而退,把大好河山拱手让给日本强盗,我的心肺都气得快要炸开了。当时,我和中学校里一位同事叫王雪操的,跑到辽阳明福山上,望着唐朝名将尉迟恭监督修建的古庙,抱头痛哭啊!我在庙台上,一面哭,一面填写了一阕词。"

大家都停下杯,默默地听他讲述当时情况!

金肇野说:"老白,你给我们朗读一段,让我们听听。"

"早忘记了,那是见不得人,瞎诌出来的。"白乙化舒展笑容,谦虚地说着。

"想起几句也行，朗诵给我们听听吧。"焦若愚也恳求着。

杜伯华拍着巴掌："都说你能写诗词歌赋，还能刻章治印。念小学的时候，都叫你才子，别谦虚了。"

一番话说得白乙化无可奈何的样子，他举起手，抓挠了一下光头，又喝了一口酒，脸色胀得有些绯红，前额渗出细密的汗珠。

白乙化微阖眼帘，轻声说："《浪淘沙》！"然后拉长腔调，高声朗诵："流水一天秋，明福山头。荒丘古刹吊公侯，碧水苍苔遗旧恨，战马啾啾。零落眼中收，壮志难酬。抛杯按剑看骷髅，扑面风尘山河幻，旧恨新仇！"

三人听罢齐声叫好，连站在桌前的警卫员们也鼓起掌来，金肇野敬佩地说："真是意气风发，铿锵磅礴，字字句句表达了爱国热忱。同志们，咱们举起酒杯，为雪旧恨报新仇干杯！"

白乙化喝一杯后，兴致更浓，捋捋他那倒栽的胡须，两眼眯起，对大家说："你们愿意听，我就再朗诵两首当年离别家乡时填写的《捣练子》。"

"风点点，雨丝丝，瘦柳残梧诉恨时。谁解小楼不睡意，砧声笛韵和离词。夜悄悄，漏迟迟，明月孤灯两不知。拭泪静思离别日，别离还是去年时。"

大家静静地倾听，字字敲击着心弦。白乙化锁紧眉头："这两首词的情调低沉，但你们都知道我当时的心情，我离别结婚不久刚怀孕的妻子，她是孤苦的。我的生母早亡，父亲带着继母和她生的儿女远离辽阳去北满佳木斯，丢下我新婚的妻子一人在故乡，守居那座寒窑式的破家。不知将来她生的是男是女？我走后一直怀念她，我想她的生活是很艰难的。记得我离家那天，从城里去火车站，登上逃奔北平的火车，遥望辽阳白塔，真心酸啊！我就这样走了吗？低头默默念叨，伤怀悲孤影，壮志憾辽阳……"

白乙化的话停在这里，把眉毛向上一扬，动情地说："现在别再讲这些了，让它随着时间过去吧。今天，中国共产党、毛主席领导我们打日本，领导我们打回老家去，收复东北失地，收复我的家乡辽阳，为中华民族，为无产阶级报仇雪恨！"

"说得对！"杜伯华举杯，"咱们以后，都不再说这些伤心的话了。祝你马到成功！要不了多久，我们也要随你打回老家去。"

金肇野也举起酒杯："静候你的好消息，为你攻克独石口，进军热河发捷报。"

"别忘记你的老战友，局面打开，需要我们的时候，给萧克、马辉之发个电报来！"焦若愚抬高嗓门说。

"还用得着拍电报？"白乙化伸出大手掌，在三人面前一挥，用手背抹抹脑门上的汗珠，两眼凝视他们："可他们说，不能不要一个巩固的后方啊，都去前方，谁来支援你们去开辟平北呢？又有谁来支援冀东的游击战争呢？萧克司令员提出'三位一体'的任务，是经过区党委讨论过的，并报请党中央批准的。他们还说，各有各自的战斗岗位和任务呀，这一下子堵住了我的嘴，把我顶回去了。"

白乙化又说："看来，你这个专员大人和你这七品县令是离不开平西这块宝了。不过……

他看看屋里没有外人，放低了声音："我估计，形势发展会很快的。苏梅、吴涛[①]昨天又来电报，请求多派主力过去。并恳请派有经验的党政干部速去平北地区建立抗日民主政权。电报还说，我军进入伪满洲国境内，敌伪组织一击即溃，群众蜂起，自动组织伙会、民团、自卫军等武

---

① 吴涛（1912—1983），辽宁沈阳人。1935年，加入中国共产党。抗日战争时期，曾任晋察冀军区第十团政委、平北军分区政治部主任等职。新中国成立后，曾任内蒙古军区政委、北京军区副政委兼内蒙古军区第一政委等职。1955年，被授予少将军衔。

装，团结起来抗日，要求我们派人去领导。抗战形势的发展，比我们预料的要快。伙计们，那儿的群众等待我们去领导他们抗日呢。"

金肇野也点点头："去年10月，专门成立了中共平北工作委员会，王伍①任书记，史克宁任组织部长，李熔旭②任宣传部长。今年1月组成了昌（平）延（庆）联合县政府班子，决定由平北工作委员会二十多名干部和冀热察挺进军九团八连，还有留在平北'后七村'发展的三十多人的游击队，联合组成平北游击大队，钟辉琨任大队长、刘汉才任政委，第三次挺进平北。这次挺进，采取的是小股部队梯次进军平北的办法，开展游击战，实行从隐蔽到公开，站稳脚跟，逐步前进，根据地'从小到大'发展的方针。今年1月，钟辉琨率领部队和干部，在5日夜间就到达'后七村'里的霹破石，宣告昌延联合县抗日民主政府正式成立。胡瑛③任县长，张子丰、杨俊廷为秘书，分管民政粮秣工作。听说最近的工作开展得比较顺利。"

白乙化点点头："是啊，4月20日，吴涛和才山④已经率领十团三营还有部分团里的干部，到达密云水川的小梁、化石峪一带，开展起了游击战！"

席间，四个人你一言，他一语，很是热闹、兴奋，也很激动，谁也不知道什么时候厨师端上来洋瓷脸盆盛着的炸香椿鱼和彩釉瓦盆装的一

---

① 王伍（1915—1988），原名徐德，浙江椒江人。1939年秋，与刘国梁、史克宁等组成龙赤工委率先进入海陀山区。10月，王伍任第一任平北工委书记。离休前在浙江省商业厅工作。
② 李熔旭（1916—1940），原名李亚钟，曾用名李荣旭，云南人。1935年参加中国工农红军。1940年，任中共昌延联合县县委委员兼中心区区委书记。1940年秋到十三陵地区的太平庄村检查工作时，被敌人包围，突围时壮烈牺牲。
③ 胡瑛（1911—1940），湖北人，1934年加入中国共产党，经历过长征。1940年1月5日，任平北地区昌延联合县县长。同年8月28日，在窑湾黄土梁被敌包围，突围中壮烈牺牲。
④ 才山（1911—1945），辽宁黑山人，1937年加入中国共产党。抗日战争时期，曾任八路军晋察冀军区第十团参谋长、冀热辽军区副参谋长等职。1945年7月，在遵化县杨家峪遇敌包围，英勇牺牲。

只清蒸老母鸡，粗瓷大海碗的红焖肘子。

杜伯华举起筷子："边吃边喝，边谈边喝，要不菜都凉了。"

焦若愚却停下筷子，抬头望着厨师，像在寻找什么。

这时，厨师果然又捧过来个长条盘，上面盛着一尾红烧大鲤鱼。

焦若愚笑眯眯地把头一歪，说："这是我昨天过青白口时，从永定河里捞出来的，今个算你白大个子好运气。"

"老白好运气的事儿多着呢！"杜伯华话也多起来了，他斜过眼睛看看金肇野，故意慢吞吞地悄声说："你们知道老白是怎么到平西来的？那是去年1月里，王胡子写信给萧克，说他那里有两百多平津流亡青年学生，大多数是东北人，有七八十个大学生，其余都是中学生，有不少是共产党员、民先队员，为首的曾在东北军'讲武堂'学过军事。这些人现在三五九旅学习，他们年轻，有文化，有知识，接受党的政策快，会做群众工作。王胡子还问萧克要不要？萧司令当时正在河北阜平开会，正在考虑如何改编从冀东过来的'华北抗日联军'，看到王震这封信，有这样一批青年学生，他想这是一批干部，如能调来，对'华北抗日联军'的改编工作就好做多了。萧克同志立即给王震回信，对老白他们来平西表示欢迎。那时候，萧司令员便决定任命你白乙化为抗联的副司令，你们扒子补隆的好多干部也当上了营长、教导员、政治处主任、参谋长；也有当连长、指导员的；有当参谋、队长、股长的，原来两百多人的队伍，一下子变成了一千多人的大部队。你们最近几次战斗，打出了抗日军民的志气，灭了敌人的威风。咱们多盼望你早一天把这支抗日队伍开到平北、开到十三陵、开到长城外去，开到热河，辽宁，打到鸭绿江边去，把我们的红旗插到长白山上！"

杜伯华这一番语重心长的话，就像把一坛子酒浇在大家伙的心上，立刻熊熊燃烧起来。

"你们这次走，也有地方干部吗？"金肇野盯住白乙化的脸问。

白乙化点头："有，这两天就集合了。"

金肇野顿时觉得心好像在翻滚，他想到，《挺进报》有张致祥[①]、何光等许多同志坚持工作，而前方却需要新闻报道。

这一刻，他下定决心，决定随白乙化一起前往平北！

首任昌延县委书记和县长

> 杨柳叶儿青，杨柳叶儿长。
>
> 人人怀揣一杆秤，秤秤谁能当村长。
>
> 要选忠实能带头，要选抗日意志强。
>
> 千万莫选滑头鬼，警惕白脸黑心狼、黑心狼。
>
> ——黎平、炜烨收集整理《平北抗日歌谣八首·选村长》

平北地区多属山区，环境艰苦，局势险恶。

1940 年初，萧克在《挺进报》上发表了著名的《挺进军的三位一体任务》，全面阐释了平北地区的重要战略地位：

> 平北位于平绥与通古铁路之间，它与西南方面的平西根据地夹着平绥铁道，与东南面的冀东游击根据地夹着通古铁道，其东北的热河，是伪满统治地区。
>
> 平北开辟起来，便成了平西向冀东、热河开拓的前进阵地，成

---

① 张致祥（1909—2009）江苏省常州人。1926 年加入中国共产主义青年团，1928 年转为中国共产党党员，1929 年脱党。1935 年参加革命工作，1936 年重新入党。抗日战争时期，先后担任华北人民抗日自卫委员会委员，冀热察委机关报《挺进报》社社长，平北抗日根据地专署专员、地委常委，《晋察冀日报》副总编辑，晋察冀军区、华北军区宣传部部长。新中国成立后，历任华北军区政治部副主任，文化部副部长，对外文化联络委员会副主任、党组书记，中共中央对外联络部副部长、顾问（部长级），中国国际交流协会副会长。

了平西与冀东的交通支点，也就是将来冀东与平西连成一片的接合部，是开展冀热察边区游击战争所必须开辟的地区。

……

总之，平西的巩固，需要平北的开辟与冀东之坚持；冀东之坚持需要平西的巩固与平北的开辟；平北的开辟需要平西的巩固与冀东的坚持。这三个基本任务无论在军事上、政治上都是互相关联、互相依存的，虽则其相互依存关系有程度之不同。①

1940 年 4 月的平西，花红柳绿，处处莺歌燕舞。徐智甫接受组织的任命，告别了学习、工作近两年的平西根据地，踏上了前往平北的征途，担任昌延联合县的县委书记。

徐智甫，原名徐睿，智甫是他的字。1908 年 5 月 26 日生于河北省蓟县周官屯村（今属天津市）的一个农民家庭。少年时在本村初级小学读书，后到县城第一高级小学学习。他学习刻苦，成绩优异，经常考第一。1926 年夏，考入通县师范，开始接触到进步书刊，阅读了马克思主义书籍，学习研究陈独秀、李大钊等早期中国共产党人的文献。

1931 年，九一八事变爆发，徐智甫一腔爱国热忱，率先参加了中国共产党的外围组织——"反帝大同盟"，他和同学王少奇②、卜荣久③ 等一道，前往香河县城、渠口镇和刘宋镇等地，发表演讲、书写标语、散发传单、高唱抗日救亡歌曲，号召群众抵制日货，积极参加抗日救亡活动。

---

① 中共北京市委党史研究室，《北京地区抗日运动史料汇编》（第四辑），中国文史出版社，2000。
② 王少奇（1912—1944），香河人，中国共产党党员。冀东抗日大暴动时，任蓟县抗日救国会宣传部长，后任冀东军区卫生部政委，在丰润牺牲。
③ 卜荣久（1908—1944），蓟县人，中国共产党党员，冀东抗日大暴动时，任蓟县抗日救国会主任，后任冀热边行署秘书长，在丰润牺牲。

1932 年春，保定二师师生发起大规模的抗日护校运动，遭到国民党当局镇压的消息传来，在徐智甫、王少奇、卜荣久等组织领导下，通县师范师生举行罢课，声援保定二师学潮。由于徐智甫在抗日救国和进步革命活动中表现突出，这一年他加入中国共产党。

1933 年春，《塘沽协定》签订后，包括通县、香河和蓟县在内的冀东二十几个县，沦为日军控制下的所谓"非武装区"，华北形势愈加严峻。徐智甫目睹祖国河山沦陷，极为愤慨，他与王少奇、卜荣久等秘密活动，并发动同学组织请愿团奔赴南京呼吁停止内战，痛斥国民党当局的误国政策。

就在这年夏天，徐智甫结束了学业，按照党的指示，前往他所熟悉的香河县任教。1935 年《何梅协定》签订后，冀东地区进一步殖民地化。为适应抗日救国斗争形势，同年 9 月，中共蓟县临时县委重建，书记李子光①恢复和发展党的组织，先后开辟了龙山学校、太平庄完小、朱华山小学、龙湾完小、段甲岭完小等为党的活动联系点。由于工作需要，应太平庄完小校长王济川之邀，徐智甫回到家乡蓟县，先后在龙山、太平庄学校继续以教学做掩护，从事抗日救国的宣传、组织工作。为了做好工作，他不仅把工资捐出盖了校舍，还多次通过其兄徐良向家里要钱，用于抗日救国活动。

1937 年七七事变后，中共蓟县县委在冀热边特委的领导下，开始了抗日暴动的组织发动和武装准备工作，10 月 12 日召集徐智甫、王少奇、卜荣久、王作勋（王磊）、铁华、张筱蓬等以登山为名，在县城东南的翠

---

① 李子光（1902—1967），原名贾一中，蓟县人，1926 年加入中国共产党，1930 年后参加冀东党组织工作，担任特别支部书记、中共迁（安）遵（化）蓟（县）中心县委书记、中共蓟县县委书记，抗战全面爆发后，担任抗联十六总队政治部主任、冀东地委委员、兼蓟（县）遵（化）工委书记、平兴密联合县县委书记、晋察冀第十三地委（冀东）西部地分委书记、冀热辽区党委第十四地委书记、兼第十四军分区政委、热河省政府副主席、中共河北省委常委、省委秘书长。新中国成立后，任河北省副省长、省政协副主席等职。

屏山举行秘密会议，决定在全县范围内组织各种救国会，向群众广泛宣传中国共产党的抗日主张，号召群众以各种方式投身到抗日救国行列中来。

1938 年，徐智甫参加了在盘山千像寺召开的中共蓟县县委扩大会议，会议决定进一步开展统一战线工作，放手发动群众，开展抗日救国宣传，积极发展救国会员，争取民团武装和进步士绅，准备暴动。根据会议的分工，徐智甫负责州河以北救国会分会的工作，由于他全身心地投入抗日暴动的准备工作，分会发展到东起遵化县境内的石门、夏庄、鹿角河一带，西至二区池庄子、潘庄子、穿芳峪一带的各个角落，并争取了许多开明士绅和民团骨干参加抗日。在徐智甫负责的二区，就有十三名保甲长和民团队长参加了救国会，其中有七名甲长和民团队长，后来参加了冀东抗日大暴动。

当时，徐智甫已患有严重的肺结核，但在暴动的日子里，他顾不得自己，为筹枪、筹粮，冒雨蹚着齐腰深的水过太和洼到上仓、下仓收枪，并带头捐出家中的五石七斗粮食支持暴动。8 月 31 日，他父亲徐长荣被伪满洲军骑兵打伤，不幸于 9 月 4 日去世。由于工作繁忙，他甚至无暇参加父亲丧礼，他对母亲说："父亲出殡不要等我了，眼下正是暴动紧张的时候，不打跑日本鬼子，乡亲们就永远没有好日子过。有国才有家，没有了国哪还有家？"

1939 年春，徐智甫来到平西，参加了冀热察区党委党校首批学习班，徐智甫认真学习了《论持久战》等文章，听了姚依林"关于党的抗日民族统一战线政策"的报告。学习班结业后，被留在党校担任教务主任。其间，受区党委指派到涞（水）易（县）县委，帮助县委传达贯彻中共六届六中全会及区党委会议精神。他在冀热察区委领导下，参与谋划开辟平北工作。

1940 年 1 月 5 日，昌延联合县政府成立，组织任命徐智甫作为中共平北工委委员兼昌延联合县县委书记（对外称抗联主任）。徐智甫到任已经是 4 月，进入大庄科，见到了先他一步抵达的县长胡瑛。

胡瑛比徐智甫小三岁，1911 年生，"老红军"出身，1934 年加入中国共产党，参加过中央苏区第四次、第五次反"围剿"，经历过长征，七七事变后，从部队转入地方工作。

胡瑛的资料缺乏，有些信息并不确实，比如现存公开资料中，说他是湖北人，但在见过胡瑛的《挺进报》记者金肇野的耳中，胡瑛与他几位湖南同事的口音相近。平北抗日战争纪念馆原馆长高德强是大庄科人，当年曾访问过一些大庄科的老人家，有说是江西人。

胡瑛是由冀热察区党委常委、宣传部长张明远[①]从延安陕北公学带到平西地区工作的，1940 年再派到平北。徐智甫其实也是由张明远谈话后，派到昌延联合县工作。张明远虽然是宣传部长，当时也负责冀热察区党委组织工作，因为组织部长是吴德[②]，但当时还没有到任。

1940 年 1 月 5 日夜，胡瑛率领干部到达"后七村"，宣告昌延联合县抗日民主政府成立，担任县长。

大庄科长期处在日伪统治下，日伪军经常"扫荡"，村中房屋被烧毁，妇女儿童都躲进深山。胡瑛和八路军到达后，深入各村了解 1938 年以来，八路军二进二出"后七村"一带后，日伪军对这一地区造成的伤亡和损失，进行安抚、慰问和救济，打消了群众认为"八路军好是好，就是站不住脚"的顾虑，确信"现在八路军真的要在这里扎根了"，决心

---

① 张明远（1906—1998），河北玉田人。1925 年 11 月加入中国共产党，抗日战争时期，先后担任陕甘宁边区抗敌后援会宣传部长、中共冀热察区党委常委、冀热辽区党委代理书记等职。新中国成立以后，先后担任中共中央东北局副书记、东北人民政府副主席、东北行政委员会副主席等职。1979 年以后，任国家机械工业委员会副主任、国家计委咨询组成员。

② 吴德（1913—1995），河北丰润人。1933 年 3 月加入中国共产党，曾担任中共北平市委副书记、华北铁路工委书记。抗日战争时期，先后任中共河北省委组织部部长、冀热察区党委组织部长兼冀东分委书记。新中国成立后，先后担任燃料工业部副部长，天津市市长，中共吉林省委第一书记，中共北京市委第二书记，北京市代市长，北京市革委会副主任、主任，北京市委第一书记，北京军区政治委员，中共中央政治局委员。

同八路军一起抗击日本侵略者。

日军在"后七村"周围建有二十余个据点，加上各山头的几十股土匪，根据地的粮食几乎被抢光了，为打开工作局面，必须首先进行武装建设。

胡瑛在霹破石召开县政府干部会时说："敌人天天'扫荡'搜山，我们要抗击敌人的进攻，开辟抗日根据地，必须有自己的武装，没有武装斗争，是站不住脚的。"

昌延游击队成立后，不到一个月，发展到五六十人的规模，县设总部，胡瑛兼任大队长，指导员王毅和张斌。昌延县建立三支区游击队，中心区游击队，利用过去伙会组成；台自沟区游击队，由祁秉元土匪队伍改编；南山根游击队为新组建。游击队配合主力部队，先消灭了中心区的汉奸土匪，为当地百姓除了大害。接着拔掉盘踞中心区周围的一些重要日伪据点，为抗日政权在昌延地区站住脚奠定了基础。

徐智甫还留下一张模糊的照片，胡瑛则连照片也没有，现存的画像，是大庄科的乡亲们通过回忆描述绘制。画像中的胡瑛，留着短须，但是面容是年轻的，平静而淡定。

我曾看过一方胡瑛使用过的砚台，这可能是胡瑛留存下来的唯一遗物。砚台直径九公分，不过手掌大小，普通石质，"后七村"景而沟的老党员高有捐献，乡亲们回忆，当年胡瑛用它写过布告。

徐智甫、胡瑛及县委其他人一起，以"后七村"（铁炉、霹破石、沙塘沟、景而沟、慈母川、董家沟和里长沟）为基地，逐步向十三陵地区和龙、赤（今属河北张家口）方向开辟根据地，组织救国会，发动群众抗日，建立区、村政权，开办党员培训班，并发展了一百余名党员，终于把抗日烽火在八达岭长城周围地区点燃起来。

在徐智甫和胡瑛的坚持工作下，平北的抗日政权逐渐巩固，冀热察区党委和挺进军司令部决定逐步向平北地区增派兵力。

第二章　通道

大战沙塘沟

夜过平绥线，沙村用早餐。伪军来交战，真乃胆包天。

专打鬼子惯，尔等算哪般！饭后枪声乱，上阵小周旋。

团长村头站，指挥谈笑间。战士忘疲倦，呼喊杀声欢。

兵威如潮卷，连夺三道山。伪军装备全，"土气"太不堪。

后退不怠慢，增援也枉然，天黑看不见，逃跑一溜烟。

——刘力生《白乙化团长率挺进军十团主力奉命开辟平北根据地

首战昌平沙塘沟·1940 年春》

当徐智甫和胡瑛在平北艰难的环境中开展工作时，平西的金肇野已经下定了决心，坚决要求随白乙化一起前往平北。

金肇野随挺进军十团行动的请求，终于得到冀热察区党委的批准。他赶到十团见到了白乙化，两人紧紧拥抱在一起，白乙化拍着金肇野的肩头说："老伙计，冀热察党委宣传部昨晚通知，说你跟我们一起行动，真太好了。"

金肇野也激动地说："见到你真高兴啊！自打 1933 年离开热河战场，一晃七年了，我多么想再回到那地方，看看当年和我们一起打鬼子的老乡们。好男儿一定要打回东北老家去，甘愿把热血洒在故乡土地上。"

1940 年 5 月 26 日，十团团长白乙化奉命率领一营和团直属队从平西百宝岭出发，到密云开辟丰滦密根据地。出发前，白乙化向萧克司令员立下军令状："完不成开辟平北的任务，生不回平西，死不离平北。"

第二天一早，白乙化就率领队伍向平北进发。金肇野出发前，想到一天要走一百二十里路，特地换了双新布鞋，没想到走了一会儿，脚就疼得钻心。白乙化走过来问："老伙计，听说你的脚磨出了泡，你不该穿新鞋长途行军。还疼吗？"

金肇野不好意思地说："不疼了，已经用碘酒烧干了。"

出发时已近黄昏，部队在茫茫黑夜里，直奔东方，躲过南口、昌平重镇据点，又避开村庄，穿越田野，于 5 月 27 日拂晓前，横跨平绥铁路。很多战士都是出身山区的农民，没有见过铁道，他们过铁路时伏在铁轨上，欣喜地用手抚摸着。

天色微明，已经看到南口山上灰色的碉堡群。大家接到命令，要求前进到十三陵的康陵休息。走近康陵时，金肇野的两条腿确实没有劲了，可以说是拖着走的。康陵村农家房舍吐出一缕缕乳白色的炊烟。街道房屋门大开，门外摆一长桌，几个饭碗，桌前有一桶冒热气的白开水和一个洗脸盆。这时接到口令：就地休息。人们蜂拥而上，抢碗舀水。

金肇野找个石墩坐下休息。电台台长何轰在对面院里架上电线，准备和平西联系，向萧克司令员汇报部队已顺利通过铁路到达十三陵。

白乙化带最后一个连赶到，观察一下周围，命令队伍紧急集合，向德胜口跑步前进。正在这时，村北的军士哨打响一颗手榴弹，步枪应声而起，随后互相射击声骤发。一场遭遇战已经不可避免。白乙化镇静地两眼看着何轰，等他把电线下完，背起收发报机，沉着地对金肇野说："老伙计，咱们走吧！"

金肇野随白乙化大步向村东走去，敌人一颗炮弹从北山射过来，落在一户农家房顶，冒出一团浓重的黑烟。歪把子机枪在村北"哒哒哒"

惨叫，村里孩子哭女人叫乱成一团。老汉牵出毛驴，老婆抱着母鸡，男女老少你推我搡，拼命朝村外奔跑，顿时一片混乱。

此刻，天已大白，部队像巨龙沿着蜿蜒的小道把头伸展到北山德胜口，默默地向山谷爬去。

山岭上响起机枪声，战士迅速地把子弹推上枪膛，步枪扛在肩上，加快了脚步。金肇野紧随白乙化行走在田坎下的河道里，白乙化镇静自如地迈开大步，而金肇野已是不停地小步跑了。敌人的子弹从他们头上嘶嘶地飞过；白乙化手摇马鞭，昂起头，边走边看北山地形，注视敌人火力发射点。金肇野弯着腰靠近沟坎，隐蔽前进。一片郁郁苍苍的松林，环抱着明万历皇帝朱翊钧的陵寝建筑。

白乙化催促部队跑步前进，争取时间抢夺德胜口。金肇野也把手枪机头打开，迈开大步，踏着碎石和流水，向沟里冲去。

刚刚跑进沟口几步，西壁悬崖上忽然飞出一排机枪子弹，炸在乱石面上，激起耀眼的火花。敌人已抢先占据了崖头。山岭上的步枪声也猛烈地响起来。白乙化仔细辨别这些声音，好像听出高山上的步枪是八路军尖兵部队射击过来的。几个战士跑过去举枪向崖头上还击。

白乙化把手一挥，喊："别乱跑，躲在拐角那疙瘩射击。"说完，用背挡着金肇野，又对前边战士说："别慌，沉住气，瞄准再打。"他自己却提着驳壳枪，一个箭步闪过火力口，跳到对面斜立的石堆后面，两个警卫员年轻腿快随他跃过去。一颗西瓜型的手榴弹从崖顶抛下来，滚到溪水浅处。

金肇野和几个战友靠近崖壁卧倒，圆弹滚个圈儿，"轰"的一声爆炸了，冒出一团浓重的黄色硝烟，抛出锋利的碎铁片和碎石。过了很久，硝烟才慢慢飘散。他们站起来，互相看看，没人受伤。头上的枪声仍很激烈，他们身后还有队伍陆续进山。主力可能早已冲过去了，山里却无枪声。白乙化提前出发，准备和一营营长王亢^①会合。

　　时间慢慢过去，山上枪声时断时续，金肇野不敢贸然冲过去。在这焦急万分的时刻，高山上突然响起了清脆的机枪呼啸声。

　　"听，是我们的双管机枪上来了。"一个战士兴奋地欢叫起来，他歪着头听着枪声说："我们控制了西山制高点，老鬼子要完蛋了。"

　　顿时，敌人重机枪对德胜口的射击停止了，只有山岭上的步枪交锋还在持续，但不激烈。金肇野站起来，拍掉落在身上的尘埃，和战士顺着河道儿迅速向北挺进。走出大约七八里，山岭上的枪声已沉寂，但从德胜口的南边传来了遥远的枪炮声。

　　部队前进到果庄，王亢带着三十几个扛着长枪的战士从山岭上走下来，他们是掩护小分队胜利归来的。白乙化见金肇野过来，举手挥挥帽子说："老伙计，没有把你拖垮呀，还算行。快上来歇歇腿。"

　　警卫员送来开水、白面烙饼和几条酱瓜。白乙化看着眼前的一堆东西，说："咱们也吃点东西，填补肚子，吃完上山，钻树林子休息，部队再拉就垮了。"他说完伸伸懒腰，又说："不过不宜在这儿宿营，也不能久留，吃罢晚饭转移，再走十四五里到西庄户，那里群众条件好。是游击根据地，可以安生地睡睡觉，好好休息。明天我要和苏梅、吴涛见面了。至于敌人让我们在十三陵整休几天，那就难说了。现在的任务是吃饭、休息。"

　　第二天一早，在西庄户吃过早饭后，王亢带领一营和直属队出发，白乙化从衣兜里掏出银壳怀表看看："苏梅和吴涛在去沙塘沟路上的沙梁子等我们，现在我们也走吧。"他站起来紧紧腰带，背起麦秸大草帽，挎上军用地图皮包，挺起胸脯，跨出房门。

---

①　王亢（1911—1992），辽宁营口人。1937年，加入中国共产党。抗日战争时期，曾任晋察冀军区第十团第二任团长、平北军分区参谋长兼热西支队支队长等职。新中国成立后，曾任西藏军区副司令员、中国人民解放军铁道兵顾问等职。1960年晋升为少将军衔。

参谋师军、警卫员、通讯员早已站在门旁，看到团长出来，紧跟身后步出西庄户，向村北山岗小道走去。

燕羽山的早晨，景色清明秀丽，空气特别清新爽人。部队转过山坳，远远看见前边山坡上的一棵枝叶繁茂的大树下坐着几个人影。白乙化的警卫员眼尖，欢叫一声："吴主任！"

苏梅、吴涛也看见白乙化，都站了起来。走到一起，白乙化把草帽向大树底下一扔，解开领扣，坐在树根上，举手指向山下问吴涛："这是什么地方？"

苏梅细哑嗓子抢着说："铁炉子，是'后七村'的堡垒村，那条道直通大庄科据点，能走汽车。"说完扭头望着山地的东边大岭说："岭东还有一条大道通山南泰陵、长陵据点。北至大庄科、永宁，是伪满的战略公路。"

白乙化急忙问："这些地方驻多少敌人？装备和战斗力怎样？"

苏梅眨巴一下眼说："一个团驻永宁、大庄科。关于敌人情况，老吴比我知道得具体，请老吴先给你汇报汇报。"吴涛是白乙化在中国大学的同学，沈阳人，蒙古族。白乙化是满族，辽阳人；苏梅，汉族，庄河人；金肇野，满族，辽中人。大家竟然都是辽宁省人。

吴涛在1940年4月带十团三营进入"后七村"，不久前，攻克塞外重镇独石口，打败了伪蒙骑兵。他看着白乙化，有节奏地说："这一带敌人兵力，主要是伪满洲军第二旅三十五团，装备好，弹药充足，受过日本人特殊训练。团长阎冲是锦州人，骄傲自负，是平北各县伪政权的太上皇。我军来后，他对'后七村'多次围攻'扫荡'，把延庆划归他的管辖范围，人民受到涂炭，损失巨大。我们曾通过关系做他的工作，但收效甚微。看来不用武力教训他，光讲大道理是行不通的。他把家眷也带来了，两个孩子在北平念书。三十五团团部在永宁，兵力分布在永宁、四海、大庄科、琉璃庙等地。永宁是一个营，轻重机枪七挺；大庄科一个营，其中有日本人；四海有步兵连和骑兵连，迫击炮两门，轻重机枪六挺，弹药装备都比其他连好，战斗力也强。各营附近都有几个据点，驻讨伐队。延庆县城驻伪蒙疆独立混合旅团骑兵一个大队两百多人，日本军三十多人，柳沟骑兵二十多人，自卫团六十多人，宝山寺自卫团四十多人。汤河口伪警察八十多人，迫击炮一门，轻机枪两挺。琉璃庙伪警五十多人……我来以后，一个多月时间，和他们几乎都接触过，敌主力战斗力较强，讨伐队、自卫团、警察等都是日本侵略军的爪牙，一些流氓地痞，打仗不行，祸害群众厉害。他们的靠山是日本指导官和三十五团。至于伪蒙骑兵主力，驻张家口、宣化，接触不多。"

他说完看看苏梅："请老苏补充，尤其敌伪县区警特情况，老苏掌握得多。"

苏梅多年从事地下工作，七七事变前任中共东北特区书记，受彭真直接领导。七七事变后，刘少奇派他到平西参与建设根据地，为人聪明精干。1940年4月来平北，接替王伍担任平北工委书记，率挺进军军部警卫连进入平北，攻克了千家店、杨木栅子两个据点。为适应斗争需要，平北游击大队升格为游击一支队，刘开锡任支队长，钟辉琨任政委，成为开辟平北西部地区的主力。

苏梅说得很快："伪自卫团、警察局是敌人统治人民的基层组织，设有日本人指导官和几十个特务，如柳沟据点特务多达十多人，后城据点特务六七人；至于伪警也和其他地方不同，是日本专门训练的'国境警察'，防止所谓非'满洲国'人进入他们的伪满洲国境，换句话说，是专门对付我们的，但有些地方经过我们的工作，对我军政干部和群众的态度有些好转。如高山寺的警察队长戚振伍就是这样。"

说到这儿，苏梅脸色严肃："特务就不同，坏得很！都是死心塌地的汉奸走狗，活动非常猖狂。白天晚上查户口。我们的工作极度严密。敌人化装'八路'，到处打听刺探；但谁也不告诉他一个确实的消息。老百姓能认清谁是敌人谁是朋友，他们不说，敌人也无可奈何。可是我们也经常化装，尤其地方干部，只有穿便衣才能在群众中工作，并得到群众的拥护。因此，有时也发生误会，闹出笑话。尤其是夜间活动，在相距不远的时候，更不易认清敌我。你问他是干什么的，他也问你是干什么的。你说八路吗，如果对方是敌人咋办？如冒充敌人，对方是自己人又如何呢？曾发生过两次笑话。一次是县委书记徐智甫等四个同志在夜间碰到对面来两个人，那边问：'干什么的？'问完就卧倒，这个动作证明对方有枪。老徐他们也立即卧倒。他们四人有三支枪，对面枪响了，他们便连还三枪。对面两个人跑了，他们才起来走。但他们从各方面估计，来人路经的村落和距离据点的方向，感到恐怕是误会。当老徐回到目的地，知道我们有两个同志出动工作，马上派人去找，果然是自己人。还有一次，史克宁的小鬼小柱子（原名刘广义）从川里上山来，正碰到两个伤员下山，都穿的是便衣。小柱子恐怕对方是从山里回来的敌探，而伤员则以为小柱子是从延庆进山来的敌探。双方都没有枪，又恐怕对方有枪。伤员首先问：'干什么的？'小柱子回答：'三十五团。你们是干什么的？'他们立刻回答：'警备队'。这些话都被庄稼地里的老百姓听到了，以为来了几个汉奸，立即通知我们在附近的部队，同时把这几个人一起捆起来送去，结果都是自家人。像这类事很多，在我们游击队一中队，十分之八九穿伪军服装，还有穿日军服装的，敌人也化装成我们的人。这样在山里、川里活动，经常发生误会，互相打起来。"

"可是日本鬼子特别残暴。"苏梅紧皱眉头，指着北边不远的村子说："这个沙塘沟是我中心区，最近敌人'扫荡'时，老乡们都躲到大山里，敌人围攻搜山，杀害了四五十人，多数是妇女儿童，只有两个男人；小姑娘遭残杀的更多。我们一个干部的老婆，是北平人，被奸污后又被杀害。另一名妇女被轮奸后不能行动了，被杀害的都是用刺刀挑的，非常野蛮残酷。那儿的住房几乎都被烧了。我现在住的大青沟，只剩下两三户，只能住我们了。"他停一会儿，又说："这并不能说明敌人强大。在前次平西反'扫荡'中，延庆群众被敌人强迫征去当'伕子'，随军参战，使他们亲眼看到了敌人的惨败相，回来特别高兴。而汉奸报纸《新民报》还吹嘘什么'皇军胜利'。群众完全了解敌人的欺骗宣传，一传十，十传百，用亲眼看到的事实，揭露敌人的欺骗，当笑话谈。最近这次延庆南山战斗中，群众参战就特别英勇。他们预料敌人要烧房子，当敌人纵火烧房时，他们只有仇恨。烧就烧吧，有命在就好办。因县政府住的那家房子，在敌人'扫荡'中烧了。房东早已料到，便在山沟里先建一座草屋，准备敌人烧了旧房住草屋。"

他看了看大家，继续说："这儿是游击区，又是敌占区，斗争非常尖锐。在延庆，敌特汉奸活动非常猖狂，在交通要道设卡子，不准老百姓给中心区送粮食。我们的活动都是秘密的。敌人昼夜查户口，我们只能在群众掩护下工作。"

三人聊着，到太阳快下山时，部队进入沙塘沟。一走进村便看到烧焦的瓦砾，一堆堆乱石头，歪歪扭扭的焦黑的房梁立柱，颓坍的断墙残壁，一片片烟熏火燎的显赫的斑痕，触目惊心，非常凄惨。战士们帮助老乡清扫庭院。何轰在大树的枯枝上拉起电线，准备和挺进军司令部联系，向萧克司令员报告行动。

王亢向团长白乙化报告部队宿营情况，并说泰陵来了一卡车全副武装的日本兵。白乙化听后，带着营连干部登上村北山岗，观察地形。这是他每到驻地必先办的事，以防不时之患。金肇野也跟着白乙化在村周围走了一圈，第二天早上，一阵激烈的枪响，把金肇野从梦里惊醒，翻身坐起，天已大亮。

敌人的机枪在东山梁怪叫，密集的子弹从沙塘沟晴空嘶嘶掠过。战斗开始了。

金肇野揉下眼睛看看窗外，警卫员神色紧张地站在门口，王亢正在院里向团长报告情况。金肇野跳下炕，跑出门，听王亢说："各连队都按昨夜部署，已进入阵地……"白乙化听王亢说完，仔细倾听敌人打过来的枪声。他扭过头看看身旁的作战参谋师军，说："立即传达下去，没有命令不准还击。敌人正在用火力侦察我们的主力方向，要沉着，不要暴露。"

王亢说："我到前边去看看。"说完，飞步跑了出去。

原来，这天上午，昌平、黄花城、大庄科和永宁三千多名日伪军来犯。白乙化和王亢，昨天刚到达沙塘沟，就部署了警戒，敌人一来就被派出的侦察员发现了。

白乙化即刻命令三营副营长赵立业①和游击一支队政委钟辉琨率队阻截南口、昌平的敌人，自己率主力对付伪满洲军三十五团二营和一部分日军。

白乙化抬头望望村前的山岗，走出大门。苏梅从西街走过来，紧跟着白乙化从村头的西坡登上山岗，脚下的碎石哗哗滚落山下。

金肇野也弓腰跟随他们从翠绿的杏树丛穿过，踏着坡地野草走上去；浮在树叶、蒿棵上的露水珠儿一串串滚落下来，染湿战士的衣裤鞋袜。

东南山里，传来枪声，约在十几里外，可能是赵立业所率领的九连和敌人接触了。

再望东岭脚下，有两间茅屋，周围编植篱笆柴门，门旁堆积柴草，屋顶烟囱吐着炊烟，飘过山腰。茅屋被暗淡阴影遮，看不见有人出入，却听到家犬对生人的狂吠声。白乙化和苏梅密切观察山岭那边的变化，寻觅敌人火力点。

---

① 赵立业（1908—1994），陕西靖边人。1935年加入中国共产党，经历长征。抗日战争时期，历任八路军第四纵队三十四大队二营教导员，第十团三营副营长，团参谋长等职。解放战争时期，任陕北绥德军分区十团团长，独一师一团团长兼政委。新中国成立后，历任东北坦克三师机械化团团长、河北省畜牧局副局长等职，1983年6月离休。

"那边树枝有点摇动。"白乙化从警卫员手里拿过望远镜，走到王亢身边，站在一棵大松树阴影下低声说："树林里有人影活动，刺刀尖闪耀白光……"

"大队长！"小通讯员尖叫一声，好像发现什么奇异迹象。

"什么事这样大声叫喊？"王亢生气地轻声斥责通讯员。

"树林里有人，你看。"

敌人在对面山上立即反应。

小通讯员大声喊叫："那儿还有一个，大队长！"

听了小通讯员的话，金肇野用双手遮着射来的阳光，眯着双眼小心地观察敌情。

子弹划空飞来，发出嘶嘶哨音。白乙化意识到情况发展，急忙推金肇野一把，恼怒地命令："快到后边去！"

金肇野站起身向后转，刚爬上山头，一梭机枪子弹风吼似的扫过来，弹头吱吱吱射进他刚才坐的那块草地里，冒出一朵朵白色烟尘。白乙化却在大树下稳立不动，用望远镜寻找敌人射手和位置。

步枪弹丸在头上嘶鸣，射在杏树枝叶上，翠绿色的圆形叶片被打得纷纷飘落，几颗肥胖的青杏坠落下来，在草地上滚动。

王亢两步走到白乙化跟前，白乙化递给他望远镜说："黑松林。"王亢举起镜子看一眼，放低声音："二排长，对准松树毛子那疙瘩给我狠狠地打，打完挪个窝。"

命令刚下达，机关枪便兴奋地欢叫起来。子弹壳迸出来，在地上跳跃几下，闪闪发光。山下的战士、民兵、卫生队员们都被机枪射手所鼓舞。

金肇野又爬上山头，挤进一个掩体里，飞来的子弹忽高忽低，威胁不大。一发迫击炮弹横空飞来，擦过头顶，落在身后的山坡上，在空旷的菜园地里炸开，向四周抛出细碎的弹片，尘土四面飞扬，炸裂开一团团黄白色的浓浊烟雾，散发出刺激鼻喉的强烈气味。留在村里的几个老乡们，背着铺盖卷，牵着驴，从硝烟里冲出去，向西山狂呼奔跑。

东南方东岭一带枪声激烈，北面的董家沟、景而沟也都打响了。白乙化脸色显得非常严峻，扭过头说："南北都打响了，敌人行动挺快呢。但主攻方向还不明朗，看来他没有摸清我们。"

苏梅听听东南的枪声说："东岭地形很好，如果只泰陵那几个敌人，九连和游击大队能够顶住他们。"

白乙化两眼望着他说："大庄科敌人如果要进犯沙塘沟，一定经过沙门这个山岗，冲过王八盖子下边的小井沟，抢占沙塘沟后山。"他停了一下，心情沉重地说："估计这一仗非常重要，我说能不能打垮他们，杀住阎冲这小子的狂妄气焰，对开展平北地区关系非常重要。"

小通讯员回来，左腕挎着一个柳条筐，右手提着一把水壶，放在面前，揭开筐上白毛巾，露出一摞粗瓷饭碗和几个热腾腾的玉米面窝头、咸萝卜条，然后斟了几碗白开水。

苏梅喝口开水说："钟辉琨游击队一直在这一带活动，对东岭地形很熟，对泰陵据点也很了解，只有几十个伪军，好对付。游击大队一中队是从九团挑来的老战士，营长当连长使用。这方面比较放心。"

苏梅取过窝窝头咬一口，看看吴涛说："老吴，你说赵立业那边能顶得住吧？我看麻烦的还是大庄科，虽然只有伪满洲军三十五团一个营，两百多人，但战斗力很强，又有日本人参战，永宁离这很近，打起来，他们要增援的。"

吴涛沉思一下说："单独顶住泰陵几个敌人没问题，怕情况变化，南口日本人来增援；我们要和九连密切联系。"他想了想又说："驻大庄科这个二营营长苏庆生性情凶狠残暴，杀人不眨眼，无恶不作，对自己战士也经常打骂虐待，在战场上提着盒子枪督战，谁稍不听指挥，就任意枪杀，比杀小鸡还容易。伪军对他既怕又恨，逃亡现象严重，所以这个营还不到两百人。”

吴涛又说：“我们游击队，枪支破旧，新兵多，没作战经验，又缺弹药，吃过敌人不少亏，现在好多了。今天，敌人是不是把我们当成小股游击队了？所以，同意白团长意见，不要过早暴露我力量，先打消耗战，最后集中主力和他决战。”

山下枪声突然紧急，白乙化站起来说：“我到后山去看看。”吴涛站起来随他走去。

金肇野和苏梅走进一家大院，五间正房只剩下烟熏火燎的四堵半截土墙和歪斜矗立的焦黑梁柱，看样子是最近一次敌人“扫荡”时烧毁的。

院子里正聚集着五十多名青壮年，有人戴着破边的草帽，腰扎麻绳，手举碗粗的柳木杆子，也有人扛着门板，一看就知道是担架队，他们聚精会神地在听昌延联合县的县长胡瑛讲话。

胡瑛身披一件青布棉袄，站在石碾盘上，南方口音，嗓门很高，生怕人们听不见：“大家都要服从命令，听从队长指挥，沙塘沟的自卫军就要听沙塘沟的队长张福同志指挥，必须服从命令，不能乱跑，注意伤员安全，抬下战场就立即送到急救站，就是这个东厢房，卫生队秦队长和送护人员都在这儿。”

胡瑛这时有些急躁，嘴唇上一簇黑胡须衬得脸很严肃，声音沙哑地喊：“各队必须认真检查担架，架杆坚不坚实？绳子捆得紧不紧？牢不牢？丝毫不能马虎。”

枪炮声沉寂一会儿后，又激烈起来了。小伙子们扛起担架，在院子里排成队伍，陆陆续续爬上山岗。从院子里望到远远的山岭间、沟岔里、山坡上、丛林里，到处都是来来往往的人影，非常紧张、忙碌。

张福、张瑞、张银是平北第一个农村党支部沙塘沟村的党员，他们抬着沉重的担架从山头的碧绿丛林里钻了出来，裤角袖口都被酸枣刺儿扯破，粗红的腿肚皮向外浸出一串串的红血珠儿。

金肇野急忙奔上前，扶他们走下陡坡，把伤员抬进大院里的临时急救站。敌人的炮弹还在不停地飞过，落在村外旷野。

这时候，东边的战斗很激烈，枪炮声震动大地。

敌人不仅天上有飞机，地上还有汽车。一次进攻不成，就接二连三地发动冲锋。

沙塘沟战斗持续了一天，到黄昏时分，十团和地方游击队成功打退了伪满洲军发动的七次冲锋，共歼灭日伪军两百余人，击毙伪营长苏庆生，史称"沙塘沟战斗"①。伪满洲军和部分日军见势不妙，仓皇逃窜。

这是十团进入平北后打的第一仗，给日伪军以沉重的打击，坚定了平北人民群众抗日的决心和信心。

根据在平西出发时的计划，十团主力继续前往密云，完成开辟丰滦密根据地的任务。

"部队打了一天，把东边前进路上的敌人打垮了，但伤亡也不小。我们部队要尽快摆脱敌人东进。今晚出发，南道不行走北道。"

白乙化看了一眼赵立业和钟辉琨，说："赵立业同志，你的任务是在这里坚持，把敌人拖住，以便我们部队摆脱敌人，办法你有，这一点我放心，知道你能完成任务。我最不放心的是他们去冀东的二三百干部。钟辉琨同志的游击大队，去延庆的北山，袭击敌人，越过海陀山，向北移动，到赤城一带活动。这样，你们有什么意见？"

钟辉琨和赵立业摇摇头说：没有。

胡瑛听完他们的具体安排，看了看县委书记徐智甫，问："白团长，我们县政府怎么办？"

白乙化稍加思索，说："你们和赵立业同志一起活动吧。"

"好，我们和赵连长一起活动！"胡瑛看了看旁边的徐智甫，又看了

---

① 沙塘沟战斗毙伤敌人的数字，各处资料记载都有差异，此处数据来自北京市延庆区档案史志馆编：《中国共产党北京市延庆区历史 1922—2015》，中共党史出版社，2021。

看赵立业，坚定地说。

夕阳隐没在连绵起伏的群山中，余晖把经历了一场山崩地裂般战斗的山村，映照得像火一样红。

挺进海陀山

察东冀北动欢声，万里长城汉帜红。

锦绣神州如此土，安容丑虏任纵横！

——刘力生《晋察冀军区平北军分区成立，

段苏权同志从延安前来领导斗争·1940 年春》

沙塘沟战斗结束后，十团继续向密云转进，途中在四海以东南天门全歼伪满洲军一个排。6 月 1 日凌晨 3 点，突袭延庆、密云、丰宁三县交界处的琉璃庙据点，毙俘包括署长韩维俊为首的伪警察四十六人，缴获轻机枪两挺、步枪三十余支。

十团挺进平北一周的时间，三战三捷，为此《抗敌报》[①] 在 1940 年 6 月 9 日第二版头条位置，以"创建平北根据地"大号标题做了报道，称"平北冀察热边八路军，最近与敌频频接战，连获惊人胜利"，同时刊出手绘的平北抗日根据地形势图。

1940 年 6 月底，十团千余人全部进入密云境，成为开辟平北东部地区的主力。白乙化经过周密调查研究，最后确定以云蒙山区为中心，开辟抗日根据地。

云蒙山古称云梦山，处于密云与滦平交界处，山峦重叠、沟壑纵横、

---

① 《抗敌报》是《晋察冀日报》前身，1937 年 12 月 11 日由晋察冀军区出版，1938 年 8 月改由晋察冀边区出版，成为中共晋察冀边区党委机关报。1940 年 11 月，《抗敌报》改名为《晋察冀日报》，邓拓任社长兼总编。

林木茂盛，主峰海拔一千四百一十四米，曾为清皇陵禁地，山中泉水四溢汇集成多条溪流，当地人称水川。这里可南下怀柔、东取密云、北叩古北口和白马关，与海陀山东西对峙，相隔百余里，中间有白河贯通。白河古称沽水，在云蒙山东南与潮河相汇，称为潮白河。向西通过昌延、龙延怀根据地与平西可以连成片，向东过潮河、通古铁路，就是冀东地界。6月，中共丰滦密联合县工作委员会和丰滦密联合县建立，白乙化兼任县委书记。丰滦密抗日根据地的创立，奠定了冀热察挺进军的大势，犹如插入伪满的一把钢刀。

在此后的岁月中，十团依托山地，战斗在长城内外、白河两岸，与日伪军展开了殊死搏杀，无论条件多艰苦，斗争多血腥，牺牲多惨烈，由十团在平北树立起来的抗战的旗帜，始终屹立不倒。因此，十团也被平北军民亲热地称为我们的"老十团"。

同样在这个时间，在海陀山区的纪宁堡村，龙赤联合县也成立了，耿伟任县长，张廷森任县委书记。

1940年1月，昌延联合县成立时，平北地委和游击大队派王子华和周之匀进入海陀山的龙关和赤城地区侦察了解情况，宣传抗日救国，组织发动群众，逐步建立人民武装。

在开辟抗日根据地初期，采取的方针和策略，都是通过争取中上层人士站住脚。为什么不依靠基本群众，而先争取中上层人士呢？因为当时日伪势力已经伸到了这个地区的各个乡村，广大贫苦农民处于分散的无组织状态，乡村的政权操纵在地主、乡绅、"伙会"头领等中上层人士手里，有的还担任着日伪的甲长、大乡长等。他们手里不仅有土地、有钱财，而且有权势、有影响，抗日工作如果得不到他们的协助，就很难打开局面。

一般来说，这些乡绅组织，既不反对国民党，也不反对日本人，对中国共产党的抗日主张并不排斥，抱着徘徊观望的态度。如果把他们争取过来，就能为抗日救国出力；但是如果被敌人拉过去，人民武装想站住脚就很难。

王、周二人化装成买卖人，以收买羊皮为名，活动在纪宁堡一带。先以个人关系，建立私人感情。王子华结交了当地羊贩张成祥，又联络了其把兄弟旧军人阎福田。

阎福田原来在宋哲元的二十九军当兵，二十九军撤离时，他携枪返家为民，并结交了八九个拜把子兄弟。张成祥又领王子华到侯庄子找了在村中有威望的农民赵顺。赵顺放羊为业，兄弟排行第五，人称五羊倌。王子华以买牲口为名，与赵顺秘密串联，商量组织开展抗日活动。

赵顺又到纪宁堡说服李恩。

李恩原姓王，大庙子人，家穷人口多，排行老六，三岁时，被李家两斗谷子买去，后来留在李家。李家是富农，家有二十多亩土地，牛羊成群，农具自足，李恩既是青洪帮的头目，也是当地"伙会"的首领，自己有九条枪。他本来就同情穷人，又加上日本人逼迫他交出"伙会"枪支，还要勒索巨款，正在无奈之时，经赵顺一说，就答应下来："活不下去，干吧！"

三天后，周、王、阎、李四人在赵顺家旁边的水沟沿上碰头，商讨了组建抗日救国军的具体事宜。以阎福田的几个把兄弟和李恩的伙会为主，又个别动员一批青年，总计五十余人。这支抗日救国军，除了七八条步枪、几十支火枪外，武器全是长矛、大刀、铁锨、镐头、镰刀、棍棒，他们在附近的河西堡、上庄子、青罗口、纪宁堡、侯庄子、阎庄子等村都建立了抗日救国会，选阎福田为救国军队长，开展抗日活动。他们摸黑进了日伪石头堡子据点，砸了电话站，第二天又打了黑龙庙的敌人据点。

河西堡村的熊学谦是旧军人出身，他和日伪据点的敌人混得很熟。他们天天一起玩牌、押宝。赵顺又动员他参加了抗日救国军。这一天夜间 11 点，熊学谦到艾河滩敌人据点，以找警长为名进入据点。阎福田随后带人缴了门口哨兵枪支，一齐冲进据点，将挂在墙上枪支全部摘下。敌人惊醒后束手被擒。这次袭击，缴获了十六支步枪、一支手枪。武装渗透取得了成效，游击支队初步站住了脚。

2 月底，中共中央北方分局①又派成黄、江文、耿伟等人来到这一带活动，进一步加强工作力量。在纪宁堡南山海沟一带，又消灭了土匪郭老二二十多人，得枪十四支。人和武器也交给阎福田的救国军，后又收缴土匪苏老二、苏有的七八条枪。

1940 年 3 月，日伪军集结两百余人，其中包括骑兵六十余人，向里长沟进攻。阎福田率队埋伏在东山上，放过步兵后，出其不意向骑兵攻击。枪声、呐喊声响作一团，敌人不知所措，乱了阵脚，首尾不能相顾，争相逃命。这场战斗，打死打伤日伪军数十人，缴获大量武器弹药和战马数匹。接着又在五间房等地，也打了几个胜仗。

这时，抗日救国军内部出现内讧，张成祥、苏更五等十八人预谋杀死王子华，拉出队伍进行叛变，重新去当土匪。这个情况被周之匀发觉，及时通知钟辉琨、赵立业，从"后七村"调来平北游击大队一中队，在海沟将张成祥、苏更五镇压。一中队是非常具有战斗经验的部队，队长张世成，指导员崔歧山，都是老红军，队伍里有一半的战士是中国共产党党员。

这个事件，暴露了抗日队伍改编土匪的问题，为了加强对抗日救国军的领导，平北地委决定，对抗日救国军进行整编，正式纳入部队序列，番号为平北游击大队第六中队，周之匀任中队长，江文任副中队长，王

---

① 中共中央北方分局，1939 年 1 月，根据中共中央指示成立于河北平山，代表中共中央和北方局对晋察冀党政军实行全面领导。1943 年 8 月，中共中央北方分局改称中共中央晋察冀分局，至 1945 年 8 月，改为晋察冀中央局。本书根据具体事件发生的时间，称谓有不同变化，特此说明。

子华任指导员，并派三中队到北山纪宁堡配合六中队开展战斗，开辟抗日根据地。六中队和三中队，在大队领导下，战斗力提高很快，配合兄弟部队，曾攻下过独石口，马营、样田、后城、龙门所等三十多个据点，在海陀山区，点燃起抗日烽火。

丰滦密和龙赤地区抗日政权逐步建立时，远在平西的萧克，正在考虑组织建设平北军分区。

组建军分区，除了搭建机构，更需要人员，由谁来先期介入工作呢？正在萧克反复考量之际，一个人的出现，让萧克确定了人选。

这个人正是年方二十四岁的段苏权。

段苏权是湖南省茶陵县尧水乡高径村人，1916 年出生，1930 年即投身农民运动，同年入党，时年十四岁。1932 年 8 月，段苏权任湘赣苏区红八军政治部青年科科长，1933 年，任湘赣军区红六军团的宣传部长，当时的军团长就是萧克。

1934 年 10 月 27 日，即红二军（二军团）与红六军团在四川省酉阳县南腰界举行会师大会的当晚，任弼时、贺龙考虑到湘、川、黔三省敌军尾随红六军团而来，呈包围之势，红二、六军团不宜在此久留，决定突破敌人的包围圈，挺进湘西。要完成战略转移，就需要派出一支部队佯装主力，重返黔东苏区，吸引敌人，策应主力东进湘西。

任弼时、贺龙经过考虑，要段苏权带领新组建的黔东独立师七百人去黔东。这七百多人还包括伤病员，任务极为艰巨。十八岁的段苏权接受了任务，经历二十多天的艰苦奋战，完成掩护主力东进的任务。在战斗中，段苏权受了伤，队伍被打散，又与主力部队联络中断，他行乞千里回到家乡，养好伤后，辗转多处，于 1937 年 9 月 21 日，赶到八路军驻晋办事处归队。

重新找到组织的段苏权，当年进入延安抗日军政大学第三期学习。1938 年春结业后，任抗大政治教员，同年 6 月调任中共中央军委总政治部宣传部教育科科长。1939 年春，段苏权进入中央马列学院攻读政治理论，毕业后被派到平西冀热察挺进军。

段苏权见到老首长萧克司令员，自然亲切万分，同时他还见到参谋长程世才①。程世才也是抗大三期四队的学员，两人算是学友。

段苏权住在挺进军司令部，整天看材料，与萧克、程世才有多次交谈，也见到冀热察区党委的马辉之、张明远等人。冀热察区党委是在原河北省委基础上改组，北方分局亦派来少数骨干，主要成员有萧克、张明远、姚依林、吴德等人。书记马辉之是湖南长沙人，1927 年到莫斯科东方大学和列宁学院学习，1930 年回国任全国铁路总工会党团书记。张明远是河北玉田人，曾在广州参加过毛泽东主持的农民运动讲习所，1927 年 10 月组织领导了玉田及附近四县农民武装暴动。

段苏权在路上耽搁了几天，恨不能马上奔赴抗日前线，萧克说："你来得不晚，恰逢其时，马上要成立冀东军分区②，平北军分区先成立政治部，你是主任，目的是先把已进入平北的部队统一组织起来，站住脚跟，尔后主力部队跟进。人员已经抽调了一些，你先熟悉熟悉，有什么问题随时找我。"

平北军分区政治部组建后住宛平县杜家庄，这里在 1940 年春季战斗中一度被日军的先头部队占领，在其不远处的西北山头，九团一营官兵曾与困兽犹斗的日军展开过剧烈的战斗，随处仍可见到战争的痕迹。

政治部人员都是从各单位抽调来的，组织不健全，总共三十多人。组织科长王启刚、总务科长娄少明是从九团抽调。九团前身是陕北红二十八军，刘志丹是创始人。政治部还有十来位民运干部，配了一部电台。

---

① 程世才 (1912—1990)，湖北大悟人。1931 年，加入中国共产党。经历长征。抗日战争时期，曾任平北军分区首任司令员。新中国成立后，曾任公安部队第一副司令员、沈阳军区副司令员兼沈阳卫戍区司令员等职。1955 年，被授予中将军衔。

② 1940 年 7 月 25 日，冀东十三支队改称冀东军分区，下辖第十二、第十三团，李运昌、李楚离分任司令员和政委。

段苏权在杜家庄住了十天，天天开会，学习有关文件，政治动员、政策宣讲、敌情介绍，同时进行物资准备，机关人员除必需的布鞋、米袋、雨衣外，每人还背三颗手榴弹。

萧克来过几回，作了两次政治报告，许多年后有人还能背出来："要创造新根据地，必须经过胜利的血战，要有反复打破敌人进攻的最高决心，要有持久的始终不懈的艰苦工作精神，在奋斗中去争取胜利、求得发展"，"平北是平西和冀东的交通枢纽与结合部，是我军在热察的前沿阵地，地域广大。开辟平北，有利于冀东和平西间的联系，成为坚持冀东的战略回旋地"。

萧克又说："发展平北，是巩固平西、坚持冀东、开辟平北'三位一体'方针的要点，任务也最为艰巨。平北与冀东、平西不同，这里原来没有党组织，主要依靠我们派干部去工作。这个地区是敌人经营已久的占领区，平绥路东段和平古路沿线，又是日寇'华北治安战'的重点，在张家口，建了伪蒙疆自治政府和伪蒙疆派遣军司令部。你们即将开辟的抗日根据地，是挺进军向东开展热河和热辽边境游击战争的桥头堡，同时它又配合正在积极活动之中的大青山一带和绥东一带的游击战争，是坚持长期抗战和将来反攻的重要阵地。"

萧克特别又提道："国民党的陈诚说我八路军游而不击，这一次，我们要让事实说话，八路军不但又游又击，而且把抗日大旗插遍长城内外。"

萧克这句话其实是在回应当时的外界舆论。1939年12月到1940年3月，正值抗战时期国民党掀起"第一次反共高潮"，指责中国共产党避开日军，而把大多数真正的战斗留给国民党军队。

萧克的话，给即将开赴平北的干部和战士以巨大鼓舞，大家天天唱《挺进军歌》：

挺进，挺进，在卢沟桥畔，

在永定河边，

在敌人的远后方，在祖国的最前线。

巩固平西抗日根据地，

配合东北义军的胜利，

坚持冀东游击战争，

创造冀热察的根据地。

我们的旗帜飘扬在长城外，

我们的胜利震动了全世界，

挺进，挺进，要驱逐日寇，

直到鸭绿江边！

这首歌由罗立斌①词曲，萧克进行了修订，内容特别提到"巩固平西，坚持冀东，开辟平北"这三大任务。据后来罗立斌回忆，在纪念五一劳动节的大会上，这首歌由挺进剧社第一次演唱，不久，《挺进报》就进行刊载，逐步在部队和地方组织流行起来。

萧克颇有文采，本身出身于书香门第，平时对文学也有极大热情，在战争过程中，经常拿起笔写一些随笔或是诗歌。就在段苏权来到平西的前几个月，萧克在紧张工作中，竟然写作了一部长篇小说。这部小说1937 年夏在甘肃镇原开始起草，1939 年秋在宛平县的马栏村完成初稿。萧克作为冀热察挺进军的司令员，每天的工作很是紧张，但他见缝插针，利用躲避敌机轰炸的时间，在膝头上奋笔疾书。当时躲敌机没有像样的

---

① 罗立斌（1917—2009），广东东莞人。1936 年加入中国共产党，曾任八路军冀察热区挺进军政治部宣传部部长，晋察冀野战军纵队政治部宣传部部长、旅副政委。1951 年参加抗美援朝，任中国人民志愿军师政委、文化部部长、兵团政治副主任。1958 年回国后，任对外文委司长，中共广西壮族自治区区委宣传部副部长、农村政治部主任、自治区区委常委，广西壮族自治区人民政府副主席。

防空洞，都是老乡挖煤的洞子。后来有人说，这是完成于煤洞子里的小说。

这部小说 1988 年改定后，以《浴血罗霄》为名出版，获得了 1991年的茅盾文学奖荣誉奖，当时萧克已经是八十岁高龄了，算是佳话一段。

从海陀山转战丰滦

战罢沙塘沟，东进不稍息。途经南天门，脱手打遭遇。

攻取琉璃庙，顺路不费力。兵扼宝峪岭，敌叹撼山易。

夜袭大草坪，大小战皆利。马蹄踏虏尘，横扫丰滦密。

红旗白马关，谈笑声霹雳。鬼子缩龟壳，汉奸远逃避。

大旱望云霓，父老军前泣。白河涛有声，燕山凌空立。

长城万里迎，塞上新天地。

——刘力生《十团开进丰滦密·1940 年 5 月》

段苏权前赴平北前，萧克特别交代："平北与西南方的平西根据地夹着平绥铁道，与东南面的冀东游击根据地夹着通古铁道[①]，如果不能在平北地区打开大局面，那么发展察北、热河、辽宁都是不可能，冀东亦不能避免完全孤立。一定要吸取湘赣土地革命游击战争的经验，采取波浪式发展的方式，先发展若干个小点，由点到面，党政军民一齐上。白乙化走前和我谈，我预想了三大块、六小块，即大阁地区、白马关地区、龙赤地区，立足后争取六个小单位，分别建立小块游击根据地，然后求得连片，具体如何布置点线，从实际情况出发。"

萧克的目的很明确，只有开辟了平北，挺进冀热察这盘棋才能走活。

[①] 通古铁道，日本侵占北平后兴建，自通州至古北口，与锦古铁路接轨，全长一百二十五公里，1938 年与承古铁路同时竣工。

萧克笑着说："你这回可是孙猴子钻进铁扇公主的肚子里，要闹它个天翻地覆哟！"

段苏权望着萧克信赖的目光，坚定地说："请组织放心，不管多大困难，只要一息尚存，我保证完成任务！"

6月23日，天下着小雨，段苏权率挺进军七团二营四个连及军分区政治部从杜家庄出发，路经上下清水、斋堂，在沿河城住了一夜。七团二营由团参谋长彭寿生[①]、政治部副主任张振元带队。彭寿生是江西信丰人，1930年的老红军。二营营长熊尚林[②]，教导员李荣顺[③]。

熊尚林是传奇人物，用老百姓的话说，那是得过"铁券丹书"之人，犯罪可以免死。

当然，这是从说书人那里听来的典故，熊尚林之所以被如此传说，源自一件大事。

1935年5月24日，长征途中，刘伯承和聂荣臻率先遣队赶到大渡河边，只有一条小船，必须组织死士强渡。此时浊浪滔天，河水流速惊人，对岸桃子湾渡口，山石陡峭，只有一处石壁凿有四十多级台阶，上有四个碉堡和半人高的围墙，由一个营的敌军把守。5月25日，由红一团二连连长熊尚林组织突击队，熊尚林位列十七勇士之首。强渡大渡河的成功，使红军没有成为第二个石达开，从这个意义上讲，熊尚林立下过大功。

---

① 彭寿生（1915—1993），江西信丰人。1933年，加入中国共产党。经历长征。抗日战争时期，曾任晋察冀军区第七团参谋长。新中国成立后，曾任天津市司令部警备区参谋长、副军长，山西省军区副司令员等职。1955年，被授予少将军衔。

② 熊尚林（1913—1942），江西高安人。1931年参加红军，经历长征。1939年2月，任七团二营营长。1940年任平北游击支队二大队大队长。1942年6月，在崇礼县范家西沟草场沟村牺牲。

③ 李荣顺（1917—1948），湖北荆门人。1933年参加红军。1935年，加入中国共产党。经历长征。1945年曾任晋察冀军区第十团团长。1948年，任独一师副师长。1948年，在承德地区隆化苔山战斗中牺牲。

6月25日下午4时，挺进军七团二营等准备乘夜在延庆康庄附近越过铁路，向海陀山进军。但计划赶不上变化，还没过铁路，队伍中准备带给十团的新兵连掉队了，部队不好贸然前进，只好原路折回等待。

第二天中午大约11点钟，蔡平赶来找段苏权。蔡平和海陀山区阎家坪的姬永明熟悉，这次他也随部队一起去北山开展工作。6月26日下午，还是约4点钟，再次出发，走的还是原路。为了隐蔽目标，夜间行军，尽量绕过村庄，肃静前行，顺利过铁路，蹚过妫水河。当时以平绥铁路作为平西和平北的分界，这样部队已经算进入平北地界。

6月27日早晨，红日升起，远处海陀山巍峨的山貌已经依稀可见，看到接近目的地，大家忘记疲劳，心情高涨，却不知已渐入敌人的伏击圈。

段苏权和七团的干部、战士行进到怀来至延庆佛峪口的简易公路附近，发现从怀来方向开来两辆巴斯拉军车，向东北奔驰而去，当时判断是过路车，并没有引起警觉。再往北走，就是水峪村。水峪村北靠海陀山，明代已成村落，属明代隆庆州（今延庆）后十里之一，原名叫水印。

在水峪村东北，已发现日军下车展开在公路北侧，前哨尖兵立即发起攻击。这场战斗打了三个多小时，虽然歼敌大部，但敌人很快从延庆、康庄增援来骑兵。七团战士只得边打边撤，从佛峪口西边的水峪口进入海陀山。

这场战斗被称为"佛峪口战斗"，是段苏权进入平北地区的第一仗。七团二营的指战员在敌人有备而来、先我占据有利地形的情况下，奋力拼杀，首创平北歼灭整建制日军的战绩。

事后查明，从怀来出动的日军是木和田小队，含三个步兵分队和一个掷弹筒分队，共六十余人。可是这一场战斗，七团二营亦付出沉重代价，牺牲三十八位同志，包括副主任张振元，五连刘连长及指导员，七连连长及副指导员，负伤三十四人，教训可谓深刻。

部队此前尚未到达海陀山边，原路返回住地，实际已经暴露了行动意图，所以被敌人先行堵截。只是由于敌人轻敌骄狂，没有派出更多部队，才使七团没有被包了"饺子"。但是在行进过程中，已经收到侦察情报，发现有汽车停在公路上，却没有引起重视，认为佛峪口只有十来个警察，一部电话机，结果越打，敌人越多，这才意识到敌情变化，等到众多敌人从背后打来，才被动撤出战斗。

烈士的鲜血没有白流，部队进入海陀山区后不久，宣布龙延怀抗日联合政府成立，首任县长是蔡平。烈士们的遗骨1954年移入延庆烈士陵园，世代为后人祭奠。

作为新组建的平北军分区的负责人，对段苏权而言，刚进平北就吃了亏，给他上了一课。他第一次亲眼看见了日军的训练有素和顽强战力，同时，对日军重视侦察、周密计划留下深刻印象。

第二日，钟辉琨从海陀山南麓的五里坡赶来，尽管是初次见面，段苏权对他已是久闻大名。

钟辉琨后来回忆说："见面后，我把情况向他汇报了，讲清了敌情、民情和地理特点。我向段主任说，你最好也是进黑河川活动，因为敌人力量转到这边来了，一个是'后七村'，一个是北山这边。段苏权很同意我的看法，他说好，你给我带路！我说行，部队走快点，好甩开敌人，不然敌人会重新组织力量对付我们。果然，我们刚到后城，敌人就追到后城，我们住到古子房，敌人就追到古子房。我们走花盆、走汤河口，一直插到长哨营一带，进滦平西部敌人不追了，我说你们走吧，我还回大海陀一带。"①

黑河属海河水系，因河底广布玄武岩石，水呈黑色，因之得名。

黑河发源于沽源县老掌沟内和赤城东猴顶山麓，流经三道川、白草、

---

① 钟辉琨：《开辟平北 挺进滦平》，载《星火燎原》（三十卷系列·晋察冀抗日根据地专辑），解放军出版社，1989。

东万口、茨营子、东卯五个乡，入北京延庆后与白河交流，注入今天北京的密云水库。

黑河川在赤城县东部古长城外，南北走向，河川开阔，岸边水稻如茵，随处可见一望无垠的青纱帐，挺拔的青杨和榆树更添妩媚。

秦、汉时期，黑河川属匈奴、乌桓地，唐代为突厥、契丹活动区域，长期游离于中央政权之外，20世纪30年代，这里是伪满洲国西南边境线和进攻华北的跳板。

钟辉琨为什么要推荐段苏权前往黑河川呢？

1938年夏天，钟辉琨率挺进大队在丰宁西南开展过游击战争，打开了兴隆、滦平、丰宁三县交界地带的局面，曾经成立了联合县政府，四纵队三十六大队、三十三大队也先后多次进出黑河川。前不久，钟辉琨和苏梅带领平北游击大队一中队在黑河川东卯及丰宁县西部山区活动，所以对那里的地形熟悉，也拥有群众基础。

丰宁拥有举世闻名的木兰围场。康熙二十年（1681年）正式设置"举搜狩之典"成为定制，秋狝从西崖口进入木兰围场的必经之路上，乾隆建济尔哈朗图（意为庶草丰芜）和阿穆呼朗图（意为康宁）两座行宫，故奉旨设厅县时，部省议定取其两宫"丰阜康宁"之意名曰丰宁。

平北游击大队一中队是从九团挑选的战士，部队战斗力较强，营长当连长，连长当排长，队长张世成、指导员崔歧山都是陕北老红军，全队共产党员占了半数。

钟辉琨是开辟平北抗日根据地的急先锋，八路军三次挺进平北，钟辉琨一次都没落下。从1938年初入平北，1948年调任东北野战军一六八师师长，钟辉琨始终没有离开平北的山山水水。钟辉琨正是那种不怕死、不畏难，党叫干啥就干啥的硬汉子。

1940年4月，苏梅接替王伍任平北工委书记，带来挺进军司令部一个警卫连，该连是有战斗力的老部队，钟辉琨和苏梅商量，向萧克司令员打报告，把警卫连留给钟辉琨。游击大队原有一、二、三中队，警卫连编成四中队，收降的齐秉元土匪武装编为五中队。进入 1940 年 5 月后，游击大队扩编为六个中队，升级为平北游击第一支队，队伍扩充到五百多人。首战延庆刘斌堡大观头据点，一枪未发，就迫使三十多伪军乖乖交了枪，还获得了几千斤面粉。

今天属于北京地区的延庆境域，在 1940 年，归属三个伪政权管辖，刘斌堡往东归伪满洲国，刘斌堡往西归伪蒙疆自治政府①，延庆东南的大庄科一带，则归伪华北临时政府②。

金肇野在自己日记中说："一天晚上 9 点多，苏梅要我随他和钟辉琨、刘汉才北上大海陀山区。夜黑天低、阴云密布……我紧挨钟辉琨身边，问他怎么走？他说从小辛庄下山，往北走。钟政委在平北走遍了山山水水，打仗又很有经验，从井冈山下来，经两万五千里长征到陕北，现在又扛着红旗上海陀山，我能和老红军并肩战斗，不仅感到光荣，也对战胜敌人充满信心。"

对于钟辉琨在"后七村"立足的消息，中央及军委甚感欣慰，当接到萧克最初的汇报后，即致挺进军军政委员会回电，称"（甲）2 月 1 日电今日看到，你们的计划是完全正确的，望照此坚决执行……你们的成功是脚踏实地，稳打稳扎，一步步前进，这在敌情严重地区是应该如此的。（乙）中央规定你们的战略任务，是确保平西根据地，发展冀东游击战争，直至热河山海关，并准备将来再向辽宁前进……（丙）因为你所在区域敌情特别严重些，你们扩大军队的方针仍应是在巩固基础上力求一步一步的扩大，如同你们发展根据地的方针是在巩固基础上一步一步扩

---

① 1939 年 9 月 1 日，由蒙古、察南、晋北三个伪政权合并组成，首府张家口。
② 1937 年 12 月，南京陷落后次日成立，1940 年 3 月汪伪政权组阁，遂改称华北政务委员会。

大是一样的……"①

钟辉琨告别后,段苏权和彭寿生立即率七团二营及警卫排,从海陀山往东,进入黑河川及汤河川,与十团配合,转战千松台、杨木栅子、花盆、大栋树一带的丰宁、赤城、延庆、怀柔的边沿地区,并以千松台山区为依托,建立了区人民政权,书记吴涤新,区长马秀。

开辟平北抗日根据地的重要目的之一,就是构筑从平西前往冀东的"通道",从而使冀热察抗日根据地连成一片。

段苏权率部挺进黑河川,他并不知道,他前脚上任,萧克后脚立即给中央军委发电:"自钟支队到平北后,由1月至5月共缴步枪一百一十二支、轻机枪一挺、手枪四支、望远镜两个,毁汽车五辆。5月中,我十团过平绥道进至平北,连续三个胜利,共缴步枪七十支、轻机枪一挺、手枪两支,平北工作更好开展。根据平北的发展,只要适当配备力量,在今年内是可以完成4月1号预定的创造大块游击根据地或巩固根据地的战略任务。因此我们设法抽调第七团去平北成立分区指挥部,分区组织拟以程世才兼司令,段苏权为政治部主任代政委,请……斟酌其能力决定其任务。参谋长找不出,请军区将易耀彩调来或另调一人来"。

不久,任命下达,段苏权"代政委"一职被划掉,显然他曾经离队的经历仍有影响。然而,对彼时的段苏权而言,能回到工作岗位,就是干营长、连长,他也都会欣然从命。萧克看到"代政委"被驳回,却再也没有提出过平北军分区政委的人选。从中可以窥见,萧克对段苏权还是非常有信心。

7月上旬,段苏权收到命令,程世才司令员要率七团主力移师平北,一下来了两千多人,身为政治部主任,段苏权不得不开始为吃穿问题

---

① 《中央、军委关于挺进军的战略任务的指示》(1940年2月11日),转引自平北抗日斗争史调研组,《巍巍海坨山——平北人民抗日斗争纪实(三)》,奥林匹克出版社,2000。原件存中央档案馆。

犯难。

7月底，平北军分区领导机关在海陀山东侧南、北碾沟成立，为迎接程世才司令员及七团主力一营、三营，段苏权调集先期到达的部队，到滦平县五道营汇聚。不料驻滦平的日伪军衔尾而至，中午时分，十团一营由营长王亢带领占据了村东南山头，七团二营由营长熊尚林率队隐蔽在一营南侧的东山。中午时，一营先与敌人接上火，敌人炮弹也落在二营阵地上。

太阳快落山时，程世才派侦察员到七团二营阵地给段苏权和地委代理书记苏梅送信，说程司令已进村，让段、苏速回村议事。在从东山下来的路上，侦察员和四个通讯员在前边走，刚走到村东北的河滩地，突然与日伪军遭遇，相距不过百米，因是开阔地无处躲藏，随从人员张炳直等和苏、段即刻掉头后撤，好在敌人是趁天黑撤退前的武装侦察，没有狠追，牺牲了一个战士，苏梅脸颊中弹，子弹从右耳根下穿入，从鼻梁右侧眼睛下方穿出，差点眼睛不保。

在五道营子东北沟口一座小村庄，苏梅和段苏权见到了司令员程世才和七团团长陈坊仁①、团政治处主任李水清，同来的还有平北抗日根据地第一任行署专员张致祥。

由于情况紧急，敌人四面合围上来，苏梅又负伤，来不及细说，程世才和苏梅带七团一营二营向延庆方向转移，张致祥交付丰滦办事处主任王启刚，段苏权和彭寿生率七团三营向大阁以北方向行动，一路拔除花盆、东卯敌人据点，并乘虚袭占长城要隘独石口，筹集了鞋子、咸盐和款项，转了一大圈，又回到喇叭沟门一带。

---

① 陈坊仁（1916—1967），江西兴国人。1929年加入中国共产主义青年团，1930年参加中国工农红军。1932年2月转为中共党员。经历长征。抗日战争时期，先后任八路军第四纵队大队参谋长、大队长，冀热察挺进军参谋处处长、第七团团长兼政治委员。新中国成立后，先后任中国人民志愿军六十六军副军长、六十八军军长。回国后历任济南军区副参谋长、山东省军区司令员。1955年被授予少将军衔。

敌人十分害怕七团在平北站稳脚跟，以重兵连续追击合围。

在北京城区至古北口的铁路沿线，驻扎有日军独立第三警备旅团五千人。十团、七团的先后到来，引起敌伪的注意，在敌人四面讨伐包围之中，七团几乎无日不战，部队极度疲劳，减员严重。8月，关东军紧急抽调通化省由抗联叛徒刘汉、王岳、张显等为首的五个讨伐队千余人，进驻滦平、密云，企图利用熟知我军内情的叛变分子对付八路军。

当时正是青黄不接，阴雨连绵，段苏权先期筹集的三万多斤粮食，很快食之一空，部队天天行军打仗，饿着肚子咋行？为此段苏权翻山越岭动员民众，想尽一切办法多方筹集。部队来到喇叭沟门几个小山庄和转山子附近，老百姓把刚能煮着吃的嫩玉米棒、小土豆、倭瓜蛋供部队食用，虽能救急，但既不顶饱，又糟蹋了群众口粮，本来就度日艰难的群众更加重了负担。动员老百姓赶制的军鞋，亦不敷穿用，频繁的战斗，没有饭吃，没有鞋子穿，伤病员急剧增加。

8月24日，段苏权随七团主力再战独石口，8月27日，敌人集中兵力向军分区所在地碾子沟进攻，七团三营进行阻击，损失对半。彭寿生和李水清主张放弃这块地方，程世才致电军部，认为在平北不宜坚持，困难极多，拟率七团余部返回平西。

七团召开高级干部会议，由段苏权主持，讨论如何执行挺进军总部电报指示问题。电报是团部作战参谋吕展送来，会上，因二营人员损失较多，团参谋长彭寿生和二营长熊尚林止不住哭出了声。会议认为，部队在伪满丰宁一带没有工作基础，敌人的据点林立，"扫荡"频繁，两个月减员过半。决定留下两个主力连由三营副营长李恒臣、副指导员熊应松领导，其余部队全部撤回平西根据地。

七团前脚撤出平北，敌人后脚进行了疯狂报复，使黑河川及其以东地区，遭受严重破坏，长期难以恢复工作。七团出征平北，铩羽而归，损失三到四个连，四百多人，萧克为此承担了责任。七团撤走后，十团也暂时撤离丰滦地区，向活跃在延庆、赤城、龙关一带的平北游击一支队靠拢。

七团虽然没有在平北站住脚，但仍起到了一定的积极作用。正是由于七团的活动，在北部伪满地区吸引和牵制了大量敌人，相应减轻了敌人在昌延联合县的中心区对平北游击一支队和十团的压力，为他们积极开辟根据地创造了条件。

这一时间，昌延联合县的中心区工作，在"团结战胜一切；谁有群众谁就胜利；高度地发挥革命的创造性"三大口号的鼓舞下，开辟工作进展较快。然而，抗日军民的斗争，引起了日伪军的惊恐，狂呼"延安触角伸向满洲"。对于插入敌人心脏的这把尖刀，日伪必欲除之而后快，妄想把这块新生的根据地扼杀在摇篮里。

1940年9月9日，日军集中四千多兵力，向密云以西延庆以东的根据地采取"铁壁包围""捕捉奇袭""纵横'扫荡'""反转电击"的战术，进行了七十八天的大"扫荡"。在昌延地区对中心区采取报复性的烧杀抢掠，将"后七村"的民房几乎烧光。由于我军运用了机动灵活的战略战术，地方工作有了相当的基础，敌人的"扫荡"被粉碎了，根据地得到进一步的发展和巩固。昌延中心区横跨长城内外，屹立于伪满、伪蒙疆和伪华北三个傀儡政权的结合部，成为敌人的心腹大患。

到1940年底，平北抗日根据地的"后七村"中心区较为巩固，白河以西一块，黑河以西白河以东一块，延庆以北一块，四海、永宁以北一块，赤城以北一块。相继建立了昌延联合县、龙赤联合县、丰滦密联合县、龙延怀联合县，1941年初又建立了龙崇赤联合县。这些小块根据地逐步由点发展成面，继而连成一片。

平北抗日根据地的开辟建立与其他地区根据地有所不同。当时，抗日战争进入相持阶段，敌人已经实施了较稳固的殖民统治，平北抗日根据地的位置，被敌人称为"模范治安区""和平乡"，在这种情况下，抗日军民从敌人手中抠出了一块又一块的根据地，在抗日战争进入反攻阶段时，发挥了前沿阵地的作用。

这一时期，国内外狼烟滚滚。1940年3月30日，汪精卫的伪国民政府在南京成立。5月1日，日军发起"枣宜会战"，中国军队伤亡近六万，毙伤日军万余人，名将张自忠壮烈殉国。日军因占领宜昌得以轰炸四川大后方，从5月下旬开始，以大批量飞机对重庆进行地毯式轰炸。据日本防卫厅《中国事变陆军作战史》记载，在历时一百一十二天的大轰炸期间，日军共出动飞机四千五百五十五架次，投弹两万七千一百零七枚。

这样的失利与欧洲战场相比，实是小巫见大巫。4月，德国入侵丹麦和挪威。5月，比利时、卢森堡被德国占领，接着，荷兰总司令宣布投降。6月，德军占领巴黎。从1936年7月德、意法西斯武装干涉西班牙，到1940年6月，法国战败出局，四年时间里，美国隔岸观火，英、法不断牺牲小国利益，刺激希特勒的新冒险。西方大国企图通过绥靖政策祸水东引，借助法西斯势力消灭社会主义苏联，结果养虎遗患，搬起石头砸了自己的脚。

重庆遭受反复轰炸之时，日本人开始了与重庆方面进行秘密谈判，代号为"桐工作"。

没有历史证据表明蒋介石想对日投降，但对于中国历史来讲，这是一个危险时刻。在这一刻，历史进程哪怕有一丝闪失，中国都将陷入万劫不复之地！

这就是1940年的世界和全国局势，只有了解了这些，才能明白，当正面战场接连溃败，国土大量沦陷，国际社会都在怀疑中国抗战还能坚持多久的时候，中国共产党领导的抗日武装，却在日伪的"模范治安区"建立起属于人民的政权，而平北创建的根据地在克服着怎样的困境。

血色染劲草

一

白天一片荒山洼，夜晚灯火百数家。

山柴野草战士手，平地楼台何是夸！

二

座座"营房"一夕成，讲文演武大本营。

小队轮番派山外，袭房除奸各有功。

——刘力生《营房二首·1942年》

七团转战海陀山，挺进丰滦的时期，南山的昌延联合县中心区，坚持得异常辛苦。

1940年5月，沙塘沟战斗的胜利，引起了日伪军的极大恐慌和不安，再不认为是"小股八路外线游击作战。而是主力要在其后方建立根据地。"于是日伪军集中兵力，对昌延联合县的中心区进行"拉网式"大规模"扫荡"，历时三个多月，妄图摧毁这个刚刚建立起来的根据地。

"扫荡"的敌人，寻不到八路军主力部队作战，气急败坏，兽性大发，遇房放火，见人开枪。日伪军的残暴"扫荡"，使昌延地区人民蒙受了空前的灾难。乡亲们流离失所，有家难归，在深山野岭里辗转逃难，忍饥挨饿。

这段时间，恰值青黄不接，粮食奇缺，有时树叶子接不上吃，伤病员没粮食吃，医药、蔬菜更缺，伤员伤情随之加重。经过长征的贺礼保同志，感叹地说："长征虽苦，可是，现在平北比长征还艰苦。"

这个时间段，七团和十团的主力部队已到海陀山北至丰宁一线战斗，昌延联合县的中心区只剩赵立业率十团九连少数指战员，运用"敌进我退、敌驻我扰"的游击战术与敌周旋。县区干部白天随部队活动，晚上还要出山筹粮筹款，常常因弄不到粮食，不得不以野菜充饥。当时的县政府干部王毅回忆说："……粮食奇缺，中心区的牲口都杀吃了，鸡狗鸭鹅凡是会出气的动物都杀光了，连驮机枪的大骡子也被胡瑛县长杀了，分给伤病员吃，真是以树叶充饥，泉水止渴，山洞为房，草窝为炕，有时连树叶也吃不到。"昌延地区抗日斗争进入最困难时期。

县委书记徐智甫这时患了疟疾，开始一周发作一次，后来越来越重，以至无定时，一天发作数次。这一天，他几经折腾，浑身虚汗，气喘吁吁，脸色苍白，在虎峪村抗日分子老侃、王毅还有交通员等几位同志的搀扶下，走走停停，从虎峪来到马圈子村。

马圈子村的房东叫侃大淑，她给做了一锅香喷喷的小米饭。吃完饭，徐智甫说："走吧，出发！"

老侃看看徐智甫，忧虑地说："我和老王先下去看看，你留在这里吧！"

"来回好几十里山路，怕你吃不消啊。"王毅也有些担忧。

老侃叮嘱侃大淑："拂晓时，我叫小五放哨，注意南天门和西大梁，如有情况，你就赶快把老徐藏起来。对，交通员也留下来。"

小五是侃大淑的小孩，从南天门下去就是南口，西大梁下去就是居庸关，那里驻扎着日伪军。

徐智甫见老侃安排得妥帖，也就不得不服从安排。

老侃和王毅出了侃大淑家，通过灌木丛生的十里虎峪沟。这条沟峭壁陡立，高达四五丈，石体上分布着许多山洞。据说是古代打仗时为了藏军而挖的，真是"一夫当关，万夫莫开"。色厉内荏的敌人，怎么敢进山呢？

离虎峪村四里有一个姓潘的人家，地名唤作潘家房，潘家至今五百多年仍是单传。这家有爷爷、儿子、儿媳、孙女，一家人靠东山根盖着三间小瓦房，没有院墙。房后开垦了几块梯田，养着一头驴，依靠种地为生。

走到沟口，天已黄昏，老侃的路熟，顺着虎峪村一直往南走，约两小时到了马池口。进村公所看到一个乡丁，他听王毅的口音，知道是八路，匆忙出去找来乡长。

王毅说："马上给部队准备三百斤小米，大部队很快就要来了。"

乡长吩咐乡丁从他家借八十斤米送来。乡丁匆匆地去了，没一会儿就汗流满面地背回来两袋小米。王毅对乡长说："不要出来送我们，我们马上就走。"王毅和老侃每人背一袋小米，大步流星地往回赶。俗话说，十里无轻担。大约走了一个小时，老侃气喘吁吁地说："老王，咱们休息一会吧。"王毅说了声好，一扭身，双手用力拎着把米袋子放在地上。这时，汗水已流到裤角上，浑身上下的衣服都湿透了。一阵山风吹来，身上凉飕飕的。他们擦了一把汗，继续赶路。他们越走越累，休息了四五次，回到了潘家房天已大亮。房东做好了饭菜，因为累极了，他俩谁也不想吃。老侃叫潘老头赶着毛驴送到岔口，他俩又背起小米进西沟，到马圈子村约二里路。这两里路步步上台，费的力气胜过夜间走三十里。

徐智甫见王毅、老侃背回了粮食，喜出望外，打开袋子用手抓起一把小米，然后松开手指任小米从手指缝水一样流进袋子，激动地说："快说说，在哪儿搞到的？"王毅把事情经过简单汇报给他，他让王毅和老侃休息后，马上令交通员借老乡的毛驴把粮食送到梁北。

王毅对徐智甫说："老大爷人很实在，你留在这里，把身体养好再走。"

"今夜咱们一块走！"徐智甫坚定地回答。

"你若是垮了，昌延县政府怎么办？"王毅不同意。

"就这一条通路，暴露目标，工作就更困难了。"

看着徐智甫坚毅的眼神，王毅没有再说什么，因为他知道徐智甫的脾气，他的疟疾在冀东患的，到现在也没好，不管别人怎么劝就是不愿意休息。

王毅摇了摇头，无奈地笑了："那你一定照顾好自己。"

徐智甫听了，笑着点了点头。

第二天，交通员回来交给徐智甫一封信，一支大枪，二十元伪钞，一包金鸡纳霜药丸。他对徐智甫说："钱是胡县长给的，药是李区长给你的，每次饭后吃两丸。"

李区长是一区区长，名叫李茂堂，是十三陵泰陵村人，昌延一带有名的老中医，会针灸，颇具正义感。在胡瑛的动员下，参加抗日工作，被发展为中国共产党党员，担任一区区长。在昌延联合县残酷的斗争中，李茂堂始终积极开展抗日工作，还为群众看病和护理病员，直到1941年3月被捕，壮烈牺牲。

徐智甫看完信后，对王毅说："这支枪给老侃，这是昨天老胡抓了三个逃兵，把人放走，三支枪留下了。现在中心区多日没有敌人搜山，只有少数的武装特务活动，你俩早点吃饭，出山酬点粮。马池口的乡长虽然很可靠，但是，也不能连着去。不暴露目标最好。"

这次，老侃动员他小舅子参军，三人弄回约两百斤粮。

徐智甫说："你们三人好好休息，今天下午咱们一块回去。"

王毅看着徐智甫浮肿的脸，心里酸酸的：老徐只考虑工作，不考虑自己。

苏梅后来回忆说："虽然当时那样艰苦，但徐智甫同志很乐观，斗争形势稍有缓和，回到后七村，他就唱起京剧《空城计》《借东风》等唱段，既鼓舞了士气，又活跃了气氛，表现了他的革命乐观主义精神。"

日伪军连续不断地"扫荡"搜山，这时县长胡瑛接连收到十团团长白乙化三封信，让十团九连到外线作战。前两封信，都被胡瑛给压下了，当收到第三封信，命令九连火速转移，胡瑛只得把信交给赵立业，说："赵连长，前两封信都让我给压了起来，这第三封我不能再压了。"

91

赵立业看完信，说："昌延地区环境越来越残酷，敌人天天'扫荡'，我们一走，昌延县政府怎么站住脚，不如胡县长你跟部队一起走吧？"胡瑛听后却说："我是一县之长，县长不离县，离开不就失职了吗？我不能走。"

赵立业接着问："我们走了，你们打算怎么办？"

"我们县政府十几个人，都有枪，能够坚持斗争。"胡瑛又说："请你见到白团长，向他汇报一下这里的情况，再派部队来支援我们，我们一定坚持到你们回来。"

赵立业带九连走后，胡瑛面对残酷的环境和重重困难，给留下的同志们做工作说："干革命就不怕困难，有昌延人民的支持，我们一定能够战胜日本侵略者。"

6月2日，平北工委书记苏梅来到小辛庄开会，钟辉琨、徐智甫、史克宁都参加了。苏梅向徐智甫、胡瑛等昌延县负责同志布置工作，说："由于主力十团东进，敌人兵力也随之东移，这样对昌延可能有利；也可能不利，因为汉奸特务有可能利用此空隙，加紧围剿昌延干部，枪杀根据地的抗日群众，应当做好两手思想准备！"

1940年8月27日晚，由于此前史克宁接到调令，要调离昌延联合县，徐智甫和胡瑛在窑湾黄土梁王金喜家研究史克宁走后工作如何开展。两人一直谈到快天亮，早晨，还没有来得及转移，就被驻永宁的一百多日伪军包围。当场院干活的王金喜发现时，已来不及进屋告诉胡瑛他们。伪军冲过来高喊："哪一个？"为使胡瑛他们听见，王金喜故意大声说："老百姓，压场呢。"

胡瑛被外面动静惊醒后，马上出屋，见到敌人来了，立刻"啪啪"打了两枪，转身就往西北山垭方向跑去。伪军见胡瑛往西北山上跑，就用乱枪扫射。当他跑到半山腰，腿被枪弹打断，坐在地上。伪军想活捉胡瑛，一窝蜂地冲上来。胡瑛举枪就打，击毙两个伪军。敌人见无法靠近，就向胡瑛打来数发子弹。霎时，胡瑛倒在血泊中，英勇牺牲。

胡瑛打枪，是提示屋里的徐智甫和通讯员："有情况！"徐智甫和通讯员程永忠听到枪声，知道敌人来了，就往西南顺河道跑去。徐智甫让程永忠保护胡瑛突围，程永忠也不幸被敌人乱枪射中，倒在胡瑛牺牲地不远处。徐智甫利用河道大石头作掩护，向东南方向边打边撤，但终因寡不敌众，不幸中弹。当敌人逼近时，徐智甫把最后一颗子弹留给自己，决然举枪自殉，壮烈牺牲。

敌人跑上山，从胡瑛口袋里搜出印章，看到是昌延联合县政府的印，知道这是县长，又搜出一个小本，里面记着霹破石村给八路军藏的东西。为了请功，就残忍地把胡瑛和徐智甫的头割下来，找了两个筐抬走，送到大庄科三十五团的营部。

徐智甫和胡瑛牺牲之后，敌人以为他们已将昌延联合县政府剿灭，取得了极大的胜利，并以击毙县长胡瑛大吹大擂，1940 年 9 月 20 日，伪满洲国《盛京时报》特别刊登了消息《国军剿灭胡瑛共产匪，治安部大臣赏与千金》："【承德专电】自今春以来侵入西南部国境，设立昌延联合伪县政府，赋课重税，剥削住民，代替张书元而自为伪县长，益复明目张胆，擅行无忌，更颁布自治宪法，组织军队之共产匪首胡瑛，于五月二十二日经〇〇军将"把石"伪县公署推翻以来，仍不时出没于国境线，满军〇〇部队，探知此项消息后，乃于八月廿八日讨伐之，由三方面攻击，予以溃灭大打击，胡瑛及其他匪当场击毙，治安部大臣对此赫赫之战果，大为嘉赏，乃授予赏金一千圆，以资鼓励云"①。

这则消息中，"把石"二字殊不可解。延庆党史专家刘继臣推测，"把石"或是枇杷石的谐音，而枇杷石应该是霹破石在方言中的讹音。这样就形成了把石→枇杷石→霹破石之间的关联。五月大扫荡时期，昌延联

---

① 据伪满洲《盛京时报》抄录，标点符号为本书作者加注。

合县公署遭到了日伪军破坏。通过这张报纸，也可以得知，昌延联合县所在地霹破石被破坏的时间，就在 5 月 22 日[①]。昌延联合县首任县委书记和县长的牺牲，给工作造成相当大的困难。为了恢复昌延工作，中共平北地委立即决定，由史克宁代理县委书记，高镇平代理县长，苏建国代理县游击大队长，迅速恢复昌延工作。至 9 月 16 日，七团供给处主任郝沛霖调任昌延县长，高镇平为教育科长，张子丰任县政府秘书。9 月下旬，组成新县委领导班子，史克宁任县委书记，徐亮任组织部长，王毅任宣传部长。当月末在小金房，县委为徐智甫和胡瑛开了追悼会，并宣誓：坚决继承烈士遗志，把日军赶出中国去！

不久在霹破石村南洼，召开县委扩大会议，会议由郝沛霖主持，强调继续贯彻执行巩固根据地，开辟延庆川总任务的简短讲话后，史克宁部署了当前四项具体工作："一、用毛主席《论持久战》为指南，深入学习。二、用带徒弟和办学班方法，把经得住考验和有才能的干部，提拔到领导岗位上来。完善干部队伍。三、隐蔽发展中国共产党员，发挥党员作用搞好党的组织建设。四、加强对游击队、区卫队和民兵队伍建设，用机动灵活的游击战术打击敌人。"

会后，史克宁根据县委、县政府人员分工，带领县直属干部靳子川、田梦熊等七人，到马场川、井庄、沈家营、大柏老一带开辟延庆川。经过一段艰苦斗争，在各村普遍建立抗日政权基础上，先后新建立六个区公所，根据地逐渐向延庆川发展。

在敌后建立根据地的实际过程中，中国共产党的干部，冒着极大的危险，稍有疏忽，轻则坐牢，重则牺牲。因此，那时候进村工作，都要先把自己伪装起来，或扮成挑货郎挑卖杂货的，或扮成收购山货等各种买卖人，多在夜幕降临进村，先寻一贫户人家住下，夜里和这家主人闲

---

① 根据延庆党史最新相关资料显示，应是 5 月 29 日之误。

谈生活琐事，聊得投机，便成为朋友。在全面了解对方情况之前，绝不暴露自己的身份。最初发展党员的方针是争取上层人士，同时秘密发展。干部到了那个村，先利用敌伪的保甲组织，这些人大多是当地的头面人物，有比较开明赞成抗日的，也有落后反动的。通过利用伪保甲长的关系，党的干部就有了吃饭、睡觉、休息的地方，站住了脚，然后再进行工作。那时相互都称呼为"先生"，并且让这些上层人物、伪保甲长帮助做些工作，逐步培养发展。党的干部在接近基本群众中，发现积极分子，有针对性地找这些人谈话、了解情况，宣传一般的阶级斗争知识，比如穷人为什么穷、抗战胜利后我们建设什么样的国家等革命道理，同时交给他们站岗、放哨、送情报、探听敌人消息等任务，对其进行考验。在对敌斗争中表现英勇顽强、工作突出的人才能入党。入党时反复强调一定要保守秘密，在对敌斗争中不妥协、不动摇，叛变可耻，为党为国牺牲光荣，教育他们在群众中要起模范带头作用。

　　1940年秋后，龙延怀联合县县委派石玉明到小北川东山沟一带去开展党组织建设，开辟三区工作。东山沟位于一区和二区之间，沟长三十余里，它像一条漫长的瓜蔓，将北起瓦房，南至土木等十几个村联结在一起。由于过去兵荒马乱闹土匪，老百姓最怕也最恨当兵的。石玉明为了便于接近群众开展工作，经常穿戴农民衣帽，手里拿根鞭子，遇到陌生人，他就说是"放羊的"，或是"驴跑了去找毛驴"。这样，石玉明接近了许多给有钱人家扛长工、打短工的穷苦人。他一边帮人干活，一边宣传抗日救国的革命道理，很快和一些穷哥们熟悉起来，首先在瓦房村发展了阎枝明、阎枝忠、王永泰三人入党。接着，又到金家口村发展了四名党员，到石盘口村发展了四名党员。1941年7月，在草庙子发展了五名党员，并建立了党的组织，开展起地下活动。之后，石玉明又配合县委组织部长刘全仁，一路播撒抗日火种，从而使党的力量不断发展壮大。

在县、区、村各级党组织的领导下，联合县各村武委会、农救会、青救会、妇救会、儿童团等群众抗日组织都很快建立起来，并投入轰轰烈烈的抗日斗争。这道防线的建成，不仅构成阻挠敌人进攻平北抗日根据地的阵线，而且成为打击敌人的有力前沿地带。

敌强我弱、敌多我寡的情况下，同志们在条件艰苦、环境艰险中坚持工作。他们有时几天见不到粮食，只能以野果、草叶充饥；他们不敢在老乡家热炕头上睡觉，山林洞穴，是他们经常住宿的地方，即使睡在老乡家里，也夜不脱衣，时时警醒，有时一夜之间要转移好几个地方，身上的衣服由于长年得不到洗换，虱蚤成堆，大家风趣地把它们叫作"革命虫"。

这些年轻的干部，每行动一步都要冒着生命危险，因为一旦泄露行踪，就会遭到不测。在开辟平北抗日根据地的日子里，很多干部为了事业献出年轻的生命。

1940 年秋，昌延联合县一区区委书记李熔旭去十三陵开展工作，被敌包围，中弹牺牲。

1941 年春，滦昌怀办事处主任张更生，在顺义开展工作时，由于汉奸告密，被伪军包围，不幸牺牲。

1941 年春，昌延十四区区长徐达天、工作人员甄山水，在半壁店遭敌袭击，战至弹尽，突围时壮烈牺牲。

1941 年秋后昌延联合县十三陵区（三区）区委书记常嗣先，在泰陵园村被泰陵伪警备队包围袭击，他英勇抵抗，身负重伤，烧掉机密文件后壮烈牺牲。

1941 年 10 月，昌延联合县八区党委组织委员阎玉典（阎志光），在簸箕营被下屯大乡队伪军包围逮捕，严刑拷打，英勇不屈，被敌杀害后割下头悬挂在日伪县政府南城门上，威吓抗日军民。

1941 年冬，昌延联合县县委宣传部长王毅，因叛徒告密，在怀柔县黄坎村被伪满洲军抓捕。

1941年，丰滦密十三区区长马云龙在长哨营大沟村被汉奸出卖，遭敌杀害，敌人将其头割下来挂在长哨营据点东门外，以恫吓抗日群众，还借此在汤河口、长哨营、七道河一带大肆搜捕"国事犯"。

丰滦密联合县第九区区长袁宗礼在卧龙岗村被敌包围，受伤后牺牲在怀柔县城。

丰滦密联合县四区青年干部姚顺在鹞子峪村张万山家被敌杀害。

龙赤县委派宣传部长周楚华等开辟九、十区，在夏家村、雀沟被敌包围，周楚华同志壮烈牺牲。参加开辟工作的县府秘书韩俊儒、区委书记魏善、张志华等亦先后牺牲，蒋进新被捕。

1941年12月28日，龙延怀联合县三区区委书记石裕民带领武工队，深入八宝山、鸡鸣驿、新保安、东八里、西八里、大黄庄一带开展工作，曾几次招致疯狂围剿，石裕民因叛徒出卖被捕，遭敌百般折磨后，被敌人残忍杀害于下花园，临死前依然向被组织观看的群众宣传中国共产党才能救中国。

……

在这种残酷的形势下，根据地的发展却没有停止脚步。到1940年底，平北五个联合县由三十个区扩展为四十二个区，主力部队已拥有两千五百多人，地方武装发展到将近一千人，仅丰滦密的游击队就有三百五十余人，农村中的自卫军、妇救会、儿童团、救国会等也如雨后春笋般出现。

中国共产党领导的抗日政权逐渐在平北扎下了根，立住了脚。根据晋察冀军区公布平北子弟兵1940年战绩：全军战斗九十八次，全年毙伤日伪军四万一百零二名，俘虏日军一百九十名，俘伪军三千四百名，反正伪军三百零八名，攻克据点一百四十三个，破坏铁路三百二十九里。

到1941年，平北军民就进行了大小战斗共四百一十四次，平均每天三十四次多。攻克大小敌伪据点十三处，毙、伤、俘日伪军两千五百多人，争取伪军投诚两百九十八名。缴获炮八门，重机枪六十三挺，步枪八百一十二支，战马两百八十七匹。

然而，到 1941 年初，平北军民不得不面对开辟根据地以来一个重大的损失。

1941 年 1 至 5 月，敌人五次"扫荡"龙延怀地区，平北地区抗日主力部队转移到龙赤、昌延、滦昌怀、丰滦密地区进行游击活动。八路军进出琉璃庙子、五道营子、九松山和鲁营等敌伪据点之间，不断地出袭、搅扰、打击敌人，弄得敌人晕头转向，疲于奔命。

1941 年春，十团团长白乙化召开连以上干部会议，缜密地研究分析敌我情况，引导大家学会从敌人貌似强大的现象中看到它的虚弱本质，从困难中看到光明未来，鼓舞大家的斗志，研究部署在新的一年中的战斗任务。

会议同意白乙化的意见：十团应继续朝北推进，以云蒙山的丰滦密抗日根据地为基地，继续向北、向云雾山区发展。冀东如能把雾灵山区建设好，这三座大山足能形成掎角之势，直接威胁敌人巢穴——承德！把战争推向敌占区去，争取在那里创建新的游击根据地。

1941 年 2 月 4 日，伪满滦平县警务科长、日指挥官关直雄指挥道田讨伐队及驻琉璃庙的伪警察刘汉、王岳部计三百余人，向丰滦密联合县第五区的白河川一带"扫荡"，欲乘平北军民过节之机捞点便宜。日伪军在拂晓前偷袭县基干游击大队，稍有所获，于是气焰益发嚣张，马上兵分两路，追赶包抄县基干游击大队直到马营以北的鹿皮关。

白乙化命令驻于石堂路的十团三营，沿白河西岸，火速抢占鹿皮关西面的高山，居高临下指向敌人。自己亲率一营扑向鹿皮关东侧的一座山梁，指挥一营夺取了为敌所占的西南山梁，尔后将敌压制到白河西岸至鹿皮关一线，下决心聚歼这伙敌人。

战斗刚打响，白乙化赶到战斗一线，手执令旗站在降蓬山顶大青石上指挥。警卫员怕发生意外，硬把他拉下大青石。

战斗进展得相当顺利，从上午10时，直打到下午3时，毙俘敌人一百一十七人，其余的敌人东逃西窜，被丰滦密联合县基干游击大队和当地自卫队的同志消灭。剩下少数几个残敌，龟缩在鹿皮关的烽火台里，利用长城的断壁残垣和烽火台，用机枪顽抗，妄图在天黑后再寻机逃掉。

白乙化见到部队的进攻受阻，又跃上大青石，手持指挥旗，命令一营长王亢率部向敌发起冲锋，高喊"王亢，冲啊……"这时，敌人一颗子弹，击中了白乙化的头部，白乙化壮烈牺牲，终年三十岁！

2017年1月19日，冬尽春来的时节，因拍摄纪录电影《北平以北》，笔者爬上山顶，驻足在这块大青石上。我默算时间，再过十五天，就是白乙化牺牲整整七十六年！

青石突兀，山风凛冽，远远可以看到对面山腰处的长城烽燧。

据资料记载，敌人有狙击手隐藏在烽燧内，当白乙化站起时，开枪击中了他的太阳穴。然而，当天摄制组数次想要航拍取景，终因山顶风势过大，没能成功。我眺望远处，烽燧大小如拳，人在其中，不过是个黑点而已。此刻忍不住思忖，同样的季节，一颗子弹克服风力和距离的因素，准确击中一个人的头部，何其之难？这其中有多少让人心痛的巧合？冥冥之中，对这位英雄何其残忍。

噩耗传开，平北广大军民肝肠寸断，悲痛欲绝，十团更是一片咽声。

1941年4月28日，人民群众置当时的险恶环境于不顾，从四面八方赶来，一些老太太、老大爷行走不便，就骑着毛驴来，悲痛地呼喊着"小白龙""白团长"，还有白乙化的名字，含泪齐唱十团同志编写的《悼白乙化同志歌》。十团全体指战员、丰滦密联合县政府及广大群众约三千余人参加追悼会。

十团编印了《纪念白乙化同志》专刊，丰滦密游击大队教导员刘力生挥泪赋《英雄恨——密云鹿皮关战斗痛悼白团长》诗一首："名将星沉冀北踪，鹿皮关上夕阳红。兵麈白马身先死，旗指黄龙志未终。血泪家乡十年隔，风云事业一生匆。长河若解英雄恨，滚滚奔涛怒向东。"挺进军任命吴涛为十团政治委员、王亢为团长，发表了《告全军同志书》：

> 我们挺进军有为的、英勇善战的白乙化同志不幸在二月四日平北马营战斗中，光荣的、壮烈的牺牲了。这不但是八路军挺进军的损失，而且是中国共产党和中华民族的一个很大损失，因为损失了一个有丰富军事经验的优秀指挥员，损失了一个有着长期斗争历史的坚强干部，损失了一个曾为民族独立而不屈不挠、艰苦奋斗的中华民族英雄，损失了一个曾为阶级解放而再接再厉、英勇牺牲的无产阶级的先锋……追悼白乙化同志，我们应该学习他的说干就干，要干就干到底，别人怕干的自己先干，别人不敢干的自己去干，不畏惧、不迟缓，为人模范的工作作风。学习他冲锋在前，退却在后，自己和战士同样吃苦，在危险的地方，在最紧急的关头，沉着坚定、勇敢战斗的精神。追悼白乙化同志，我们应该踏着他的血迹、继承他的遗志，加倍努力工作，积极战斗，彻底完成挺进军"三位一体"的任务。克服内战投降危机，坚持团结，抗战到最后胜利，把敌人赶到鸭绿江边。

平北军民在马营东山脚下，为白乙化竖了一块纪念碑，不久被前来扫荡的日军破坏。1944年5月，丰滦密联合县和冀北第五地区队，再次为白乙化建立了纪念碑，正面刻有"民族英雄"四个大字，背面是他的生平。为了避免纪念碑又被日军糟蹋，乡亲们就用宣纸将碑文拓下来，小心地用油布将碑包起来藏在地下，直到1964年才将碑挖出，由时任北京市委书记处书记的邓拓主持运回北京，陈列在首都博物馆。

1947年2月，为纪念白乙化，密云县西部山区改名为乙化县，20世纪50年代，白乙化的遗体迁往石家庄华北军区烈士陵园。白乙化直到牺牲时，他也不知道，在他离家后，妻子生下一个女儿；他更不知道，后来妻子改嫁，女儿因患白内障，在他牺牲的那年夏天，双目失明。

新中国成立后，密云县整理党史，前往白乙化老家搜集烈士材料，母女俩这才知晓，失踪的亲人，竟是位大英雄！1988年12月，年近花甲的女儿白素清第一次来到父亲的牺牲地，她用双手摩挲着白乙化的雕像，重重地将头撞击在石座上，喑哑无言。

距离白乙化纪念碑不远，是十团第二任团长王亢的安息处。1992年，王亢病逝前，嘱咐要将他骨灰埋进白乙化烈士陵园。有人向他解释，那不是公墓，是白乙化烈士的个人陵园，别人埋在那里，没法立碑刻名。王亢说："我不要碑，不要名，我只要跟白乙化在一起。"在密云县委的安排下，王亢的骨灰葬在了白乙化纪念碑东面的小山坡上，他又回到昔日的老团长、老战友白乙化的麾下，长眠在他的身边。

今日谈到理想，几乎是个奢华的词汇，而在他们这代人身上，理想的魅力，足可以贯穿一生。

收编"伙会"

大纛立高峰，攀登众人马。樵径深草坡，鸟道斜阳野。

山半是营区，土舍颇石雅。唐虞称圣世，茅茨无片瓦。

诗豪刘禹锡，陋室德不寡。抗战仰延安，窑洞灯光下。

大笔何淋漓，风云凭挥洒。运筹平倭事，山居胜广厦。

——刘力生《南碾沟》

1940年6月，龙延怀联合县成立，县委书记高平，县长蔡平。

当蔡平带着段苏权来阎家坪找姬永明时，姬永明还是有怨气的，虽然答应一起抗日，但说话并不太中听："抗日打鬼子，这没的说，可是你们八路军几次来了又走，你们走了，我们又不能走，又不敢见人。"

段苏权说："这点请你放心，我们这次奉的是死命令，生不离平北，除非把小鬼子赶回东洋去。再者说，我们八路军几进几出，不正说明共产党有驱逐日寇、抗战到底的决心吗？"

经过两天协商，姬永明同意接受改编，将他手下"伙会"近两百人枪命名为"龙延怀游击大队"。

"龙延怀游击大队"的名字没叫多久，番号又改为平北军分区游击一支队一大队，下辖三个中队，分别以海青、海红、海蓝命名。姬永明任大队长，王启刚①兼任政委，蔡平、高昆山②任副大队长，对部队进行了正规的军政训练。

王启刚是老红军，安徽六安人，六安号称红军源，全国十个将军县，六安占两个，金寨县和原六安县，皖西籍将军有一百零八个之多。

姬永明不负当初对蔡平的承诺，积极配合支队政工干部，以"杀敌报国"相邀约，联络东庄子童希悦，也就是当年被日军杀害的"童大掌柜"童希金的弟弟，还有草庙子李长基、石盘口陈升、甘泉庄张元正、常庄子许秀峰等十余个村的伙会头目，共同加入抗日队伍，大家挖出埋藏的枪支，动员隐蔽的旧部，游击大队很快发展为五个中队三百余人，有机枪十六挺，步枪人手一支，除一、四中队外，其余皆为伙会成员或

---

① 王启刚（1915—1996），安徽六安人。1933 年加入中国共产党。经历长征。抗日战争时期，曾任晋察冀军区四十团政委、龙延怀联合县县委书记、平北军分区政治部主任等职。新中国成立后，曾任蚌埠医学院、安徽医学院党委副书记等职。

② 高昆山（1897—1975），河北安次人。1937 年 7 月在家乡组织领导农民抗日游击队，9 月率队参加冀中吕正操部队，编为十三大队，被任命为大队长。1938 年 10 月，加入中国共产党。1940 年 6 月，被派往平北地区，后调到冀中军区，先后任永霸支队副支队、七十六团副团长、补训团副团长等职。新中国成立后，先后任沈阳军区军需生产部办公室主任、油料仓库主任等职。

土匪武装改编。

在此基础上，龙延怀联合县政府邀请当地知名人士成立县参议会，姬永明成为参议长。

1940年9月初，平北军分区司令员程世才调回平西工作，在进军海陀山的一年间，政治部主任段苏权成了平北部队的最高指挥官和领导核心，司令、政委、参谋长、政治部主任一肩挑。

1940年秋末冬初，日伪军积极调兵遣将，打算一口吃掉这个平北新兴的抗日武装。

1941年1月底，正是寒风凛冽的时节，日伪军纠集三千多人向大海陀山区合击，驻蒙军独立混成第二旅团武十岚大队，从张家口乘火车连夜出发到怀来县的沙城，汇合已集结待命的伪警队，全部换乘汽车直奔长安岭据点，然后兵分三路实行包抄，乘天刚刚亮，即开始发动进攻。该旅团独立步兵第三大队田副正信少佐曾在回忆录中披露，为了能对八路军进行针对性的作战"旅团长常冈宽治少将召集各大队，在张家口进行了为期五天的有关游击战法的教育，这是我们完全不懂的一种战法"。

龙延怀游击大队决定利用阎家坪三面环山易守难攻的优势，与敌人展开生死搏杀。

王启刚迅速同姬永明交换了情况并明确了任务，他带三中队两个排，四挺轻机枪，分散进入阵地。山上的雪很厚，影响爬山速度，他们只比敌人早一步进入阵地，就立即开了火。这时，三中队主力已经占领西山上的有利地形——鱼脊背，敌人被游击大队的火力压制，只能匍匐前进。三中队的战士是"伙会"改编来的，都是本地人，很多人手中还有些没有登记、私自留存的子弹，比较充足，这些战士枪法较准，使敌人始终趴在雪窝里处于挨打状态。

这场战斗，激战了一天半，缴获日伪军四一式山炮两门，八九式掷弹筒一具，轻机枪三挺，步枪三十余支和一大批军用物资，毙伤敌百余人，炮兵小队长及五名炮手逃回长安岭据点，因无法交差，剖腹自尽。

这一仗不仅打出八路军军威，也使钟辉琨从平西带来的一中队对"伙会"改编的三中队刮目相看，段苏权也对这支改造的部队有了新的认识。

敌人损失惨重，自然要寻找和报复，很快纠集人马，要继续进攻大海陀村。

军分区政治部带电台撤离大海陀村，暂时隐蔽在山里，王启刚率三中队阻击敌人，部队撤离时没有通知政治部。段苏权以为前面有部队顶着，就指挥电台和十团联络，通信班的观察哨几次通报敌人向驻地围拢，段苏权不信，还叫他沉着。结果敌人越靠越近，观察员只好鸣枪报警，段苏权才停止工作查看，眼瞅着，敌人相距百来米，开始架机枪扫射，情况十分危急。

段苏权指挥通信班就地抵抗，掩护电台撤向背后的小山。山上雪深近尺，段苏权因当年千里行乞，脚有残疾走不快，通信班的高柱、贾献荣、李文芝、杨俊兴等人，一面回击，一面推拉着他攀爬，敌人连续追了三个山头才放弃。这天的追击，一支队卫生队长陈友才腿部负伤，供给处的李会计背着他在雪地里爬，结果两只手的指头全部冻掉了。

对于八路军在华北的山地作战，日军独立混成第四旅团长片山省太郎中将曾总结："在险峻的山岳地带，其游击行动非常灵便，与此相反，日军的行动由于用马驮运行李辎重，部队及个人的装备过重，比起轻如猿猴的八路军来显得十分笨拙。因此，任凭如何拼命追击也难以取得大的成果。"

向平北大海陀中心区进攻的日军，遂采用"施政跃进"的新战法，即在巩固占领区的同时，逐步向根据地推进。

1941 年 5 月初，敌人报复性扫荡又开始了。从延庆一路进至北山五里坡，怀来一路经石盘口、阎家坪进攻大海陀，赤城的敌人增兵到后城，龙关的敌人充实雕鹗堡，并向东兴堡跃进，企图一举围歼海陀山的主力。正在赤城前后孤山、元通寺一带随队训练休整的段苏权，当即决定敌进我进，分头跳出包围圈，大踏步转移到敌占区活动，"翻边"与外线作战的战法正是游击战的拿手好戏。

钟辉琨率平北游击一支队的二大队（大队长熊尚林、政委刘汉才）在赤城以北云州、马营地区活动，牵制迷惑敌人。

段苏权带领姬永明的一大队，向东冲出敌人包围圈，越过长城进入伪满洲国，沿黑河川北上。在古子房一带集结后，召开了反扫荡动员大会，段苏权在会上讲了话，号召树立胜利信心，多打胜仗，以实际行动保卫根据地群众，粉碎敌人的进攻。

部队绕经白草、三道川，拟寻机攻打独石口，因日军防守严密未得机缘，遂转移至冰山梁西侧的麻地沟待命。冰山梁坐落赤城与沽源交界处，顶峰海拔两千三百三十二米，山顶常年积雪难融，俗称为冰山梁。

长城从冰山梁的东南方向而上，沿九座海拔两千米以上的山峰向北偏西方向延伸，当属明长城中海拔最高的一段。

两天后，据龙崇赤联合县书记王子玉、县长王晨光反映，崇礼县狮子沟伪警署防守松懈，工事亦不甚坚，段苏权决定趁此机会百里奔袭狮子沟，拔除该据点。

崇礼，民国初年属张北县，1934年5月从张北分出，取"崇尚礼义"之意，置崇礼设治局，同时又由商都县析置尚义设治局。这个崇尚礼义并非凸显中国传统文化，而是从1700年起，耶稣会在此传教，"教礼善功"成为当地大多数居民热衷从事的宗教活动。1936年1月，日军侵占全境，改设治局为县。

1937年10月27日，在归绥（今呼和浩特）成立伪"蒙古联盟自治政府"，崇礼县隶属察哈尔盟。

狮子沟地处崇礼县东北部，距县城西湾子镇十八公里多，海拔在一千四百米以上，是通往坝上大囫囵（今属张北）、西辛营子和小厂（今属沽源）的必经之地。日伪强迫附近居民在坝内外种植大量鸦片。这里的鸦片销售到京津地区的烟馆，称为北口土。

1938年，日伪在此地修筑大型据点，设有日伪大乡公所和警察署，由骑兵警察队五十多人扼守，是负责收缴鸦片毒品重要的据点之一。

1941年5月17日下午4时，一大队从麻地沟出发，经半壁店、马营、松树堡隐蔽前进，夜幕降临，来到古长城脚下的庄科村（属崇礼县），这里是龙崇赤联合县新开辟的游击区，段苏权找来熟悉狮子沟情况的老乡，详细询问敌情和地形，与排以上干部研究了作战方案，决定支队长刘开锡带一中队留在山村，收取民间枪支，打击死心塌地的伪保甲长和汉奸特务，段苏权和姬永明率二、三中队，沿崎岖山路直扑目的地。狮子沟据点设在村东南角大路旁一个庙内，殿堂高大雄伟，正殿前有左右配殿、东西钟鼓楼，东西厢房有十余间居室。庙门外有个小广场，广场的南面是戏楼，寺院周遭建有围墙和未完工的壕沟，四角修筑了简易碉堡。

5月18日天色微曦，副大队长高昆山带三中队直奔狮子沟东南山马道梁，警戒崇礼、张家口方向，担任掩护任务，大队长姬永明和政委王启刚带领二中队主攻敌据点。中队长陈有才带突击排向庙内搜索前进，被敌人发觉后抢先开火，战士赵尚文当场牺牲，二中队立即甩出一排排手榴弹，陈有才率先爬上屋顶，端起机关枪向敌人扫射，其余战士挖墙掏洞、上房揭顶，逐屋清剿。敌工科长徐辉用日语、汉语轮番喊话，勒令日伪军放下武器，优待俘虏，但敌酋仍督众顽抗。战士们从掏开的屋顶房洞向内扔手榴弹，敌人向洞口猛烈射击，一时僵持不下。姬永明下令用柴草火攻，还找来一桶煤油，浇在木梁和房子椽头处，敌困守的房屋和碉堡内外顿时燃起熊熊大火。

经过两个小时激战，击毙了日本指导官渡边，此人二十岁出头，人称小渡边，有长短枪三支和一把指挥刀，在战利品中颇为显眼，生擒警察署长王廷普及部下三十多人，缴获战马四十余匹，机枪一挺，骑步枪三十多支，及一批弹药、烟土和粮草等。

这里要插叙一下收缴的战马，这是平北骑兵部队的起点。

平北军分区为适应坝上荒滩及草原地带的对敌斗争，决定利用这次战利品，在赤城县石头堡成立骑兵连，后又积极扩充力量，从民间收购马匹。

这年 10 月 5 日，时值中秋节，二大队大队长熊尚林、政委刘汉才率队袭击张北和沽源间的大囫囵据点，再获战马五十余匹，又经过黄盖淖遭遇战、红嵯子反击战、西辛营子追击战、奇袭小河子等战斗，军分区决定扩充骑兵连为骑兵大队。1942 年 2 月，平北四十团成立，原骑兵大队隶属四十团。到 1942 年夏末秋初，骑兵大队发展到近三百人，步、马枪人手一支，机枪四挺，还配有部分马刀。1942 年底，段苏权又从晋察冀骑兵团要来李夏祥、刘仁仕等八名连排级干部，训练和作战能力都有大幅提高。

1944 年 10 月，骑兵大队扩编为赤源支队。1945 年 5 月，改编为察北支队，脱离四十团建制。7 月，又改为察蒙支队，下辖 5 个骑兵连、3 个步兵连，拥有战马 700 余匹，1300 余人。日本投降后，以骑兵支队为骨干，成立察蒙骑兵旅，到 1949 年 5 月整编为华北骑兵第三师。

1949 年 10 月 1 日的开国大典上，走过天安门广场的骑兵方队，正是这支英雄部队，领队的副连长郑义，就是来自平北赤城马营乡的大沙沟村人。

1952 年 5 月，华北骑兵第三师与绥远骑兵第一师、河南省军区骑兵团，合并整编为中国人民解放军骑兵第一师。1962 年铁骑进疆，到 1969 年 9 月，骑兵第一师整编为陆军第八师，骑兵部队正式告别我军编制。现代化战争的科技性，注定了骑兵下马的必然，但骑兵作为平北抗战主力，所取得的功绩，却永远值得我们追忆。

狮子沟奔袭战的完胜，让这支由"伙会"成员改编的新军，更有信心也更有斗志。在回去的路上，行至距屯军堡不远的窑上坡，突然听到鸡冠山传来密集枪声，随后才知是钟辉琨率领的二大队夜袭赤城县城后，被两百多装备精良的日军追咬，战斗进入白热化。

枪声就是命令，钟辉琨后来回忆："段主任带领我一大队二、三中队也登上鸡冠山南侧的轿顶山和蚂蚁墩梁，他们于5月18日攻克狮子沟伪警察据点，刚缴获一批武器弹药，正向根据地中心区转移。当时，我们两个大队没有直接联系，彼此都以为是敌人，经过侦察员和号音联络，才知道这一道山梁上都是自己人，顿时战斗情绪倍增。二中队在指导员王维基带领下，与兄弟中队并肩战斗，从中午打响，持续到黄昏，日军始终没有攻上山头……这次战斗，虽没有缴获更多武器，却给予敌人以众多杀伤，这是我两个大队没有统一部署，不约而同，并肩战斗取得的。"①

二大队守山的部队，把手榴弹、子弹几乎打光，在夜幕掩护下撤出战斗。张四沟遭遇战共打死日本鬼子四十多人，伤残者更多，二大队也付出了牺牲排长管志洲，以及二十余名战士伤亡的代价。

八路军挺进平北，历经坎坷、几番鏖战，由大部队进入改为小部队梯次渗透，终于打破僵局取得进展。

八路军以血与火的战斗，牢牢将脚步稳固在了平北的沃野。

"水字杆"的好汉

山桃花开红又红，参加八路最光荣。

军民齐心打鬼子，海陀战场立大功。

——贺德起搜集采录延庆歌谣《军民齐心打鬼子》

---

① 钟辉琨：《回忆张四沟战斗》，见平北抗日斗争史调研组，《巍巍海坨山——平北人民抗日斗争纪实（一）》，内部发行，1989。

20 年代末 30 年代初，北京以北，从张家口到热河，因地处战略要冲，联系关内、关外的咽喉地带，形成一条狭长的"通道"，因为政治动乱、军阀混战、外敌入侵，始终烽火不断，不时有奉军、直军、国民军（冯玉祥部）、杂牌军你来我往，形成历史上兵燹匪患猖獗之地，土匪多如牛毛。

1924 年第二次直奉战争爆发，这里是两大战场之一，遗失的散兵游勇，败家破产的农民商贩，成了土匪的来源和生力军。汤玉麟治热河，横征暴敛、贩卖烟土、克扣军饷，穷凶极恶搜刮财富，更将千家万户逼上梁山。

九一八事变前，热河百人千号啸聚山林的"绺子"有张心猿、荣振荣（绰号荣三点）、白凤翔（绰号白三阎王）、夜猫张、洋灯罩、许磕巴、活阎王（赵珍）、巴布扎布、李守信（匪号信字杆）等十余股，百人以下的有四木匠、九洲、罗老耗子、王秃子等百余股，甚至还有"十月革命"后被苏联红军驱逐到中国流浪的白俄匪帮。

日伪统治时期，不少土匪走上武装抗日之路，其中首推热东辽西的绿林英雄高鹏振（绰号高老梯子）成立的东北国民救国军，奋起抗日的还有蓝天林（号平东）、刘纯启（号亮之）、刘振东、郭文连、邓文山等武装，荣三点、白三阎王股匪也被东北军收编，汇入抗日洪流。也有数股土匪认贼作父、卖国求荣，如巴布扎布次子甘珠尔扎布[1]，九一八事变后降敌，组建了内蒙古自治军。原东北军骑兵第十七旅的团长李守信[2]，

---

[1] 甘珠尔扎布（1903—1970），蒙古族，又名韩绍约、川岛隆良，辽宁彰武人，川岛芳子首任丈夫。1937 年 3 月任伪满兴安南省民政厅长，1938 年 6 月任兴安南地区少将司令，1939 年 3 月调任伪满兴安南警备军少将司令官，1940 年至 1943 年 3 月任伪满兴安陆军学院校长，1943 年 3 月任伪满第九军管区少将司令官。1945 年 8 月 26 日在内蒙古里黑吐车站被出兵东北的苏军捉获。1966 年，获人民政府特赦。

[2] 李守信（1892—1970），蒙古族，1933 年，日军进犯热河，李守信率部投敌。1936 年 5 月，经日本关东军授意，参加了以德王为首的伪蒙古军政府，任伪蒙古军总司令。1964 年，获人民政府特赦。

1933 年 3 月公开投靠日军，出任察东警备军司令，后充任伪蒙古军总司令，成为祸害察蒙的首恶。

知道谁是敌人，却很难搞清谁是朋友，对土匪的"招安"既有成功的经验，也有惨痛的教训。

平北的匪患严重，1939 年 6 月，由冀东回师的三十四大队和游击一支队在马刨泉遇土匪伏击，遭受重大损失，让钟辉琨刻骨难忘。1940 年 1 月初，从平西出发前，平西游击第一总队长宋鸣皋、供给部主任杨玉树等三人，在昌平泥洼村，被收编匪头姚万臣杀害，姚部叛变降日，是殷鉴不远的血淋淋现实。要开辟平北抗日根据地，获得立脚点，时时提防并打击为恶一方的土匪，是首要任务之一。

段苏权来到平北后，经过认真分析，认为平北地处日伪心脏地区，四面强敌环伺，大部队难以立足，需要辨别各路土匪的来历，争取每一杆枪、每一个人，让他们将枪口对准侵略者，哪怕是一时一地的配合也好。这些游走于白与黑、善与恶边缘的自发武装，由于其唯利性、投机性和随意性，往往具有较大破坏作用，与狼共舞是机会与风险同在，成功与失败兼存。段苏权遂提出八个字："真诚相待、谨慎从事"。

萧克在向中央军委提交的《挺进军军事报告》中，这样介绍平北开创初期的军事力量："……四海永宁以北游击队七八十人（土匪收编的），青龙口一个抗日先锋队（群众暴动起来的）五六十人，赤城以北一个游击队七八十人（土匪收编的）。"[1] 与此同时，日军为将"讨伐肃正的重点必须集中指向共军"，对土匪亦采用睁一只眼闭一只眼的灵活政策，在《华北治安战》一书中的《华北方面军 1940 年度肃正工作的根本方针》中规定："如果是在讨伐后，不能立即采取恢复治安措施的地区，而且该地区匪团对皇军又无求战行动，为防止共军乘虚而入，宁可不对其讨伐，

---

① 《挺进军军事报告草稿（关于平北方面）》，见中共北京市委党史研究室，《北京地区抗日运动史料汇编》（第四辑），中国文史出版社，2000。

暂时默认该匪团的存在，反而对我有利。"①

段苏权来到丰滦密地区时，先来到这里的十团干部，经常会说到一个叫袁水的人，此人是丰宁塔前村人，八九岁给人放牲口，十四五岁给地主扛半活、耪青地。袁水身强力壮，敢作敢为，好为穷人打抱不平，两次出头与恶霸打官司。1927年春，因生活无路，他和一伙穷哥们在窄岭西沟小营子拉起"杆儿"来。干了半年时间，袁水感到拉杆当土匪最终不是正当出路，就到黑河川喜峰砦（今属河北赤城）一带当了保甲。

日军侵占热河后，土匪猖獗，袁水被推举为副区团长，一次与土匪石老一队激战，下巴负重伤，从此人称"老歪歪"。后来受东北义勇军影响，组织窄岭"抗日联庄会"，开展抗日活动。1934年，"抗日联庄会"被日伪强行解散。此后，袁水先在家中隐居，后到北平等地做买卖，但无论走到何地，坚决不给日伪办事。

丰宁、滦平地界有好几股惯匪，如九江（于九江）、八河（八和尚）、申七点、四喇嘛、小老雕、三省、老商干、小和子等，其中较活跃的三省有喽啰七十来号，杆子头叫赵德辉，因分赃不均被手下枪杀，续任郭凌汉，又为霸占民女再遭殒命。经此七颠八倒，一时群龙无首，内里有个文书叫修占申，曾与袁水有旧，知道袁水在齐各庄赋闲，便提议请袁水出山。

袁水原来是打土匪的，现在让他重上"聚义厅"、当山大王，自然不干，经三番五次说合，便提出约法三章：一不许奸淫妇女，二不许祸害百姓，三要打鬼子、捉汉奸、废警署、砸"大满号"②和"兴农合作社"③。

1940年春，袁水到密云县水石古三道楼子当了三省掌门人，又陆续将申七点、小和子、奎字杆收编，共两百多号人，统称"水字杆"。6月

① 日本防卫厅战史室：《华北治安战》，天津人民出版社，1982。
② 大满号，日本收购鸦片的专门机构。
③ 兴农合作社，日伪收购粮食的专门机构。

下旬，"水字杆"集中在窄岭西沟小营子，白乙化率十团宿营在滦平五道营子，彼此隔着一道山。八路军艰苦朴素、官兵一致和秋毫无犯的纪律，与老百姓和谐融洽的关系，给袁水一伙人留下深刻印象。十团派两个侦察员到小营劝袁水率众投八路，但"水字杆"里几个头头意见不一，大多过惯了打家劫舍、自由散漫的生活，都怕戴紧箍咒、受约束。

1940 年 7 月，段苏权率七团在五道营子北面老米沟活动时，了解到袁水的事，决定会一会他。见面那天，袁水头戴小瓜帽，身穿布褂子，腰里别着驳壳枪，走起路来晃悠悠。

段苏权没有以貌取人，而是迎上前去把对方让进屋，以礼相待。段苏权对袁水详细讲解了中国共产党和八路军的抗日主张与政策，并真诚邀请袁水与八路军共同抗日，保家卫国。随后，还挽留袁水吃了晚饭，在当时极为艰苦的条件下，特意为袁水买了一只鸡。

段苏权的勤务员张炳直在场，据他回忆："一天下午约三四点钟，侦察员领着一个人来找段主任，这人约四十岁，歪嘴斜眼，穿一身粗布（紫花布）衣裳，戴一顶草帽，斜背一支光屁股二把驳壳枪，骑一头小毛驴，真像个地道的庄户人。段苏权热情接待了他，向他讲了我党我军政治主张，对他们的政策，以及抗日战争的形势，教育他以民族大义为重，不要做卖国求荣的奴才。谈话气氛轻松友好，还请他吃了饭，焖小鸡，炒鸡蛋，还有几样青菜，太阳快落山时他才走。"

响鼓不用重槌，对穷苦出身、心存关岳的袁水来说，段苏权的这席话足以让他放下了戒心。袁水回去后对部下说："共产党的大官真没架子，我还是平日里那句话，事不成是人不成，我看共产党八路军靠得住，能成大事。"当时袁水想不到的，这个中国共产党的"大官"还未满二十四岁，而袁水已经四十八岁，两人都属龙，整差了两轮。

8 月是收大烟的季节，"水字杆"与"老商干"合伙，要下围场、打大阁，砸"大满号"，返程时被日军追咬，到南关被从大阁来的四车日伪军包围，袁水叫军师张凤林"推八门"算命，结果贻误了战机，被打死打伤二十多人，从"大满号"得的大烟全丢了，人也跑散了，袁水只得带着四五十人转到南大梁奔了关里。

此时，日伪集结四千多兵力对丰滦密地区进行惨绝人寰的大"扫荡"，对"水字杆"也加紧政治诱降，以李守和为首的一些小头头，本就恶习不改，于是暗中与日伪勾结，因说不动袁水，就杀害了分区派到"水字杆"负责联络的梁排长，拉出十几个人投奔了日本人，当了汉奸。

"水字杆"的分裂和梁排长的被害，使袁水感到对不起段苏权和白乙化，更使他深深感到，离开中国共产党八路军，自己的队伍是没有出路的。此时，杀害梁排长投敌后的李守和等人，并没有得到日伪军的信任，在围场被日军杀掉。袁水得知这个消息后，坚定他的决心。

1941年2月，袁水派人拿着一封信和队上最好的一把盒子枪，主动去找白乙化，要求正式加入八路军，此时白乙化已在鹿皮关战斗中殉国，十团新任团长王亢立即派一营到丰宁滦平交界处活动，伺机寻找袁水的部队。

1941年3月，丰滦密联合县游击大队在密云对大峪、石老虎沟一带碰见了袁水。十团政治处主任彭烈、丰滦密游击大队长师军和教导员刘力生，热情接待了袁水，初步谈了收编的事。当时决定：袁水的队伍编制、职务和活动地区都不变，队伍番号叫十团独立游击大队，受中国共产党、八路军领导，并发给五十套军装，还有臂章、帽子，从此袁水队伍彻底与"水字杆"决裂，成为八路军的新锐力量，袁水改名袁福林，活跃在伪满洲国西南境开辟的新区。

1941年夏末，段苏权指示将收编的部队都拉到关里，进行全面整训和正规化改编。十团政委吴涛和参谋长才山，派侦察参谋李文芳和通讯员刘泽到关外找袁水的独立大队。

袁水听说到关内整编，二话没说，带队登程，昼伏夜行。当走到离白马关不远的一个村庄停宿时，以一中队长为首的一伙人，害怕八路军纪律严、生活苦，不愿到关内整编，密谋哗变，准备先收拾掉李文芳、刘泽，然后劫持或打死袁水，把队伍拉回去重操旧业。

小通讯员无意间听到只言片语，便偷偷溜出来报告了袁水。袁水听闻有变，立马掏出驳壳枪顶上子弹，拿根藤杖直奔一中队驻地，进屋大吼一声，命令都把枪放在炕上："你们这帮没良心的东西，我领你们走正道，你们却想杀我，好，今天我非先杀了你们不可！"说着话，挥舞藤杖一通乱抽，参与闹事的人纷纷跪在地上求饶。

袁水说到做到，把三个策划离队的头子拉到村外处决，李文芳劝袁水不要冲动，带回关里请示了再说。袁水一摆手："这样的人带给咱部队，早晚是祸害，李守和杀梁排长的事，可把我教训惨了！"

袁水带着独立大队顺利抵达密云赶河厂附近的白岩村，把上百人的队伍交给了十团，团长王亢在欢迎会上说：等把日本鬼子打出中国，给大伙家里都挂光荣牌。刘力生听说了路上平叛的事，感佩袁水疾恶如仇的豪气，当场赋诗一首："兄弟溯炎黄，并肩抗东洋。一打青纱帐，再登长城墙。三闹平川上，战士气轩昂。熔炉是战场，顽铁炼精钢。"

经萧克批准，袁水独立大队改编为十团特务大队，袁水为大队长，又派去参谋李文芳、教导员王凤珠，连级干部谭金明、李德全等四人，侦察员朱兰普等三人，担任领导和骨干，每人发给一身灰棉衣，一个毡帽头，还有几颗手榴弹，成为正规的八路军。

袁水的部队经过整训，军政素质有很大提高，随即出关到丰宁、滦平、隆化一带活动，在日伪军的后院到处放火。他们经常穿上缴获的日伪军服装，戴着钢盔，迷惑欺骗敌人，被老百姓戏称"铁帽子队"。袁水诙谐地说："我们这个铁帽子队，至死不保天皇。"

1942年8月，十团奉命实行精兵简政，特务大队建制撤销，段苏权特意把袁水调到军分区当管理员，帮助袁水识字、学文化。袁水像换了个人，常对人说："共产党的理，就是给穷人办事的理，不学习可不成。"

这一年的冬天，袁水被选为丰滦密联合县代表，参加了 1943 年春在晋察冀边区召开的第一届参议会，会议期间，白求恩国际和平医院还为袁水做了面部整形手术。此后，袁水担任管理科副科长兼招待所所长，由于工作突出，1944 年 12 月 10 日，光荣出席平北地区群英大会，受到平北专署和军分区的通令嘉奖。

1945 年 1 月，袁水到敌占区采购，行至昌平黑山寨不幸被捕，押入承德监狱，定为"国事犯"，受尽酷刑。8 月份，苏联军队进入承德，袁水和三千多名"犯人"被从大牢中救出，但已奄奄一息，不能直立，部队闻讯后，派人用车把他送回窄岭，家里人把他接回家中。

袁水的伤势太重，在他最后弥留的日子，常口齿不清地呼喊："机枪开槽了，冲啊！"1945 年 9 月，袁水与世长辞，用他的传奇人生，书写了精忠报国的新篇章。

1987 年，受丰宁县政府之邀，段苏权为袁水新立的墓碑题写了碑铭："抗日英雄袁水之墓"，屹立在青山绿水之中。

"我们多团结一个人，敌人就少一个人"，这是刘志丹当年的名言，中国共产党人明白，敌人能采用的"攻心战"，一是恐吓，二是名利诱惑，而我们站在正义的一方，敌人那一套终究会失败。正是基于这种认识，平北抗日根据地将分化瓦解敌军，始终列为工作关键。中国共产党人坚守住民族大义，以其不屈和顽强的战斗精神，成为苦难中国精神上的中流砥柱。

第三章 歧路艰难备尝之

段苏权的一封信

又是行军夜，东方天欲明。宿营在何处？山下有鸡声。

——刘力生《鸡声·1942 年》

1941 年 1 月 6 日，段苏权给十团团长白乙化、政治处主任吴涛、参谋长才山写了一封信，这封信由平北地委书记苏梅转交。信有七百多字，由吴涛随身携带，历经抗日战争和解放战争洗礼，留存至今实属不易。这封信写完的一个月后，白乙化战场殉国，因为当时平北军分区没有司令员、政委、参谋长，所以这或许是白乙化牺牲前接到的最后一封上级来信。

20 世纪 90 年代，该信由吴涛夫人耿真捐出，现作为一级文物，保存在中国人民抗日战争纪念馆：

信件全文如下：

白、吴、才同志：

因一支队尚有许多事情，未能安妥，故暂下不能来，只好写这个简单信给你们，其他有许多事情，当由苏梅同志转告！

第一，你们那种咬牙的精神是为人敬佩的，在环境恶劣和困难的面前，不叫苦、不喊怨，沉得着气，并且还有办法，不为客观困难所约束，而主观上能想设一切方法去挽救危机支持工作，这种精神是非常宝贵的，同时也是敌后游击战所必具的条件。

第二，你们虽为较年青的武装，但红军时代和今天八路军老部队的某些优良传统作风一般的是承继和发扬了，譬如部队的政治工作和群众工作，管理方式和战斗作风，经济制度等这些差不多还在个别方面表现异人的地方。

第三，弱点在什么地方呢？那主要就是个别同志的个人英雄主义，其表现在，对老部队和老干部的错误认识，光看到他们的重大毛病，没有看到他们的优良长处，或把主力和一切武装对立起来，因此对补充方面误解为新老关系，再者在某些事件中，对党和群众力量没有放到一定的估价程度，往往夸大个人的特殊作用。

第四，你们应趁着冬季时节，抽出一定的部队进行整训，充实编制，配备和调节干部，建立与健全各种制度，以培植和积储雄厚力量，应付将后新的大举进攻。

第五，你们的发展方向，无论从哪方面说来，总不能一味往东挤，因为这会失掉平北的作用，使我们力量有脱节的危险，这样，我们是千万不能同意的，请注意及之。根据平北近况，你们还须特别加强西北面工作和武装力量，那里虽穷寒，但意义是重大的。如力量许可时，最好有一部分伸至天河里沟，或前二营地区及独石口以东。

第六，关于你们的补充问题，日后由昌延拨给一些新战士，冀东每月一万五千元，你们可留其一半，炸弹待制造后，或平西这下送来也好，将送给你们一些。干部已电当复，但尚未复示。

最后，你们那里的具体情形望常来告！

致布尔塞维克礼

段苏权　6/1　大海陀

白即白乙化，吴是吴涛，才是才山。白乙化是满族人，吴涛是蒙古族人，才山是汉族，十团领导可算是"民族大团结"。若论籍贯，白乙化是辽阳人，吴涛是沈阳人，才山是黑山人，再加上捎信的苏梅是辽宁庄河人，让外人听到了，以为是辽宁人在聚会。

十团全称是冀热察挺进军第十团，编制在挺进军军部，接受平北军分区指挥，地委则隶属冀热察区党委。1938 年 8 月，中共中央发出《关于改变敌后党的领导机关的通知》，决定华北敌后的省委一律改称区委。1940 年平北地委只有两个人，苏梅和段苏权，苏梅代理地委书记，段苏权是军事部长。1940 年冬天徐明[①]任宣传部长，徐明外号徐大眼，东北大学生，一二•九学生运动后，曾与吴涛关在看守所同一间房里。1941 年夏葛琛[②]任组织部长，葛琛是河北安新人，北大学生。到 1942 年春，张致祥调来任地委宣传部长，徐明改任民运部长，1942 年夏，平北地委军事部长改由覃国翰[③]担任。平北地区由于干部极端缺乏，加上日伪频密"扫荡"，各级党政军领导机关均面临干部缺位、领导班子呈现空心化。

1940 年 7 月，萧克给中央军委发报："军政委员会现仅有伍（晋南）马（辉之）萧（克），伍又去延开会，马到军区养病"，无法召集会议云

---

① 徐明（1916—1985），原名徐锐，黑龙江阿城人，1932 年加入中国共产主义青年团，1936 年转入中国共产党。抗日战争时期，任中共冀热察区党委青年部部长、中共平北地委宣传部部长、民运部部长。新中国成立后，任中南军区航空处政治部主任，中南军区空军政治部副主任，中国人民解放军空军副参谋长，国防科学技术委员会训练基地参谋长、司令员。1961 年晋升为少将军衔。

② 葛琛（1914—1978），河北安新人。1933 年参加革命工作，同年 7 月加入中国共产主义青年团，1936 年加入中国共产党。曾任平北地委组织部部长，冀察区党校总支书记，中共张家口市委副书记，晋察冀边区十二地委书记。新中国成立后，历任中共湘西区委副书记，交通部航务工程局局长，交通部部长助理、技术司司长，交通部副部长、顾问等职。

③ 覃国翰（1912—1996），广西都安人。1930 年，加入中国共产党。经历长征。抗日战争时期，曾任平北军分区第二任司令员。新中国成立后，曾任广西军区参谋长、广东省军区副司令员等职。1955 年，被授予少将军衔。

云。9月25日，聂荣臻、彭真、萧克、马辉之致电北方局、中央，干脆提议"挺进军军政委员会，在目前情况下无存在之必要，同时委员不够不能开会，建议撤销"。

平北抗日根据地在初创阶段，军事工作由段苏权抓总，地方工作多是苏梅提出意见，由县区分头执行。

苏梅在这件事后，曾提及捎信经过："我临去时，段与白写一封信，我去后把信交给白乙化。白之态度轻佻，第一个给吴涛，其后轮流（把信）给许多干部看，随后说'落了个英雄主义，英雄就英雄吧'！吴一句话不谈。同时白更轻视平北指挥机关。我在方式上是不周密的，我发了一个电报给萧，萧致电段要段解决，段因而对我不满。"谈到与白乙化的矛盾，苏梅说："40年初去时，组织一个军政委员会，他（指白）以为就是地委，因他未参加地委而不高兴"，"县政府过年时要给白乙化送旗，我阻止，白对我不满"。"白乙化一切一把抓，十团范围内白乙化能力强，地方不能单独提出主张来……白乙化看不起陈坊仁、程世才，对政治部地委都看不起，对徐明特别看不起"。

十团是小团，只有一营和三营，1940年元旦，在宛平县双溏涧村成军，前身是白乙化领导的绥西垦区抗日先锋总队和高志远、王仲华领导的冀东抗日联军，合并编成的华北人民抗日联军。冀东抗联成分比较复杂，抗日先锋队中多数是革命知识分子，党员占很大比例，这两个部队合编，使党对这支部队的改造前进了一大步。

原中国大学学生、北平学生联合会主席、一·二九运动领导者之一王仲华（董毓华）任联军司令，白乙化任副司令，除王、白外，还有中国大学同期学友三人，即朱其文、吴涛、王波，不久王仲华病故，白乙化领军，朱其文、吴涛分任政治部主任、副主任（无政委）。大队长才山，1928年进入哈尔滨工科大学，1929年考入北平俄文法商学院（后并入北平大学）。

八路军第十团，是挺进军主力团当中，沿革时间最长、后来建制最完整的部队。抗战中，从平西挺进平北，在长城内外与日伪军进行了长期艰苦卓绝的斗争。解放战争中，十团编为冀热察军区独立第五旅十三团，这支部队打了许多漂亮仗，多次受到中央军委和晋察冀军区的通令嘉奖。然而，让这支部队成立之初就能够威震敌胆，离不开白乙化，他不仅铸造了十团"灵活机智、敢打敢拼"的血性灵魂，还以"健全自己、影响别人"的积极人生态度，为战友和后人留下永久的印记。

段苏权提笔给白、吴、才写信，正值从平西挺进军司令部汇报归来。

1940年入夏，十团两次出击平古路，攻克小营、怀柔火车站，奇袭九松山据点，火烧潮河（程各庄）大桥，全歼董各庄伪警所，威逼古北口；平北游击一支队则不断破击平绥路东段，袭击了新保安、下花园、辛庄子等敌伪据点，显示了平北八路军的存在。

日军陆相东条英机在议会所作军事报告中称："1940年度敌军（指国民党军）几未进行反攻，仅有共军于8月在华北进行的大规模出击而已"。从日伪档案中看，日本关东军司令部对八路军向热西及平古线的出击非常警觉，做了详细记载，定性为对满洲国的第二次进犯。[①]

9月13日，日伪调集四千余兵力，对初创的丰滦密根据地发动为时七十八天的疯狂"扫荡"，吴涛、才山率十团三营在内线与敌人周旋，白乙化率十团主力转移到外线，在潮河以东寻找战机。10月下旬，一营护送冀东百余名干部赴晋察冀军区学习，被七百多日伪军包围，在土门突围战中，于达峪村击毙石井少佐及其指挥机关二十余人，余敌群龙无首，慌忙退回密云县城。此役让冀东分区首长印象深刻。

11月28日，大"扫荡"接近尾声，取得"赫赫战果"的敌军开始

---

① 敌伪档案《西南部国境地区中共军队状况》，见中共北京市委党史研究室编，《北京地区抗日运动史料汇编》（第四辑），中国文史出版社，2000。摘译自吉林省档案馆旧字第三号全宗第一号，目录第一百二十七号案卷。

分路撤兵，12 月初，白乙化指派一营在冯家峪南湾子设伏，歼灭趾高气扬的日军铃木部队哲田中队近百人，开创了晋察冀军区一个营歼灭日军一个中队的战例。此役十团付出沉重代价，牺牲六十七人，包括连长鲁志华、刘若海，指导员冯汝林等，伤者五十三人，但其在长城内外造成的轰动效应，不亚于"平型关大捷"，群众非常兴奋。

"扫荡"结束后，白乙化提出"向七十八天的每次战斗学习"，认真总结经验、吸取教训，以利再战。12 月下旬，将白河、白马关和四海游击队合编为丰滦密游击大队，师军任大队长，刘力生任教导员，分编三个中队，拥有三百五十八人，该游击大队于 1941 年 5 月升编为十团二营。

抗战胜利后应当地群众一致要求，丰滦密联合县政府在南湾子矗立"还我河山"纪念碑，记录下了这场气壮山河的战斗。

段苏权在反"扫荡"即将结束时，急匆匆忙赶到平西，汇报工作。

这个时间，距离段苏权上任才半年，为什么他要冒险穿越封锁线，直接面见挺进军司令部的首长呢？

平北当时仅有两部电台，平北军分区和十团各有一部，应当说，与军部和区党委的联络是顺畅的，但是面对平北局面的迅猛开展，出现了复杂情况和新的变数，在领导班子和骨干成员中，不可避免地产生了分歧，特别是对于下一步发展的方针和发展方向，难以形成共识，三言两语无法说清，且事涉机密，电报往返，不是沟通的适宜方式。

平北抗日根据地之所以成功立足，得益于北方分局和挺进军司令部的正确指导，也来源于三次开辟平北留下的血的教训。隐蔽发展，不过分刺激敌人，争取上层人物的支持，发展两面政权，使用小部队逐渐渗透，以"灰色武装"面目出现，即利用伙会、救国军，甚至土匪武装，加以改造充实，确实起到了麻痹敌人、落地生根的作用。随着主力部队的逐步进入，抗日民主政权的快速成长，仅丰滦密联合县就由 1940 年中的四个区发展到年底的八个区，对日伪军及固定目标的袭击，以此招致的报复行动不断升级，都需要对"隐蔽发展"重新定义。

　　苏梅有丰富的根据地开辟工作经验，参与了平西抗日根据地的创立，1938年是第四纵政治部副主任，是挺进平北、冀东的组织者之一，在严峻的形势下，苏梅提出建立"隐蔽的根据地"，即党员不公开，政权不公开（指亲我的一面政权）；为减少群众损失，避免敌人报复，不搞或少搞破交、拆碉等刺激行动；对于十团打平古路，认为是"刺激敌人"，"使敌加强戒备"；强调一点一滴的发展，批评"刘开锡、贺礼保在军事上多少有些蛮干的地方"，"段苏权认为，要创造根据地，不打两下是不行的"；在锄奸反特问题上，根据中央"宁错放、勿错杀"的精神，纠正了乱捕滥杀的错误，但又提出"不杀满洲特务，不杀蒙疆特务，不杀诈财特务"等口号。张致祥说："昌延县三岔村群众斗争性强，到小山沟去打卧铺与敌周旋，苏梅告诉县委，必须设法应付敌人，否则群众要吃亏。我认为我们不能压下群众的斗争情绪，主要是斗争艺术问题。1月会议上，苏梅曾提出'宁右勿左'……有许多报告中，过分强调残酷，而对于自己的坚持信心不够。昌延县委向各处传达，传达的精神是恐怖的。"①

　　领导干部对形势的不同分析，必然产生不同的指导思想和斗争策略。

　　1941年5月17日，日本关东军宪兵司令部发出第二百六十四号《西南地区特别肃正》作战命令，为配合在长城线上大规模制造"无人区"的所谓"治本措施"，重点对丰宁西南部，滦平西部，兴隆及青龙县西南部进行定点清除。

　　日本关东军防卫司令部也于9月15日下达第二十八号作战命令，从伪满各地向热河全境特别是"西南国境线"增派兵力，对平北地区发

---

① 以上引文出自苏梅、覃国翰、张致祥等人在晋察冀中央分局召开的《平北工作总结讨论会》上的发言，时间为1943年2月7日。散见《北京地区抗日运动史料汇编》（第四辑）、《巍巍海坨山——平北人民抗日斗争纪实》、《档案中的北平抗战》、《平北地区抗日战争时期历史资料选编》（第一辑）等书。

动了规模空前的大"扫荡",投入兵力万余人,时间长达两个月。与以往"扫荡"不同,为不留缝隙、不遗漏洞,日军将三个伪政权的武装力量联合组织、统一行动,以日军第二独立混成旅团打头阵,五个大队出动了四个,旅团长真野五郎少将亲自指挥,伪满军出动整整两个旅,将东边道进攻东北抗联的六个讨伐队骨干全部调过来,还特意从关东军一七四部队抽调六百多名惯于山地作战的日军,组成独立大队,开赴丰滦密地区,既搞长途奔袭、分进合击,又搞深沟高垒、步步蚕食,同时疯狂实行"集家并村",大肆制造"部落""人圈",仅滦平县即修建部落五百四十三个,强迫集家两万五千六百四十八户,十二万八千二百四十人,占总户数百分之六十一和总人口百分之五十二,实有一决雌雄、一劳永逸的味道。①

平北军民为此进行了紧急动员,平北地委下达《为粉碎敌寇"扫荡"的布置及争取反"扫荡"胜利的指示》,提出十三条原则,简述如下:1.争取主动;2.保存基本力量;3.正确的执行除奸政策;4.减少群众损失和不必要的牺牲;5.执行统一战线政策;6.干部以身作则领导斗争;7.游击队除配合主力作战外,发挥游击动作,扰乱敌后;8.有机的领导——坚决做到县不离县、区不离区、村不离村;9.精干隐蔽;10.坚壁清野;11.完成动员工作及粮、鞋等物资准备;12.严密通讯联络;13.克服顾东不顾西的现象,反"扫荡"期间,尽可能的开展日常工作。

"丰滦密必须长期打算,不是如何做事,而是如何站脚"。为保存基本力量,两面政权可以对敌做些妥协让步,在精干隐蔽项下,更有细腻交代和丰富的白区工作经验:"当敌人凶焰鼎盛时,我们的各种工作尽量隐蔽,切忌暴露,以免遭到最大的破坏";"在'扫荡'时期,把所有秘密文件和名单全部烧毁……服装和生活习惯坚决做到和群众一样,不要

---

① 谢忠厚、肖银成主编:《晋察冀抗日根据地史》,改革出版社,1992。

有异样的表现。每个干部和群众，在行动时要准备一套口供，以便应付敌人，并在干部中群众中进行被捕时的教育"。

与此同时，平北军分区则下达命令，提出一整套针锋相对的斗争策略和原则：1.转移外线，跳出包围，在运动中瞅准敌人薄弱环节，集中优势兵力，攻其一点，将其吃掉；2.采取灵活机动的军事行动，忽东忽西、即打即离，使敌摸不着我之行踪；3.以假象蒙骗敌人，虚虚实实造成敌人错觉，开展游击战争；4.有时故意暴露行踪，引敌追踪，疲惫分散敌人，寻找机会出奇制胜；5.突围到外线的部队，示形于敌，引诱敌人进攻，减轻中心区和内线的压力，发挥优势，近战夜战歼敌。总之，"必须认真积极主动地开展广泛游击战争，到处打击、袭扰、迷惑、疲惫敌人，使他坐卧不安，恐慌狼狈"；"在军事部署上，除适当分散部分主力配合地武与自卫军在内线与敌周旋外，应集结可能的突击力量，当敌压缩逼近时，转移敌翼侧或敌后方，以积极果敢的动作威胁与打击其补给线，摧毁伪组织，打击汉奸特务，散发宣传品，召开群众大会，组织与团聚群众，开辟与再建某些地区，把反'扫荡'与反蚕食斗争结合起来"；"一般说来，在敌初期集中较优势兵力压缩时，我应以更分散对之。在敌亦随之分散清剿时，我应伺机适当调动集中乘机打击之，求得短时干脆的歼灭敌人、解决战斗"；"在目前如此装备的情形下，过多过大的消耗是不成的，避免临时仓促被迫与优势之敌应战，尽量减少不必要的战斗，不打则已，要打就打个像样"；"倘在被敌包围时，要沉着勇猛，集中火力找到薄弱处坚决突围，不得溃散乱跑，因而遭到损失。附近友邻部队则积极迅速援助，或溃散撤退时，设伏反击之，不得藉情况不明而卸责"；"姑不论敌兵力多强野心多大，战役中的空隙总是存在的——此紧彼松的形势，这就依靠我严密侦察与敏锐观察，冷静分析判断，加以掌握利用之。便于恢复疲劳休整部队，造成日后更有利的战斗条件，这在长期频繁的'扫荡'中，将有非常重大的意义"。

这里指示的，已经不是"打得赢就打，打不赢就走"的简单游击战法。敌人上山，我们下川；敌人下川，我们上坝；以攻为守、敌进我进，采取长途奔袭、里应外合、化装巧袭、"牵牛鼻子"的机动游击战法。

平北军分区的训令与平北地委保守和防御性的生存战术不同，从内涵到行为准则，显然大异其趣，苏梅和段苏权之间的意见分歧，不免会对下面的工作造成影响，很快也被敌伪所侦知。

1941年夏天，伪《蒙疆日报》刊登段、苏分裂的消息，夸大为老干部和知识分子两派，并不断放出谣言，什么"苏梅打死了""苏梅投降了"。有关中共领导人的谎言，从中国共产党成立初期就没有消停过，但在日伪严重的大"扫荡"期间，不断放出这类消息，显然有其现实的险恶用心。

说段苏权是老干部派，诚然有其具体表现，段苏权历来对干部以鼓励为主，只要不是原则错误，一般都是点到即止，就是犯了严重错误，也是以批评教育为主，绝少祭起"处分"的大旗。苏梅认为段苏权对部下要求不严，特别是对待长征过来的老干部过于迁就。

苏梅是东北冯庸大学机械系的学生，若说他是知识分子派，却很难找出实例。反而十团是出名的知识分子团，有大学生六十多人，高中生百余人。

1942年的平北地委，清一色的大学生。苏梅认为：葛琛主观，不肯到下面去；徐明作风最不严肃，好说江湖上常用的俏皮话，大家觉得他无足轻重，刘开锡说徐明不管事；张致祥直接管理问题少，被报社牵扯住了。"我个人对小葛、徐明同志处理问题有一些信不过，谈原则时多，谈办法与实际工作时少，在我也同意因这些问题而与葛、徐、张等有意见，我应当负主要责任，不冷静，对问题考虑不够"[1]。

---

[1] 见晋察冀中央分局召开《平北工作总结讨论会》上苏梅的发言。

苏梅在给萧克的电报中，也自认与白乙化、十团"在原则上没有掌握得紧，没有与之斗争"。

中国共产党内部开展批评，彼时再正常不过，苏梅总结平北工作时，将所有干部的缺点进行罗列，同时认为"落后的地区，落后的群众，组织起来困难，敌人之摧毁超过我之建树，地委与我个人都有这种精神，力量尽量求得保存"。

苏梅此言，其来有自，到 1943 年，据统计，龙赤、龙延怀、龙崇赤、昌延、滦昌怀五个县，提拔干部数占总数的百分之四十八多，而干部损失数占总数的百分之五十一多，尤其以 1942 年的情况应当更糟。①

苏梅认为白乙化和十团不尊重平北地委领导，有着客观原因。十团是由冀热察挺进军派出，有一部电台，剩下一部电台在平北军分区，而平北地委没有，等于直接受挺进军司令部领导，而平北地委则是由冀热察区党委管辖。部队流动性大，随时准备投入战斗，地方也很难发表意见、进行干预。军地关系，始终是个问题。

1941 年底，冀热察区党委及军政委员会对平北下发指示，要求"两个团到各县活动时，应与县委密切配合。团或支队的军政首长应出席县委的会议或开联席会，会上的决议应共同负责任执行。"

1942 年 1 月 31 日，北方局关于平北工作的指示，依然沿袭"在军事组织上……分区直属军区领导，地委属分局领导"的方针，军分区与地委（后来还有行政公署）是分开的，但双方（或三方）在所有层次上都互相影响。

白乙化进入平北后，力撑危局，实践着他的誓言"生不回平西，死不离平北"。段苏权很欣赏白乙化积极求战的血性，更对其机动灵活，不打莽撞仗、不打赔本仗的战法，给予充分肯定。

---

① 见《平北地分委 1943 年工作检查与总结》。

对于 1940 年下半年，七团挺进平北后，又撤回平西，段苏权存有异议，他认为并非客观条件不具备，而是决心不够坚强，主观潜力挖掘不够。

对此，白乙化和段苏权的意见相似。苏梅说白乙化看不起程世才、陈坊仁，并非是针对程、陈个人，而是针对七团这次不成功的挺进平北。

1940 年 9 月 10 日白乙化给萧克的电报 ①，杀敌之心和报国之志跃然纸上，同时也显露出对七团的不满。

萧司令员：

现在部队及地方工作，已整理就绪，均向发展中阔步前进，坚持平北游击战争，创造丰滦密区为游击根据地，解决资财物质，均无问题，今将平北整个情形分述如下，并提出一些意见，是否正确请予以指示及批评。因为平北工作，在华北抗战上，实有特殊地位及重要性，如使平北工作停顿，增加将来工作开展的严重困难，我实在痛心，我甘愿牺牲以完成上级及党给我的光荣任务！

一、七团一、三营调回整理，我完全同意，因为不能坐视部队瓦解，损失革命的基本力量，但此次损失究竟因为什么？还须彻底检查，错误在哪里？平北在这样条件下，不能开辟吗？我基本不同意的，我认为是主观上的错误造成。

二、主力来时把平北估计过高，认为平北已经是根据地，不过是换防，或是来巩固，并不是来创造根据地的，不但不去克服困难，而竟为困难把胜利信心动摇了。

三、行动迟缓，军事企图暴露，把敌人估计过高，不肯打仗。战斗无准备，遇事慌张，无正式指挥与命令，只想躲仗，增加部队

---

① 该电报现存中国人民抗日战争纪念馆。

疲劳，造成由上至下的恐慌。过铁路后不打敌，进到石堂（塘）路应打，在汽车路南应打，在五道营应打，敌力均劣于我，放弃作战机会，使敌人从容布置、尾追包围，在分散行动时，无分散行动计划，各部完全变成无战斗力的散兵，毫无抵抗力，竟遭受敌人袭击，使部队垮台。

四、政治工作完全停止，不能进行教育及解释，打骂现象严重存在，对伤病员毫不关心，任其所之，并病员掉队，枪毙刀砍，石头砸，惨不忍睹，这样办法，军阀部队亦为不取，而发生在八路军，实殊可惜。因此士气低落结伙逃亡，现病员遍平北，我部代为收容者竟有两百多人。

五、负责同志互相埋怨，归罪上级，对客观环境毫无分析，完全忘记主观力量，平北开辟等于梦想，只能回平西完事。对目前抗战认识不够，对平北认识不够，政治水平过低，依靠上级心理太重，忘掉创造根据地血的教训，设法求得站脚，忽略先打后站脚的原则，只怨十团工作无开辟，不能掩护主力。十团有多大力量，假如可能独立开展平北，又何必派遣其他部队。

六、给养物资困难，虽是主因，但青玉米已经可用，并不是没有吃的。而部队每天躲在小山沟里，多半露营，不敢到川里休息。无房住，无饭吃，使山沟穷人叫苦，部队根本谈不到什么是纪律，使百姓怨声载道，对八路军不信任。敌人袭击拖起就跑，造成八路军不敢打的事实，使伪军借打八路军来献功。不但伪军工作不能进行，使伪军更坚决做汉奸，随便在山内游击，追击各独立行动部队。

七、平北大部队并不是不能存在，而只是怕大部队不打仗。因为平北敌人并未大批增加，仅由承德锦州开来日军七百名，伪军三百名，宣化一带来敌两百名，只是各路伪军均集中在东面，如四海一带敌人非常空虚，并各路敌人未与我方正式作战。

128

八、在五道营已筹好粮百石，因主力始终不到，致被各部吃完。对迎接主力工作，段主任亲自布置，岂是毫无准备。

九、现在平北敌情未变，敌人正计划并村收粮工作，八路军来三次走三次，已失去信仰，伪军更行猖獗，如并村收粮成功，今后工作开辟实成问题。现平北力量有限，实难克服这一困难，明年主力再来，也失掉这一机会了。这个严重事实经再三考虑，现在平北工作实是一个转换点的时期，假如能趁此时机，马上再按实际情形，进行开辟平北工作，仍不为晚，设待来年则难克攻关，但此意见我实不敢再提出。

十、秋后敌人当要严重"扫荡"，对小块根据地进行烧杀，但我全体同志有坚持平北游击战争的信心，祈上级勿虑。近期工作大的开展实为不可能，惟通信困难，不能将实在情形详细反映，深以为憾！所电各节乞给以不客气批评，我是虚心地期待着。

白乙化　10 日

七团在平北的表现是否如白乙化所说，自然七团有自己的解释，战争时期，难有绝对的定论。

1940 年 9 月上旬，七团悉数撤回平西，9 月中旬，萧克、马辉之、张明远到晋察冀中央分局汇报平西、平北工作。9 月 25 日，以聂荣臻、彭真、萧克、马辉之名义给北方局发报，电文对七团北进失利的原因，采取了较为平衡的说法："平北的开展，1 月至 7 月采取巩固向前发展的方针，得到相当大的成绩，但萧对这一胜利，和平北困难估计不当，未能更实际的认识平北环境，机械执行预定行动计划，令七团主力出动，致未能立足而撤退，减员很大"。

十团作为晋察冀军区唯一的学生军，连以上干部都是大学生，使人们以好奇的眼光注视着他们的一举一动，优点和缺点都容易被放大。

1940 年春季，十团进入平北以后，由于积极行动和频繁的战斗，损失颇大，仅据 8 月底的战报，"十团伤亡一百二十四名，内亡连长指导员七名，伤五名。亡排长三名，伤六名。逃亡一百一十三名。从平西增补新兵九十二名，平北个别扩大一百二十六名，新旧相抵及调地方工作，计减员九十余名。"

平北山地居多，地广人稀、地瘠民贫，到 1940 年下半年，巩固的根据地只有三万人（游击区有七万人），实难支撑二三千人的正规部队给养，单纯依靠大部队打开局面是行不通的。

段苏权意识到这一点，所以在信中提醒十团要处理好主力和地方武装的关系，这是对平北开辟环境的再认识。

苏梅对老干部，特别是参加过井冈山斗争、经过长征考验的老同志，常常感到不好管理，多次向上级反映刘开锡、贺礼保："在龙赤向群众借粮，在服装上也感困难，需穿棉衣而穿不上，天天要衣服。刘贺天天来要，提出兵和子弹的问题"。

在军地的问题上，段苏权则认为，这些老红军是斗争的种子，是革命事业的宝贵财富，他们有缺点，也有简单固执的一面，但他们忠诚党的事业，积极求战，愿意在发展根据地、扩大解放区的斗争中解决资财困难的问题，这是应该肯定和保护的，不应该指责。

段苏权在给白、吴、才的信中，提醒十团"对老部队和老干部"，不要"光看到他们的重大毛病，没有看到他们的优良长处"。

实际上，在工作中，其实白乙化无论是军内的政治工作还是军地军民关系，都带领十团做出了表率。

作家管桦在回忆录中写道：

> 第二天，白乙化带着护送我们的队伍，同敌人打了整整一天，夜晚，我们突围向北面山区里转移。

早晨，我们在一座荒无人烟的大山里休息。山上长满没腰深的枯黄野草，被山风吹打，发出一阵阵惊心动魄的呼啸声，鹰在头上盘旋，寻找丛莽中的野兔。远山的那边，有大炮的轰隆声。一天的战斗连着整夜的行军，大家都有些疲劳了，有的坐着，有的躺着，很少有人说笑。大伙都在心里盘算着，继续爬山寻找村庄宿营、吃饭。白乙化迈着快步走过来，胸前吊着望远镜。

　　"这就是我们的宿营地，"他大声回答战士们的话，"健康是幸福，艰苦是美德，进步是快乐。今天我们要艰苦一下啦。"

　　他脚步不停地一路走着，问战士们的话和回答战士们的话。在离我们二十几步远的地方，不知道他说了一句什么，战士们在那里大笑。

　　他像一阵风似的，把一种无畏的快乐情绪，吹进战士们的心中。

　　这一天我们都没吃饭。眼巴巴地盼着下山找粮食的小黑胡子司务长回来，每个人的肚子都饿得像开了锅似的咕噜噜直响。太阳偏西的时候，司务长用毛驴驮来了煮熟的玉米棒子，只够每人一个。

　　大伙正在啃着这一顿"晚餐"，就见司务长拿着一个玉米，脸上带着为难的神色向他身边的几个战士说："团长只要他那一份，我就多给他这么一个，把我批评了个臭够，到底还是不要，他这个人哪！"

　　这时候，白乙化走过去，朝我递了个眼神，然后笑着说：

　　"看，多出一个玉米你这个司务长就分不出去了，我来给你分。"

　　说着从司务长手里把那个玉米拿过去，一掰两半，一半塞给一个重机枪手："大力士给你添半个。"另一半给了另一个重机枪手："没偏没向！"①

---

① 管桦：《记白乙化片断》，见平北抗日战争纪念馆编《海坨风云》（第四卷），中国工人出版社，2003。

凡是和白乙化接触过的人，都被他那种超级乐观精神和满满的正能量所感动。

萧克对白乙化评价颇高，称其是不可多得的将才，提议将他调回挺进军总部，任副参谋长，段苏权慨然允诺，并对白乙化调离后十团的人事做了安排，这就是段苏权信中所说"干部已电当复，但尚未复示"。1941年2月初，正式命令下达，未及公布，即传来白乙化殉国的噩耗。萧克后来曾对密云县党史办原副主任曹友林说："白乙化是个人才，我准备让他当我的参谋长，可惜他牺牲了。"

十团作为最早进入平北的部队，被群众亲切地称为"我们的老十团"。十团满编为一千三百八十人，在抗战中先后牺牲了一千二百人。除王亢、吴涛等人看到了新中国成立，其他两百多名大中学生干部，把鲜血洒在了京津冀的大地。

新中国成立后，十团成为中国人民解放军第一支火箭炮部队二〇一团。在1964年大练兵中，全团受到陈毅元帅的接见。该团训练严格，成绩优异，直到今天，一直是我军列装最先进火箭炮的首选团队。

2008年下半年，二〇一团被确定为国庆受阅部队，团政治处主任在赴京参加会议间隙，专程来到白乙化烈士塑像前，向老团长报告。2009年10月4日，受阅官兵们在接受祖国和人民的检阅后，风尘仆仆地来到密云。官兵们抬着亲手扎制的花篮，在老团长的塑像前肃立默哀，高唱《炮兵二〇一团团歌》。嘹亮的军歌仿佛又把人们带回了平北抗日根据地，带回了烽火连天的抗日战场。

因为有了这些相互磨合的工作经验，干部们的配合问题，才逐渐得以解决。到1942年初春，八团进入平北，后来和四十团合编，詹大南、曾威①等一批老红军充实到平北部队，新老干部、知识分子与工农干部、军地干部，彼此融洽取长补短，再没有出现不协调的声音。

也是在 1942 年的 9 月 1 日，中央政治局通过《关于统一抗日根据地党的领导及调整各组织间关系的决定》，规定"根据地领导的统一与一元化，应当表现在每个根据地有一个统一的领导一切的党的委员会（中央局、分局、区党委、地委），因此，确定中央代表机关（中央局、分局）及各级党委（区党委、地委）为各地区的最高领导机关，统一各地区的党政军民工作的领导……因此它的成分，必须包括党务、政府、军队中主要负责的党员干部（党委之常委亦应包括党务、政府及军队三方面的负责干部），而不应全部或绝大参数委员都是党务工作者"；"为统一地方党与军队党的领导，分局、区党委、地委书记，兼任军区、分区（师或旅）政委，另设副书记，管理党务工作。如军区、分区政委被选为分局、区党委、地委书记，则可设副政委，专管军队工作。分局、区党委、地委书记应照顾各方面工作，除兼政委外，再不宜兼任其他具体工作"；"今后主力军必须执行各级党委的决议、决定与各级政府的法令。主力军对于驻扎所在地的下级党委与下级政府（如县区、乡）的决定，亦必须执行。"

1942 年 11 月 4 日，平北地委根据该决议下发明确指示："由于平北地区更加分割与游击性，上下级联系非常困难，所以关于统一领导不只应表现在地委、分区机关，而大多数县份与兵团间仍然适用，按部队分布情形，十团参加丰滦密、昌延两县委，四十团参加龙崇赤、龙延怀两县委，龙赤因紧靠地委分区，主力部队则不参与"；"游击区不仅在领导上须要统一，必要时党政军民机构上亦须一元化，如此，区长或区委书

---

① 曾威（1916—2004），江西泰和人。1932 年，加入中国共产党。经历长征。抗日战争时期，曾任冀热察挺进军第九团营政治教导员、挺进军政治部组织科长、第十二分区第十团政委兼中共昌延县委书记。新中国成立后，曾任北京军区工程兵政委、天津警备区政委等职。1955 年，被授予少将军衔。

记可兼任游击队正副队长或指导员";"军队应即进行拥护政权教育,各所在地区部队(包括主力军)应坚决执行当地县委有关决议及政府法规"。这个文件表明,平北地区的军地、军政关系,到1942年下半年,有了明确而统一的规定,得到了圆满协调。

回到1941年的信件,也可以看出,白乙化和段苏权在平北根据地的发展方向上,两人也是有分歧的。

1940年上半年,平北根据地的顺利开辟,在整个华北地区都是难得的好消息,十团在领受挺进军任务时,进军热河是既定方针,其政治意义并不亚于军事意义,白乙化非常兴奋,所以在平西那次和焦若愚、杜伯华、金肇野的席间,会有特别的感慨。

6月21日,萧克给中央军委发报:"自平北开展后,冀东在战略上基本脱离孤立地位。根据中央规定的总任务,我们的发展方向应逐渐加强东北方向……只有发展热河,才能造成向辽宁的可能"。但是后来段苏权率队挺进平北,经过数次战斗后,发现至少在平北开创初期,渗透热西,向东北进军的条件并不成熟。

八路军进入的伪满疆域,日伪已有六七年的行政管理和政策权威。随着日军战线南进,东北抗联逐渐式微,热河被称为"治安巩固区""治安模范区",充当了"日满亲善""以战养战"的标杆。十团和七团跨过长城,数次挺进热河,日伪遂加强了对丰宁西部地区的控制,不遗余力地清除跨越长城、伸入伪满境内的抗日武装。

有鉴于此,段苏权建议,暂缓向东北方向即热西的发展,把工作重心放在冀北和察南,曾改善六小块根据地哑铃状的连接,扩大哑铃颈子,向西南加强与平西的接触,向东南开辟与冀东的通道。

这也是段苏权信中所称:"不能一味往东挤,因为这会失掉平北的作用,使我们力量有脱节的危险",即指平北担负的平西与冀东的桥梁作用。

1941年6月12日,萧克下发《目前冀热察形势与我们几个工作任务》，明确指出："冀热察地区……由于处于华北的最前线，并踏进了伪满的领土，所以敌情特别严重……敌人在这地区统治是很久的，当然也很强的……如平北之丰滦密地区，在去年秋末冬初，战役延长到七十多天，龙延怀地区由1月起到5月止，敌人在那里连续三次'扫荡'……敌人之所以采取连续的战役进攻，是在使我无喘息时间，以达其消灭或驱逐我军之目的……伪满军与关东军，不仅有重兵屯集满伪边境，而且已经大量入关……去年秋季平北游击战争大发展后，伪满军增兵十余团，进攻平北，现在还停留于平北边境"。

据资料显示，陆续进入热河第五军管区的伪满军，计有步兵第八、十、十一、十二、十六、十七、二十二、二十三、二十四、二十五、二十六、二十九、三十二、三十九共十四个团，部队数量比其他军管区都多。团长、营长由中国人担任，但团副、营副都是日本人，掌握一切实权，连排长中日本人居多，均归第五军管区指挥，负责与长城沿线的八路军作战。

萧克同意段苏权的观点："在发展新地区中，必须善于找到敌人统治薄弱的地区发展。"

四天后，即1941年6月16日，北方分局向中央和北方局报告："……平北发展主要还只在冀北和察南，热南因敌伪统治很严，工作较难开辟，我曾数次派动部队在二十里活动，都没有站住脚……平北主要应向西发展，开发察南西部工作，以求与平西在蔚县以北地区相联结。平北东部之丰滦密地区，应积极向东发展，以求进一步与冀东联接起来。这样，东部与西部之间如被敌切断（目前这种可能是很大的，因东海周围工作很难开辟），对双方都可免于孤立。"

事实也证明，段苏权当时的分析判断和战略发展方向的调整是正确的，"避其锐气，击其惰归"，"毋要正正之旗，毋击堂堂之阵"，保存实力、蓄势待发，才能"咬紧牙关、渡过难关"。

1941 年 6 月后，海陀山的局势有所缓和，八路军乘势整顿队伍，补充兵员，海陀山北麓的里长沟村，不满十五岁的陈永庆，报名参军。

陈永庆全家六口人，只有四亩坡梁地，打下的粮食只够吃半年，剩下的就只能靠父亲、哥哥给地主打工糊口了。陈永庆在他八岁以前，没有衣穿、没有鞋子，稍大一点，就去给地主放羊。他在九十岁时回忆说："我的童年和少年时期，没有一天是吃饱穿暖的日子。"①

由于日军的侵略和连续大规模"扫荡"，日子更加难过，陈永庆家里房子被烧，东西都被砸烂，村里很多百姓被杀，到 1954 年征招义务兵时，这个村里甚至都招不到适龄青年，陈永庆感叹："这一茬人几乎都被当年日伪杀了"，能侥幸活命的百姓，都跑进山里躲起来了。1941 年 5 月，陈永庆被日伪抓去修路，因为身体太瘦小背不动石头，遭到日本监工的棒打，后来寻找机会逃了出来，坚定了当八路军打日本的信念。

陈永庆新兵训练在大海陀南边的洋水河村。这个村在一个山沟里，住户分散。当时平北军分区机关和警卫部队驻扎在这里。陈永庆每天进行军事训练和打柴火，他听干部们说，这是平北军分区司令部的驻地，司令员萧克、政委段苏权都住在这里。当然，萧克从来没有到过海陀山，平北军分区当时没有政委，段苏权还是政治部主任，这点并非陈永庆一个新兵能够了解。这样流传的说法，恐怕也是为了坚定新兵们的信心。陈永庆也说："我们没有见到过首长。"

陈永庆参军后，被分配到平北游击支队一大队三中队。1941 年 7 月，参军的第十一天，就参加了攻打雕鹗据点的战斗。

"雕鹗山深山复山，频年战马不曾闲"。雕鹗堡位于海陀山北麓，是重要的交通枢纽，更是龙赤地区的南大门，自古为兵戎争战之地。

1937 年 10 月，日军占领了龙关后，便在这里构筑了中心据点，加

---

① 陈永庆：《我这九十年——陈永庆回忆录》，中国社会出版社，2016。

强南部山区的统治。平北抗日根据地建立后，雕鹗堡成了日伪的大本营和"扫荡"龙赤、龙延怀联合县的跳板，对我方威胁极大。

这次攻打雕鹗，陈永庆跟着班长，趁着夜色爬过城墙，摸到了敌人住地，他悄悄来到了一个屋门口，把手榴弹扔到屋内，随着一声巨响，趁着硝烟未散，快步冲进屋子，顺手拿起一支大枪就跑，首次参战就缴获了一支三八大盖。他作战勇敢，头脑灵活，参军九个月后，在四十团二连当上了班长。

陈永庆在后来的战斗岁月里，数次受伤，又数次度过危险。最严重的一次，他昏迷一个多月，又醒了过来。他后来才知道，他的头部有三处伤口溃烂，导致大脑发炎，差点丢掉性命，给他准备的棺材已经漆好，墓坑都挖好了。

陈永庆从小羊倌到八路军战士，从关内打到关外，又从东北打到江南，参战六十多次，六次负伤，在战火中成长为优秀的指挥员，直到从空军拉萨指挥所副主任任上正式离休。

陈永庆到晚年，常常回忆起他的战友们。当时一批和陈永庆入伍参军的一共有三十七名青少年，经历过抗日战争、解放战争，到全国解放时，三十七人之中，只剩下陈永庆和井玉恒两人。井玉恒十八岁参加八路军，1949年已是营教导员，后来参加抗美援朝，牺牲在朝鲜。彼时的三十七名战士，能看到和平中国景象的，仅存陈永庆一人！

2016年，九十岁的陈永庆已经无法再重新踏上海陀山的土地，儿女们为他从赤城带回一辫谷穗，他高兴地称赞儿女，说这是替他了了一桩心愿，他要把谷穗永远地珍藏。

这辫风干的谷穗，一如这些平凡的海陀儿女，在国家危难之际，从土里挺起脊梁，把家国情怀化为红色基因，种在子孙后代心里。

逝去的是生命，传承的是基因，不朽的是精神。

就在陈永庆参军的1941年11月7日，中央军委下发了《关于抗日根据地军事建设的指示》，文中特别强调："敌寇对我抗日根据地的残酷'扫荡'，我军人力，物力、财力及地区之消耗，使敌后抗日根据地的敌我斗争，进入新的更激烈的阶段……在这一新阶段中，我之方针应当是熬时间的长期斗争，分散的游击战争，采取一切斗争方式（从最激烈的武装斗争方式到最和平的革命两面派的方式）与敌人周旋，节省与保存自己的实力（武装实力与民众实力），以待有利的时机。"

三十天后，12月7日凌晨，日军偷袭珍珠港，九十分钟后，美国总统罗斯福向参众两院发表为时六分钟的演讲，宣布"美国和日本已经处于战争状态"，随即参议院以八十二票对零票，众议院以三百八十八票对一票批准了罗斯福的宣战要求。英国首相丘吉尔得知消息后兴奋得老泪纵横，讲的第一句话是"好了，我们总算赢了"。

1942年元旦，由罗斯福总统、丘吉尔首相、中国驻美大使宋子文、苏联驻美大使等二十六国在反轴心联合国宣言上签字，声明赞同《大西洋宪章》，宣称将竭力与轴心国作战，决不与其讲和，正陶醉在"胜利"中的日本成为众矢之的。

中国共产党的军队既不可能得到苏联军援，更不可能得到美国赞助，在抗战最艰苦的日子里，所凭借的只能是依靠人民和"咬紧牙关、渡过难关"的不屈意志。

唯一的靠山

八路军开进海陀山，烧炮楼，攻据点，敌人一溜烟。

妇女得解放，站到人面前，做军鞋，照顾伤员，男女都平权。

再不挨打受气，再不受可怜。

——刘红印延庆水泉子村搜集采录歌谣《妇女翻身歌·1940年》

从河北阜平晋察冀军区司令部出发，前赴平西抗日根据地，临行前，段苏权请示聂荣臻司令，如何才能开展工作打开局面，聂荣臻交代了两条，一个是发动群众、站稳脚跟，没有群众的支持，一切都不好办；另一个是扩大武装，这是创造根据地的关键。

1940年1月，第三次开辟平北，钟辉琨和地方干部的着眼点，就是组织和发动群众，争取有一定民族意识的上层人物，只要拥护抗日的人，都受到礼遇，专打死心塌地的汉奸，对一般伪职人员，只要不和抗日政权作对，一概不抓不杀。部队所到之处，不再直接筹粮筹款，也不急于扩兵，得到了广大群众的拥护。

1940年冬天来临，段苏权对曾经支援部队并极端缺衣少食的父老乡亲非常牵挂，在连续攻击了海陀山附近长安岭、王家楼等六七处伪警署、大乡队和警察分所后，决定派警卫连长王景照，带一名排长和一名侦察员去喇叭沟门西北沟和转山子附近（今属北京怀柔），送还给几个月之前，七团战士路过此地吃群众嫩玉米的欠款。三位同志背着缴获的伪满洲国币，越过敌人封锁线，晓宿夜行，才见到了群众。当时有的老人激动得好一阵说不出话："你们翻山蹚河，冒着生命危险给我们送粮食钱，这是救命钱，你们送的是中国人的一颗心。"一名群众接钱后也说："我就知道八路军会来的，这是咱穷人的队伍，今年吉祥如意，明年指定风调雨顺。"还有一位四十岁的妇女说："就盼着赶走鬼子，中国快胜利。"

这一带群众生活十分困苦，但他们待王景照等人胜似亲人，白天不让他们外出，在僻静人家里住着热炕，到晚上有人带路去别的村庄，很快完成了补送粮款的任务。

还给群众的不仅仅是钱粮，而是八路军对群众的一份承诺。八路军要靠群众来养活，没有人民群众积极缴公粮、送公粮，队伍很难坚持下去，但是在敌人严密封锁的情况下，送公粮是一件很艰难，也是很危险的事。

平北抗日根据地中心在海陀山中，山上没有车道，送粮只能用小毛驴驮，而且还不能白天走，都是夜里走，碰到情况突变，八路军随时转移，这就更给送粮的人造成困难。

1941年初春，海陀山里的部队缺粮，山脚下玉皇庙村（今属北京延庆）的张云山这年二十九岁，既是民兵骨干，又是粮秣干事，他从各户收集了一百五十斤小米，夜里赶着小毛驴，驮着小米进山送粮。

山路崎岖不平，上梁下坡，走起来非常艰难。水口子沟里的残冰余雪还没融化，毛驴走上去，一步一打滑，张云山只好把米口袋卸下，先拉着驴慢慢地过去，把驴拴在山柴棵上，然后再把米口袋扛过去放在驴身上继续走。走着走着，突然窜出一只野牲口，可能是只狍子，把毛驴吓得往旁边躲，驴身上的小米口袋被甩到了地上，摔了个大口子，小米直往外流。张云山赶紧把自己的裤带解下来，把口子捆住，用一根山榆条系上裤子。

深夜时分，空荡的山谷，万籁俱寂，只有这头小毛驴的驴蹄敲打在山石上发出"哒哒"的声响，以及张云山脚上穿着的那双补了又补足有五斤重的老山鞋，深一脚浅一脚踏在山石上发出的"嘎啦嘎啦"的声音。天蒙蒙亮时，他终于把粮食送到了杨家河。区里干部见他这身打扮，动情地说："等到抗日胜利，你这裤带应该送到博物馆展览。"张云山说："要展览也是展览我脚下穿的这双鞋，足有四五斤重，我穿着它翻山越岭来送粮。"大家都说："不容易，真是不容易。"

1941年11月中旬，海陀山上的八路军又要断炊了。山下平川村张老营保长（明面是"保长"，暗中实际为八路军办事）张殿考接到筹粮任务，连夜征集了四石小米，派村里青年张玉平、张德勇、张岩岭三人赶四头毛驴连夜出发。

黑夜，伸手不见五指，山高坡陡，柴草丛生，特别是阴坡，积雪还没融化，有的地方结成冰，走起来来回打滑，一不小心就会掉下山去。

140

大家赶着牲口深一脚浅一脚地走了二十多里，来到预定接收地点——后沟村。结果大家傻眼了，这里刚被敌人"扫荡"过，房子都被烧了，有的地方还冒着火苗，有的地方冒着浓烟，村里一个人也没有。找不到队伍和区里同志，粮食交不了怎么办？见不到八路军，绝不能把粮食卸下来留给鬼子！送粮的队伍又继续走了十多里路，来到龙门口村，不想这里也是一片废墟。送粮的队伍继续走，继续找，大家有的衣服撕破了，有的脸被山柴划伤了，有的鞋子坏了、丢了，脚被山石划伤在流血，有的磕碰了腿，走道一瘸一拐，但没有一个人叫苦叫累。直到第二天下午4点钟，送粮队伍转了好几个村子后，终于在海陀山后的花沟村找到了八路军，把粮食交到部队手里。等大家回到家里时，鸡叫三遍，已经是第三天清晨了。

在抗日斗争最艰难的时期，平北地区的老百姓宁可自己饿肚子，也要把活命的口粮让给打仗的战士们。

1941年秋，日伪军重兵把守交通要道，试图把大海陀山军分区和地委机关困死在山上。部队的粮食主要是靠山下的平川运来，如今在敌人层层封锁下，无法接运粮食了；部队在山上开荒种下的庄稼，被敌人毁光了；附近的老乡家，也被敌人抢得净光。生活一天比一天困难，战士们只能靠挖野菜、采野果充饥。

此时，程世才已返回平西，平北军分区司令员由覃国翰接任。覃国翰是广西都安人，壮族，1929年参加百色起义，1931年随张云逸转战到湘赣，在红六军团期间就与段苏权相识。覃国翰和段苏权搭档，可说是战友重逢。

覃国翰和段苏权等人住在海沟群众白老四家。一天，房东白老四把一筐萝卜背到营房，送给同志们吃。覃国翰知道白家也被敌人抢光了，全家老小也在饿肚子，就拒绝收萝卜。白老四说："你们说不定什么时候又要打仗，可不能让同志们饿肚子，我们家好凑合。"晚上，白老四将地窨里仅剩的一小盆棒子面做了一盆片汤给覃国翰、段苏权端来，又说："你们白天晚上都要办公，光吃野菜、喝萝卜汤是不行的。"大家特别感动，但是知道白老四的脾气，送来的东西一点不收是不行的，就对他说："好，我们的好房东送来了，我们就收下，你先回去吧。"可是白老四不走，非要看着两人吃完。

覃国翰偷偷把片汤端给白老四的孙女，孩子还没吃完，就被白老四发现了。他狠狠地批评老伴："人家司令员、主任三天没吃面食了，你干嘛把面汤拿回来？"让老伴受了一场委屈。有一天深夜，发生敌情，军区领导慌忙起床穿棉衣，感到口袋沉甸甸的，伸手一摸，每人兜里都被装了几个山药蛋①。原来白老四见军区领导几天粒米未进，很想给大家找点吃的，家里已经什么东西都没有了，他就跑到地里，在已经挖过的地里挖了又挖，还真又挖出了十来个山药蛋，煮熟后偷偷放进大家棉衣口袋。

平北人民，为了支援抗战，舍生忘死，克服一切困难，筹措各种物资支援前线，为了抗日不惜倾其所有。

1941 年冬季的一天，风雪交加，狂风呼啸，覃国翰和刚转移到陈家沟平北军分区骑兵大队的同志们清晨醒来，就听到洪亮的呼唤："大队长在哪里？大队长在哪里？"只见一位老大爷，身披大羊皮袄，头戴皮帽，脚穿半筒毡鞋，脸额黑里透红，四五寸的白胡须上挂着长长的冰挂，迈着健壮的步伐，边挥手边呼喊。

大队长吴广义快步迎上去，双手扶住他："哎呀，张大爷，这么大的风雪，你怎么来的呀？快到炕上去暖和暖和。"这位张大爷挪步跨上热炕，抚弄着冰冻得硬直的胡须，爽朗地说："嗨，找得我好苦。我走了一天一夜，大雪封了路，都走转向了，差点闯进沽源城敌伪营里去……"

---

① 平北当地称呼土豆为山药蛋。

吴广义叫人端来一碗高粱酒让他暖暖身子。老人端起碗一饮而尽，说：“到了你们原来的驻地，找不见人，我想，你们总不会飞到天上去呀？陈家沟没有，到蔡家沟去，总能找到你们的……”

原来张大爷住在离陈家沟一百多里外的野马图，那是骑兵大队经常活动的地方。他是个贫苦农民，好客、豪爽、热心抗日。因此，他的家就成了骑兵大队的据点，大家都叫他“老房东”。他知道部队缺乏子弹，便想方设法通过伪军内的熟人，一次一点地偷偷买子弹，积攒了五百多发子弹准备送给部队。但近期骑兵大队没到野马图活动。于是，他便用麻袋装上子弹，随身带点干粮，骑上毛驴冒雪来找部队了。

当时，对八路军来说弹药极其缺乏，每名战士只有三五发子弹，子弹是最难得珍贵的物资。八路军想补充一些弹药，往往要花很高的代价，通过敌伪内线购买，一颗子弹要花蒙疆伪币三四块钱，相当于八只母鸡的价钱。

张大爷想办法以几毛钱一颗的价钱陆续买到这批子弹，对骑兵大队是最有力的支持，更可贵的是他不避艰辛、不顾生命安危雪中送弹的抗日精神。政委刘德标听了缘由后，又是感动又是心疼又是埋怨：“张大爷，您不要这样急嘛，等我们回去时再拿也不迟呀！”

张大爷说：“部队等子弹用要紧呀！而且我听到一个消息，要赶紧告诉你们，驻扎野马图附近的敌人，正准备春节前夕进行重点讨伐，他们是想抢劫，捞点油水过年哩。”张大爷送来的子弹和这一重要情报，给骑兵大队提供了消灭敌人的好机会。

在平北地区，像张云山、白老四、张大爷这样积极支前的抗日群众，每个村都有很多。

武家堡村（新中国成立后与石盘口村合并）是老游击根据地，属龙延怀联合县三区，党群关系特别融洽。村中武万春全家，都是抗日积极分子，和县、区干部、战士亲如骨肉。

武万春的母亲武大娘是一位热爱中国共产党、热爱八路军，支持革命、爱护革命同志的革命老妈妈。武大娘把干部战士当作自己的亲儿女一样对待，烧水做饭，缝缝补补，洗洗涮涮，就连同志们脚上的鞋带子都是大娘亲自给拾掇。家里经常住满了干部、战士，她给这些战士、干部洗衣做饭，从未嫌弃过。有的同志怕麻烦大娘，把该洗该补的衣服藏起来，大娘就不高兴地说："你们这些孩子，钻山越岭打鬼子，东跑西颠为的啥，还不是为叫老百姓过上好日子。我为你们洗几件衣服又有什么不应该呢？"武大娘像亲人一样地关怀爱护战士，所以战士们都把武大娘的家当成自己的家，把武大娘当成自己的亲妈。每当区县干部开会研究工作时，武大娘总是主动地到院外去站岗放哨，两眼盯着山头上的消息树，一旦消息树倒了，马上跑回屋去报告，让干部们转移。白天站岗看消息树，夜里站岗则是听动静。

有一次区委书记王福堂开会回来，和爱人孙文华一起住在武大娘家，大娘就在院子里为他们放哨。凌晨，听见村南的狗叫得很厉害，大娘马上叫醒王福堂、孙文华夫妇二人及时转移，免遭敌人的毒手。武万春，担任村武委会主任，媳妇陈翠莲担任村妇救会主任，二弟万生当儿童团长，小弟弟万明只有十岁，也经常送信、站岗、查路条。全家人各负其责，各司其职，都为抗日做出了积极贡献。

为了把日本鬼子赶出中国去，就必须进行武装斗争。而每一场战役之后，都会有八路军战士负伤。为了躲避敌人的"扫荡"、围剿，战士们在密林中穿行，在山洞里居住，昼伏夜出，风餐露宿，也有很多人因恶劣的条件而生病。救治、保护伤病员的任务，经常由支持抗日的百姓承担。

龙赤联合县黑河川千松台村赵振武，是村里第一个加入中国共产党的人。他家里经常住着八路军伤病员。当时部队行军打仗，没有医院，赵振武家就成了临时诊所，每天都要接送过往伤员。那时候在赵振武家伤病员很多，既无伙食费，又无津贴，赵振武靠自己的经济来源为他们治病养伤。每批伤员痊愈后，赵振武都要给他们换套新衣服归队。当时布匹昂贵，人们大都穿树皮、麻片，赵振武毅然将自己五间北房卖掉，用于伤病员医疗、更换新衣。后来又把自己二十多亩地卖掉，自己领着全家住山洞。由于山洞潮湿，又因舍不得吃东西，两个小儿子双双死去。可是对待伤病员他一点都不吝啬，尽量让他们吃得好些。

1940年8月14日，赵振武见一名战士赶着一头毛驴，护送来一个戴草帽、穿大褂的人，原来正是金肇野。

7月13日，金肇野随军途中病倒了，到7月26日高烧不退，昏迷不醒，找来针药，才稍稍能起来，但身体一直没有恢复。8月14日，金肇野见到了段苏权。

段苏权看到金肇野的身体情况，建议他不要跟着队伍再前进了，因为部队是游击生活，一天要走七八十里，恐怕他坚持不下去。金肇野再三考虑，为不影响部队的军事行动，决定先隐蔽起来，把伤养好。

金肇野前往到达大栅子村，找到当地的区委书记吴涤新等同志。吴涤新立刻拿起笔写介绍信给赵振武，让金肇野趁天黑前，再走二里，去赵振武那里休养。吴涤新感慨地说："赵振武一家人没粮吃了，今天才借来三百斤山药蛋，而他自己家里的粮食全给八路军吃了，却毫无怨言，真是好人啊！"

部队一走，汉奸、特务就到村里搜查，赵振武怕金肇野出危险，每日五更天自己抱块毯子，提一壶开水，叫儿子赵玉杰把金肇野背上，悄悄送到村外的秘密山洞里，等到夜深人静，再悄悄背回家来。当时人们生活极其困难，赵振武一家吃粮很紧缺，为了让金肇野身体很快恢复健康，他们一家人吃山药和野菜，把大米白面和自家鸡下的蛋给金肇野吃，鸡蛋连不上，赵振武和他老伴忍痛把老母鸡杀了，又买了一只羊，给金肇野补养身体。

在赵振武一家精心护理下，金肇野身体一天天好起来，到9月就追上了队伍。金肇野病好归队，他不知道的是，特务收到消息，将赵振武抓到白草警察署，用鞭子抽打，灌辣椒水，用烙铁烫，往肚里灌小米水，把肚子灌鼓了，再用脚踹，使米从鼻孔里、嘴里往出冒。赵振武不向敌人屈服，敌人就反复折磨他，直到被折磨得奄奄一息。

村里人急了，就去找瓦房沟村日伪大村长张涛。

张涛在八路军初到平北时，也曾参加过救国会，表示愿意抗日，当八路军队伍离开后，又为敌效劳，当了大村长。

这天早晨，乡亲们相互簇拥着来到张涛家中。张涛正在吃早饭，见到村民在院子里黑压压地站了一大片忙站了起来，赔着笑脸说："乡亲们，有什么事？""有什么事？你心里清楚！"赵振武的妻子含着眼泪悲愤地说。

"我清楚——什么事我清楚？"张涛装作一脸茫然的样子。

"明人不做暗事！"一个胆大的村民对张涛说："如果不放出赵振武，我们也去找日本人，端出你的老底！"

张涛知道日本人翻脸不认人，真要叫大伙儿把他参加抗日历史捅出，也吃不了得兜着走。他沉思片刻，郑重其事地说："咱都一道沟的乡亲，哪方面来我也得应酬，这是无奈之举。"

"是啊，你是咱们这道沟有头有脸的，是大村长，放不放赵振武还不是你一句话，就看你放不放了！"乡亲们进一步要挟说。

"我也是中国人，我怎能眼睁睁看着中国人被鬼子折磨、杀害呢！"张涛看着大家，然后低下头，边想边说，"我托托人……想个好办法，乡亲们先回去……"

张涛通过瓦房沟警察署特务找到了白草日伪军队长唐尚，说赵振武只是"嫌疑犯"，不是"政治犯"，过去一贯是"大大的良民"，大村愿意保释，这才把赵振武放了出来。

三渡河乡北沟的曹进祥全家也是护理伤病员的典型。

146

曹进祥，1945 年 8 月入党，他的母亲，人称革命的老妈妈，他的妻子于桂兰是抗战时期的妇救会主任。从 1938 年八路军进入北沟地区开始，抗日战争以及解放战争期间，曹家一直是中国共产党的堡垒户，无论在掩护部队、掩护工作人员，还是在支援革命战争方面，都做出了很大贡献。在极端艰苦的岁月里，他们省吃俭用，节省下粮食给部队、干部吃，拿出自己的被褥给战士盖。敌人来了，掩护同志们转移；伤病员送来了，像对待自己亲生儿女那样去护理。曹进祥被敌人抓去了，在敌人刺刀下不屈服，不妥协，始终严守党的秘密。根据他们全家对革命的贡献，1951 年，中央人民政府北方老根据地访问团，赠给他家奖状一张、奖章一枚。奖状上印有毛主席亲笔题写的"发扬革命传统，争取更大光荣。"

1938 年，怀柔沙峪战斗后，八路军伤员被送到北沟一带村庄。曹进祥一家主动安排了不少伤员。曹进祥的母亲和妻子参加了抢救伤员和护理伤员的工作。他们烧开水，给伤员洗伤口。对不能走动的伤员，给他们接屎接尿；对自己不能吃饭的伤员，就熬点小米粥，加些白糖一口一口地喂他们。这是他家接收的第一批伤员。

1940 年，十团开辟这一地区以后，更是不断一批一批地接受这种任务。一次，重伤员宋庭红由于子弹穿伤头部，完全不省人事。曹进祥的母亲像看护自己亲生儿子一样，整天整夜地看着他，给他洗伤口、上药、灌米汤。这样坚持了半月，宋庭红才脱离危险，完全清醒过来。正在这时，传来情报，渤海所据点敌人来北沟一带"扫荡"，曹大妈急忙扶宋庭红上山躲进石洞，外面再用柴火堆上隐藏。宋庭红伤好准备归队时，深情地拉着曹大妈的手："大妈为了救我熬夜受累，真比我的亲娘还亲。"有几次伤员多，情况又紧，不敢在家住，就让伤员住在半山坡曹家羊圈的窝棚里。曹进祥的妻子于桂兰每天几次给伤员送饭。有一次曹进祥的舅妈从渤海所来这儿串亲戚，见曹进祥的妻子烙了不少的饼，就问："这是给谁吃的？烙这么多饼？"曹进样的母亲想，她虽然是自己的娘家人，但是八路军的秘密是谁也不能告诉的，就说："干活的都在地里吃饭，山坡地远，给他们送饭去，免得回来耽误功夫。"

掩护干部对曹家来说是习以为常的事儿。一天傍晚，丰滦密联合县的科长肖尊一住在曹进祥家，来了几个特务。曹大妈急中生智，卷起炕席，叫老肖躲进去，又用一些破衣服塞在席筒口里。特务要进房门检查。大妈说："我儿媳妇坐月子，不方便。"特务不信，掀开门帘往里看，见炕前一盆血水，一个妇女歪歪斜斜地躺在炕上的稻草堆上呻吟，特务心里暗叫倒霉，悔不该进这"月房屋"，立即退了出来。原来那盆血水，是大妈用红颜料泡的，竟然把一群特务蒙过去了。还有一次，丰滦密联合县一区区长李方龄，带几十名战士在曹进祥家休息。下午，渤海所送来情报，说第二天敌人要出来搜索。曹进祥劝老李连夜出发，老李没听，第二天一早区长李方龄不幸被捕。敌人知道这支队伍是从北沟来，一定是在曹进祥家待过。为了弄清李方龄到底是什么人，敌人把曹进祥抓到渤海所据点审问，用特制的竹鞭抽他。这种竹鞭是用许多劈开的细竹片扎在一起的，一鞭子打下去竹条之间的缝隙张开，待打到身上，竹鞭又紧紧地合在一起，夹着一块块的肉皮，就像刀子割在身上一样的疼痛。敌人用尽了各种严刑，费尽了心机，也没从曹进祥嘴里得到一点消息，就把他关进水牢里。这时已是深秋天气，水牢中寒气逼人，没过脚面的水冻得人发抖，被打得已经不能站立的曹进祥，只能蹲在水牢里，身上的伤口，碰着冷水，疼痛难忍。后来，曹家买东西向特务送礼，党组织也积极援救，曹进祥才被放回家。

宁冒杀头险、也要精心护伤员的支前群众，还有红旗营村天桥沟佟九州一家。天桥沟在红旗营沟里龙潭上的一个小沟岔，沟口有很高的石崖，沟里山高林密，只住着佟九州一户人家，很是僻静。

佟九州是个勤劳憨厚的农民，当时三十多岁，住着五间草房，生活贫苦。1941年农历六月十三日早晨，突然有人用门板抬来了几名八路军伤病员，他们是肋部受伤的李文，腿部受伤的祝庆廷，夜间打仗摔伤的张小勇，生病的吴纪春，以及跟着的小通讯员王义。佟九州二话没说，就把同志们让到屋里，安排好休息地方，赶紧让媳妇做饭。前沟门村甲长孙兰和红旗营牌长欧福山也常来看望伤病员，送来米和一只羊，并请来医生蔡先生给伤员治疗。当时，日伪军经常出来"扫荡"。遇有情况时，甲长就派人来送信。只要有危险预警，不管是阴天下雨还是黑夜，佟九州一家人就立即背着伤病员钻到山上树林里隐蔽起来，并且把每个伤病员单放一处，以防发生意外，他们按时给伤病员送水、送饭。牌长送信说敌人走了，佟九州再把伤病员一个个由山上背到家里。佟家本来很穷，当时又正是青黄不接的时候，家里粮食很快吃光了，佟九州就把采摘的杏核轧了，用杏仁掺上粮食，做杏仁粥给伤病员吃，而自己家则全以糠菜度日。坚持到秋天收割地时，这几位伤员同志才痊愈，怀着无限感激的心情，告别了佟九州一家，去方营沟找部队去了。

　　1941年7月的一天下午，十团一营因与日军部队激战两小时，牺牲二十多人，负伤多人，其中重伤三名。部队转移时，把这三名重伤员交给高营村甲长宋亚奎，让他掩护安置伤员养伤。当时日伪统治很严，"通共"的事如被发现，不但本人有掉脑袋的危险，而且全村都要遭殃。接受任务的当天夜里，宋亚奎就秘密组织人把伤员抬到高挑子沟里二道岔炭窑。那里只住傅存一家，比较隐蔽。傅存是个贫苦农民，忠诚可靠。虽说秘密安置，但沟里安家村的人都知道，于是宋亚奎就给各户交代："八路军伤员放到咱们这儿养伤了，这是咱们大家的责任。如果暴露了，谁也脱不了干系！这件事大家千万小心，无论如何都不能让伤员出闪失。为使这事不暴露，一是不准孩子出去乱说；二是住家姑奶子让多住些天，先不要回婆家去；三是外村来亲戚不要让过夜，再近的亲戚也不能露一点口风；四是警察万一扫着风抓谁审问，就是打死也不能暴露一点。谁要是暴露了伤员，带累了全村，村里饶不了他！"

傅存一家，对伤员照顾得十分精心，每天天不亮就把伤员一个一个背到山上炭窑里。太阳落山后，怕在山上受凉，再一个一个地背回家里，天天如此。家里鸡下蛋平时是为换咸盐的，现在都给伤员吃了。买不到伤药，就满山刨草药，用草药给伤员治伤。经过二十多天的看护，伤员的伤好了。不久，警察特务就嗅到了消息，把安家村的安凤财抓去厢黄旗警察署审问。

临走时，宋亚奎悄悄嘱咐他："凤财，咱们全村几百口老少的性命都在你身上了，可千万别乱说呀！我一两天内就去找人，一定把你保回来！"安凤财小声说："大叔，你放心！要死就死我一个，我决不能胡说连累乡亲！"警察署审问时，无论敌人怎么用刑，安凤财始终没露一字，一口咬定安家村没住过伤员。第三天，宋亚奎凑了一些钱，到警察署上下打点一番，才把安凤财保了出来。

没有平北老百姓对中国共产党、八路军以及革命干部的强力支持，没有他们精心护理伤病员，根据地开辟不了，抗日政权也扎不下根。

人民群众是巩固和发展平北抗日根据地、争取抗日战争胜利的最大的、也是唯一的靠山。

两百党支部

栉风沐雨不知霜，何有冬寒岁月长！
敢向青松夸劲节，中华儿女本无双。

——刘力生《青松·1942年》

位于延庆城东南的三司村，历史悠久，明代修长城，筑墩台，造营城，村东土边长城和石边长城依山而建、浑然天成。

明代时设柳沟城，拱卫十三陵，柳沟往东分别是头司、二司、三司、

150

四司，每司有一名司官、一营兵、一土城。"三司"屯戍，作为地名流传下来。

三司毗邻南山的长城，成为抗日武装活动的隐蔽区，易守难攻，被日伪称为"匪区"，饱受战争的蹂躏和摧残。

村口有一棵高大的白杨树，这天夜里，茂密的树叶被狂风吹得哗啦哗啦地响，仿佛为了故意制造紧张气氛，又仿佛为了偷偷隐蔽起树下破旧土坯房里那些低沉而庄严的声音，可是那些被故意压低的声音，如同拥有神奇的力量，直入人心。

"我宣誓：一、终身为共产主义事业奋斗；二、党的利益高于一切；三、遵守党的纪律；四、不怕困难，永远为党工作；五、要做群众的模范；六、保守党的秘密；七、对党有信心；八、百折不挠，永不叛党。谨誓。"

入党仪式是秘密举行，党员向党宣誓很郑重。

这一版本的入党誓词由当时的中央组织部规定，1940 年党内刊物《共产党人》第四期刊载，作为抗日战争时期中国共产党标准的入党誓词，为新党员入党宣誓时广泛使用。

这一时期的入党誓词不再强调"阶级斗争"，而是强调"要做群众的模范"和"对党有信心"。其思想更加饱满、内容更加丰富、要求更加具体，反映了党当时团结带领广大人民群众为争取抗日战争最后胜利而不懈奋斗的坚定决心和英雄气概。

宣誓结束，六只有力的拳头轻轻放下，六双手紧紧握在一起。"从今天起，我们都是同志了！千万记住两点：这件事谁都不能告诉，要做群众的模范。咱们一定会胜利的！"刘景礼异常激动，他是昌延县委书记史克宁亲自发展的党员，今天，这五位同志又是他发展的一批党员。

平北地委成立后，平北地区现辖区内大部分县党的工作归其领导，各县均先后成立了县委、区委。截至 1941 年底，平北地区共有昌（平）

延（庆）、龙（关）赤（城）、丰（宁）滦（平）密（云）、龙（关）延（庆）怀（来）、滦（平）昌（平）怀（柔）、龙（关）崇（礼）赤（城）六个联合县。

这些抗日政权，以山地为依托，在长城内外、白河两岸开展抗日游击战争，并抽调干部组成地方工作团，深入群众，宣传抗日，团结各界进步人士，建立抗日救国会，成立自卫军（民兵）和抗日民主政权及抗日群众团体。凡是已开辟出的抗日根据地，都发展了党员，建立了党支部。

这些党员是在抗日斗争中发展起来的，他们对敌斗争坚决、勇敢，在各项工作中都能起到骨干作用。党支部在农村的主要作用是：争取在村中对各种组织与斗争的领导，加强统一战线的教育，广泛开展统一战线工作，争取与掌握与敌伪有关的两面分子，逐渐建立村民主政权，领导群众对敌的合法斗争，做好教育群众工作等等。

据 1941 年 12 月 25 日的统计，六个联合县党员数量突破两千四百余人，党支部的数量达到两百三十四个。

各县委、区委、村党支部建立后，特别注重党组织的发展。在农民中吸收先进分子入党，建立农村基层组织，从而为党组织的发展壮大奠定基础。通过举办农民夜校、组织穷人会等形式，向广大贫苦农民进行反剥削、反压迫、反帝反封建的宣传教育，并一次次发动农民向地主和官绅作斗争，多次取得斗争胜利，在群众中打下基础。

第一批农村党员，一般是由区委书记或党员干部直接培养发展。各村建起基层党组织后，由各村自行发展或到外村发展党员。准备吸收入党的都是群众中的抗日积极分子、有活动能力的贫雇农。确定发展对象后，经过一二个月的了解，进行多次个别谈话、启发，再通过斗争实践稳步吸收。在抗日战争时期恶劣的环境中，发展党员只能秘密进行。除介绍人外，党员互相之间不知道彼此身份。同时规定"上不告父母，下不传子女",也不许向妻子透露。

区委对各村党支部是单线领导的,党员之间的工作也是单线联系。支部之间没有横的关系。在一面政权地区,党员多的村建立了支部,党员少的建小组;在两面政权地区,没有建立党组织,党员之间不公开。党支部秘密进行组织生活,开会、上党课、开展批评和自我批评,主要教育党员起模范作用,学会搞隐蔽斗争,遵守铁的纪律,保守党的秘密,被捕后不动摇、不叛变。但囿于敌我斗争严酷形势,支部会、小组会不能经常开。每个支部都有一两名绝对秘密的党员,不参加党的小组会,由区委或县委直接领导,准备环境突变时建立点线工作。

截至1941年底,凡是已开辟出的抗日根据地,都发展了党员,建立了党支部。

以昌延联合县为例,最初开始建立五个区委,到1940年12月底,发展到八个区委,但大都只有一个区委书记,组织委员和宣传委员也没有配齐。县区干部到村,在可靠的贫雇农家落脚,建立通信点,几个通信点便形成通信网。通信点都是可以信任的群众,经过一段时间的教育和考验,大部分都发展为中国共产党党员。同时,县委开办训练班四次,把各村根基比较好的积极分子,集中经过十天半个月的学习,将其中表现好的吸收入党。一个村中有三个以上的党员,便建立党的支部。为了加强党的思想建设,县委由宣传部长王毅负责办不定期油印《昌延导报》,内容是转载毛泽东的《论持久战》,同时自编一些通俗易懂的抗日故事和歌谣等。

昌延联合县地区扩大了,外来干部有限,工作主要靠本地干部。县委书记史克宁很注意培养干部,办法有两种:一种是带徒弟的办法,一种是办训练班的办法。或者是二者结合起来,先动员出来工作,然后再参加训练班学习。

比如昌延联合县五区,首先脱产的是刘景礼、刘广义父子二人。史克宁在 1939 年夏季就常住在果树园小金房的独户人家刘家里，经过培养，将刘家父子发展为党员。史克宁把刘景礼介绍给五区书记刘全仁，二刘结合在一起，一个是外来的，一个是本地的，开展工作就方便多了，因此五区的工作进展很快。后来刘全仁调到七区任区书记，不久又调到龙延怀县委组织部工作。这个时候，刘景礼提拔为五区书记。刘广义，人们都叫他"小柱子"，当时只有十四岁，是史克宁的交通员，入党时史克宁是介绍人，后来担任一区的区委委员，做青年工作。还有六区北张庄的姜国亭，原来是当店员的，有些文化，他的入党介绍人就是刘景礼。1941 年六区书记田梦熊牺牲后，姜国亭由六区委员，提为六区书记，后来昌延分县，姜国亭担任了第一任延庆县委书记。

史克宁办的党员干部训练班除讲党员课本外，还结合实际，自编讲稿。据受过训练的同志回忆，讲的内容有革命人生观、历史唯物主义、思想方法论、联共党史等，通俗易懂。

史克宁能写善画，他画的马恩列斯伟人像，给人印象很深。他还会吹口琴，领导学员唱革命歌曲十分活跃。政权干部训练班由县长主办，有的脱产，有的半脱产。培养对象由各区委推荐。学习内容除政权建设工作外，着重学习《论持久战》。凡是经过训练的人回去后都安排工作，充实基层组织。农民文化低，大字不识几个，可是通过几天短期训练班，很快心里就亮堂多了，工作起来很起劲。这些土生土长的本地干部起来后，比外来干部更得力。在 1942 年的残酷环境下，来延庆川工作的外来干部或牺牲或调离，但本地干部仍坚守着岗位。

昌延联合县五区在延庆南山根一带，当时是敌人的确保占领区。敌人建立了一整套统治秩序。刘景礼去做开展工作，史克宁就说："每到一个村庄，都要公开地、大胆地宣传抗日救国，扩大我党我军影响，激发群众爱国热情。宣传活动要公开，大造声势。但是行动要秘密，以防暗害。"

刘景礼在三司村，先找到伪甲长，召开了群众大会，宣讲了抗日救国道理，宣布成立抗日救国会，全体群众都是会员。会后，刘景礼到熟悉的一个贫农家里，先是宣传抗日救国道理，接着提出建立通信点，通过他又找到两个可信任群众，在他家建立了第一个通信点，又通过他们介绍，继续开展工作。之后，用同样的办法，在石河、宝林寺，宣传抗日，成立抗日救国会，建立通信点。再以宝林寺为基点，向南通过井庄、石河、二司直到三司、四司，又经二司、果树园、口子里直到小金房；向北经香村营到前昌庄；向东经小庄科到吴坊营；向西经艾官营、南老君营直到曹官营。形成了一个通信网，宝林寺就成为他们的通信站。各通信点都是党的干部落脚的地方，如果有人要找八路军，必须通过通信点才能找到。党的干部往来于各通信点之间，在多次接触中，对通信员逐步加深了解，经过一段时间的工作考验，将其大部分都发展为中国共产党党员。

1940 年至 1942 年敌人大规模"蚕食"进攻之前，是平北地区中国共产党组织迅猛发展的时期。

这一时期，群众斗争情绪高涨，工作开展比较顺利。但其特殊发展时期，残酷斗争的客观条件所限，造成当时也存在一定问题：

党务工作力量薄弱。党组织的发展不够广泛，党员数量少，分布也不平衡。当时县级党务干部配备很弱，昌延联合县有县委委员二人，其他各县只有一人。按照 1941 年的党员人数统计，全平北有党员两千四百余名，昌延联合县人数达到一千余名，占三分之一强。昌延联合县党建工作发展较快原因之一应为党务干部配置较强。各区区委书记或负责人，大都兼公开工作。专做党的工作的区委，除昌延联合县每区有一人外，其他联合县都很少。

没有严格的入党手续。入党人不需填表，也不需写入党志愿书，只要经过一名工委委员同意，即被批准，入党宣誓都是个别进行。

吸收时特别注意阶级成分，主要发展贫、雇农。据相关规定，贫雇农入党没有候补期（候补期相等于现在的预备期），中农出身的人入党有三个月后补期，地富家庭出身的人入党有半年的候补期。

在这个时期，存在对党员质量重视不够的问题。有过"拉夫"现象，有些党员是在受训时发展的(有的受训者是村里雇的)。部分党员入党动机不纯，有：入党就是参加八路军；入党后可以改善生活；私人拉拢，因私人感情入党；投机，企图改变自己的生活地位；模模糊糊无所谓者，当时用"东南"代表支部，发展党员说"东南不错，你参加吧！"这样有的人连党是什么都不知道便参加了。因此，一旦遇到危急情况，就有叛变的可能。事实也正是这样，在敌强我弱的情况下，敌人对平北抗日根据地进行"扫荡"，有的村党员叛变，有的党员被捕，区与村失掉联系，县与区联系不上，许多村干部向外跑，出现了混乱现象。"扫荡"过后，不得不重新整顿，清洗掉一批不合格的党员，改换一批不合格的党支部。

党员作用发挥不大，主要原因是党员与群众联系少。1941年秋，时任中共冀热察区党委宣传部长张明远，到昌延联合县视察工作，就提出："党员不起作用的主要原因是没有发动斗争和改善群众生活，昌延联合县今后在党的建设中必须发动斗争和领导斗争。"①

平北地委根据实际情况，总结经验教训，整顿党的支部，加强对党员的思想政治教育。主要采取大量印刷党员识字课本、出支部小报、设立支部教员、开办训练班等多种形式，对党员进行党性教育和革命气节教育。针对党员与群众联系少的问题，采取改变分组形式，密切党群关系：以地区分组，每个党员分别掌握几户，以便联系群众；同时，把原来按入党先后编组的办法，改为按群众组织编组，如在青救会的党员编

---

① 以上内容总结自1942年5月《昌延工作考察》，载中共北京市委党史研究室编《北京地区抗日运动史料汇编》（第四辑），中国文史出版社，2000。

为一组，在农救会的党员编为一组，使其在群众组织中发挥党的作用。

抗日政权曲折前进

探囊取物一宵间，民愤难容万恶奸。

天亮城门见布告，坏人害怕好人安。

————刘力生《据点除奸·一九四三年》

只有党组织建设稳固了，才有抗日政权稳固的可能，但政权建设又不同于党组织的发展。

1940年9月末至1941年8月底前，平北军分区没有司令员、政委、参谋长，只有段苏权一位主任，但是开辟抗日新区的势头很旺，造成干部奇缺，"昌延有县委委员两人，其他各县都只一人。区委大都兼公开工作，专作党的工作的区委，除昌延每区有一人外，其他县都很少。"[①] 往往一个区只一位区长，有的加个秘书，区长牺牲或叛逃，这个区就断线或解散。

平北抗日根据地和中国共产党曾经开辟过的苏区不一样。苏区是赤白分明，有时隔条河、隔座山，这边是红区，那边是白区。而平北抗日根据地，你中有我、我中有你，不仅犬牙交错，而且政权很少清一色，敌我双方的版图随时变化。向我一面政权和向敌一面政权是极少数，就是两面政权，也包括向我两面政权、向敌两面政权和立场模糊的两面政权，敌人强大了就向敌，我方强大了就向我，对这样的保甲长，即要争取团结，又要十分小心谨慎。

1940年3月，中共中央发出《抗日根据地的政权问题》的指示，对

---

① 中共中央北方分局：《关于平北工作报告》，1941年6月19日。载中共北京市委党史研究室《北京地区抗日运动史料汇编》（第四辑），中国文史出版社，2000。

根据地政权建设的原则和政策做了具体规定：

> 抗日根据地的政权，是抗日民族统一战线性质的政权，即几个革命阶级联合起来对于汉奸和反动派的民主专政。它既与地主资产阶级专政相区别，也与工农民主专政不同。它是经过民主选举和按照严格的民主集中制建立起来的。抗日民主政权的政权结构包括立法、行政和司法机关。边区（省）、县的参议会既是民意机关，也是最高的权力机关。政府机关设边区（省）、县、乡三级，另有边区政府的派出机关专员公署和县政府的派出机关区公署。司法机关在边区设高等法院，专区设高等法院的分院，县一级设县法院。在人员组成上，实行"三三制"的原则。[①]

政权建设是抗日根据地建设的基础，在中国共产党的领导下，军队战斗到哪里，就在哪里发动群众，建立政权，同时，因为建立了抗日民主政权，就有利于长期支援游击战争。在"团结战胜一切；谁有群众谁就胜利；高度地发挥革命的创造性"三大口号的鼓舞下，平北地区抗日政权开辟工作进展较快。

昌延、龙赤、丰滦密、龙延怀、滦昌怀、龙崇赤六个联合县顺利建立，在县下设区，区级政权设区长、区委书记，建区救国会，各区基本配备了财粮、公安助理。公安助理负责开展对敌斗争，锄奸反特。财粮助理负责向村政权、救国会派征粮、征款、征集鞋袜等工作任务。

区政权最初阶段工作重点是宣传动员群众。宣传口号是："打日本，不当亡国奴""有钱出钱，有力出力，有人出人"，主要宣传当前形势，包括将国际、国内战况与本地实际相联系进行宣传动员。消息来源一是

---

① 中共中央党史研究室：《中国共产党历史·1921~1949》（第一卷），中共党史出版社，2021。

上级指示精神，一是敌伪的报纸。宣传工作鼓起了人民的抗日情绪，群众积极性很高，发展了党组织，建立了村政权。村政权有村长，设村公所，建救国会、青年救国会等。村政权干部一般是指定的，因为村干部担风险，有很多干部及家属在"扫荡"中被杀，所以一般人不愿干，也不敢干。

平北抗日根据地各级政权建成后，从各方面展开攻势，团结各阶层共同抗日，加速瓦解敌伪统治。把坚决的敌伪帮凶者变为动摇不坚决者；由动摇变成接近我们；使敌后人民在政治上精神上依附我们。在政权建设中，很注意地方干部的思想建设。

1940年9月，昌延联合县县长郝沛霖到任后，不管条件多么艰苦，流动性多么大，也要办政权干部训练班，坚持培养地方干部。除了学习政权工作建设外，还学习党的统战政策，学习毛泽东的《论持久战》。通过学习，提高干部的觉悟和工作能力，在坚持根据地的斗争中起了重要作用。

平北抗日根据地的开辟是极其困难的，而其发展又采取了独具特色的斗争方式：根据地的扩大，采取隐蔽的、波浪式推进政策。

土地革命战争初期，中国共产党人对中国革命的道路进行了艰难的探索，逐步找到了建立农村革命根据地，以农村包围城市，最后夺取城市的道路。方志敏及其领导的赣东北红军和根据地，对此也作出了重要贡献。赣东北地区环境较为封闭，没有外援。他们从当地实际和革命斗争的需要出发，创造性地开展工作，实行有根据地的、有计划地建设政权的、深入土地革命的、扩大人民武装的路线，波浪式地发展政权，使红军和根据地不断扩大，被称为"方志敏式的革命"。

平北地区由于经济、文化都比较落后，大部队给养问题难以解决，兵力补充困难。当地没有党组织，抗战宣传的影响非常模糊，群众基础极其薄弱。平北根据地的开辟、巩固和发展，充分吸取和发展了这一经验。

1940 年初，第三次挺进平北时，政权开辟总结教训，决定采取波浪式的发展，在发展中求稳固的方针，在战术上以小部队多点渗透，发动和依靠群众，隐蔽开辟，站稳一点再找一个新点，由点到面，党政军民形成合力，先开辟几个小块根据地，再逐步发展巩固连成大块根据地。

在干部使用方面，平北抗日政权的创建时期，采取了先从外部派遣骨干，再培养当地干部的办法。

为扩大根据地，每取得一个巩固的立足点，平北地委首先派遣工作团开辟新区，采取隐蔽发展之策，包括熟悉地形、民情、敌情等，力量壮大再逐步公开，由点到面互相连接，使之成为一块小战略区。

工作团有党、政、军、民和各个方面的人才，统一领导，统一行动，既能打游击，又能开展地方工作。文职人员如专员、区长、县长亦同时进行武装斗争，他们同八路军干部一样，只不过分工不同而已。平北的干部起初都是由平西根据地派遣，但外来干部在这样的区域极不易立足，只能派遣极少数宣传教育及负责干部。在武装斗争的配合下，随着各抗日政权的建立，陆续举办干部训练班，培养在实际斗争中涌现出来的积极分子，进行政策理论与组织教育。

1941 年后，平北抗日政府各区的区委书记多由派遣干部担任，区长及以下干部多系本地生长，这是过去工作的重大成就，也是根据地能够坚持的极好条件和支柱。

在这样恶劣艰苦的环境下，广大基层干部从各方面展开攻势，广泛地影响到敌后的同胞，动摇与孤立敌伪的统治。到 1941 年，平北已建立了民兵及工农青妇等群众组织，从初创的六小块游击区发展为大块的平北游击根据地。

政权建设并非一帆风顺，而是在曲折中前进。

1942 年 1 月，平北地委书记苏梅在《关于平北政权建设问题》中对政权的性质、任务、建设方针等有着清晰的定位和方向，明确指出 1942

年以前，平北地区政权建设存在的问题：

今天敌后各级政府，不仅不是抗战前的政府，更不是社会主义的政权或苏维埃政权，现在的政权是民族革命阶段的统一战线政权，是建设新民主主义的政治，他在现阶段是顾及到各阶层的利益，团结各阶层共同抗日，但是为了更广泛的领导起广大的群众，在改善生活这个问题上，是采取逐渐改良的办法的，对一些不愿进步，或进步慢的分子，是采取说服督促的办法，使其逐渐进步。

对于存在的问题，平北地委也进行了认真的思考：

第一，党代替政权的问题。政权的任务是政权的负责同志，在党的绝对领导下完成党所给予的任务，也就是以公开的合法的名义，把党的领导工作在具体环境中实现出来。过去两年来，平北的政权，在这一点上做得非常不够，有时形成一种依赖现象，有许多问题应该由政权首当其冲的解决，但是往往依赖党委，因此也就必然形成党来代替政权，结果公开的机关，变成不起作用，这是今后必须纠正的一种倾向。我们必须了解在今天民族革命战争过程中，号召群众最有力的是公开的机关，而不是秘密机关。最能把党的政策具体化，并深入到各阶层中去的也是公开机关比较广泛，今后政权负责同志，必定要成为在群众中最活跃的同志；党的各种政策必须要以政权的名义公开宣布，同时具体执行以实际行动解除各阶层的误解。这正是善于利用公开合法，公开与秘密的有机配合。在今后的形势下必须掌握着合法的号召（即政权的公开号召），只有这样才能扩大我们的工作范围，才能克服我们的工作限制在狭小的秘密圈里的现象。因此今后政权负责同志，必须最清楚的了解党的政策，并且能最灵活的使之实现，只有这样才能实现党所给予的任务。

第二，对政权的领导问题。过去因对公开机关（政权机关等）运用得不够灵活，对其作用与任务了解也差。因此政权工作同志，形成一种被动现象，在群众中形成一种八路军高于一切，工作人员解决一切，但对于县政府很少提到，至于我们各级同志，在群众中也很少提到县政府，遇事则直接解决。这种现象一方面由于政权工作同志对政权效能发挥不够，另一方面由于我们党的负责同志对公开机关领导不够灵活。这种损失不能单纯认为是政权的损失，而是整个革命力量的损失。这种现象产生的原因由于：对今天政权的性质与任务了解得不够彻底。由于某些同志，认为只有秘密的工作，才是唯一的办法，忽视了公开工作的作用。党包办一切的观念作祟，限制了政权工作的发展。因党性较差，有时在工作中弄得不协调，形成分家对立的倾向。某些政权工作同志，迷于工作地位，往往对党的意见忽视，形成党内不能统一战线现象。

第三，"现在的政府是人民的政府"的认识没有深入人心。平北地区因敌伪统治时间较长，伪政权已有长时期的存在，致使群众对敌我政权真假莫辨。再加以平北地区抗日政权上某些弱点，未能在精神上粉碎敌伪的组织。当然也因为我们力量处在劣势，未能引起群众的注意，也是原因之一。但是今后必须明确提出，"现在的政府是人民的政府"。

第四，社会秩序有待加强。因环境不安定，平北地区的社会秩序，呈现出一片混乱状态，侵犯群众利益的事情层出不穷；加上敌探奸细暗中出入造谣破坏，扰乱社会治安，使社会秩序极不稳定。以前虽然屡次提出要好好解决这个问题，但始终未能很好执行。要求今后在公安局未成立之前，政权应负起维持社会秩序的工作。

第五，民选执行不到位。民选在平北已试验几次，但多半是半途而废不但未收什么效果，在群众中间，甚至区村干部中间，一点影响也没有。虽然某些县份在形式上成立了民意机关，但结果不起什么作用，"仍然不改旧家风"。这固然由于群众对民选了解不够，但主要是由于我们的干部没有从政治上理解这个问题的实际意义，对民选的宣传教育不够，因而未激发起群众的积极性。[①]

曾任冀热察党委书记的马辉之，在《开辟平北》回忆录中总结，当时在政权和群众工作方面，有的地区未能及时建立正规的财政经济制度，造成物力、财力的浪费；有的地区群众工作还较薄弱；除领导群众对敌斗争外，对减轻群众负担，逐步改善人民生活注意不够。这些缺点，后来在晋察冀分局的领导下，逐步得到了克服。[②]

为实现冀热察区党委和挺进军提出的"巩固平西，坚持冀东，开辟平北"三位一体战略任务，十团挺进丰滦密地区后，采取了内线开辟与外线作战相结合的方针，由十团抽调四十余人组成地方工作团，从事广泛发动群众，争取地方上层人士，组织抗日救国会，组建地方游击队等工作。马云龙就是由十团抽调出来的排长，后任丰滦密联合县十三区区长。

马云龙任区长后，受到了恶劣环境的严峻考验。丰滦密联合县十三区位于伪满洲国滦平的西部，是敌伪统治最严密的一个地方。区内有汤河口伪警察署，长哨营伪警察分驻所，喇嘛沟门伪警察分驻所等伪据点。在敌人眼皮底下活动，不入虎穴，焉得虎子。马云龙上任后，就仔细地分析了敌情，熟悉了环境。

一天，他听说古洞沟有一个姓王的财主家大办丧事，下请帖请了敌伪的机关的头目。马云龙化装成乞丐，凑着这桩丧事的热闹，目睹了鬼

---

① 晋察冀人民抗日斗争史平北分会：《平北地区抗日战争时期历史资料选编》（第一辑），1982。
② 平北抗日斗争史调研组：《巍巍海坨山——平北人民抗日斗争纪实（一）》，内部发行，1989。

子、特务、警察花天酒地的丑态。他趁敌人不备之机，向两个伪警小头目宣传一番抗日救国的道理，从伪警嘴中侦察了敌情，并且还弄到了一些子弹。

马云龙了解到长哨营的伪警察所所长日本人田中很坏，但对该警察分驻所内部情况不明，想深入内部侦察一下。他拜访了二道河地方绅士彭光贵，由彭介绍认识住在长哨营的一个特务李凤信。经李凤信给弄到一身伪教官军装，骗过岗楼，混进长哨营警察分驻所院内瞭望一番，得到了它的底细。

1941年的一天，马云龙只身去喇嘛沟门八道河村发动群众做军鞋，筹措粮食。途中突然与两个伪警相遇，马云龙当时头戴草帽，身穿长衫，肩披"梢码子"，是一位行医者的打扮。两个伪警看他面生，刚要盘问，马云龙机智勇敢地来个先发制人："喂！你们二位要大烟土吗？"伪警一听有大烟土，乐得直流口水，赶紧围过来。却见马云龙"嗖"地从"梢码子"里掏出了双枪，对准两名伪警，喝令："不许动！"两名伪警吓傻了，乖乖举手连声求饶。马区长把他们的三八式大枪卸下来，采取以贼擒贼的办法，叫一个伪警把另一个伪警先捆起来，最后他把这个伪警捆上。之后对两个伪警察训话，训得两个伪警连声许愿，保证今后立功赎罪，不打八路军，还答应给八路军送子弹。

1941年8月6日，马云龙在长哨营的二道河北圈子召开村干部会议，进一步宣传抗日，组织发动群众支援抗战。不幸走漏了风声。二道河子反动地主彭大贵骑着毛驴到长哨营伪警分驻所向田中告密。田中立即派伪警尉补傅景阳，警长王忠率十七名警士，前往二道河北圈子村包围了会场。

马云龙临危不惧，指挥大家突围，在突围中他左胳膊腕子挨了一枪，受伤后躲避在遥岭后沟堡垒户彭大爷家。隐蔽到天黑，又先后转到南七道梁李桐家、大沟村地主王子庄家。不料，当时的两面派村长王守贵和地主王子庄表面热情，暗中设下圈套，向长哨营伪警察分驻所报告。马云龙被敌包围，英勇战斗，终因寡不敌众，壮烈牺牲，被残暴的敌人铡下头街头示众三天，年仅二十四岁。

王子明三次开辟特三区也是曲折反复，历经多年方取得成功。

王子明原名孟宪鲁，孟醒、王子明都是他用过的化名。1940年6月，王子明同志调到平北地区龙赤联合县二区；7月，又调到三区并任区委书记，作敌后抗日根据地的开展工作；1941年10月龙赤县委派王子明同志，到长城以外的丰宁境内万全寺附近，作开辟特三区的工作，并兼任特三区区委书记。当时被称为特三区的地方，是被伪满热河省丰宁县管辖的黑河川的南部。因其靠近抗日根据地，敌人控制很严，伪满军第五旅有两个团驻在黑河川，白草和东卯安警察署，驻有宪兵队。要在这里开辟抗日根据地，有相当大的困难。

王子明同志接受任务后，很快就带领王满银、褚殿恩、陈明德等人，带两支大枪、两支短枪、二十多颗手榴弹，进入这个地区。他们先是晚上来特三区，夜间行动，开展工作，天亮以后仍回三区去。后来，利用王满银、褚殿恩在当地的亲戚关系，进入大龙池、小龙池、虎叫、古子房等大村，一点一点地扩大工作范围，作敌保甲工作，教育他们要认清抗战必胜、日本侵略者必败的形势，及早立功赎罪，不要死心塌地当汉奸。经过一段工作，争取了一些人。同时宣传党的抗日主张，有钱出钱，有人出人，动员青年参加抗日武装。

王子明等同志的活动，引起日伪军的恐慌。1941年11月，日伪军从东卯给万全寺增派了一个宪兵队，其中包括负责通讯的鸽子班、特务班、军警班、密探组等，到处镇压靠近八路军的群众。12月的一天夜里，王子明在偷袭夜宿缸房的宪兵特务时，因天色太黑，道路不熟，失脚从一房高土坎上掉下来，腰部受了重伤，养了三个多月才能活动，从此落下了终身残疾。

1942年3月，王子明基本恢复了健康。他们又在三区区卫队的配合下，第二次进入丰宁开辟特三区。这次在以前的基础上，先后在大龙池、小龙池、虎叫、万全寺北沟等村建立起抗日救国会，并让伪保甲长公开担任救国会主任，给他们布置任务。另外组织由靠近中国共产党的穷人参加的秘密救国会，来联系更多的群众，监视敌伪的活动。到1942年夏天，成立起二十多人的区卫队，有了六七条大枪和几十颗手榴弹。同时发展了一些党员。秋天，由于宪兵特务的策动，区卫队发生叛变，又使这次开辟工作中断。

1945年7月，在抗日战争胜利前夕，平北十二地委决定成立丰宁工委和丰宁办事处，任命王子明为丰宁工委书记，领导开辟丰宁的工作，基地建设在龙门所。

王子明和他的战友们进入丰宁境内，活动的范围已不仅仅是特三区了。他们很快就在整个黑河川的茨营西沟、白草的老牛沟、花盆和千家店，建立起三个区，成立了群众团体，建立地方武装，帮助群众做拆"人圈"的工作，同时开展政治攻势，争取敌伪人员。日本侵略者投降后，1945年10月25日，王子明和工委、办事处的同志，配合主力部队，解放了丰宁大阁，王子明正式受命担任西丰宁县第一任县委书记。

何金海和民兵游击队

一

热气腾腾笑呵呵，战罢午餐在山坡。
要问今天吃什么，南瓜两个水两锅。

二

海陀山下开饭声，水煮南瓜瓦片盛。
一次午餐一次课，雪山草地思长征。

——刘力生《南瓜二首·1942年》

平北地区的抗日斗争，坚持军队与地方党组织密切的配合，共同组织工作委员会或党委会，统一党政军的领导，游击队受工委会的政治领导，保证游击队更能执行党的政策。

在反"扫荡"斗争中，根据中共中央提出的"坚持斗争，积蓄力量，以待时机"的方针，针对敌强我弱的特点，八路军主要采取避开敌人主力，分散与集中相结合，跑到外线作战的游击战术，地方武装、民兵配合作战。比如龙门所伏击战，就是由正规部队和民兵游击队相配合而取得胜利的。在发展游击队的同时，十分重视主力部队的补充、扩大，保持"拳头"，作为坚持抗日根据地斗争的核心。人民群众踊跃参军，妻送郎、母送子，一批又一批地进入部队。

1940年至1943年，敌强我弱，平北地区抗日的原则是：打得赢就打，打不赢就走。留得青山在，不怕没柴烧。为保存实力，绝不和敌人硬拼。在斗争中不断地发展壮大，进入到1944年，主力部队和地方武装都壮大起来，遇到敌人，不再躲避，而是主动迎击。

人民战争是克敌制胜的法宝，平北地区以游击战争为主，这里敌情复杂，开大兵团去建立大块的根据地是不可能的。

1940年的挺进军军事报告中也提道："开始以短小精干的游击队（这个游击队为武装的工作队）进行活动，……游击队必须积极大胆的向外活动，打击敌之弱点（如打局子），取得小的胜利。这样才能扩大我军的政治影响，提高群众抗日情绪，同时可以减少敌人对我根据地的目标，使根据地工作能较顺利的进行。如游击队活动不积极，经常守在据点里面，不敢向外活动，终会被敌人击破，使根据地不能创造出来。""在游击队积极行动下，配合地方党发展各个地区小游击队（哪怕是三五人的）。这些游击队由主力派出干部去领导指挥，这是建立根据地的中心一环。如不注意建立地方游击队，只注意扩大主力（当然扩大主力也是重要的），企图抓一把走，这一定是失败的。"①

民兵、游击队展开游击战术，坚壁清野，站岗放哨，封锁消息，对正规部队的作战，有着极其重要的作用。根据具体情况，灵活采取三种游击战形式，或孤立作为，或相互配合进行：

第一，在铁路、公路和城镇周围开展"破袭战"，破坏敌人的交通、线路、桥梁等。

第二，在敌占区开展"地雷战""麻雀战"，这两种方式是人民群众在对敌斗争中常用的两种机动灵活战法，"麻雀战"人数不多，但对敌人威胁不小，常常是三两个人行动，在这里打几枪，又在那儿扔几个手榴弹，有时袭击岗哨抓个"舌头"，搅得敌人胆战心惊，日夜不安。

第三，在敌"治安区"和"半治安区"，开展"拔钉子""锄奸""政治攻心战"。

在民兵组织中，民兵何金海②和他的"红石山游击队"，如同脚踩风火轮大闹东海的哪吒，在老百姓口中传得异常邪乎，翻江倒海几乎无所不能。

何金海 1925 年生于河北省饶阳县王钟村，小名叫二刚，后来随着家人逃荒到了张家口市庞家堡附近白庙村（属坝口行政村），离龙烟铁矿只隔道山梁，十五岁就到龙烟铁矿当了童工。

龙烟铁矿公司是华北地区最早的近现代钢铁企业之一，1919 年，北洋政府投资两百五十万银圆，由财政部次长陆宗舆督办筹建，依托龙关山铁矿，建设成为华北地区最重要的钢铁基地。在后来的岁月中，孕育

---

① 《挺进军军事报告草稿》（关于平北方面），载中共北京市委党史研究室编《北京地区抗日运动史料汇编》（第四辑），中国文史出版社，2000。

② 何金海（1925—1947），河北饶阳人，十三岁到地主赵二家做杂活，十五岁到龙烟铁矿当童工，机智勇敢同日寇和汉奸特务斗争，十七岁担任了坝口村民兵小队长，不久加入中国共产党，成为当地知名抗日英雄英雄。1947 年 8 月，他带两个中队伏击还乡团，为掩护大队人马撤退，不幸中弹牺牲，年仅二十二岁。

出了共和国的首钢和宣钢。

1937 年 10 月 20 日，日伪军强行接管龙烟铁矿，疯狂掠夺矿石资源。1939 年，龙烟铁矿株式会社理事长山际满寿一，委托北支那开发株式会社，拟定一个所谓的"龙烟铁矿开发五年计划"，掀开了日伪有计划、有步骤、有既定目标的疯狂掠夺序幕。一方面，大量开采急需大批量的招募矿工；另一方面，在龙烟铁矿实行惨无人道的统治。劳工们每天下坑都要干十多个小时的活，披着星星走，顶着月亮回，过着如同地狱一般终日不见太阳的生活。

何金海每天看见自己的同胞被累死、冻死、饿死、烧死，惨无人道的暴行让他幼小的心灵受到极大的震撼，仇恨的种子深深埋在心底。

龙延怀联合县成立后，庞家堡铁矿周围十七个村子属联合县政府五区管辖，五区区委书记罗忠，一见面就喜欢上了当童工的何金海，还拿书本教他学文化。在罗忠的带领下，何金海开始做一些放哨站岗，传递情报等工作，1942 年，平北抗日根据地的地方武装相继成立，他被任命为坝口村民兵小队长。不久，组建了民兵游击队，在何金海的带领下，抢枪支、夺岗楼、缴获粮食物资，民兵游击势力迅速壮大，威名远扬。

1944 年春，平北军分区号召展开"逼点拔碉"斗争，龙延怀五区党委及时将坝口、观音堂、车道沟等十几个村庄，约莫两百多民兵汇聚起来，成立红石山抗日游击队[①]，队长何金海，指导员冷天贵。这天夜晚，塞外乍暖还寒，天气阴沉，伸手不见五指，何金海率领着游击队民兵，经过周密准备，在夜幕掩护下，轻车熟路，很快逼近了炮楼。这次他们的任务是端掉敌人的炮楼，为下一步夺取矿山炸药做先期的准备工作。

此时，敌人也发现了黑暗中的人影，警报器"嗷嗷"鸣叫，探照灯"唰"地一下也亮了，硕大的光柱，在夜幕中豁开了黑暗的面纱。紧

---

① 红石山是龙烟铁矿区的一部分，人们管这个地区叫沙子地。

接着，灯光封锁了前进的道路。机枪、步枪一起朝着游击队疯狂地泼洒过来。

何金海知道硬拼肯定吃亏，马上命令队员赵林富，迂回到敌人侧翼，向着敌人的火力还击。自己在火力掩护下，迅速匍匐到电线附近，拔出腰间的斧子砍断电源。顿时，警报器成了哑巴，四周漆黑一片，何金海抓紧时间命令队员，支起带来的土炮向炮楼攻击。自己不时地在装炮的间隙，向炮楼甩着一颗颗手榴弹。大家吼着、喊着："给鬼子卖命死路一条！""缴枪不杀！"

矿山四周炮楼里的日军不知来了多少八路，不敢出来，只知道"乒乒乓乓"地胡乱放枪，给自己壮胆。

黎明前，炮楼里的敌人全部逃回矿山，何金海乘胜追击，率领小队，连续将周围的三座炮楼都拔掉了。一夜之间，连端敌人四座炮楼，放火点燃，冲天大火在熊熊燃烧，越烧越大，仿佛要把侵略者统统埋葬在人民战争的火海中。

1944 年夏天，平北的战略反攻即将开始，平北军分区兵工厂制造地雷、手榴弹急需大量炸药、雷管。龙烟矿山开山取矿，有的是炸药、雷管，何金海从小在矿上，对矿上的情况了如指掌。他将矿山敌人炸药库情况侦查清楚后，汇报给分区。军分区决定何金海带领游击队民兵，由龙延怀联合县区队一个中队配合，夺取敌人的炸药库。

深夜，队伍静悄悄地将炸药库包围。看守炸药库的日军知道最近情况不妙，增加了不少防守。每晚换班执勤，队伍刚刚一靠近，就被执勤的日军发现。顿时，机枪、小炮一起开火，打得火光四起，硝烟弥漫。队伍一时难以接近。

何金海迅速调整了部署，依仗着对矿上的地理熟悉，何金海选择了有利的地形地物。在敌人猛烈的炮火中，匍匐着向前迂回。慢慢地接近敌人，何金海转身和队员说："今晚缴获不了鬼子的炸药，咱们谁也不回去！"

在县区队猛烈火力掩护下，何金海带着民兵一鼓作气冲了上去。一阵手榴弹拼杀后，何金海率先逼近看守炸药库的日军，甩手两枪将两名日军的指挥员打死。其余日军群龙无首，狼狈逃窜。民兵一拥而上冲进仓库，缴获炸药千余斤，雷管一部分。

就在抗日斗争进入到最残酷最艰难时期，龙烟铁矿株式会社理事长山际满寿一，准备再一次发动更大规模的"紧红"。这次不但对矿上的工人加紧压榨，还新添了千余人的矿工。这些人有从晋南俘获的国民党兵，有的是从晋冀鲁豫、晋察冀、平西、平北各解放区"扫荡"中抓获的抗日军民。白天逼迫着他们入井开矿，运送矿石；晚上在沙子地新添的工棚就寝，工棚旁有日军一个班和几个工头看管警戒。所谓的"紧红"，就是更加疯狂掠夺龙烟的铁矿石资源，用武力强行增加矿工劳动强度，延长井下作业时间，以达到成倍提高计划产量为目的，经常发动高产突击。一般是每月发动两次，每次持续一个星期，为了防止劳工逃跑、怠工，把宪兵队、自卫队、特务、把头全部动员起来，岗楼里荷枪实弹，日本人牵着狼狗到处巡视。

为了抵制和破坏日伪军的掠夺，罗忠深夜潜入矿山，迅速与魏永喜等党员取得联系，并连夜组织起积极可靠的矿工们召开骨干会议，研究形势，分析情况，布置任务，周密安排。为了尽量避免伤亡和牺牲，会议通过了采取"反欺骗""灵活机动""协同应对"等战略战术。赶在日伪军行动之前，发动全矿工人抵制日伪军"紧红"。同时指示何金海率领的游击队："一定要想尽一切办法，克服困难，不惜任何代价，解救苦难同胞。狠狠地打击敌人刻意掠夺矿产资源的嚣张气焰。"

1944年秋天，夜深人静，云雾漫天，万籁俱寂，何金海领着的游击队员们，沿着崎岖蜿蜒的山间小路，机警地绕过矿区外的炮楼，潜入矿山，摸向沙子地工棚。何金海将民兵队布置在山上，监视炮楼和随时打击可能前来增援的敌人。自己挑了十几个游击队员，去工棚摸哨制敌。

很快游击队员们在夜幕的掩护下靠近了工棚，屋外巡逻放哨的伪工头靠在墙角，迷迷糊糊地打着盹儿。墙根立着日军的长枪和刺刀。游击队员们蹑手蹑脚来到小屋的墙根下，一个队员猛地从伪工头的身后锁住了他的喉咙，还没等伪工头反应过来发生了什么，嘴巴早已经被毛巾堵住，反剪着胳臂被放倒在地上。与此同时，何金海领人已冲进屋内，低吼一声："不许动！"这时候躺在床上的日军才知道，他们立在墙角的枪支已经全部被突击队员缴获了。

日军班长表面装得很沉着，向着游击队员点头，手却突然从枕下摸出手枪，手疾眼快的游击队员一枪结果了他的性命。另一个日军趁乱挥起军刀，向游击队员冲来，何金海抬手将他击毙。其余的全都乖乖地跪在地上做了俘虏。

何金海留下两人看住值班房里的日军，带着其他游击队员冲出了屋子。他们对着工棚里的人大喊："矿工兄弟们，我们是八路军来解救你们的，快跟我们跑！"矿工们闻声冲出工棚。在游击队员的带领下，千余被折磨得体无完肤的矿工，沿着小路逃出了铁矿。

何金海几次大闹矿山，使人民群众抗日热情日益高涨，纷纷支援游击队。而矿山上的敌人却成了惊弓之鸟，惶惶不可终日。龟缩在炮楼里的敌人，只顾自己性命安全，谁也不敢再出动。见到八路军、游击队只是胡乱地打上一通枪，就算是给自己壮壮胆量了。汉奸、矿警嚣张的气焰也大为收敛，在鬼子面前应付应付，特别对八路军的活动装聋作哑，睁一只眼闭一只眼，这样对民兵开展工作反而有利。

1944年冬天，平北地委、行署和十二军分区在南碾沟召开群英大会，会上选出何金海为"一级民兵战斗英雄"，分区政委段苏权代表地委和分区，号召全区民兵学习何金海白手起家、英勇对敌的战斗精神。冷天贵也被评选为"一级模范工作者"，会后何金海、冷天贵、赵顺等被推举为出席晋察冀边区群英大会代表。

《晋察冀日报》在 1945 年 3 月 15 日，曾做《平北民兵组织日益壮大》报道：

  平北讯：由于各种政策初步贯彻，群众开始发动起来。与人民武装工作领导加强的结果，使平北一九四四年的人民武装斗争走上了空前活跃的阶段，更加巩固与扩大了平北解放区，而民兵数量也比一九四三年增加了一倍，现在已拥有四三六四一人。在去年春季中，各地民兵就结合着如火如荼的政治攻势，针对"蒙疆"敌伪的五次"施政跃进"开展了积极的活动。平北民兵战斗英雄何金海率领红石山游击小队，于一月之内打进龙烟铁矿十九次，一次即解放工人七百名。昌平、怀顺民兵一次破交即达一百三十里之多……总计全年作战三九四次，比一九四三年（一一二次）增加了将近三倍；爆炸在一九四三年还没有开始，去年却炸雷一八五颗。共计毙伤俘虏敌伪五百〇三名，比四三年（毙伤俘敌伪八七名）多了五倍，并伤亡敌战马六十三匹，其他也都比过去历年战绩卓越。在破击战中，破击三三次，破汽路一三八四里，破桥三一座，毁碉堡八三个，割电线一万五千斤，砍电杆六三七根。缴获计有驳壳枪一支，六轮子一支，步枪九支，牛枪二支，土枪一九支，子弹一九五粒，手榴弹五〇个，炸药二〇斤，其他军用品很多。[1]

  平北民兵武装的发展，从 1942 年 11 月平北军分区人民武装部成立，到 1943 年 5 月会议[2]，平北地区有县区游击队及民兵一万五千四百

---

① 《平北民兵组织日益壮大》，《晋察冀日报》1945 年 3 月 15 日。转引自中共北京市委党史研究室编《北京地区抗日运动史料汇编》（第四辑），中国文史出版社，2000。引文据《晋察冀日报》原文修订。

② 1942 年 11 月前有群众性的武委会，但无正式组织。

人，到 1943 年年底，仅仅七个月时间，群众武装就翻了一倍多，达三万五千四百四十九人[①]。

大规模农民的卷入，常常是不规则和临时性的，《晋察冀日报》也曾发表"平北何金海游击小队群众纪律变好了"的通讯，暗示不脱产的民兵和自卫军，只有克服自身弱点，才有希望担当更大的责任。但是实践证明，寓兵于民的政策，在抗日战争的艰辛时刻，是行之有效的正确选择。1944 年 10 月 14 日，中央军委指出："华北可能成为主要的决战战场，然而使敌最感头痛的，是共产党八路军许多民兵游击队"，目前应"充实现有小团，健全游击队，加强民兵组织"。

中国共产党在世界反法西斯战争中，创立了敌后战场，发动人民战争，建立广泛的民主政权，是战争史上的奇观，充实了反侵略战争的理论和实践。

四十里长嵯的血迹

黄沙白草北风高，塞上春迟雪未消。
一夜长嵯生绿色，晓来犹喜雨潇潇。

——刘力生《长嵯春雨·1943 年》

刘力生笔下的长嵯，经过春雨洗刷是美丽的，但这种美丽的背后，曾经经历过一次异常残酷的战斗。

[①] 见《平北地分委 1943 年工作检查与总结》。

1941 年元旦过后，冀东军分区政委李楚离[①]匆忙给白乙化、吴涛写信，赞扬十团在极端困难的条件下，"取得了无数大大小小的胜利"，"这就克服了冀东的孤立现象，便利了今后的坚持""以后需做更大的努力帮助你们去克服困难，手榴弹以后计划经常供给，可惜这次因敌人扰乱与我们部队的分散，不能满足你们的希望，我们愿在下一次补偿之"。

李楚离参加过北伐战争和南昌起义，是大革命时期的老同志，信写完了，还不忘交代一句："以后平西如有东西给我，到你处后，请即来电，我即派人去取。"

不管是平西到冀东，还是冀东到平西，无论是人员往返还是物资交流，平北都是中转站，十团在其中担负了主要任务，为了突破敌人的层层封锁，牺牲了不少优秀儿女，与冀东建立了深厚的战友情义。

平北条件远不如平畴沃野的冀东，1941 年 2 月 16 日，《新中华报》刊登署名"克寒"的记者专访，内中称："至于平北，其条件更比冀东恶劣万倍，除了地理条件外，无论从哪方面说，都要比冀东落后得多。平北地瘠民贫，终年苦寒，政治经济落后，人民文化低落，汉满蒙回杂处，民族关系复杂，种种方面都不利于创建根据地。若干地区——如热河、察北，且都还是敌寇的所谓'模范区'"。

平北抗日根据地最为重要的任务之一，就是掩护过往部队和干部，冲破平绥路封锁线。在敌人重兵把守的眼皮子底下穿梭，是个极端冒险

[①] 李楚离（1903—2000），河北元氏人。1924 年 10 月加入中国社会主义青年团。1926 年 12 月参加北伐，任国民革命军新编第一师第一团干事。1927 年转为中国共产党党员。同年 7 月随叶挺、贺龙部队到南昌，参加八一南昌起义。1931 年任中共顺直省委交通科科长，不久由于叛徒出卖被捕，1936 年 8 月经党组织营救出狱。抗日战争时期，先后任华北人民武装自卫委员会专职负责人、中共冀热察区委委员、八路军冀热察挺进军第十三支队政治委员、中共冀热察区委冀东区分委书记、冀热察挺进军冀东军分区政治委员、中共晋察冀第十三地方委员会书记兼宣传部部长、晋察冀军区第十三军分区副政治委员。新中国成立后，先后担任中共广西省委副书记兼组织部部长、中央组织部副部长、中央人民政府人事部副部长、中央纪律检查委员会常委，中央组织部顾问等职。

的差事。

军旅作家刘大为在《回忆李子光同志》文章中，曾记述过干部们从平西出发，经过平北，前往冀东的经历："从平西门头沟西面的斋堂、清水出发向东北行，到燕河城一带渡过永定河，再向东过平绥铁路，进入平北山区，到龙关、赤城的大海陀平北抗日根据地，上述地区到处是日伪军的碉堡、据点、封锁线，我们竟然走了一个多星期。这还不算，到了平北，正赶上日军'扫荡'，我们从大海陀到密云十团游击区，又整整同敌人周旋了三个多月……我们进抵永定河边时，时间已经到了初冬。傍晚时分，护送我们这支干部队的一营，集合在河滩上，当时的平北军分区政委段苏权将军向全体同志做行军战斗的动员。李子光虽然也是分区二级领导干部，此刻他像一个班、排长那样，站在我们这支小小的干部队前面，一动不动地听着段政委讲话。段苏权同志上身披着棉军衣，精神抖擞地挥动动着手臂，对大家说道：'同志们，天一黑，我们就徒涉永定河，这里水深流急，上游又漂下来许多冰凌，不好过。希望大家一个跟着一个，不要掉队，互相搀扶着，不要让水冲走'。接着他又向大家解释道：'同志们，我们为什么在这渡河呢？此处水深流急，敌人万万估计不到我们选这个渡河点。这也是出奇兵。可渡河走不远，就要越平绥铁路，铁路上有沟壕、堡垒，敌人的装甲车队每隔一小时巡逻一次，我们准备打过去，大家一定要跟上，不许掉队，冲也要冲过去'。天黑了，我们徒涉永定河，一弯新月清冷地照着奔腾的河水泛着微光，上游漂下来的冰凌撞到大腿根上，像针扎锥子刺的疼痛难忍……正像段苏权政委预计的那样，我们在出其不意的地点徒涉过河，又强行军进抵通古铁路时，和巡逻的日军展开了激烈的战斗"。[①]

1942年5月，冀热察挺进军在平西新组建一个团，番号为十一团，

---

① 中共蓟县县委党史资料征集办公室：《盘山风云》（第一集），内部发行，1984。

团的干部框架已经齐备，加上地方党、政干部六十多人，由平西经平北去冀东开展斗争。事关重大，第一批由十团政治处副主任方诚带一连护送，至密云境内打退敌人阻截，完成了护送任务。第二批由平西军区指派十团团长王亢、政委吴涛、参谋长才山带领三营沿途护送。

当时平汉、京石路为敌人侵占，并严密封锁。这些干部只能从平西启程，通过平北山区通道，然后转送冀东。

5月23日，部队在怀来通过平绥铁路时，被"扫荡"的日伪军发现，暴露了目标。敌人不会放过机会，纠结兵力一路围追堵截。追至赤城南部时，日伪已组织怀来、延庆、龙门所等地的两千多兵力，黑压压地围拢而来。面对日伪军的四面包围，对赤城地形十分熟悉的王亢团长，在向导的引导下，机智地把部队带入了四十里长嵯，准备以密林为掩护，以绝壁为屏障，在大山中与敌人周旋。

四十里长嵯，位于赤城县的东南部，在巍巍群山中，被称为"后城赤壁"。资料显示，这是全亚洲第一大单体岩石，由上亿年地壳运动构造形成，是砂岩、花岗岩、火山岩风化形成的岩石"三明治"，这块摩天巨石通高六百多米，峭如刀削，历史上有"幽燕第一峰""天下第一石"之称。这样的丹霞地貌，在北方非常少见，真是"天接云涛连晓雾，不识长嵯真面目"。

当地人将其称为"长嵯"①。嵯，《说文》：山貌也；《广雅》：高也。汉语"嵯峨"一词，形容山势高峻。

长嵯从龙门所南部小堡子南山起，高山绝壁，断云锁雾，向南绵延四十多里，从样田与南卜子之间穿过，至后城白河北岸戛然而止，得名四十里长嵯。其间山体陡峭，树木丛生，悬崖峭壁，连绵不断，少有路径，行人断绝。

---

① 字典读音 cuó，当地人音 chā。

从远处看，山势犹如一堵摩天石壁，险峻而又壮美，直指蓝天。嵯之南、北、西三面如削似切，鬼斧神工，宛如一段顶天立地的石长城。嵯东沟岔纵横，层层叠叠，较为平缓，可直达嵯顶。嵯上平坦，有小嵯、二道注、张鞍子等十几个小村，如星似珠，洒落在长嵯之巅。嵯势险峻、陡峭、巍峨，有仙人桥、一线天、侧刀缝……地理位置十分险要。长嵯上每隔一段均留有燧石烽火台，是一处易守难攻的险地。

　　王亢率部转移到样田南部，这一带长嵯的山势十分险峻。长嵯西部的山脚下，从北至南依次分布尹家沟、磨石沟、核桃沟、崔家窑、范家沟等村庄。为掩护主力突围，王亢命令一个班的战士向北运动，以吸引敌人兵力。战士们至尹家沟村东长嵯下，被敌人团团包围，八名战士奋不顾身地引开了敌人，部队顺利爬上长嵯，占据了有利地形。

　　部队爬上长嵯后，日伪之敌约有一千五百余人，步步紧逼。王亢当机立断，不能恋战，决定让团参谋海健，率一个加强排在范家沟村东的长嵯隘口上阻击敌人，掩护干部和部队向嵯东突围。

　　海健是蒙古族的青年，原名海宝玉，原为日伪军翻译官，1940 年 10 月，十团一营护送冀东百余干部到晋察冀军区学习，在土门突围战中被十团战士俘虏，经教育后，他自愿留下来参加八路军。

　　海健率通讯排十二人断后，在嵯西口顽强阻击。日伪军在飞机和炮火的掩护下，一次次向嵯头发起猛烈攻击。天刚拂晓，先头部队的一个连就与从沈家沟往嵯头爬行的敌人接上了火。与此同时，后城方面的敌人从南梁上来了，北面红沙梁、梁家沟的敌人也相继围攻上来，坚守在隘口的指战员与敌人展开生死搏杀！

　　阻击部队凭险据守，利用有利地形一次次打退敌人的进攻。战士们一颗颗子弹射向敌人，前面的倒下去，后面的又冲上来。子弹打光了，手榴弹扔完了，战士们就掀起大石头，愤怒地砸向敌人。敌人的一次次冲锋均被打垮，骄横的敌人望"嵯"兴叹。日伪司令官气急败坏，亲自督战。担任掩护任务的指战员们，死死地把敌人阻击在长嵯西侧。由于敌众我寡，力量对比极其悬殊，终因弹尽无援，阻击部队被敌人包围在嵯头上。战士们将能抛的石头全部抛光，望着主力部队和干部安全转移，脸上浮现出欣慰的神情。面对一步步逼上来的敌人，他们毅然砸毁枪支，高喊"誓死不当亡国奴，誓死不当俘虏"！一个接一个，毅然从五六百米高的巍峨嵯顶，纵身跳下了悬崖，口号声在山谷中回响……海健等人视死如归的雄姿，耸立在长嵯之巅。

回顾历史，你会发现，抗日战争期间，中国的伪军人数量远比侵略军多，这是我们的耻辱。然而，中国共产党领导的部队，连以上的部队成建制投降日本人的事，却在历史上找不着，这又是我们的光荣。中国共产党领导的部队，往往抗争到最后一个人，宁愿牺牲也不愿意当俘虏。海健曾经参加过日伪军，可是加入八路军后，却甘愿为抗日而壮烈牺牲，这证明了中国共产党抗日的坚定性以及统一战线的巨大力量，它们唤醒了伪军中具有民族意识的同胞。日本侵略者虽然占领了中国的一些领土，但是绝对没有可能征服中国人民的爱国心。

四十里长嵯上的八路军战士们，他们年轻的躯体，扑向了这块用生命誓死捍卫的土地，用热血浇灌了塞北的烂漫春花。

这场战斗中，除一名叫龙文水的战士被树枝托住生还外，海健率领的三十六名八路军勇士，其中还有到冀东赴任的冀东专员夏德元，准备接任十一团政委的耿玉华等人，全部壮烈牺牲！

在勇士的掩护下，王亢率部越过长嵯，向东冲下山去，经胡山庄东行，从长伸地南横穿河谷，由南尹家沟向东南转移，最终摆脱了敌人重兵的围困。

突围出来的干部，继续由平北分区司令部侦察科长王身新率领侦察连护送，向延庆东南部转移进入昌平。途中歼伪治安局一个班，缴步枪十二支。过潮白河进入冀东根据地边沿时，又遭日伪军一千多人合击。

部队一边战斗，一边掩护干部队伍转移，经过三个昼夜的艰苦奋战，历尽艰辛，才摆脱了疯狂的敌人，终于把这批从平西根据地派往冀东的干部送达冀东根据地盘山，完成了护送任务。

这次突围战，毙敌司令官以下官兵两百多人。激烈的枪炮声平息了，战斗过后，当地老百姓自发地悄悄掩埋了烈士的遗体。险峻的山崖下，多年后进山采药的人还发现过当时没有找到的烈士遗骨。

在后来民政干部的走访中，当地尹家窑村八十多岁的姚宽老人说：那年他十四岁，跟着大人们在夜晚悄悄地掩埋了在长嵯山阻击战中牺牲的八路军烈士，为防备敌人盗墓，地面上没有留下标记，但有一处八个烈士一起掩埋的地点，他是记得的，都是二十岁左右的年轻后生，可惜连个名字都没有留下！老人说到这里泪眼蒙眬，所有在场的人无不动容！在老人的带领下，民政干部将这八名烈士的遗骨迁到了烈士陵园。

在长嵯突围战七十周年纪念日，当年在这片英雄的土地上坚持抗战的老战士的后代，都是已年过半百的人，他们来到了长嵯战场的山脚下，祭奠十团的壮士。

范家沟村支部书记讲述了在当地老百姓中广泛流传的战斗故事，并拿出一枚他在山上捡到的三八大盖的子弹壳。无法考证这弹壳是敌人的，还是八路军战士的，但是，它是这场激烈战斗的见证是毫无疑问的，后人把它珍存。村书记说，早年间山上这些炮弹壳和子弹壳多得可以用筐抬。

往事已近八十载，今日走进山中深处仔细寻找，还能觅到当年的战斗遗迹，还能捡到战斗中遗留下来的炮弹壳和子弹壳，可以想见这场战斗的艰苦卓绝。

风吹过，声声呜咽，长嵯在夕阳下殷红如血，仿佛当年烈士的鲜血浸染未褪。如今，长嵯突围战纪念碑，在向到访者述说当年。

第四章　西坡会议

艰难的一九四二

兵分长城外，黑夜见尽头。奸房少猖狂，军民多筹谋。

游鱼有深水，苍鹰在高丘。何有黎明寒？不为壮士羞！

偏师愧无功，坚持志必酬。

——刘力生《坚持·一九四二年》

在今日北京市延庆区档案史志馆存着这样一张特殊的档案资料——伪蒙疆时期的蓝皮身份证，它见证着日本帝国主义侵华的史实。

这张伪蒙疆身份证采用成吉思汗纪年，来自延庆东小河屯村村民赵元玉的母亲赵郭氏，上面记录着赵郭氏和女儿赵满玉的年龄、性别等基本情况。

身份证上这样写着：察南延庆县小河屯村小河屯甲，赵郭氏，女，年龄四十三岁，有照片，号码模糊不清；赵满玉，女，年龄十八岁，照片已不存在，编号为37820，上面还有两人左右手食指指纹，并加盖"县长"钢印。这个身份证显示，于成纪736年12月2日发，到738年12月1日止，按成吉思汗纪年，相当于1942年至1944年，有效期两年。

小河屯村在延庆城西，当时隶属察哈尔省，因此称为察南，是以，这个身份证是伪蒙疆联合自治政府于1942年为百姓办理。

身份证上还列出了注意事项共十条，管理严苛："第一条，本身份证须随时携带，不随时携带者处拘留或五十元以下罚金……第九条，贷予本身份证书与他人者处三个月以下之徒刑，或拘留、或两百元以下之罚金……"

当时伪满洲、伪华北地区日本侵略者给百姓发的身份证叫良民证，伪蒙疆地区发放的就叫作身份证。名称不同，作用相同，目的都是为了加强其反动统治，限制百姓自由。

日伪统治者在平北地区成立县公署，县下设镇公所、乡公所，乡下以村为甲。乡乡有日伪警察局，村村设伪保甲长。伪镇长、乡长由县指派，甲长大多为村地方上层人物或地痞流氓，主要利用原有旧势力人物，也有按地亩轮流担任；在县城、村镇成立地方"维持会"，然后在各地实行保甲制、"十户连坐法"（其中有一人犯法，十户连坐），同时还建立户口登记、指纹鉴定，十六岁以上男女照相，发放"良民证"（即身份证），老百姓出门如忘记携带良民证，轻则挨打、罚款、找保人，重则逮捕下狱。苛捐杂税数不胜数，粮食全部征交，然后计口分配。他们就是利用这些傀儡政权、伪基层政权组织，加强政治统治，收"出荷"、抓劳工、摊派捐税，剥削欺压百姓，为其侵略战争服务。

身份证管理是日伪势力加强平北统治的一个缩影，日军之所以将平北作为"模范治安区"，是因为其统治渗透至百姓生活的各个层面。在思想上进行欺骗宣传，以文化为主要手段，加大宣传力度，在教育中渗透亲日防共方针，把日军的侵略说成"日满亲善，日察如民族协和"等。在沦陷区办俱乐部（赌场）、大烟馆、妓院，大好良田，强逼遍植鸦片，然后全部掠夺，公开推行毒化中国人的政策，从而实现既毒害中国人的身体，又麻醉中国人抗日斗争意志的目的。确定奴化方针，完善奴化教育体系，利用学校给青少年洗脑，绞尽脑汁、千方百计加强思想控制，通过一系列奴化教育、愚民政策，使占领区的百姓成为无反抗意识的

"顺民"。

为加强其军事政治控制，日本侵略者收编土匪、地痞、流氓，扩充侵略武装；在重要村镇建立据点，日伪军及警察数十人驻守；铁路沿线经过的火车站设警务段，驻有铁路警察，均有日本人监督。

1940 年至 1941 年期间，平北地区周围驻扎的日军约一万六千人，主要为独立第二混成旅团八千人[①]、独立十五混成旅团八千人[②]及分驻各县的数千人的伪治安军。

到 1940 年 8 月，活跃在华北日军占领区的八路军成功粉碎了日军一系列残酷的"扫荡"，保存并壮大了自己的队伍，发展了根据地，而且还发动了一场震撼日军的反击战役——"百团大战"，使日军第一期的肃正作战在尚未完成时便被打乱，更使日军发觉："华北治安的致命祸患，就是共军。只有打破这个立足于军、政、党、民的有机结合的抗战组织，才是现阶段治安肃政的根本。"[③]

为了确保华北新占领区的安定，日军决定以对共军施策为重点，"在 1941 年度要彻底进行正式的剿共治安战"。日华北方面军一面立即组织报复性"扫荡"，一面总结失败经验，推行"治安强化运动"[④]、实行无人区政策。

1940 年 5 月至 8 月，日伪军集中三千多人对昌延中心区"扫荡"三个多月。9 月 13 日起，又先后两次对平北根据地开展大"扫荡"，一次是以四千多兵力对丰滦密地区进行七十八天大"扫荡"；另一次以一千五百余兵力，向宣化以东，怀来以北，分四路围攻"扫荡"海陀山地区。1941 年，日军在军事上调集重兵，连续进行大"扫荡"，共发动五百

---

① 驻扎在张家口、宣化、怀来、铁路沿线及怀安、蔚县、涞源地区。
② 驻扎在北平近郊及平古路沿线。
③ 日本防卫厅战史室编：《华北治安战》，天津人民出版社，1982。
④ 伪蒙疆联合政府称为"施政跃进"运动。

人以上的大小"扫荡"三十二次，仅大规模的"扫荡"就达十一次之多，奔袭四十次，零星"清剿"一千五百四十次。平北地区村干部、抗日积极分子被杀害约四百三十人，被捕一千一百余人，被烧毁房屋约两万五千五百八十间，群众损失粮食三千六百三十余担（一百四十五万多斤）、牲畜两千一百余头。

1941年春起，日本侵略者大力扶植、利用汉奸和伪军，日伪合作，对华北敌后抗日根据地进行所谓"三分军事，七分政治"，集军事、政治、经济、文化、交通、特务为一体的"总力战"，以达其确保华北占领之目的。

日军由此把"治安肃正运动"发展成为"治安强化运动"。"治安强化运动"是日军"以华治华""以战养战"方针的具体运用，采取以"清乡"为主，以"蚕食"为主，以"扫荡"为主的方针。

从1941年春到1942年底，日军在华北连续推进了五次"治安强化运动"：

第一次是从1941年3月30日到4月3日，为时五天。由伪华北政务委员会委员长王揖唐等汉奸活动于第一线，实则"由日方在暗中幕后极力指挥"，主要内容是："剔抉、破坏共产党组织；训练行政机关职员；扩大保甲制的地区，统一实行户口调查；扩充及训练自卫团"；"普及宣传东亚新秩序"。其重心是加强和巩固汉奸统治能力。

第二次是从1941年7月7日至9月8日。其特点是：以日军对晋察冀抗日根据地进行长达两个月的"封锁"和"扫荡"为主，伪华北政务委员会官员密切配合。伪官员"分赴各该管辖区，进行巡视和鼓励，或身临前线指挥讨伐，或领导加强自卫组织，建设治安道路"。日军还组织政治工作班，对华北居民进行欺骗性宣传、医疗、宣抚，从思想、政治、经济、文化等方面，配合其军事"扫荡"。

第三次是从1941年11月1日至12月25日。其重点是："在于进行灵活的军事行动的同时，断然进行有力的经济战。"即实行"彻底封锁"，使抗日根据地的"一切物资，一概不准外流"。为实现其目的，日军对抗日根据地实行残暴的烧光、杀光、抢光政策。

第四次是从 1942 年 3 月 30 日到 6 月中旬。日军急于稳固华北，这次治安强化运动的特点是，在过去三次治安强化运动的综合基础上：以"先发制人的手段"，对八路军进行彻底的不间断的"肃正讨伐"。首先把主要着眼点放在河北省的彻底"肃正"与迅速"恢复治安"方面。因此，在这一次治安强化运动中，日军对华北敌后各抗日根据地的"扫荡"显得空前频繁和惨烈。其中，冀中、冀东、冀南等区尤甚。大力诱导、扶持伪华北政务委员会下属官兵"独立自主"地积极开展活动。把"肃正讨伐"与行政、经济、文教等各种行动措施，有机地结合起来进行活动。

第五次是从 1942 年 10 月 8 日至 12 月 10 日。其特点是：日军"开展了激烈的肃正作战"。采取设置经济封锁线、物资流通限制线、物资检查所，制造长城沿线等地区的无人区等残毒方法，进一步加强对抗日根据地的经济掠夺和经济封锁。"特别注意与军事工作相配合的文化工作"。

五次"治安强化运动"，规模一次比一次扩大，手段一次比一次凶残毒辣，给沦陷区百姓的生命财产造成了严重危害。

日本侵略者在"治安强化"同时推行"沟墙"、碉堡分割计划，加强对平北抗日根据地的控制，阻止八路军和人民的联系，扩大敌所谓治安区。沟墙，也叫"封锁沟"、敌所谓的"治安沟""惠民沟"，老百姓则叫它"毁民沟"。沟的目的是阻止八路军和群众的联系。沟墙，宽十二米，深五米多。抓民夫挖沟，日军监工，肆意杀害民工成为家常便饭。

怀柔地区的"治安沟"经沙峪口、平义分、苏峪口、歧庄、北宅、口头、西三村、红螺镇、崔家坟、范各庄、邓各庄、大水峪等村，全长四十里，横贯全县东西。

密云的"治安沟"西自康各庄，东至辛庄全长也是四十里，"治安沟"

以北至长城广大地区，划为"无人区"。

昌怀密地区，敌人从 1942 年 4 月开始，强征五千多青壮年劳力，沿着山边挖"治安沟"。从昌平的桃峪口，途经丰滦密九区的平义分、北宅、白厂、四区的红螺镇、范各庄、流水庄、六区的康各庄、卸甲山、署地、坟庄、二区的北白岩、尖岩、庄户、三区的董各庄、燕落、不老屯、学各庄、石匣，长达九十公里，挖了深五米三、宽八米七的"治安沟"，每隔五百米建一座岗楼。

延庆地区，从康庄、岔道到永宁，长达四十里，企图封锁平北十团所在地区，并割断中国共产党南北山之间的联系，确保山地为敌占区；龙延怀五六区，以龙关为中心向外扩展，企图压缩中国共产党北山中心区，并切断西部与西北部的联系。

平北的东部，伪满洲国的政策更加惨无人道。

"小日本，心太恶，害得百姓没法活。烧杀奸淫不用说，集家又组合。说集家真可怕，强盗鬼子命令下，好房好屋拆趴架，硬把'人圈'搭。修'人圈'，万人愁，拿着百姓当马牛，群众生活如罪囚，哪能有自由。"

这是抗战时期，流传在承德地区的一首歌谣，真实地反映了当时当地人民的生活，揭穿和批判了日伪修"人圈"的目的。

伪满洲国为巩固边防，隔绝抗日部队和群众之间的联系，提出"固境强边"。最早在 1934 年 12 月 3 日，伪满民政部发布集团部落建设文告，在吉林、奉天、间岛等省十三个县重点推行"集团部落"政策。1935 年又在东边道修筑"集团部落"一千一百七十二个，将原来的村庄一律烧毁，将拒绝搬迁的农民杀尽。

从 1938 年开始，伪满洲国开始在长城沿线大肆修筑部落、围子，大搞"集甲并村"，制造骇人听闻的无人区，即日军所称的"无住禁作地带"。敌人用刺刀，限令几天内，周围十里八里各自然村的老百姓抛掉土地，拆掉房子，搬进指定的"部落"①。"人圈"四周垒丈二尺的双层围墙，墙的四角构筑炮楼，留一个或几个大门，门上设有门楼（实为岗楼），太阳下山闭门，太阳出来开门，门口有警察或自卫团把守。当时的行政组织是大村长、甲长、部落长（自卫团长），部落里有行政警察、部落警察两种。时刻监视着部落里的居民，稍有抵触者，就视为通"匪"，轻则入监，重则处死。

"人圈"配给的食物是变质的杂和面，由橡子面、高粱皮、玉米皮掺和而成，数量少得可怜，人们只能以树皮、野菜充饥，吃得人人全身浮肿，饿殍遍地。每人每年配给布两尺，加之层层盘剥，真正到老百姓手里只剩九寸，一家几口轮穿一条破裤者比比皆是，倘有人冒险换点布，一经查出，要以经济犯治罪。"人圈"房少人多，只好住在戏台、牲口棚、菜窖、破庙中，千松台村有个两丈见方的戏台，竟住了二十家。而苛捐杂税，更是多如牛毛。如"粮谷出荷""民生集谷""地亩捐粮""民生捐""地亩附加税""门牌税""协和会税""牲口税""出生费，死亡费""宰杀费"等同时承担。其他杂税还有："送草""送柴""送猪""送礼"②等杂税，除此之外还有"自卫队员费""棍团费""劳工费""村甲职员费"等，名目繁多。"人圈"里由于人多，环境卫生恶劣。尤其是夏季，屋里遍地是污泥浊水，粪便臭气熏天，苍蝇、蚊子、臭虫等恣意肆虐，鼠疫、伤寒、霍乱、疟疾传染病广泛流行。还有一种可怕的血液病，得了病的人鼻口流血，传染很快，死亡率极高。

到了冬季，百姓日子更难熬，没衣没被，只好用柴草把炕烧热，再把热灰撮在炕上，一家男女老少都赤条条地偎在灰中取暖。圈在部落里的人完全失去自由，成了任人驱使的奴隶，酷刑残害是家常便饭，群众稍有不满即被毒打、监禁、活埋、砍头，实行严格的军事管制，堪比纳

---

① 日伪美其名曰"部落"，平北百姓称其为"人圈""围子"。
② 宪兵队长结婚或寿辰，每甲（十户为一甲）七十元；警察中队长以上官员，每甲三十元。

粹的集中营！人圈外及长城沿线十公里划为无住禁作地带，逾越者"格杀勿论"。千松台村原本两百八十家，死成绝户六十三家，本是土肥水美、稼禾丰饶之地，竟成真实人间地狱！

这一无耻构想的始作俑者，是关东军第十六师团师团长涉谷伊之彦中将，他提出的建议很快得到东条英机和关东军司令官南次郎的称赞和大力推广。从1935年秋至1939年底，关东军在东北（包括热河）共制造"集团部落"一万三千四百五十一个，被驱赶进"人圈"的农民达五百多万人，同时也制造了大批"无人村"，瓦解了东北抗联武装的主要根据地。

伪宣化省曾发出布告说："……为挽救垣城内居住之良民脱离匪患，于匪跋扈区指定'无住地带'，而令彼等良民移住无匪地域而使敌匪（指抗日武装）欲穿无衣，欲食无粮，欲住无屋，杜绝其活动之根源，使其穷困达其极点，俾陷入自行歼灭之境。"

在长城沿线，"人圈"外的"国界"处，均划为无住地带，插上木橛，不准逾越，发现私通，开枪射杀。

长城无人区从赤城独石口以东的黑河川，到山海关九门口，在长达五百七十五公里的长城沿线，房屋烧毁、田地荒芜。

日军驻唐山第二十七师团长铃木启久战后供认："飞机一直沿长城线向西飞，向南拐，逐渐飞到迁安县北部山区来了，美丽绿色森林开始出现烧焦的黑点点。当然庄家院是一个也没有了，和平的村庄现已变成焦土，焦黑的炉灶、烧掉半倒塌的墙壁等都满怀仇恨地寂寞地待在那。潺潺细语很舒服，绕村庄流着清晰小河，现在被烧焦的木头块、破布、树叶堵塞住不能畅流，到处是汽油。当然一个居民也没有，变成无人烟、无表情的土地，过去曾有过那样多的家禽，现在是一头猪崽也看不到了。"[1]

---

[1] 邓一民主编：《热河革命史稿 1919—1955》，文化艺术出版社，1988。

1943 年 12 月伪满洲国政府宣布完成集家并村任务，长城沿线的"无人区"有一千公里，面积约两万五千平方公里，人口一百万，修部落六百六十七个。

"黑夜千山火，白昼有枪声。村村起狼烟，户户有白骨。"这首诗是无人区的真实写照！

研究"无人区"四十多年的党史专家陈平曾说："南有南京大屠杀，北有千里无人区"。据河北省党史资料研究，从 1939 年至 1945 年，在无人区内人们背井离乡、流离失所，被日军残害或间接致死的军民就达到了三十五万人之多。

为粉碎敌人的企图，抗日政权纷纷组织起来，在群众中揭露敌人的阴谋，动员群众进行有效方式的斗争。

据当时担任昌延联合县委秘书靳子川回忆，当时，他们一方面动员各村伪职人员到日伪那里说情，说明集中生活困难。另一方面，再动员群众拒绝搬迁，发动群众坚壁清野，站岗放哨，躲避敌人围赶。

昌延联合县的二区，正在伪满洲国西南边境的边缘一带。1942 年初春，日伪突然增加军事力量，增派警察，分驻各村，强迫群众修"围子"。干部群众遭到袭击，一时间显得惊慌无措。

大庄科是昌延二区中心，县委指示二区，采用这两种斗争方式，先让大庄科地区各村甲长到日伪据点那里，代表全村百姓反映问题，说，现在正是春耕大忙季节，青壮年去修"围子"，种不上庄稼，人误地一时，地误人一年。秋后就没有粮食给你们交，待种上地再修。经过各村甲长三番五次的要求，日伪答应了。等春耕刚结束，日伪又强迫群众修"围子"。各村甲长便公开向日伪军说："你们叫修，八路军下命令不叫修。我们如果修了，要当汉奸处置，我们命都保不住。老百姓也不敢修呀！就算修好了，八路军也要下令拆的。"敌人不答应，说："我们有军队，八路军没有办法，不然，就烧了你们村里的房子。"

这个时间，十团的主力部队活动在丰滦密地区，不在昌延联合县，昌延二区只有二十多人的游击队，抗拒修"围子"已不可能，敌人真要烧房子，群众会受更大的损失。

如何应对难题？区里召集各村甲长开会，研究对策。指定哪个村先修什么地方，后修什么地方，围墙下边留下暗道，以备"围子"修成后，敌人包围就从暗道突围；向群众说明，修"围子"是应付，不放弃在有利时机彻底破坏，不管什么时候接到突拆"围子"的命令，要发动群众突击拆毁；各村修"围子"的人数，由区里规定，或十人，或二十人。敌人来了，增加一些；敌人走了，减少一些，以消极怠工对待；加强岗哨，彻底坚壁清野，同时在村外山沟盖窝棚，打窑洞，准备必要时可转移出"围子"分散居住。

各村采取这些措施，大大延缓了敌人修"围子"的计划。日伪发觉了问题，采取的手段更加毒辣，利用亲友、社会关系，大肆进行"诱降"活动，或抓捕抗日干部，破坏反"围子"斗争；或挑拨离间，诱使那些不坚定分子投敌叛变，瓦解抗日阵线。这期间，二区区小队长持枪投敌，到永宁当了特务队。二区区长石春生被捕，刚提拔的区长赵有章10月投敌，二区的工作整个陷入瘫痪，反"围子"斗争失败。

1942年冬天，昌延县委派刘凤鸣到二区工作，任区委书记兼区长，要他只身进入"无人区"，恢复二区工作，开展反"围子"斗争。

刘凤鸣由县委交通员傅德玉带路进入二区，为工作方便，改名刘文科。

刘文科到二区，白天住在一个老堡垒户家里，晚上由傅德玉领着转山头了解情况。傅德玉告诉山下是什么村，住多少户，有没有汉奸特务，是哪几个村并成的"围子"，有谁是抗日的坚定分子。这个时期，敌伪控制极严，具体情况不明，他们一直没有下山进村，在周围秘密活动。

经过一个多月的考察，刘文科已经掌握了二区的基本情况。群众在

"围子"里的生活暗无天日，急切盼望共产党快回来，领导他们进行斗争。刘文科查明情况，立刻返回县委汇报。县委研究决定，从汉家川村开刀，除掉汉奸，拆毁"围子"，打开局面，并大造舆论，说共产党回来了，八路军回来了！号召大家坚决开展反"围子"斗争，决不让敌人阴谋得逞。

刘文科印了许多处决汉奸的布告，到处张贴，为加强武装斗争，调早已参加八路军十团的排长卫兴顺作为二区游击队长。

卫兴顺是汉家川村人，人熟地熟，对敌斗争十分有利，在去的路上，卫兴顺神情庄重地说："刘区长，不要以为我家在汉家川，做工作就碍手碍脚的。党说怎么干就怎么干！"卫兴顺襟怀坦荡，这一番话，更加坚定了刘文科对敌斗争的信心和决心。

这天夜里，月黑风高，刘文科和卫兴顺秘密摸进汉家川"围子"里。先找到抗日积极分子阎子伶，弄清温永兴等几个汉奸的情况，然后通知联络员以上的人都来开会。几个汉奸不知道怎么回事，全都来了。刘文科讲了共产党的抗日政策，指出"日本必败，中国必胜，只有参加抗日才是出路，死心塌地为日本人办事，当汉奸绝没有好下场。"散会后，将几个汉奸留下，当即拿出布告，当场宣读。卫兴顺立即将汉奸温永兴就地正法，又朝天连鸣数枪，高喊："共产党又回来了！八路军又回来了！"并把镇压汉奸的布告张贴在大街上，署名二区区长刘文科。

睡梦中的群众惊醒，纷纷跑到街上来看。刘文科和卫兴顺趁热打铁，向群众说明铁杆汉奸已被镇压，还有几个要送到县政府处理，并组织骨干分子，发动群众拆毁"围子"。群众情绪被点燃起来，他们在茫茫黑夜看到黎明的曙光，急忙回去拿铁锨、镐头，不到一夜工夫，汉家川的"围子"就被拆毁了，外村搬来的群众又纷纷搬回原村居住。

第二天天刚亮，驻扎在大庄科的伪满洲军得到报告，说来了许多八路军，拆毁了汉家川的"围子"，汉奸被镇压。敌人吓得晕头转向，怎么也搞不清八路军为什么来得这么快，来得这么多。立刻派军队到处搜山，搜来搜去，连个影子也没有找到。

乘拆毁汉家川"围子"的有利时机，县委决定，组织游击队与主力十团互相配合，进行突然袭击，又将台自沟的五个敌炮楼烧毁，同时发动群众拆毁"圈子"。不到半个月，鸽子峪、王家堡、杏树台、二道关的"围子"全都拆毁了，取得了反"围子"斗争的第一个大胜利。

反"围子"斗争的初步胜利，就像希望的火炬，让群众看到光明，斗争的情绪更加高涨。敌人强迫群众白天修，游击队就发动群众抵制，或者少去人，或者去些老者弱者充人数，或者消极怠工，或者马马虎虎修得很不结实。几天修起的"围子"，在夜晚，发动群众没用几个小时就拆毁了。后来，各村又建立了游击小组，民兵组织也加强了。敌人抓人修"围子"，游击队、民兵就到处袭击敌人，弄得敌人焦头烂额，顾前顾不了后。

日伪势力威胁伪保甲长们强迫拉群众修"围子"，区政府发出警告，并不断打击死心塌地为敌人效劳的伪职人员，给伪保甲长们很大的震慑。他们不敢明目张胆地去组织群众修"围子"，反而向伪满洲军头目说："我们再强迫老百姓修围子，共产党就把我们当汉奸处置了。"加上部分倾向于抗日的保甲长们千方百计地抵制，修"围子"的计划无法实施，不攻自破。

冬去春来，经过一年多的艰苦工作，日伪不但没有在大庄科建起一个像样子的"围子"，相反的是，各村的抗日政权建立了，基层党的组织恢复了，并在斗争中发展了新的党员，武装斗争也扩大了，致使敌人白天不敢轻易出来活动，摧毁了敌人"民匪分离"的阴谋，初步取得反"围子"斗争的胜利。

1942 年，平北地区抗日斗争最为艰难，异常残酷，日伪对平北抗日根据地的"扫荡"时间，也比任何一年都长，次数最多，手段也最毒辣。

一月"扫荡"龙赤、三月分区"扫荡"、五月大"扫荡"、七八九三个月"清剿扫荡"。敌人在战术上搞"交替扫荡""反复扫荡""长途奔袭""铁壁合围""梳篦式扫荡""隐蔽集结"等，短则几天，长则几个月。以后，日军又发明所谓"新战术"，即"蚕食"，像蚕食桑叶一样，逐步从根据地边缘向中心区压缩，以缩小平北抗日根据地，扩大敌占区，最后达到消灭根据地目的。

"扫荡"与"蚕食"有时交叉进行，有时双措并举。

1942年全年，日军共发动大小"扫荡"三十二次，抗日村干部和积极分子被杀害四百三十多人，被捕一千一百人，被烧毁房屋两万五千五百八十多间，群众损失粮食三千六百三十多担，牲畜两千一百多头。平北抗日根据地受到严重损失，平北军民为坚持抗战、争取胜利，付出重大牺牲，仅龙关、赤城两县，每六人即有一人为国捐躯。延庆和怀来地带，地方工作曾一度难于进行，丰滦密地区的大部分村政权遭到破坏、变质。

日伪军在大的军事活动间隔期间，以成群的特务、叛徒、宪兵、警察武装出扰，包围村子，搜捕抗日工作人员和村干部，摧毁中国共产党基层组织，打击分散活动的班排武装和游击队。同时，勾结抗日队伍内暗藏的坏分子待机行动，或里应外合抓捕中国共产党干部，或瓦解威迫武装投降，或刺探情报，配合其武装清剿。敌人在各种封建迷信组织掩盖下，秘密网布奸细组织，增其耳目，以此作为其推行"蚕食"政策的内应与先遣队。在政治上进行诱降，有的意志薄弱，在敌人威逼利诱下，叛变投敌，给平北抗日根据地造成了恶劣的影响和破坏。

平北军分区司令员覃国翰在向晋察冀分局汇报中说："龙延怀叛变五十八人（含叛变总队长两名），龙崇赤叛变五十七名（内有中队长一名、排长两名），滦昌怀叛变三十二名（内有排长两名、指导员一名），丰滦密叛变三十四名（内有区长兼队长一名），抗日先锋队叛变十三名，龙赤叛变十五名，昌延叛变九名。"

1942年1月，伪察南政厅制定的《龙赤延东部三县特别工作计划》，计划包括四部分：第一部分是制定计划的经过，第二部分是治安肃正特别工作计划，第三部分是行政工作的方针，第四部分为综合预算。为了实施其特别计划，伪察南政厅还成立了临时宣传处。

《特别工作计划》中，提出对共产党组织的破坏"是破坏工作中的重点的重点"。破坏工作方针是，彻底破坏东部三县我方的行政组织。其活动的根本是我方党组织和民众组织为中心的外围团体，重点放在党组织，通过对我方民众组织的破坏，全面建立日伪的民众组织。

以延庆为例，日伪迅速成立"灭共"司令部，伪县长谢玉辉充任司令，两个日本人当顾问，各村普遍建立"灭共"支部。又组织一个"灭共"挺身队，全副武装，配合讨伐队，分区搜索，到处进行破坏，袭击区县游击队，逮捕工作人员，在各村清查检举抗日干部，并"派出谋略宣传员散布流言蜚语，以期引起敌方内讧和崩溃"，"揭露共产党的罪过，促使民众觉醒，大力扶植民众厌匪和排敌思想"。特别是大量利用"说降客"，通过各种关系（例如家属、亲属、朋友、同乡、同学）及金钱、女色等手段，对抗日人员进行劝降、诱降，从内部瓦解。

一段时期，延庆地区"说降客"活动十分猖獗，使一些投机分子和不坚定分子投敌叛变，造成严重损失。

昌延联合县委秘书靳子川在《回忆昌延联合县抗日斗争》文中回忆，昌延地区叛变者远不止覃国翰汇报中提到的九名，仅"1942年春，我二区游击队长祁秉元（收编的土匪头子）和指导员武殿义带领三十多人投敌，到永宁城宪兵队当了特务"。最具威胁性的是地委警卫队长王承启裹胁二十四人拖枪（步枪二十四支、机枪两挺）投敌。

1942年1月，昌延二区区长石春生因惧怕艰苦斗争而脱离革命，逃跑回家。4月，由于敌特告密，伪警察包围三司村，打死县委组织部长徐亮和区长刘玉，抓走区委书记苏瑞勋和副区长傅德春。十三区区长徐达天在黄坎被捕。8月11日，七区区委书记傅常英投敌叛变，抓捕七区区干部十一人，其中有区长张仲田和自卫军大队长。秋天，三区区委书记苏建国在长陵被特务暗杀。10月20日，二区刚提拔的区长赵子龙（赵有章）持枪投敌。10月24日，赵有章策划汉家川党支部书记等人叛变，区委书记高万章和区组织干事杜茂全被捕。11月，四区区长王库投敌，在王仲营抓捕四区青救会主任许庆裕和十团侦察员周喜龙等七人。由于王库告密，区自卫军大队长许清易被捕。八区区委书记林平和青救会主任杨国柱被捕。

王库投敌前，与延庆日伪勾结，企图将曾威带领的十团侦察连诱导到小张家口村歼灭，因曾威警惕性高，提前突围，日伪阴谋落空。

昌延联合县的议员，有名的"说降客"张泰，原来就脚踩两只船，公开为我方办事，如买子弹、日用品等，秘密则与特务队长苏雨田相勾结，将县议会开会的情况和议员名单交给敌人。日伪还曾将昌延县委书记史克宁的未婚妻及其父胁迫至延庆、永宁，大造舆论，蛊惑人心，企图诱史克宁投敌。

对于敌人广泛利用特务和叛徒，以政治进攻为主进行的"诱降""逼降""劝降"活动，平北地委有着清晰的认识，1942年6月19日，向整个平北地区发出《平北地委为张泰事件展开反敌诱降阴谋运动的通知》明确：

（一）立即纠正对敌这种阴谋表现麻痹和"束手无策"的现象，我们必须严重认识，对于敌人所派遣的"说降客"的活动置之不问不闻，是足以助长敌人诱降活动横行无忌的。因此应当在政治上尖锐的揭露"说降客"的通敌叛国罪行。他们是替敌人做亡我国灭我种的开路先锋，是要使全中国人民服服帖帖的受敌人的宰割。只有在群众中揭露"说降客"的罪恶，才能使敌人的诱降阴谋无隙可乘。

（二）对于根本的首要的为群众痛恨的"说降客"，应由政权予以积极逮捕，依通敌危害民国罪，断然处理，公布他的罪状。替敌积极进行诱降活动的"说降客"，是死心塌地的汉奸，是不能以"两面派"和一般汉奸视同一律的。

（三）同时我们也要反对可能发生的另一种倾向，就是把首要分子[与]被人利用而不自知的分子混为一谈，滥捕滥杀的现象，造成恐怖，迫使可以被争取的而死心塌地为敌服务。因此，我们只要能治一两个首犯，而对于其他协从分子等，除在政治上予以打击外，当须积极争取，使他们畏威怀德，改过自新，至少不替敌人积极进行诱降活动。

以上是我们对付敌人诱降阴谋及"说降客"的基本原则。根据这些原则，今天以处决张泰为开始，在平北范围内广泛展开一个反对诱降阴谋活动。①

6月间，平北地委、专署将"说降客"张泰在北山处决，特别要求昌延县委要广泛发动群众，控告张泰鱼肉群众、为非作歹、通敌叛国的种种罪行。处决张泰后，由专署出布告，公布张泰的罪行，在各地广泛张贴，造成声势，敦促"说降客"向政府自首，争取从宽处理。地方武装积极活动，打击特务叛徒，进行武装宣传，鼓舞群众的斗争情绪。

处决张泰的布告，给叛徒和特务极大震慑。昌延六区在古城村召开数百人的群众大会，坚决支持政府处决张泰。地委布置反"降诱"锄奸工作，建立锄奸小组七十多个，组员二百二十二人。由于侦查工作做得很好，对延庆敌特的大量罪恶掌握得一清二楚，打击又准又狠。延庆时

---

① 转引自中共北京市委党史研究室编：《北京地区抗日运动史料汇编》（第四辑），中国文史出版社，2000。

有敌特一百七十四人，一个短时期内，处决二十余人，打击了敌人的诱降阴谋。

日伪除了利用"说降客"诱降，所到之处，还开会放映影片，散发传单，张贴标语，抓住中国共产党工作中的弱点，搞扩大的欺骗宣传，例如"今年打不败日本，日本永远不能败""八路军要开走保卫陕甘宁边区去了""国共要分家"等等，以此蛊惑人心，消沉抗战意志，引诱群众跟着敌人跑。

伪《蒙疆新报》载，日军对抗日根据地"彻底实行经济封锁，使敌之生存条件枯竭，自行灭亡。这是肃正上最有效的手段"。计划所有粮食全归"合作社"，百姓吃粮到合作社领取。布棉、药品、煤油、食盐、火柴等均实行配给。不交粮食不配给，交粮食的则低价配给。伪察南政厅规定：食盐配给原定量的一半，火柴按户口本，每月半小盒，煤油按户口本，每月一斤以内。其他一切物品完全禁运，杜绝民间贸易，实行商业独裁，划定伪币流通地区，掌握金融霸权，民间实行购货登记表册，封锁各种物资，逼种鸦片，减少粮田，以扰乱民食。春耕秋收，进行军事破坏，使民无法生产。逼买用具、药品、报纸，推销腐旧商品。实行非法筹款，加征房捐、地捐、商业捐、人头税等，搅得民不聊生，苦不堪言。

以文化为主要手段，加大宣传力度，建立以奴化教育为核心的殖民地教育体系，在教育中渗透亲日防共方针，在学校强制开设日语课，把日语课列为必修课和"国语"，奴化训练贯穿学生日常全部生活，建立各级教育"指导监督"机构。组织新民会、民生会，实施"反共和平"教育，组织宣抚班，破坏八路军的威信，挑拨上层分子的阶级意识，造谣共产党的"暴行"，制造假消息，迷惑人心，打击抗日情绪，散发煽动性的画报。"由该县署弘报股大批印制促其及觉醒之传单""张贴于适宜之地点，以唤醒匪共之来归"①。他们进而大肆宣扬"王道乐土""皇军必胜"的反动思想，向中国人民灌输效忠天皇思想：每逢过日本天长等节假日，各机关、团体、学校、居民户在门前悬挂日本国旗，参加纪念活动；行人出入城门，路过岗哨，见到日本人必须敬礼。举办日语培训班，强迫老百姓学习和运用日本语、唱日本歌、背诵所谓"国民训"。通过四处张贴布告、标语、漫画、放高音喇叭，打鼓吹号，在集市、街道、村头，进行大肆宣传，丑化、污蔑共产党，说八路军是长着红头发、绿眼睛、"青面獠牙""杀人放火""共产共妻"的魔鬼。利用报刊电台，对沦陷区人民进行奴化宣传。通过一系列奴化教育，使占领区的老百姓成为无反抗意识的"顺民"，企图从心理上征服中国的民心。

敌人对根据地的"蚕食""扫荡"，一直持续了两年多，极大威胁着平北抗日根据地的建设。

二十天会议

延安指路举红灯，红灯高照海陀峰。

军民拧成一股劲，挺风拔雪岁寒松。

——刘力生《平北根据地实行党领导
一元化军分区段苏权政委任地委书记·1942年》

1941年6月16日，中共中央北方分局向中央和北方局做了《关于冀察热地区形势及目前中心工作报告》，报告指出："以冀察热边为中心创造大块游击根据地的任务，已基本实现，因此冀察热党目前工作中心

---

① 日伪资料见伪察南政厅编：《龙赤延东部三县特别工作计划》，转引自孟常谦：《回首望长城》，改革出版社，1996。

工作应放在巩固现有阵地，在巩固中向前发展。"①

　　1941 年 12 月，中共中央做出关于精兵简政的决定，根据地所有脱产人员不得超过根据地总人口的百分之三。

　　针对平西根据地实际情况，冀热察党政军领导认为，驻扎在平西的党政军机关已经不能适应新的斗争环境的需要，提出撤销区党委和挺进军这一级机构，减少层次，缩小目标，减轻人民负担，有利于部队灵活机动地深入敌后，打击敌人，变被动为主动。

　　1942 年 1 月 20 日，中共中央、中央军委下达指示，平西冀热察区党委建制及挺进军番号取消，另在冀热边成立一个精干的区党委和地方性军区，以管理平北、冀东工作。

　　中共中央北方分局于 1942 年 2 月下旬落实中央和军委决定，撤销冀热察挺进军和冀热察区党委，平西地区改为第十一军分区，平北地区改为第十二军分区，冀东改为第十三军分区，统归晋察冀军区直接指挥。原来冀热察党委所属的平西、平北、冀东地委改称第十一、十二、十三地委，统归分局直接领导。

　　挺进军撤编后，七团、九团进行"改制"，分别从原来的三个营十二个连改为六个连的小团（取消营级编制），步兵第九团三营和团直属队侦察连编为步兵第八团，原九团二营营长詹大南、教导员曾威分任八团团长、政委。十团、四十团均属丙种团（无营排两级），六个步兵连制，八团亦属丙种团，只有三个步兵连，加上直属队共五百多人。

　　段苏权从平西开完"改制"会议，离开时，萧克拉住段苏权说，平北条件最艰苦，困难最大，所以这次把新成立的八团补充给你们，团长詹大南、政委曾威，都是老红军。

---

①　中共中央北方分局：《关于冀察热地区形势及目前中心工作报告》，载中共北京市委党史研究室编《北京地区抗日运动史料汇编》（第四辑），中国文史出版社，2000。

为护送在平西开会的段苏权和杨春圃①返回平北，八团一连负责掩护，先期进入平北。二连和三连则由于日伪发现转移意图，沿平绥铁路南口至张家口之间各据点增加兵力，同时纠集张家口、怀来、延庆、龙关、赤城等地日伪军四千余人，分进合击大海陀、石头堡、元通寺等地，形势顿趋紧张，在平北抗日根据地中心区，敌人随处可见。

　　九团是"种子团"，1940年1月初在"后七村"扎根的钟辉琨大队，就是由九团八连扩建而成。八团团长詹大南是安徽金寨人，金寨是著名的"将军县"，詹大南早年给徐海东当过护兵。曾威是江西泰和人，曾给吴德峰当过警卫。吴德峰是老革命，在党内被尊称为"吴德老"。吴德峰1933年4月到湘赣苏区，任保卫局长，国家政治保卫局学的是苏联"契卡"，国民党刊物上曾这样描述他："中共特务三大亨，犹若孺子是康生，喜怒无常李克农，老奸巨猾吴德峰。"

　　八团进军平北的行动，由于计划暴露，不得不北辕南辙，由北进改为南下，转移到一分区易县境内四眼井附近，驻防训练，解决粮食补给，待机北上。直到1941年4月底，八团在怀来县境内狼山、土木之间越过平绥铁路——此处正是明正统十四年（1449），明英宗"土木堡之变"被俘的地方。

　　八团初来乍到，人生地不熟，敌人抽调察南、察北伪蒙军千余人，纠集伪满军周大鲁旅、冯秉承旅，以及日军人见旅团第二大队作为中坚，妄图乘八团立足未稳聚而歼之。

　　段苏权生怕出现闪失，重蹈当年七团覆辙，亲自带领八团二三连，

<hr>

① 杨春圃（1913—2011），河北任丘人，原名杨雨祥。1932年8月加入中国共产党。抗日战争时期，任平西房涞涿工委书记兼游击队政委，八路军第四纵队政治部宣传科科长，冀热察挺进军政治部宣传部部长、军部秘书长，北平军分区政治部副主任、主任，冀察区委党校校长，冀察区党委宣传部长等。新中国成立后，任中国人民解放军空军干部部副部长、部长，空军党委常委，第二机械工业部副部长、辽宁省委书记处书记、辽宁省委副书记、辽宁省委书记。

趁夜晚向龙关北沟方向转移，沿途经过小雕鹗、上下虎村，乘夜穿过三岔口至赤城的公路。曾威在《八团在龙崇赤的战斗历程》对初闯平北的经历有详细叙述。在曾威三千五百字的短文里，四次提到古长城、长城碉堡、坍塌的戍堡，还有砖楼村、边墙底村、炮梁村等令人印象深刻的地点。明代边墙所经之地，至今仍留有大量台、堡、边、营、楼、口、墙之名。八团的两个连巧妙与敌周旋，三次突破敌人包围圈，顺利进入海陀山区。

1942 年是抗战相持阶段最困难的一年，整个敌后根据地经受着严峻的煎熬。2 月 27 日，平北军分区下达《关于反"扫荡"的指示》："我反对敌人的目的，在于破坏其'扫荡'与长期清剿，求得我抗日根据地巩固与有生力量的保持，为此必须认真积极主动地开展广泛游击战争，到处打击袭扰迷惑疲劳敌人，使其坐卧不安恐慌狼狈，游而不击或击而不游，坐以挨打的办法是要不得的……至于不顾具体条件，拼硬仗的干法，这在今天各地都是要避免的，根据地内本无所谓建设，在目前装备情形下，过多过大的消耗是不成的，尽量减少不必要的战斗，不打则已，要打就打个像样。"

1942 年 5 月，反"扫荡"结束后，段苏权和覃国翰在写给晋察冀军区聂荣臻司令员、萧克副司令员、唐延杰参谋长的报告里，称在反"扫荡"中共进行战斗三十一次，亡干部六人，班长两人，战士三十三人；失联一名，被俘文化教员一人，马伕两人；伤副排长一人、班长四人、战士三十三人；毙伤俘敌两百三十余人。

这份战报看似伤亡不是很重，但整个形势在恶化："客观上这一两年整个敌后根据地都有缩小……但是因为我们主观上的麻痹，所以地区缩得更大了。如果我们主观上不犯错误，政策上不是严重的麻痹与无能，假若我们领导上加强了统一领导和加强团结，则我们不致于损失这么大的。"①

仅以开辟较早较好的龙崇赤抗日联合县为例，这个地区是七团挺进平北时打下的底子，十五个区干部、四个区小队五十多人在日伪利诱下投敌，干部被捕四十五人，牺牲区长和中队长以上干部二十八人，全县十一个区，除郎宝信的二区外，全部丧失工作基础或被敌摧毁。

平北地委书记苏梅称："丰滦密两年，连同西部一年，干部损失三百余人……42年春（日伪）普遍进行诱降，每村都有'说降客'……投敌占半数，逃亡占四分之一，损失占四分之一……投敌叛变的数量相当大，被捕的数量较少"。

在这样的背景下，征兵亦发生困难，部队很难得到补充。平北地委宣传部长张致祥报告说："（42年）部队减员相当多，规定扩兵西部六百，昌延、龙延怀各一百八十，龙崇赤一百二十，东部自扩一百二十，……执行中普遍的立誓约、找保，事实上这是形式的。十团抓兵的现象，使部队所到地区，群众青壮年乱跑。扩兵中欺骗情形很多，一般党员尚不能自动踊跃报名。"

当时平北根据地最感忧心的，并不是敌人的高压态势和政治欺骗、经济摧毁并重的所谓"总力战"，而是如何应对复杂尖锐的环境，如何对付连绵不断的军事进攻和打破敌人的封锁、蚕食和政治诱降，对于这些，段苏权和苏梅却在思想认识、方针政策与组织领导上有着分歧。

段苏权作为军事主官，最常思考的问题，是在敌人严重的军事进攻面前，坚持根据地与隐蔽精干、保存有生力量如何统一？减少敌人报复和群众损失，是提高斗争艺术还是束缚自己的手脚？对干部的评价使用问题，财经工作的混乱和由此造成的浪费贪污问题，也是引发争论的焦点。至于两面政权的转化问题，依赖上层人物的问题，发动群众瞻前顾

---

① 段苏权：《目前平北形势与任务报告大纲》，载中共北京市委党史研究室编：《北京地区抗日运动史料汇编》（第四辑），中国文史出版社，2000。

后的问题，建立隐蔽根据地问题，片面强调合法斗争问题，宁右勿左等问题，皆是由别人提出，而由北方局最后作出结论。

两人的争论，其实延续的还是1941年的工作分歧，结果往往是分别向各自的上级打报告。然而，究竟谁对，仍需要实践检验，何况无人能保证哪种方法更行之有效。

1941年下半年，特别是1942年全年，是平北抗日斗争白热化和最难熬的时段，在中国战区，尤其是中国共产党控制的根据地，胜利的先兆还很渺茫，后来继任平北地委副书记的陆平 [①] 曾说："由于敌人的疯狂进攻和严密封锁，特别是党内存在的右倾错误，使平北根据地遭受重大损失。根据地面积缩小三分之一，部分较巩固地区变成游击区、敌占区。丰滦密联合县由原来的十六个区减少到十二个，滦昌怀联合县一度停止工作，龙赤、龙崇赤、龙延怀地区四一年秋已连成大片根据地，四二年又被敌人分割成许多小块地区。龙崇赤除二区外，其他十个区都丧失了工作基础。平北主力部队减员四分之一，地方干部、基本群众被捕牺牲的数量很大，丰滦密地区被敌杀害的就达四百三十多人。龙赤县在十一月'扫荡'中有四十五名干部被捕，牺牲区长以上干部二十八人，龙崇赤损失干部百人。根据地财政经济极为困难，部队给养得不到应有的补充，军民短衣少食……敌人在许多地区恢复了保甲制度和反动组织，群众情绪低落，平北根据地处于极端困难时期"。[②]

1942年6月，反"扫荡"暂告一段落，平北召开军政委员会与地委联席会议，旨在总结经验教训，在内部统一思想认识，克服右倾错误，

[①] 陆平（1914—2002），吉林长春人。1933年加入中国共产党，曾担任共青团永吉县（现吉林市）委员会宣传委员、中共吉林市西区区委书记、北京大学学生会执委、北平市学联常委。抗日战争时期，晋察冀平西地委常委、宣传部部长，平北地委书记兼军分区政治委员等职。新中国成立后，先后任铁道部副部长、北京大学党委书记、校长，第七机械工业部副部长。

[②] 陆平：《中共中央晋察冀分局四三年指示是平北工作的转折点》，载平北抗日斗争史调研组编：《巍巍海坨山——平北人民抗日斗争纪实（一）》，内部发行，1989。

会议作出《关于反对严重右倾倾向与发动群众对敌伪斗争的决议》，强调在部队和人民群众中广泛进行民族气节教育，增强抗战必胜的信心。

面对每况愈下的困局，让平北上级指挥机关再也无法坐视，7 月 18 日，北方分局发出指示，扼要指出："我们讨论了地委与军政委员会的决议以后，……（认为）在目前形势下右倾已成为平北的主要危险，你们提出反对右倾的斗争是正确的"；"过去你们对隐蔽发展的了解是错误的，隐蔽发展是指不要过分刺激敌人，使我在敌人严重打击下无法生根立足，但对于今天已是大块根据地不是所谓'隐蔽根据地'，武装斗争是主要的斗争形式"；"县区政权应随同游击队活动，不应秘密，秘密政权不仅不能在群众中建立信任，相反会助长敌之气焰"。①

《指示》末尾委婉地宣布："为了更详细了解平北工作，分局决定调苏梅同志来分局报告工作，并将详细材料带来。分局和军区决定段苏权为十二分区政治委员兼代理地委书记"。

此时，中共中央还没有下发根据地领导的统一与一元化的决定，但事实上，因为形势的需要和斗争实践，在日伪严密分割的敌后根据地，已然形成党政军集中统一领导的格局。

对平北军地领导间出现的意见分歧，北方分局是相当警觉的。1941年春天，先是派出许建国②、姚依林为首的分局考察团，到平北进行实地调研，内容涵盖方方面面，可作为抗战时期敌后根据地的经典调查，具有重要的科学人文价值。

---

① 中共中央北方分局：《关于平北工作的指示》，平北抗日斗争史调研组编《巍巍海坨山——平北人民抗日斗争纪实（三）》，奥林匹克出版社，2000。

② 许建国（1903—1977），湖北黄陂人。1922 年加入中国共产党，1930 年加入红军，经历长征。抗日战争时期，先后担任中共中央保卫部部长、社会部副部长。1939 年 6 月，任中共中央北方分局（中共中央晋察冀分局）社会部部长。新中国成立前后，历任天津市副市长兼公安局局长，中央公安部副部长华东公安部部长，上海市委常委、副市长兼公安局局长，市委书记处书记及中国驻罗马尼亚和阿尔巴尼亚大使等职。是我国保卫和情报工作卓越领导人之一，也是城市公安工作的奠基人。

就目前保存下来的平北考察团报告材料，可窥其大略：《平北土地占有与剥削情况》《平北的政权建设》《两面政权政策的执行》《关于上层统一战线问题》《敌伪统治下的税收及负担》，可谓慎重，正是中国共产党所倡导的"没有调查就没有发言权"，时间甚至还早于张闻天的晋陕调查。

许建国是 1922 年的老党员，在红军时期与吴德峰角色相同，担任过红八军团政治保卫局局长，1939 年 3 月受命筹组北方分局社会部，任部长，同时还兼任中央情报部晋察冀第一分局局长。

姚依林是安徽池州人，清华大学学生，一二·九运动主要领导人之一，时任北方分局秘书长。1941 年秋天，根据分局对平北工作的指示及彭真来电，再派出张明远作为特派员再次进入平北，这次是深入部队、县区级机关、抗日基层组织，广泛听取干部群众、部队指战员的意见建议。

1942 年 7 月，苏梅亲自到北方分局说明汇报。当时嘱咐他带足材料，给其充分阐释和发表意见的机会。苏梅一去，从此离开平北，后至晋察冀分局党校学习，解放战争时期赴东北工作。

1943 年 2 月 7 日、8 日，聂荣臻亲自主持召开平北工作总结讨论会，苏梅做了专题报告，除分局和原冀热察领导萧克、马辉之、张明远、姚依林参加外，平北的军政干部覃国翰、张致祥、杨春圃也应邀与会，可以说是抗战期间，有关平北专题讨论最为隆重高端的一次。

1943 年 2 月 18 日，北方分局作出《关于三年来平北工作总结的决定》，内中称："平北在 1941 年初，已经基本上成为大块根据地……平北的开辟与坚持，平北的部队与干部、党员曾经付了很大的流血牺牲的代价。如果地委与分区在领导上不犯错误，根据地的建设与巩固，决不致有今天的严重形势。"①

《决定》共分五部分，一、平北创造与巩固的历史估计；二、统一战线方针上的偏向；三、对敌斗争中的右倾；四、领导问题；五、今后的工作。文中点名提及地委二十三次、军分区六次、军政委员会两次、军分区政治部一次，高强度地剖析问题，毫不容情地批判，归纳自然也是免不了："平北地委的领导，归结起来，是缺乏党性的，充分发展了小资产阶级的劣点。在政治上，是没有坚定的方针与政策，动摇不定的自流主义。在组织领导上，是严重的自由主义。对于根据地的认识不足，又带来了严重游击主义的思想。平北地委的领导原则，不是党的领导原则，而是非无产阶级的小资产阶级集团的特点。"

对于这一判语，许多年后，仍有人提出不同意见，要求另作结论。分局决定尽管措辞严厉，但并未采纳杨春圃在会上的说法，即"右倾是政治路线上的问题……应从几年来政治路线的执行上来检讨平北的右倾。"

钟辉琨作为军事指挥员、开创平北的先行官，他认为："总的看来，1941年以前基本上是发展时期，工作开展比较顺利，根据地扩展很快。1942年，敌后抗日根据地进入更加困难的时期……该期间我们领导上也犯了一些错误，主要是发动基本群众不够。利用上层分子是我们成功的经验，在开辟初期起到了一定的作用。但是后来没能及时深入地发动群众，没能树立基本群众的优势，对改善人民的生活也有所忽视。由于主观和客观的原因，使工作受到一定损失，根据地也有所缩小。"②

坚持真理，随时准备修正错误，是中国共产党的基本特质之一，也是取得革命成功的重要条件。彼时彼地正确的东西，此时此地就未必适

---

① 中共中央北方分局：《关于三年来平北工作总结的决定》，载中共北京市委党史研究室编《北京地区抗日运动史料汇编》(第四辑)，中国文史出版社，2000。
② 钟辉琨：《平北根据地的开辟发展概述》，载中共北京市委党史研究室编《北京地区抗日运动史料汇编》(第四辑)，中国文史出版社，2000。

用、未必正确。中国共产党一直倡导实事求是，活学活用，才有了马克思主义的中国化。

对于平北抗日根据地的形势判断和意见分歧，作为军事和地方工作的主要领导，段苏权在后来的岁月中，拒绝在他写的回忆文章里提及"路线斗争"。

段苏权多次说，任何事情都有个认识过程，在平北复杂尖锐的环境下，错误和挫折在所难免。

1985 年 4 月 22 日，段苏权在《张家口地区党史资料选编》成稿时，应邀写了一段话："任何历史真实都是分析大量的事实、事件和现象中得出的，因此要多方查证、反复核对、求实存真，一定要尊重客观的历史事实，做到论必有据、据必可靠，愈是检验愈闪烁绚丽多彩的光辉。"①

逆境的时候，不应把失败归罪于某人，正如顺境时候，不必把成就归功于某人一样。成功或失败，都不是宿命的，中国共产党是牺牲和淘汰率最高的政党，善于学习，不断揭露事物的本来面目，勇于批评自我批评，随时发现问题纠正错误，强调主观必须符合客观，有这样的理论和实践，才使中国共产党具备了超强的自我否定、自我修复、自我纠偏的生存能力。

按照北方分局的要求，将平北地委降格为地分委，由段苏权任书记，陆平任副书记，受平西地委领导。②

1943 年 5 月初，平北地分委召开第一次会议，即平北抗战史上著名的"西坡会议"，又称五月会议。会议地点在龙赤县西坡村③，参加会议的除地分委委员外，还有县委书记、县长和部队团以上干部四十余人。

---

① 中共张家口地委党史办公室：《张家口地区党史资料选编（抗日战争时期）》（第二集），内部发行，1986。
② 平北地委于 1945 年 1 月恢复。
③ 今属河北赤城县雕鹗镇大庙子村西山上，属自然村，20 世纪 90 年代只剩一户人家，如今已无人居住。

陆平原是平西地委宣传部长，调任平北地分委副书记，张孟旭^①任平北办事处^②主任，共同主持了会议。

陆平对中共中央北方分局作出的《关于三年来平北工作总结的决定》，给予极高评价，认为分局"指示是平北工作的转折点"。"在上层统战工作中，只有争取，没有教育，只有拉拢，没有斗争，使得一些上层分子在形势恶化时敢于轻易叛离我们。在发动基本群众中，缺乏明确方针，没有执行分局关于发动群众改善群众生活的指示，使减租减息、合理负担、区村政权改造等工作都未能很好开展。"

会议在敌人频繁"扫荡"的间隙开了二十天，这是十分罕见的，但会议对统一思想、加强团结、改变作风、扭转消极被动局面有着重大意义。

段苏权说："今天我们平北不仅有一般根据地的困难，而且还有特殊的困难，这就是敌人统治较强，平北地广人稀、人民贫困及文化落后等客观条件。我们有数十个行政区，而且地区分割、据点林立，到处需要兵，需要打开局面的部队。可是要增加部队，财政经济就成问题。平北又没有革命传统，过去只有吉鸿昌在北面有点影响……在干部损失方面也很严重，去年一年，有的县干部损失三分之二……怎么办呢？向困难投降吗？不能，党赋予我们严重的任务……如果我们坚持了平北根据地，就巩固了军区与冀东的联系，就可以减少平北群众的痛苦，平北将可以成为反攻的必经之路。"

---

① 张孟旭（1909—1985），河北安平人。原名张志良，1929 年加入中国共产党。抗日战争时期，先后担任深县县长、冀中行政公署民政科长、冀中十专署专员等职。1943 年，任平北地分委委员、平西专员公署平北办事处主任。1945 年 8 月，接到晋察冀边区行政委员会的命令，任命为张家口市市长、冀热察行署副主任。新中国成立后，任湖南省人民政府秘书长、副主席，湖南省副省长，中共湖南省委书记处书记兼副省长，国务院文教办公室副主任，教育部顾问。

② 当时将平北专署降格为办事处，但其作为平北各县的行政管理机构性质不变。

1942 年底，平北抗日根据地脱产人数达到四千三百人左右，而平北抗日根据地能够巩固地区的人口不足两万，两面负担地区的人口从三十万锐减到二十四万，按百分之三十折合为八万人，脱产人数占总人口的百分之四以上。

苏梅则估计脱产人数五千人，部队（连游击队在内）四千人，地方一千人。针对机构缩编、人员裁减所引起的不满，段苏权说："上级是看得起我们的，敌人重视我们，这是我们的光荣。有的同志工作情绪很低落，不愿在平北工作，我说，在平北对个人来说也许进步要少些，学习和工作成绩都要差，但是党的利益要我们这样做。平北的斗争是极有意义的斗争，需要我们坚持。痛痛快快的事情是没有的……今年'黄金时代'已经过去了，今后环境会日益残酷，但我们这地方还是不错的，你看大海陀不是很好吗？"

段苏权简单回顾了历史："困难到最厉害的时候，也是迎接曙光的时候。过去五次'围剿'是最困难不过的，但出了个全世界惊天动地的长征。长征到陕北日子也不好过，七七事变后，统一抗战的局面形成，我们又得到极大发展。现在又到历史上考验每个同志的时候，也许有人迷失方向，但相信大多数会跟着党中央胜利旗帜勇往直前。"

最后段苏权强调："目前平北的中心问题是反'蚕食'斗争，地区缩小、干部以及兵源问题、财政经济问题综合起来解决。部队和地方到接敌区去，把敌人押回据点，求得山地中心区的巩固。在政治攻势中特别重要的就是与经济斗争结合起来，现在敌人经济掠夺很厉害，以前是抢粮，以后又大量印发伪钞，以高价收粮……如按地区来说，目前着重巩固西部，东部是坚持的问题。西部重点是巩固山地，巩固的方法是从外面打。要达到这个目的，根本的措施是部队要和地方结合起来，这是问题的关键所在。以后看部队的好坏，不完全在于打仗，要看他和地方的关系，即使打了两个败仗，只要他和地方关系好，能配合地方工作，也是值得嘉奖的。敌人对我们是'总力战'，而我们革命队伍却有时不协调，所以易于受敌人摧残。现在地方要求与部队结合起来，我们应该拿革命的总力战对付反革命的'总力战'。"①

5月30日，西坡会议通过了《关于各级党委树立严格工作制度的决定》《关于进一步贯彻执行减租减息和劳动政策的决定》《全面开展反"蚕食"斗争》等一系列文件，结束了为期二十天的会议。

会议结束当日，段苏权以平北游击支队政治委员名义下达训令，开宗明义指出："平北部队中所存在的严重问题之一，便是对政治工作重要性认识不足，对于党的统一战线中政治上、组织上的绝对独立，以及我党我军中政治工作之独立性了解模糊，单纯军事观点、军事第一主义确有某种程度上的发展，严重影响部队的巩固与战斗力。如不及时加以克服，将造成更恶劣的结果。"

在列举了种种现象之后，训令说："以上各种现象的产生，固然由于分解游击环境，部队长时期处于游击状态，也与过去政治机关不健全有关，但主要还是由于政工人员没有尽到应有的责任。现在平北整个工作正在转变与整顿过程中，部队工作也是如此。今后能否转变，保证党的绝对领导，克服单纯军事观点，这是一个关键，因此加强全体指战员教育，使其对党对军队政治工作有更明确的认识，一致积极地参加政治工作，巩固政治委员制度，尊重政治机关，并与各种各色轻视政治工作现象作斗争。"文件末尾特别强调，"此训令应在全体指战员、政工人员中进行深入传达与讨论，以便执行之。"②

会后，平北地区党政军领导机关迁住一处，以便更好发挥一元化集中领导作用。很快吴涛调任军分区政治部主任，曾威接任十团政委，一

---

① 晋察冀人民抗日斗争史平北分会：《平北地区抗日战争时期历史资料选编》（第一辑），1982。
② 段苏权：《平北军分区训令》，载平北抗日斗争史调研组编：《巍巍海坨山——平北人民抗日斗争纪实（三）》，奥林匹克出版社，1999。

批优秀干部充实到各级政治工作岗位。时任平西地委书记兼军分区政委的刘道生[1]，在回忆录中高度评价说："平北地区的根据地也只有几条大山沟，条件比平西更困难……我们平西、平北的几个独立团是有战斗力的，特别是平北的部队，他们处在日伪军的包围之中，始终立于不败之地。"

1942年有三分之二的时间，平北都处在"扫荡"与反"扫荡"之中，据不完全统计，全年毙日军三百二十五人（内有安藤、铃木、某某三个小队长，并出中尉及指挥官两名），伤四百三十六名。毙伪军三百四十八名（内有伪满军团长一名，连长一名，讨伐队长（李林）一名），伤三百一十五名（内有讨伐队长董尚志），共计一千四百余名。

平北文化特别落后是不争的事实，选拔本地干部，特别是提拔在群众斗争中能发挥骨干带头作用的先进人物，这部分贫雇农（包括中农）往往囿于缺少文化、不能识文断字而发生工作困难。

中国共产党在平北地区建设政权以来，大力推动扫盲和文化普及教育，特别是利用1942年冬闲，平北各县普遍开展冬学运动，开办农村小学，组织男女青年参加识字班、夜校，统一使用平北地委和军分区政治部编写的教材，使当地入伍的新战士文化面貌有所改观。1943年初，在对昌延二百四十四名新战士的调查显示，小知识分子占百分之八，半知识分子（指粗通文字者）占百分之二十五，文盲占百分之六十七。地分委在总结中欣喜地称：文化闭塞的平北在此次参军中稍有文化程度的在昌延竟占新战士百分之三十三，从平北建政以来兵役史上说是空前的。但同时又规定，区委到支部"汇报一般的是口头汇报……有个别的书面汇报。一般口头汇报最适当，因为党员文化水平低，书面报告是否报告

---

① 刘道生（1915—1995），湖南茶陵人。1930年，加入中国共产主义青年团，同年参加中国工农红军并转入中国共产党。抗日战争时期，任八路军一二〇师团政委、晋察冀军区分区政委、冀察军区政委。新中国成立后，任海军副司令员，并先后兼任海军军事学院院长、海军航空兵部司令员。1955年被授予中将军衔。

清楚还是问题，这就是区委对支部指示，应用口头布置工作与指示。"①。

1942 年秋季，从延安和华北联大、党校短训班调入大批青年学子和调干生，有康健民、王根成、刘继亮、王一心等五十四人；12 月调入江北、高传纪等五人；1943 年 2 月调入郭韫、刘谦、李守真等十五人；1943 年春调入马毅民、任执中、秦殿海、朱玺辉等三十人；1944 年各战区支援的干部更多，县、区干部队伍中的文盲成分基本改观。

西坡会议后，平北党政军群各级组织认真贯彻执行分局指示，在减租减息、合理负担、改造村政权和群众武装建设等方面，发动和依靠基本群众，认真执行党的政策，积极开展工作。经过艰苦奋斗，平北军民逐步扭转了被动局面。

西坡会议是平北抗日根据地历史上具有极其重要意义的一次会议，成为平北抗日根据地巩固发展的转折点。

行文至此，在上面名单中提到的高传纪，特别需要在这里写上一笔。

在平北抗战为国捐躯的党政干部里，高传纪是区委书记中年龄小、牺牲惨烈的一位，而他的具体情况，在历史中尘封了半个多世纪，才被世人所知。

高传纪生于 1923 年，于 1938 年加入中国共产党。其父高象九②是一位爱国人士，1939 年，高传纪在父亲的鼓励下来到延安，并进入陕北公学学习。1939 年夏天，中共中央决定将陕北公学与其他几所学校联合成立华北联合大学，开赴敌后。高传纪凭着两条腿，背着行李，走了一千多里，到达了目的地——河北阜平县城南庄。到了 1942 年，高传纪感觉一直在学校工作，缺乏一线对敌斗争的经验，要求到地方工作，并且要

---

① 平北地分委：《一九四三年工作检查与总结》，载中共北京市委党史研究室编《北京地区抗日运动史料汇编》（第四辑），中国文史出版社，2000。

② 高象九（1903—1980），原名高金铸，山东潍坊人，民主爱国人士，1949 年 9 月，当选为山东省人民代表大会代表。1950 年后历任山东省民政厅副厅长、山东省民盟副主任委员等职，1980 年心脏病猝发，经抢救无效逝世。

求到最艰苦的地方去。这一请求得到批准，高传纪遂被派到了当时斗争最艰苦最残酷的平北地区。

在交通员带领下，高传纪过了平西根据地，穿过敌占区的各个据点，到达平北军分区司令部，被任命为龙赤联合县第四区区委书记。

这一时间，正是对敌斗争最艰难的阶段，天天有战斗，处处在流血，高传纪毫无惧色，以昂扬的气魄战斗在前线，虽然到区里的时间不长，工作却很有起色，在干部和群众中留下极好的印象。

不幸的是，在一次反"扫荡"斗争中，高传纪到村里发动群众，在尤庄子西面的一个山梁上突然与敌人遭遇，不幸被捕。[①]面对严刑拷打，高传纪大义凛然，宁死不屈。日军恼羞成怒，在龙关城重光塔下的集市上栽起木桩，将高传纪绑在上面，放开了如狼似虎的军犬。几只狼狗一齐扑向了高传纪，狠命地撕咬、吞食。围观的群众低下了头，默默地掉泪。高传纪牺牲时，最后只剩几块残骸遗骨，生命永远定格在了十九岁。

高传纪牺牲时，他和父亲高象九联络便断了。新中国成立后，参加革命的高家兄弟们陆续与家里取得联系，唯独高传纪一直没有消息。20世纪50年代，父亲高象九为了寻找儿子，四处打听，后来他的老朋友，时任山东大学校长成仿吾发来信件，详述了高传纪的牺牲经过，并错误提供了牺牲地——赤峰。高家当即赶赴内蒙古的赤峰，结果失望而归。直到1975年，高传纪的战友来信，才提供了准确的牺牲地赤城。高传纪的家人立即赶往赤城，但仍然没有找到高传纪烈士的任何遗迹。

高象九将儿子写给他的十六封信仔细整理、小心收藏，每当思念儿子时，便拿出来仔细翻看，每一封信都读了无数遍。1980年，高象九因病去世，晚辈们为了慰藉老人，把他一直留存身边的高传纪仅有的一件衣服下葬。

---

① 另有一说，高传纪在羊倌村梁上，被龙关"扫荡"的敌人所围捕。

2016 年，淄博市委宣传部的王晓颖在参加中宣部组织的培训班时，到平北抗日烈士纪念园接受理想信念和党性教育。在参观展览时，惊异地发现了高传纪的英雄事迹，立即与高家的亲属联系，终于确认了真相。此后，高传纪的侄子、侄女们带着老一辈亲人的愿望，赶赴延庆平北抗日烈士纪念园。半个多世纪的追寻，终于有了结果。

高传纪牺牲地赤城县的重光塔建于明代，当年兼顾了佛塔和军事要塞两种功能，今日依然高峻，气势宏伟，但已经没人记得当年在这里，一个阳光般的十九岁青年，壮烈牺牲的往事。

平北的党政干部中，以知识分子和青年人居多。作为知识分子，在当时何等珍贵，他们若是选择个人家业和事业，肯定前途无量，但是选择了民族解放，每分钟都可能血洒疆场，这些青年，选择了把苦难的祖国背在自己的身上，去面对侵略者的刺刀枪炮，选择了牺牲之路，用生命诠释托尔斯泰所言："英雄主义是在于为信仰和真理而牺牲自己。"

突破经济封锁

延安指示颁，减租为抗战。农会掌大权，县委亲试点。

大会庙台前，法今讲当面。贫农据理言，租债剥削算。

地主心不甘，事实难狡辩。群众身要翻，时代大改换。

——刘力生《减租斗争·1943 年》

西坡会议前，平北抗日根据地出现的种种问题，既有外部敌人的原因，也有内部自身的原因，其中群众负担过重、经济贫困也是一个关键点。

伪察南政厅制定的《龙赤延东部三县特别工作计划》中，曾特别提道："由于我方（日伪）不断的讨伐和经济封锁，他们人员不足，物资的缺乏，当前面临着严重严寒季节，正为做好越冬准备，强化从农民那里征收粮食和救国捐，并强制征兵。一般农民，怕有后患，迫不得已只好照办，现在正是需要尽快彻底破坏这些组织的时候。"①

从 1941 年到 1943 年，在日军封锁、"扫荡""蚕食"及五次"施政跃进计划"摧残下，平北抗日根据地的农业生产遭到了严重破坏。同时，根据地内又连续发生旱灾、雹灾等百年不遇的自然灾害，更加剧了抗日军民物质上的极度困难。

1942 年 1 月，时任平北地委书记的苏梅，在地委扩大干部会的报告中，就如何打破敌人经济封锁，克服根据地面临的财经困难，作出了具体安排，要求：发动群众向敌据点内购买生活日用品；各县要准备一个营所需要的布匹鞋袜；吸收敌占区商人、小贩向根据地贩卖必需品，并加以保护，实行买卖公平（有敌探嫌疑者例外）；严格实行预决算和粮食制度；整理税收和经费；开展反贪污浪费斗争；实行节约等等。

抗日根据地军民大生产运动，早在 1941 年 5 月中央军委《关于陕甘宁边区部队生产工作的指示》中就提出明确要求，这是打破敌人对根据地经济封锁，实现军工民用自给自足的重要途径与方法。

然而，由于 1942 年敌人的疯狂"扫荡"，平北各根据地的大生产并没有推广开。

1943 年 2 月，平北地区专署、军分区召开生产节约动员大会，成立了领导生产的"春耕委员会"。到 3 月份，平北地分委发出了《关于加紧春耕增加生产的指示》，要求各级党委建立强有力的生产委员会加强领导。

为很好地进行生产，减少荒地，对农家耕具、畜力、种子、劳力状况着实调查登记，虚弱无力者，可由政府从其他方面加以调剂；支部、

---

① 转引自孟常谦：《回首望长城》，改革出版社，1996。

党员起核心带头作用；提倡家庭副业，儿童也要养猪、养鸡，尽可能做到一家养一口猪，一人养一只鸡，并大量养羊，养羊不收累进税；奖励劳动模范，开展生产竞赛；党委、军队、团体除帮助群众生产，要自己种蔬菜，搞副业等。根据地分委指示，各县（区）、党、政、军各部门，开荒种地的积极性都很高，出现了"一手拿锄头，一手拿枪杆，敌人来了坚决地打，敌人走了就生产"的劳武结合大好局面。

平北军分区机关在海陀山东麓的南、北碾沟一带开荒两百多亩。龙赤联合县五区还组织了区干部开荒队，由区委负责人安宏达当生产队长，提出两年自给口号。该区纪宁堡的耕地从原来的四百八十亩，扩大到八百亩。

各级政府还鼓励和组织群众搞货物易地贩运，疏通山内外物资交流。有的地方争取一些商人为根据地服务，解决部分物资困难。在巩固区，创办了贸易公司或合作社，经营布匹、牛羊、粮食、医药等，采取措施扩大手工业和副业生产。四区有个村子，抗日政府发放了生产贷款四百元，仅二十五天，以这笔贷款做本钱赚回八百一十八元。另一个村子响应政府号召，建立了生产委员会，全村五十六户，有二十九户得到贷款解决了生产急需，有二十一户靠搞副业编筐，挣了不少钱，还有六户当小贩，整个村子生产搞得很红火，连好吃懒做的懒汉也动起来。

龙延怀联合县的农救会会员，为了发展副业生产挨门动员群众捻毛线、织毛袜。在妇救会组织下，妇女们也都投入生产活动。县委机关二十多人，除坚持工作外还种地四十多亩。学校的师生课余时间也开荒种地，发展生产，做出应有贡献。

1944年大生产运动开展的规模和收获，更胜过1943年，各联合县党、政、军、民、学各级单位由原来的靠政府供给，逐步变成了自给。有的单位还自给有余，从而大大减轻人民负担，改善了生活。

平北地区是游击根据地，而根据地的巩固程度，是斗争胜利的关键，因此必须充分发动群众，从团结各阶层的对敌的斗争中，反对敌寇掠夺，摧毁敌伪统治，才能使根据地逐渐巩固。另外一方面，平北各块根据地的发展又是不平衡的，其中有抗日一面的地区，有抗日优势两面地区，也有抗日劣势的两面地区，所以，在发动基本群众时，注意分别，在财政经济方面，动员和积蓄可能得到的财政经济资源，作为前进的本钱，不浪费一文钱，也不吝啬必须开支的经费；财政开支放在战争上去；粉碎敌人的经济封锁；严格执行预决算制度和粮票制度；整理税收，合理负担；开展反贪污浪费斗争；整理村经费等。

1943 年 1 月 10 日，平北地委曾在《关于平北目前形势与任务决议》中，"关于租佃、债息法令的修正"部分明确：租佃债息，除一般执行晋察冀边区参议会通过租佃债息条例外，根据平北情况做如下决定：减租（原条例第四五条）一律减少百分之十五至百分之二十五。额外剥削（原条例第八条）死租、押租取消，并取消承租人（即二地主）及其承租的耕地全部或一部。但承租土地而以同等租额分租他人者，不以转租论。因灾欠款，租佃双方均实行收获产物的 375 与 625 或 425 与 575 之比分配之。债息问题非法剥削（原条例上十三条）借一斗米，而作价大又加一的高利贷一律禁止。①

1943 年 5 月，平北办事处颁布《租佃债息条例》，明确规定二五减租和一五减息。二五减租就是在原租额的基础上减收百分之二十五，减收以后的地租不能超过土地正产物总量的百分之三十七，不足者，依其约定。一五减息是指借债的利息不得超过一分五。增资是指要求地主富农为长工或雇农增加工资，以成年人每年的工资能维持一般农民生活水平为原则，能养活一个或一个半人为标准。

武光在写给平北地分委的信中提道：

---

① 平北地委：《关于平北目前形势与任务决议》，载平北抗日斗争史调研组编《巍巍海坨山——平北人民抗日斗争纪实（一）》，内部发行，1989。

"减租减息不仅在我巩固区应彻底实行，既在我抗日两面及双重政权地区亦应运用这种精神与原则进行某种程度的减租减息。但最主要的是不论停止资敌或减租减息必须走群众路线，必须动员群众推动群众去争取实现。"强调"用群众自己的手，来取得自己的利益"，切记单纯的行动命令，以便逐渐克服对敌人"明不资，暗资"或对地主"明减暗不减"的现象。

为了调整地主、富农以及贫下中农的阶级关系，既能团结各阶层力量于抗日统一战线之中，又能使广大贫苦农民生活得到初步改善，激励调动广大人民的抗日积极性，使抗日斗争持久进行，平北地区各联合县在根据地巩固区将"减租减息"的工作开展得扎实有序。

由于西坡会议上思想认识问题解决得好，对政策有了深切了解，各联合县一方面训练区级和小区群众工作干部，提高政策水平，如龙延怀县委在姜庄子村里石匣山沟内先后举办了为期一个月的两期训练班，学员五十人左右，学习内容除党的知识外，主要是"双减一增"的政策；另一方面，县级领导干部深入到区从事社会经济调查工作；选择具有代表性的村庄进行试点，总结经验。

在做好充分准备工作的基础上，首先，在抗日一面政权的村子开展了减租减息、增加工资的工作。龙赤联合县的孙庄子、石家窑、南梁三个村的共同特点是只有富农，没有地主。三个村共有富农十户，八十九口人，占有耕地七百六十三亩，人均八亩六分地，年总产量七万三千四百七十六斤，人均八百二十六斤；中农四十户，一百六十八口人，占有耕地一千一百七十四亩，人均七亩，年总产量十一万一千三百斤，人均六百六十三斤；贫农四十四户，一百六十八口，占有耕地五百二十二亩，人均三亩一分地，年总产量五万二百六十八斤，人均两百九十九斤；雇农十户，三十口，占有土地七亩，人均两分地，年总产量六百四十七斤，人均二十二斤半。这类村子只有无劳力户才出租少量土地。富农多数都雇工自己经营。所以这里的工作重点是增加工资。

而在有地主富农村，存在着租佃关系和剥削形式，这类村户，是减租减息与增加工资两项工作并重。经过调查，了解到租佃关系与剥削形式有以下几种：

1.固定地租，也称"死租"。经地主与佃户双方商定，按照常年产量确定租额。如亩产一百五十斤，租额五十斤或七十斤。不论丰歉年景均以原定租额交租，一定数年不变。

2.雇工经营与出租土地双重办法。占有较多土地的地主、富农，好地则以低工资雇工经营，差一点的土地则以高租额出租给佃户，双手齐下，各剥一层皮。

3.半种地。地主富农将一部或全部土地出租给佃户，所产粮食对半开，三七开或四六开，地主得大头。如果佃户使用地主的种子、肥料，要在秋收分粮时从大堆中扣除，然后再对半分粮。

4.地租押金。地主为了多收租额，佃户为了种地，一定数年。除粮食的租额外，首先要交一定数量的押金。到期收地时，有的归还押金，有的则不归还，一剥两层皮。

5.劳役租。如一户地主有地百亩，只出租五十亩次地，不收租，但佃户必须承担经营五十亩好地，不付工钱。还有一种形式，把一百亩土地出租给佃户，除收常规租额外，还要承担地主家的杂活和差役。

6.带捐租。凡地主所出租之土地，除规定交租外，佃户要承担所有土地的一部或全部官税或杂役工，人称带捐税。

7.上打租。佃户从地主手中租入土地，一旦确定租额，先交一部或大部，地主又转手借给他人吃利息。

8.招佃户入门种地。地主为了多收粮食，寻找认为可靠的劳力到家种地。管饭吃，给房住。所用肥料、种子、畜力均以价折粮。秋收时先从大堆中扣除，然后对半开。

9. 势力租。较有势力的富农或富裕中农，以较低租额租入庙田或校地或从居住城镇之地主手中租入土地，转手以高租出租给佃户，从中牟利，俗称"二东家"。

10. 阴雨租。佃户从地主手中半种土地，如遇阴雨连绵有荒苗危险时，地主则强行让佃户雇工锄地，但佃户无钱支付工资，则由地主支出，秋收时归还，按二分或三分计息。

11. 地租兼借贷。佃户想种地，但无垫本，地主借给种子、肥料、畜力一律折价，按二至三分计息，租额照交。

所有这些租佃关系与剥削形式，就像铁链一样套在农民的脖子上，既跑不了，又离不开，年复一年忍受着痛苦。特别在战争年代，农田产量下降，租额与杂税加重，生活日益贫困，只好靠借债生活。利息有月三分、季三分、年三分、死三分、活三分、大加一、现扣利、奔奔利、驴打滚等，越积越多，越陷越深，最后只能出卖仅有的房屋或土地，直到破产。

针对这样的情况，减租减息不能单靠行政命令，要发挥农、工、青、妇联各救国会的作用，通过他们放手发动各阶层群众，提高广大贫苦农民的阶级觉悟，要敢减敢要。通过对地主、富农的教育，让他们自觉执行政府的政策，对积极响应抗日政府号召，主动减租，增加工资的给予表扬；对少数抵制捣乱者给予处罚甚至镇压。对于参加抗日工作的上层人士，既要求他们带头减租减息，又继续加强对他们的团结。

龙延怀联合县大队长姬永明，同时也是县参议会参议长，平北游击支队第一大队的大队长。他家是地主，在赤城县大海陀闫家坪有耕地一百二十亩全部出租。开始减租过重，他也没有对抗，从政策上提出建议。龙延怀联合县政府认为他的建议是合理的，给他按政策做了纠正。

按照上级政策要求，开始是"二五"减租，后来是"三七"减租，即一石租子减二斗半或三斗。减息是按中央规定"一分五厘"计算，对旧债旧息进行彻底清理。如果利息超过本金的一笔勾销，还做了今后放债"利息不得超过一分"的规定。增加工资是指以长工原工资为基础，有的增加三分之一，有的增加二分之一。

龙赤联合县五区十三户地主出租耕地四十七亩，原定粮租十三石，实减三石二斗，占百分之二十四点六；有八户地主，出租土地三十七亩，原定钱租一百五十五元，实减二十六元，占百分之十六点八；有九户地主属于半种地，耕地七十八亩，改对半分为四六开；有三户三七开，农民得大头。三区九十三户地主，原租额二百二十八石六斗，实减五十六石六斗，占百分之二十四点八。六区八十八户地主，出租土地一千七百六十亩，也施行了二五减租。

1943 年 10 月 1 日，中共中央发出了《开展根据地的减租、生产和拥政爱民运动》指示，指出："我党在根据地内细心地认真地彻底地争取群众，和群众同生死共存亡的任务，较之过去六年有更加迫切的意义。今秋如能检查减租政策的实施程度，并实行彻底减租，就能发扬农民群众的积极性，加强明年的对敌斗争，推动明年的生产运动。"

按照这个指示，1943 年 12 月 6 日，晋察冀中央分局给平北地分委的信中强调："在不妨害团结的原则下，广泛发动民主民生的斗争，彻底实行减租减息（在巩固区）、增加工资。"并宣传反对"毛驴政策"[①]。宣传党的土地政策以及发动基本群众的积极性，是刻不容缓的重点任务。

县级领导干部深入到区从事社会经济调查工作，选择具有代表性的村庄进行试点，总结经验。在做好充分准备工作的基础上，先在抗日一面政权的村子开展了减租减息、增加工资的工作。落实土地政策的结果，既改善了基本群众的生活，推动了生产，又团结了富农，巩固了抗日统一战线，加强了对敌斗争。

---

① 所谓的"毛驴政策"指劳役制度，像赶驴上山一样，一拉、二推、三打。

1944 年，平北巩固区与游击根据地在"减租减息增资政策"执行比例上达到了百分之七十九。通过减租减息，减轻了贫雇农民的经济负担，增加了收入，提高了生活水平。如麻峪口村陈怀亮，租种草庙子村地主刘金钊三十亩地，减少地租十三石六斗。又如草庙子村农民梁占元、梁德、梁廷谦、刘存祯等人，向以放债为生的地主孟存根借了钱，欠下的债务，通过减息核算，已超过五年，付利息超过本金，都给一笔勾销了。

除了减租减息，减少负担也是平北地区各联合县的工作方向。平北地区各联合县从根据地建立初期一直到 1943 年 5 月，部队的军需供给和地方机关的各种开支，均用行政手段按地区进行摊派征收。

这种不分贫富的摊派方法其实是不合理的，给广大贫苦农民及一部分中农户造成了很大负担。为改变这种不合理状况，平北地分委、办事处根据"有钱出钱，有力出力，钱多多出，钱少少出"的抗战经济政策，重新公布了《晋察冀边区合理负担暂行办法》指示各联合县对以前的摊派办法进行改革，采用免征点和统一累进税相结合的办法。

这一办法规定，按地亩多少、耕地的好坏计算产量，分等设级一石粮为一个负担亩，负担亩越多，累进税越大，负担也就越多。还规定了免征点，穷苦的贫雇农多数为免征对象。由于征收农业统一累进税（合理负担）以地主富农的收入多少分等累进税收，收入越多，累进税越重。因此开始实行时有些大户、富农有情绪，找区县领导提意见，但经过各级干部的认真细致的思想工作，逐步得到了扭转。

各联合县的巩固区在县委领导下，派出工作组，奔赴农村，先做深入细致的宣传教育工作，在提高认识的基础上，再进行实际调查，尔后进行评议工作。由于各县县委、区委的重视，这一工作很快开展起来。

西坡会议后，各联合县也贯彻了中央及地委提出的"精兵简政"政策。部队机关减少非战斗人员，紧缩上层机构，充实基层，扩大战斗部队。地方机关也同样缩小县级机构，充实区级，克服本本主义、党八股等脱离群众现象。号召各单位老弱残人员转业参加生产，以使军政机关、部队更加轻快敏捷，以适应艰苦环境的对敌斗争需要。

为了贯彻各项经济政策，加强党对财经工作的领导。地、县分别成立了经济委员会，抽调干部专门搞财经工作。

平北地分委1944年3月进一步明确规定："要进一步严格掌握财政制度，实现财政统收统支肃清浪费与贪污，节约不必要的开支，以达到取之合理，用之得当的目的。"

随着经济上的逐步好转，群众从思想上亲近民主抗日政府，知道中国共产党是为人民群众谋利益的，于是要求参加抗联会、青救会、儿童团的人也越来越多，积极参军参战，站岗放哨打敌人，在当时成了最为光荣的一件事。

抗日根据地发展生产，目的是解决根据地军民填饱肚子的问题。而在平北地区这样南北物价悬殊，商店工作极不健全的条件下，如何运销和调剂南北物资；如何解决生活和军需物资的极大匮乏，也是摆在平北抗日根据地军民面前的重要问题。

为了交流物资，解决抗日军民的生活问题，昌延联合县政府于1944年春天，分别在蔡家窑子和碓臼石两个村建立了"万合顺"和"万合公"商店。这两个商店采取游击的方式进行商贸活动，商店设置了隐蔽人、物的场所，安排了探听敌人消息的情报人员。顽强机智地进行着"敌来我撤，敌撤我干"的抗战经济。

在敌人特务、伪警察频频骚扰破坏的日子里，商店的同志巧妙地利用山势地形，灵活地开办早市、夜市。无论在晨雾中、在阴霾里、在闪烁的星光下，神秘地交易商品。

这种被敌人逼迫出来的游击市场，不宜使用货币，而是采用原始的以物易物的方式。买卖双方根据粮食、布匹、牲畜和生产生活用品的行情、质量定价，在市场管理人员的监督下售出、买进，成交后向商店缴纳百分之一的管理费。

由于社会急需和经营得当，来自昌平、延庆、赤城和怀来南山等地的交易者逐渐增加，有时日达三百余人。到1944年的年底，"万合顺"和"万合公"两个商店各有资金八百万元（伪蒙疆货币）。

碓臼石村地处三个伪政权的交界线上，又是抗日部队和延庆南北山游击队活动的联络地点，作用很大，抗日军民都把这里看成"温饱供应处"全力保护它。军分区主任曾威就要求区游击队和当地民兵要狠狠打击来犯之敌，保护"万合顺"和"万合公"商店的商贸活动。

高振平、张子厚等负责采购、财务、保管的同志千方百计地组织货源，搞好物资交流，冒着生命危险与敌伪周旋。一次，张子厚要到延庆城去买盐，日本人自从占领了延庆城一直对盐施行配给制，山区想弄到点盐真是"难上难"。

张子厚化妆成农民的模样，把买盐的钱缝在粮食口袋的补丁里。冒充着赶集人，从碓臼石村出发，一路走一路想："没有良民证，不容易进城，能进城买上这么多盐，可怎么送出来呢？"为了躲避敌人的岗哨，他绕了近三十里的路才来到延庆东门外的市场。

找到买盐的杂货店一看，门口贴着牌子，上面写着："凭良民证每人限购三斤盐，违者以私通八路论处！"市场上有很多伪警察，手里拿着警棍，一边巡逻一边嘴里不是骂这个就是打那个。

看到这里，张子厚悄悄地离开市场。来到东门外自己姑姑家，和姑姑、姑夫说明了自己的来意。姑父一听就为难了："这可不好办呀，要是出了事儿可是人命关天啊！"

"姑父，我知道，可是您想想山区的老百姓连盐都吃不上，哪有力气下地干活啊。没力气干活，咱们的八路军吃啥？吃不上喝不上，怎么跟鬼子打啊！"

姑父听了也是又点头，又叹气："你说的不是没道理，可是……"

"您要是觉得为难，那就把良民证借我用用，我还是自己去。"

"可别，这要是让他们查出来冒用良民证事情更麻烦。这么办，我们分头去。"就这样，姑父、姑母和他的儿子、儿媳妇拿着良民证分三次，冒险才买回了十二斤盐。然后，他们又到可靠的亲戚朋友家里，费了九牛二虎之劲才弄回来一部分盐，一共凑了三十八斤。

张子厚照价付了盐款，把盐装进口袋，饭都没吃，下午背着盐就回去了。刚走到半路碰到了伪军的巡逻队，端着枪对张子厚吼："站住！你干什么的？"

"我是赶集的，进城买点东西。"

伪军看他像个老百姓，把手里的枪放在一边："把口袋放下，检查检查！"

张子厚轻轻地把盐口袋放在地上，就在这时，趁着伪军要翻口袋的时候，一步冲上去，把那把三八大盖夺到自己的手里："别动！我是八路！"

伪军被吓得赶忙跪倒："八爷饶命，八爷饶命。我也是穷人，没辙才干这个。您走您的，咱们河水井水两不犯！"

张子厚堵住他的嘴，缴获了他的枪，一路小跑，晚上9点多才回到碓臼石。

正是有张子厚这样的同志，"万合顺"和"万合公"商店的商贸活动才能在根据地生根发芽，维持着根据地的商业活动。

1945年6月，随着抗日战争的节节胜利，"万合公"商店由碓臼石迁到了接近平川的二道河。业务进一步扩大，用处更为增强，为1945年9月20日，八路军解放延庆城贡献出不少钱粮物力。

由于大生产及节约运动的开展、减租减息、合理负担、精兵简政政策的贯彻实施，粉碎了敌人的经济封锁，缓解了平北地区无力养兵的矛盾，使根据地度过了严重困难，有力地支援了军事斗争，巩固了根据地，而且在政治上也产生了极其深远的影响。

平北抗日根据地党政军领导同志一起认真团结知识分子和开明绅士，在根据地内进一步推行"三三制"实施民主选举，组织人民参政，巩固和扩大了抗日民族统一战线，提高了群众抗日的积极性。广大群众用挖战壕、送军粮、参军参战的实际行动，支援着抗日战争，从而不断扩大抗日武装力量，有力地配合了八路军主力部队的局部反攻。

到日本投降前夕，平北已经形成大片巩固根据地，并与冀东、平西根据地连成一片。截至1944年底，根据地主力部队的活动范围已达到南距北平城六公里多的北立水桥和孙河一带，在西北方已进到张家口以东的青边口一带，在北面攻克了崇礼的西辛营子和小河子（旧沽源县城），在东北方向深入到丰宁的黑河川。

并不多余的话

一

寇掠神州暗无天，少年奋勇杀敌顽。

忠魂环绕长城下，日出当看海陀山。

二

战友仍似笑面前，血写业绩入史篇。

后人喜度安乐日，勿忘少年地下眠。

——《佚名·祭奠亡灵二首》

时间进入到1944年，平北抗日根据地基本稳固，平北军民也付出了巨大牺牲，终于可稍做喘息，但是我在翻检史料当中，一些悲情的忠魂，却让人异常唏嘘。这些堪称英雄的人物，没有倒在战场上，却死于自己人错杀，给人留下无尽的慨叹。

1940 年 6 月，七团二营和段苏权挺进海陀山，在佛峪口遇到敌人阻击，二营营长熊尚林指挥七连抢占有利地形，经三小时激战，消灭敌人大部，烧毁敌军车两辆，撤退的路上，熊尚林听说丢了伤员，就立即返回寻找。找到二十多名伤员，他流着泪拥抱了每个伤员，伤员们也个个热泪盈眶。后来，他又率领二营进入伪满洲国热西边界黑河川（今属赤城县）、汤河川（今属丰宁满族自治县、北京市怀柔区）作战。七团奉命撤回平西，而熊尚林则服从组织安排留在了平北，担任平北游击支队二大队大队长。

熊尚林是当年强渡大渡河的"十七勇士"之一，被民间号称为领有"铁券丹书"，他在平北，留下了许多光辉战绩，为开辟平北作出了贡献。二大队常驻海陀山东麓，与常驻海陀山西麓的一大队配合，从两翼保护平北地委、军分区机关的安全。

1941 年 5 月初，延庆、怀来、赤城、龙关的敌人进行"扫荡"，妄图四面合围，将平北地委、军分区领导机关一口吞掉。为粉碎敌人的围剿，段苏权、姬永明带领一大队，东越长城进入黑河川，绕经白草、三道川等敌据点，袭击独石口，然后进入崇礼县境内，一举拔掉狮子沟据点；熊尚林带二大队随钟辉琨到赤城北部一带活动，于 5 月 20 日夜，乘虚偷袭赤城县城。部队突袭到城下，机枪、步枪、手榴弹一齐打响，大有一举攻城之势。"围剿"之敌听说老巢被抄，立即分兵一部回援赤城。二大队放弃攻城，在屯军堡附近与回援之敌相遇，立即抢占鸡冠山，与敌展开激战。一大队听到激烈的枪炮声，赶来与二大队会合在一起，并肩作战，将敌击溃。这一战斗毙敌四十余人，二大队也伤亡二十余人。之后，熊尚林又率二大队参加了里应外合解放雕鹗战斗，全歼守敌三十余人。

1942 年，平北的斗争环境变得更加险恶，平北军民经受着最为严峻的考验。就在这年 6 月，熊尚林悄然消失在一个叫草场沟的地方，在平北后来的战斗中，再也没有出现他的名字。

2002 年 5 月 25 日，一群少先队员将一军壶大渡河水，还有六十颗色彩各异的鹅卵石，安放在崇礼县烈士陵园熊尚林墓前。彩石是四川石棉县安顺场八一希望小学"大渡河十七勇士中队"从当年"十七勇士"登船岸口采集的。人们以这样的方式，纪念着这位英雄。

这样的英雄人物，怎么会突然离开了人间呢？

李水清在其回忆录《从红小鬼到火箭兵司令》中有一节"与大渡河英雄连长并肩战斗"，文中写道："我想到了率红军十七勇士强渡大渡河的英雄连长熊尚林。1935 年 5 月 24 日，时任宣传队长的我奉军团政治部主任朱瑞同志之命，带人赶到刚刚夺取安顺场渡口的红一团，慰问准备强渡大渡河的突击队并作战斗动员。翌日战斗打响，红军两发迫击炮弹似长了眼睛不偏不斜准确命中对岸碉堡，敌人机枪顿时变成哑巴。熊尚林手持驳壳枪指挥十七勇士驾小船迎着惊涛骇浪和如织的弹雨冲向对岸，以有我无敌的胆气和一往无前的锐气，硬是用手榴弹和白刃格斗把敌人两个连守军打得狼奔豕突溃不成军。就是这位铁骨铮铮骁勇善战的英雄连长，当广袤的华北平原遍燃抗战烽火时，又与我在平西抗日根据地并肩战斗两年多，他任营长，我当教导员，生死相依，情同兄弟。不幸在 1940 年平北的一次惨烈战斗中，熊尚林身负重伤，为祖国和人民流尽了最后一滴血。"[1]

由这段文字可以看出，红军时期，熊尚林和李水清都在红一师，熊尚林是红一团一营二连连长，李水清是红一师政治部宣传队长。抗日战争全面爆发后，熊尚林在一一五师独立团，李水清在一一五师三四三旅，同是营级干部。后来又同在挺进军七团供职，熊尚林是营长，李水清是教导员。但是李水清可能记忆有误，熊尚林并不是 1940 年在战斗中负重伤而后牺牲的，而是 1942 年被自己的部下打死的。

---

[1] 李水清：《从红小鬼到火箭兵司令——李水清将军回忆录》，解放军出版社，2009。

陈靖是贵州人，苗族，曾是红六军团的老战士。新中国成立后，他创作了小说和电影剧本《金沙江畔》。离休后，他重走长征路，进行长征系列创作。1985 年 10 月 8 日，他来到了激流汹涌的大渡河畔，望着中国工农红军强渡大渡河纪念碑，缅怀曾经和他一起战斗、强渡大渡河的英雄队长熊尚林，写下了《大渡河勇士熊尚林的悲情结局》一文，其中写道："艰苦的 1942 年，在被敌人割裂为好几块的平北抗日根据地上，熊尚林带领几十个同志，英勇奋斗，克服了种种困难，终于在我长城附近，打开了局面，并由几十人发展为一个独立团。就在这时，平北分区正式成立了。在公布分区领导机构名单时，熊尚林发现没有他的名字，他又冒火了。这时，正巧我们相遇，他气鼓鼓地对我说：'陈靖，我不干了，他们不相信我，老子就单独干革命去！'我劝说他几句，要他'不可瞎来'。可是，这里离分区还有几十里，翌日，当我赶到分区报告这一情况时，熊尚林已经离开部队，带着他的参谋长和两个警卫员到独石口一带'单独干革命'去了。十几天后，一个警卫员回来了，说：熊尚林原以为到了他人熟地熟的地方，什么都好开展，但当群众知道他离开了党，离开了组织时，就不理他了。局面根本打不开，站不住脚，简直是走投无路……又过了几天，另一个警卫员也回来了，说：熊尚林和参谋长天天争吵不休，最后参谋长趁熊尚林不防备时，向他开了枪……就这样，这位英雄倒下了。"[1]

陈靖的回忆是自己亲见亲历的，是真实可信的，与后来张家口地方党史工作者的调查结果也基本一致，只是个别地方略有出入。

党史工作者调查结果是：1942 年，部队进行精简整编，平北游击支队改编后的四十团直接辖五个连队，不再设营（大队）。部队安排熊尚林担任副参谋长或到抗大分校学习，熊觉得不合心意，要求到最艰苦的地

---

[1]　本节熊尚林资料，见蒲润洲：《大渡河勇士熊尚林悄然消失之谜》，《党史博采》2015 年第 2 期。

方继续同日本侵略军作斗争。于是他和二大队原副大队长带一名通讯员到张家口市附近开展游击战争，在战斗中通讯员牺牲。他和副大队长两人到了坝上地区，一时难以站住脚，又转回坝下山区，住在龙崇赤联合县西沟石嘴子行政村的自然村草场沟。据房东说：先听到二人发生争吵，后副大队长开枪将熊尚林打死。副大队长回到平北军分区后，说熊尚林要投敌，我将他打死了。军分区觉得熊和副大队长都是老红军，不好处理，遂将他送到延安。

经过对比分析：一是陈靖所说的熊尚林带领几十个同志发展为独立团是不准确的，平北从未有过独立团的建制，而应是四十团。四十团全称晋察冀军区步兵第四十团，成立于 1942 年 2 月，是由平北游击支队六个连和一个骑兵大队组建的，团长钟辉琨，政委王启刚。二是熊尚林争取的不是军分区的领导位子，而是四十团领导的位子。平北军分区成立于 1940 年 7 月，而不是 1942 年，司令员程世才，政治部主任段苏权；1941 年 9 月，司令员覃国翰，政治部主任段苏权。1942 年 1 月杨春圃接任政治部主任。1942 年 7 月，司令员覃国翰，段苏权任政委兼代理地委书记。

红军时期，段苏权曾任黔东独立师政委，覃国翰是红六军团的团长，而熊尚林只是连级干部，不可能去争分区首长的位子。四十团成立前，熊尚林是二大队长，正营级，四十团成立后，安排他当团副参谋长，还是正营级。而红军时期，熊尚林是连长，钟辉琨、王启刚、邓典龙等也是连级干部，而钟辉琨担任四十团团长、王启刚担任政委、邓典龙任副团长。三是向熊尚林开枪的是副大队长而不是参谋长，因为熊尚林所在的二大队是营级建制，没有参谋长一职，副大队长是可信的。

由以上考证和分析，不难得出结论：在四十团的人事安排上，熊尚林觉得自己所任职务不理想，于是离开了组织，离开了部队，单枪匹马去打"天下"，于是发生了悲剧。

陈靖的文章披露了熊尚林性格上的一些弱点，让我们看到了英雄的另一侧面："粗犷、直率，甚至显得过于鲁莽。他身躯健壮，脸色紫红，说起话来像炮弹出膛，还总是带点脏字。他习惯把事情想得很简单，在他眼里似乎没有困难二字，可熊尚林自己却承认，我一生天不怕地不怕，就是怕学习！""在向冀东挺进途中，在八达岭南侧的一个小山村里，他从敌人手里夺得一匹骏马，乐得他嘴都合不拢，连声说，'好马，好马！'没过几天，在过一个小沟堑时，马忽然不听他指挥了，就是不肯过那危险的小桥，熊尚林费了很大的劲也制服不了它！他火冒三丈，'你敢跟老子调皮？'说着，他拔出手枪，对准马头连发三枪，马倒下了。"

探究熊尚林的死因，让人心情沉重。如若不出意外，他很有可能出现在共和国将军的行列内。但历史不能假设，如同古希腊神话中的英雄安泰，他是大地女神盖亚和海神波塞冬的儿子，力大无穷，只要保持与大地接触，就不可战胜。希腊神话中的另一个英雄赫拉克勒斯发现了这个秘密，在战斗中，他将安泰举到空中，使其无法获取力量，最后把他扼死。

英雄离开了集体就如同安泰离开大地，最后的结局只能是走向覆灭，而熊尚林恰恰忘了这一点，最终倒在了战友的枪口之下。

熊尚林的悲剧事件，如果说还有个人性格的因素，那么，姬永明之死，却让段苏权、覃国翰、钟辉琨等人数十年难安。

姬永明在平北抗日根据地创建中，是位不可或缺的人物。1940 年，"伙会"改编之后，姬永明任命为游击大队长，带领队伍积极抗击日伪军的侵略和"扫荡"，在阎家坪保卫战、打东山庙据点及反"扫荡"等战斗中，善于指挥，英勇作战，屡建战功，受到上级称赞。

而作为主要统战对象姬永明，还曾任平北军分区参议、县参议长，出席了晋察冀边区第一届参议会。1946 年，游击大队改编，姬永明调任军分区司令部高级参议。1947 年，国共合作破裂，一次姬永明骑着一头大骡子，从阎家坪去金家口，当时他的家属已迁到该村居住。路上，姬永明与国民党十三军遭遇，虽然经过奋战脱身，但是国民党军已经知道姬永明跑到了金家口，随即派重兵包围了该村，将全村百姓圈在一个大院逐个审问。这个村大部分人姓黄，当审问到瓦房村人赵天义时，国民党听到他姓赵，便怀疑他是姬永明，遂进行多次毒打，惨不忍睹。姬永明再也忍不住，毅然挺身而出，承认自己是姬永明，同时交出了自己的儿子。

国民党军把姬永明父子二人用铁丝绑起，押送延庆监狱，因他有较大的声望，延庆川的七十二个村联名上保，要求保释，恳请刀下留人。1947年3月，国民党当局释放了姬永明，条件为："放出后只能为地方干事，不能再为共产党干事。"姬永明出狱后，寄居黑龙庙，半年后，家属也迁至黑龙庙团聚。当时解放区正轰轰烈烈开展土改运动，阶级矛盾上升为主要矛盾，姬永明有家不能回，囿于保状承诺，违心当了二十余人的"金刚队"头目，两个月后，姬永明跑到怀来，隐匿沙城，1948年12月30日，姬永明被怀来县公安局抓捕。1950年9月10日，经原察哈尔省核准，被怀来县法院以反革命杀人罪判处死刑。

1982年，赤城县召开老干部党史资料征集座谈会。座谈中，原平北根据地的老干部提到姬永明，认为姬永明是平北的主要统战对象，是开辟根据地举足轻重的人物，在抗击日本侵略者的过程中功绩显著。会后，县党史办印发了姬永明专题资料。姬永明的儿子、女儿写了要求为父亲平反的申诉。赤城县党史办与延庆县、怀来县有关部门共同对姬永明"反革命杀人案"进行了调查核实。

1983年1月28日，原平北军分区政治部主任曾威给段苏权、陆平、钟辉琨的信中提出："对姬永明案事实认定应予复查，尊重历史事实，做

出公正的评价。" ①

段苏权也利用撰写回忆文章的机会和开座谈会的场合，不断为姬永明正名，特别提到 1942 年秋季反"扫荡"，姬永明与蔡平率一大队跳出包围圈，通过内线攻克新保安车站，六十余日伪军被缴械，调动敌人撤离海陀山区的功绩。

1983 年 2 月 18 日，原平北军分区司令员覃国翰，给平北抗日斗争史调研组写了一封信，主要说明姬永明的问题，对于印发的材料，表示不满：

编辑部：

中共赤城县委党办的姬有铭 ② 一文，我反复看了数遍，真使我不安。我是当年平北分区司令员、地委军事部长、地委常委。写党史嘛！一定要（以）唯物主义者的精神来写，实事求是，不能只讲唯物主义，做的唯心主义，这样做违犯历史唯物主义，是对历史不负责任的。我提出一点意见。

写姬一文，写得不够好，特别是对他在平北地区的地位和作用，讲的有些含糊，也（既）不肯定也不否定，这样写是不符合唯物主义的。最重要对他结尾的那部分交代不清，（是）更加令人气愤的。我认为组织上执行错误政策，是杀鸡取蛋的政策，虽（显）然是错误的。过去彭老总曾执行这个政策，把袁文（彩）、王佐杀害了，以后给他们平反，井冈革命文物里有资料为证。平北分区的做法与彭老总的做法（是）相似的，但我们还不承认错误。假如没有袁文（彩）、王佐的贡献和作用，毛主席想上井冈山是很困难的，更不

---

① 见怀来县党史办：《我们是怎样复查姬永明错杀一案的》。姬永明冤案平反前后资料，引自蒲润洲：《解读历史档案中的一封将军信》，《档案天地》2015 年第 2 期。

② 应为姬永明。

（可）能建成红色革命根据地。平北地区革命抗日根据地若没有姬有铭的贡献和作用，要想在这个地区落脚插根是有困难的，更不要说我党（是）要在敌后抗战的。平西区党委提出三位一体"巩固平西，坚持冀东，开展平北"就是（会）变成空话。当时，分区司令部能在大海陀成立吗？只靠他对抗日的贡献和作用，才能把第十二军区^①司令部成立，南北部队才能统一指挥，坚持敌后抗战，最后取得胜利！当时敌人一发现我军分区成立，四面八方的敌人都来进攻"扫荡"，就不让我分区司令部存在。终年的"扫荡"，连"扫荡"了三年。敌人企图把我分区赶回平西，我就不走。而是（只）有悲观失望的人，必须（才会）把分区司令部放回平西不行。怎样处理：一、要他（赤城党史办）重写；二、重写是合情合理的要求。不能歪曲历史，必须给姬有铭平反。

以上（是）我的意见，请考虑为盼！^②

覃国翰

1983.2.18

调研组将这封信转给赤城县党史办，赤城党史 B54·52 号卷宗中有说明："覃司令员通过平北战史编辑部转给我们一信。指出我们有左的思想束缚，没有实事求是地对姬永明作出评价。"

在段苏权、覃国翰、钟辉琨、曾威等人的关怀督促下，中共怀来县委责成由县党史办牵头，法院和公安局参加，于 1987 年 5 月组成姬永明案联合调查组。调查组克服重重困难，爬山越岭走街串户，先后赴北京延庆，内蒙古宝昌，河北赤城、万全、怀安、阳原等市县和乡镇，走访

---

① 应为第十二军分区，即平北军分区。

② 信件转引自蒲润洲：《解读历史档案中的一封将军信》，《档案天地》2015 年第 2 期。括号内的文字为蒲润洲所加。

七十多位知情人，查阅大量档案卷宗，取证八十余件，对原判定姬永明的四条主罪给予甄别：

一、关于赵凯、高保全、郭龙儿子死亡问题。原判认定是姬永明在1947年杀害。经查，以上三人系赵秉文、陈继政、张继先、罗长瑞、郭振成所杀，与姬永明无关。

二、关于特务问题。原判认定，1947年12月，姬永明在沙城充任伪国防部六七○六部孙文良部下情报组长。经查，该情报组组长或成员均无姬永明的名字。

三、关于打入我军内部问题。原判认定，姬永明在1938年后打入我军内部，勾结反动派，搜集我军情报等。对这个问题，原平北地委书记、军分区政委段苏权、军分区司令员覃国翰、军分区政治部主任曾威、原龙延怀县游击大队政委王启刚等人均出具了证明，证明姬永明没有上述罪行。

四、关于"扫荡"、抢劫、勒索等问题。原判认定，1947年6月间，姬永明组织土匪"金刚队"经常"扫荡"、抢劫、勒索群众财物。经查，上述罪行均系赵秉文、卢德贵、陈继政所为，与姬永明无关。

1987年9月5日，经怀来县人民法院审判委员会研究，先后三次报河北省高级人民法院审批，省高院连续退查三次，就一些细节提出质疑。调查组又逐个调查，一一作答。后经河北省高级人民法院审核批复，此案终于结案。

怀来县人民法院1989年1月17日刑事再审判决书称：原判认定姬永明反革命杀人罪的事实失实。原判姬永明死刑属错案，应予纠正。并撤销怀来县1950年8月10日（五十）法刑字第五十六号刑事判决书，宣告原审被告姬永明无罪。至此，沉冤三十九年的姬永明反革命杀人一案，终于得以平反昭雪！

除了姬永明，在平北抗日根据地开创阶段，旧军人阎福田、张华亭，纪宁堡富户李恩，白塔村地主兼天主教会会长岳国良，都曾带头武装抗日，将"伙会"武装交给抗日民主政府，并利用广泛的人脉，劝降伪军和伪职人员，或公开反正，或暗中替我抗日组织办事。

抗日民主政权建立后，这些真心抗日的爱国人士，有的当了县参议或议长，有的当了平北地区参议、军分区高级参议，姬永明和张华亭还出席了晋察冀边区召开的第一届参议会。这五位著名的统战人物，除阎福田牺牲外，其余全部在抗战胜利后被抓捕杀害。

张华亭是延庆后吕庄村人，有文化，曾在宋哲元的二十九军当过兵，参加过热西抗战。1938年在日伪软硬兼施下，当了伪自卫队长，第四纵队东进时，张华亭与四纵民运干部刘国梁、史克宁取得联系，不久，延庆县城有三个穷凶极恶的日本宪兵突然失踪，有特务举报张华亭行踪可疑，遂被打入大牢，在怀来蹲监狱一年有余，家属也吃了挂落，不得不四处逃离。

1940年八路军第三次进平北，张华亭通过史克宁介绍，参加抗日工作，联络上层人士，还组织了武装，有十几个人，两杆枪，杂以长矛大刀。1941年春，队伍发展到七十多人，五十多支枪，被钟辉琨任命为昌延县游击大队七中队，派通讯参谋王亚夫任指导员，活跃在柳沟、井庄、司家营、十三陵一带。张华亭积极抗日，其妻因而被日军抓进大牢，活活挑死在狱中。

1941年冬，张华亭当选为平北军分区参议员，重点做伪军和地方上层人士工作。张华亭为人有胆有谋，人缘好，也善言词，延庆白草洼大据点六十多个伪军，被张华亭说动，全数缴械投降。

1945年9月，八路军解放永宁，警备队长张风元带残敌逃往南山，县委书记葛震派张华亭当说客，再次成功说服企图为匪的伪军接受改编。同年深秋，张华亭奉命到上黄旗收编伪满军余孽，大队长李二麻子和队副张富元率五百多骑兵，盘踞在丰宁大滩的滦河岸边，这伙人仗着枪法好、地形熟，为祸一方，张华亭只身前往，讲明利害，不久将其改编为保安团，张福元当团长，张华亭为副团长，共产党员杨超儒担任政委。

1946年6月，国民党军队向解放区大举进攻，张华亭调任地方工作，有人向组织反映，说张华亭参与反动地主武装的活动。张华亭由新保安返回延庆途中，被平北公安处抓捕后押往张家口。不久张家口失守，没有调查落实，便将张华亭在涿鹿处决，时年四十三岁。

1982年，在征集党史资料过程中，段苏权、陆平、詹大南、钟辉琨联名上书，证明"张华亭同志参加抗日战争，在开辟、坚持、巩固胜利的平北抗日根据地的斗争中，他做出了贡献。在延庆是富有威望、很有影响的上层人物，他在统一战线，瓦解、争取伪军、伪组织工作中起了重要作用""同我们共同生活、作战，对日伪斗争即使在最艰难的岁月里，都是坚定的。为人正直豪爽，艰苦朴素，从不损害群众利益……同我党我军合作，执行党的方针政策，没有发生过对我党我军不利的言行。事实上，是我们可靠的同盟者和亲密的朋友。"

中共北京市委组织部，根据老同志的证明材料重新展开调查，并于1984年9月18日作出《关于张华亭同志被错杀问题的平反意见》，指出"张华亭同志在历史上曾为我军做了有益工作，并在混乱情况下被我错杀，应为张华亭同志在政治上平反，因张华亭的问题而受株连的家属、亲友一并恢复名誉，消除影响。"

据延庆党史资料记载："张华亭有一子张桂林，在旧县砖厂当工人，其妻在家务农。张华亭两个孙女已由政府安排工作，其孙已中学毕业。原平北军分区和原十团领导段苏权、钟辉琨、王亢、曾威等同志来延庆时，曾多次到后吕庄看望张华亭的后人，勉励他们努力工作，为'四化'多作贡献，以告慰九泉下的先人。"

更令段苏权、覃国翰等人痛心的，是前文提到过的，他们在海陀山朝夕相处五年的房东、与八路军水乳交融的白文礼一家三口，于1947年以通敌罪名错杀，其子白留锁 1948 年被"镇压"时，只有十五岁。

张炳直在《难忘的岁月》中写道："南碾沟、海沟、五间房和石板沟是一个行政村，叫海沟村。往北隔道山梁，与赤城县的鸭地、纪宁堡相邻，往南是杨树河、五里坡，附近还有小山沟，住一二户人家，如杏树沟、老庙地、丁香花沟等。有人说南碾沟就一家人叫白老四，这说法不对，当时南碾沟有六七户人家，五个姓（晏马白何辛），最上边一家是白老四（白文典），下边晏马何辛诸家也属南碾沟，警卫连和电台及少数机关工作人员住在这里。其实石板沟也不只一家，除了白老五（白文礼）还有陈家。北碾沟那里只一家，主人姓张，41 年秋天日伪军'扫荡'时，全家人被杀害，房子被烧光，从此没有人住了……南碾沟、纪宁堡、鸭地，曾是平北军分区司令部、地委、专署领导机关所在地，苏梅、段苏权、程世才、覃国翰以及詹大南、陆平、吴涛、陶汉章、钟辉琨等人，曾先后在南碾沟住过。南碾沟、石板沟的几户人家，都是我们的好房东，为了抗日，贡献了一切。房子被日伪军烧光了，而且不只一次，仅 42 年一年就烧了四次，烧了再盖，原地不好盖了，就分散在避风向阳的小山沟搭马架子窝棚，他们毫无怨言。敌人来'扫荡'，机关部队转移，笨重的家什都交给房东坚壁，有时机关也自己藏家什，清野清室，房东都给看管，不会丢失。"

1992 年 11 月 16 日，段苏权的生命已经所余不多，终于等来了《关于为白文礼同志一家三口被错杀的平反决定》，文件称"40 年至 45 年春，白文礼家是平北司令部政治处的房东，当时平北地委书记段苏权、司令员詹大南、地委副书记陆平等领导同志曾先后在他家住过，军民关系一直很好，历史证明，白文礼同志在抗日战争时期为革命事业作出过贡献……47 年 6 月，白文礼同志以通敌为由被我县'镇压'。由于受株连，其妻白韩氏同年 7 月被'镇压'，其子白留锁于 48 年春被'镇压'，年仅十五岁。当年在平北根据地工作的许多老同志对白文礼被'镇压'尚未平反一事甚为关心，并为白文礼同志平反工作提供了重要的历史表现和调查线索，调查结果证实，白文礼同志并没有通敌，一家三口被'镇压'，实属错案"。

延庆县委、县政府将通知用红头文件的形式，派专人送到段苏权手中。段苏权看了，许久沉默不语，往事一桩桩、一件件又浮现在脑海里。

在段苏权的一生中，最感隐痛的，是许多的战友、部属、父老乡亲，没有死在枪林弹雨的战场，没有死在敌人的屠刀下，却被以莫须有的罪名，被"自己人"刑讯逼供而死，有的人就因为不肯牵连别人，不得不付出生命的代价。有的人在全民族生死存亡的时刻，义无反顾抛家舍业，响应中国共产党的号召，投身到抗日救国的伟大事业，成为共产党肝胆相照的挚友、八路军风雨同舟的盟军，但在阶级斗争上升为主要矛盾时，许多人未经审讯，没有确凿证据，就被冤杀、错杀。

中国共产党经过百年艰苦卓绝的历程，突破数不清的急流险滩，战胜了国内外一切貌似强大的敌人，同时也克服着自身的幼稚和懵懂。杀掉的头，安不回去，唯有客观公正地看待历史，在错误和挫折中吸取教训，站在最广大人民群众一边，坚持全心全意为人民服务，才能阔步向前。

第五章 《挺进》高歌

暗战记

鬼子烧山并大村，逼我军民两离分。

夜闹大村枪一响，老乡回转旧山林。

——刘力生《反"无人区"斗争·1942 年》

聂荣臻 1930 年 5 月来到上海，进入中央特科工作。所谓特科，就是中央特别行动科，下设总务、情报、保卫三个部门，主要任务是情报搜集和保卫中央领导安全。正是有此经历，聂荣臻成为"十大元帅"中唯一具有"特工"工作经验的元帅，他曾说："情报工作抵得上十万兵！"

隐蔽战线是对敌斗争的重要一环，须臾不能放松。平北根据地的开拓和巩固，依靠一批又一批置之死地而后生的八路军指战员和地方干部，同时，隐蔽战线的无声付出，也是重要的一环。

1941 年年底，八路军前方总司令部（简称"前总"）情报处成立，处长由八路军副总参谋长左权兼任。

1942 年，左权牺牲，由八路军"前总"参谋长滕代远接任情报处处长。汲取日军偷袭"前总"的教训，滕代远提出"前总"情报处主要任务是：

1. 搜集敌伪、国民党的军政情报，调查研究其动向，了解各有关方面的具体情况。

2.组织部队人员，查明敌伪部队番号、兵种、武器、行动企图、作战地域、地形地貌等。

上述任务结果为供给八路军党、政、军领导的决策提供了依据。

八路军及中共中央北方分局的情报保卫机构的工作方针是"主动出击，把潜伏工作统筹安排，挑精兵强将打入日伪军核心部门"。挑选政治上绝对可靠、敌区有家庭和社会关系、方便展开工作的人员，向北平等敌区秘密派遣。

百团大战后，日本华北方面军加强了情报系统和情报收集，在几个月内汇集整理了关于中共区党委以上至中央局、华北抗日根据地县以上、八路军团以上的组织系统和负责人名单，很少阙漏及差错，以此制订以灭共为目标的"三年治安肃正计划"。

日本的情报系统十分庞大，特务机关第一课是掌握来自第一线兵团的作战情报，第二课是特种机关所提供的特别情报、谍报，第四课则负责政治情报，以及宪兵队系统的治安情报。一向以精于情报搜集著称的日本关东军司令部调查科，却遭遇困惑，在1941年6月末刊发的《匪徒扰乱治安情况统计表》，写满冀热察挺进军按月统计的武器装备及连以上干部名册，唯有平北军分区一栏，仅有"司令段苏权、参谋郭某"。情报不外乎出自汉奸、特务、叛徒或被俘者，当时平北军分区领导机关拢共十几个人，一个作战参谋郭远则（后任十团参谋长），一个侦察参谋秦川，除奸科长朱静轩，敌工科长徐辉，电台台长李宗堂，译电员赵光明，管理员任和、陈树梅等。

对此"情报盲点"，关东军统计表注曰：1.有关平北分区之组成及指挥系统尚有许多疑点；2.兵力约一千。

日军的盲点，正是八路军的机会。1942年春天，中共中央北方分局决定从分局社会部抽调人员，设立平北情报联络站，负责战略情报的收集工作，以任远为首，初期成员有江涛、李淑仪①，以后又有苏毅然、朱世昌、康士杰等人来平北开展情报收集。

段苏权接到的是书面指示，此时他正在平西军分区司令部参加挺进军撤销番号的收尾工作，于1月下旬返回平北，立即着手传达和布置分局与军区的指示，对情报联络站作了妥善安置，并亲自将李淑仪带到龙崇赤联合县，交代当地军政部门，大力支持其开展蒙疆地区的情报工作。"龙崇赤地区接近蒙疆，首都张家口，坝上市镇、张北县城和日本帝国主义称为国际第二防线的狼窝沟永久性工程等地，是我们开展战略情报工作的重要战场。"②

中共情报系统是在血火中成长起来的，斗争经验极为丰富。同样，由于历史的原因，也经历过惨痛的教训。抗战时期，中共情报领导层汲取了土地革命战争时期保卫工作的经验和教训，且不断丰富和发展，因时制宜采取了"异地领导、分头派遣、单线联系"的领导方式和组织形式。

江涛回忆说："42年春，我在北方局社会部平北情报联络站工作，任务是以南山昌延县为根据地，开辟关沟铁路的情报收集工作，然后沿铁路向西推进……我通过地下党员王茂林，发展其亲戚、青龙桥车站搬运工王桂林做车站地下情报员，让其子王振川当助手（当时十八岁，念过几天书），按期将铁路上的敌军及其物资调运情况较准确地汇报给我，我再送交平北司令部段政委，由平北电台报北方局"。"42年秋后，我站主要负责人任远调冀东，让我负责全站工作。我在平北的直接领导是军分区政委兼地委书记段苏权，为了加强我站工作，他把北方局党校毕业来平北的王英分配我站，又把司令部警卫连战士张凤山（南山沙塘沟人）调配给我，还从十团给我选了一支马牌小手枪。我把王英安排在龙延怀

---

① 李淑仪化名乔才，后任昌延县社会部长兼公安科长，原北京工业学院党委书记。

② 李淑仪：《回忆平北情报站开辟工作情况》，载中共北京市委党史研究室编《北京地区抗日运动史料汇编》（第四辑），中国文史出版社，2000。

县一区，掌握怀来敌伪关系和保证通过北辛堡刘医生继续供应我军炸药原料。把我原来的交通小田安排在南山，收集关沟一带关系送来的情报，然后报送段政委，把战士小张留在身边。43 年春苏毅然来接替我，负责全站工作。"[1]

1944 年平北地分委先后派出城工部马信和敌工部苏毅然，携一部电台，赴龙崇宣联合县，为军分区和晋察冀军区收集张家口、宣化等处战略情报，为即将到来的大反攻创造条件。

1942 年，段苏权回到海陀山不久，2 月初就有情报传来，在 1 月严冬到来之际，苏军在莫斯科、列宁格勒会战中，已经由战略防御转入局部的战役进攻。段苏权在对丰滦密地区工作的指示中，给当地领导马力、胡毅、沈爽写道："最近军委电称日本于今春有犯苏的可能，不久前日本有五十个师团到七十个师团调往东北，更有一部分队伍调往张家口，这都证明了这一点。更据最新的消息，日本在外蒙草原已与苏联冲突五天（此消息尚未接到中央通知，是从军事广播电台所听来的，故暂告你们，但不要作为依据）。"

"丰滦密是必须坚持的一块地区，哪怕是剩下一个村庄、一个山头也要坚持到最后胜利"。"不要期望在热河建立一块根据地（不是不要热河，而是在目前没有这种条件），目前丰滦密的环境不是一个大量发展的时机，也不是一个攻势的时机，应该是暂时保存力量的时机……不要仍旧固守在挨打的地方，应该向平原发展，就是以十区为基础，沿潮河以西向南向西南发展，东与冀东并肩，西与滦昌怀为邻……但不要了解为不要丰滦密现有的中心，恰恰相反，这正是解中心之围，因为在目前不跳到外围去开辟，不但时间浪费，并且中心区也坚持不好。"

段苏权似有预感，忧心忡忡地说："最近你们的干部牺牲的太多了，

---

[1]　见江涛：《开辟关沟的前前后后》

这样下去相当危险。今天能够保存一个干部、一个地方同志，就是将来多十分百分力量，区村干部必须做到随着部队行动。"①

段苏权2月末的这封信，本来是对形势的正确判断和及时的提醒，可惜未引起丰滦密县委和十团的充分警觉。

1942年年初，县长沈爽和十团团长王亢选定密云西部黄花顶山中一个盆地，作为县政府办公和伤病员隐蔽休养的地方，这个盆地中有个水坑，当地称为臭水坑。黄花顶海拔一千二百一十米，北距云蒙山仅二十里，沈爽和王亢选择此地，因为东、西、北三面环山，满山遍野都是树林和齐人高的杂草，到处是沟坎和石崖，既偏僻又隐蔽，有百十号人便长期驻扎于此，还盖了几间茅屋。

平北地区四面受敌，每年有四分之三的时间都处在敌人的"扫荡"和偷袭之中，一般在一个地方，住宿都不得超过三天，甚至有的地方一夜转移数回。这个驻地，果然被敌方侦知。

1942年4月8日凌晨，由第五宪兵团特高课长樽沼元雄策划，伪满军第五旅三十四团纠集千余人，乘汽车集中到琉璃庙据点，大水峪据点的伪满军也从南面协助包抄，由叛徒交通员王郎子（非真名）带路，从四面偷袭臭水坑，恰巧赶上王亢率五个排人马外出打伏击，驻地仅有一个排不到三十人，只能临时指定保卫股长邱阜负责军事指挥。

这场战斗持续到下午3时，县长沈爽宁死不当俘虏，饮弹自戕，同时牺牲的还有十团供给处长乔宇、卫生处长郭廷章、六连副指导员沈奎等三十人，受伤八人，县财粮科长李昨非等四十五人被捕，电台也被敌人掠去。

沈爽是吉林双城人，吉林师范毕业，"九一八"事变后在家乡组织抗日自卫军，次年加入中国共产党。1940年调平北地委做敌工工作，1941

---

① 该文件现存国防大学档案馆，载中共北京市委党史研究室编《北京地区抗日运动史料汇编》（第四辑），中国文史出版社，2000。

年 11 月调任丰滦密联合县县长。乔宇是吉林敦化人,郭廷章也是吉林人,三人都是东北的流亡学生。

臭水坑惨案,是平北建设抗日民主政权以来遭受的最大损失,丰滦密地区很长时间没有恢复元气。1944 年 5 月,在臭水坑建立纪念碑,正面书"卫国爱民"四个大字,背面是时任县长倪蔚庭、县委书记胡毅和区队长师军署名的碑文。

1942 年,为遏制敌人猖狂的威逼利诱活动,平北地委抓住典型事例,在昌延县公开审理并枪毙"说降客"张泰,6 月 19 日专门下发《为张泰事件展开反敌诱降阴谋运动的通知》,开展了轰轰烈烈的反特锄奸工作。

面对这种情况,日伪不得不抽调骨干,重组精干的特务机构,由吉林宪兵训练处派来佐佐木上尉,承德第五宪兵团派来长谷川上尉,沈阳第一宪兵团派来小祝上尉,共计四十余人,新编成西南地区特务宪兵队,直接受第五军管区司令官指挥,1942 年 7 月 27 日正式编成,主要任务是"搜集情报,侦察地下组织,和满军部队共同进行讨伐","切断冀东、察南地区与热河之间的经济、交通"。

"佐佐木(登士光)工作队,本部设在大滩,向平定堡、独石口、小厂等地派遣士兵,主要刺探中共军的北上企图,搜集赤城县北部八路军的情报;小祝(次男)工作队本部设赤城县城,向龙门所、茨儿营、白草、东卯、千家店派遣士兵,主要搜集长城沿线八路军情报,侦察地下组织网;长谷川(左近)工作队,本部设在永宁,在大庄户、四海冶、渤海所、大水峪、汤河口等地配置士兵,主要搜集长城以南地区八路军情报,侦察中共地下组织"。"43 年 1 月下旬,根据军事部大臣的命令,又接受了从吉林宪兵训练处增派宪兵军官等一百二十名。"[①]

日伪情报部门盘算得好,但是随着抗日根据地的巩固,并未再造成

---

① 见河北省隆化县老区建设促进会:《日伪统治下的隆化·桥本岬笔供》,内部发行,2014。

更大的威胁，反而被我方发展出很多情报"内线"。

战争年代传送情报和信件是一项紧迫而艰巨的工作。有些情报、信件送不出去时，就把任务交给根据地的儿童团，利用孩子人小、机灵、敌人不注意的特点，往往能够更好地完成任务。

根据不同的紧急情况，有不同的标志和不同的送信方法。没有信封，大多是叠个三角形。信里装根火柴，即火速转交；若是装根鸡毛，就表示特快特急。信不能大明大摆拿着，多是缝在衣服里，或是搁在粪筐里，或是赶着一头驴，把信放在驴鞍子里……孩子们利用上山打柴、割草放牧、玩耍的机会巧妙地把情报和信件送出去。

1945年，延庆城的"内线"人员得到紧急情报，说敌人已经出发到耿家营和大纸坊屯村"讨伐"，当时两个村都住着八路军和区干部，必须火速通知他们转移。耿家营村的儿童团长赵彤廷，把这封鸡毛信放在粪筐里，信上盖点草，从碾道弄些驴粪放在草上，穿着带补丁的衣服，赤着脚，快速地向大纸坊屯跑去。刚走到小南河湾这个地方，敌人大部队人马就到跟前，可巧眼前路边上有驴粪，他立即用手往筐里拣。

一个敌人过来问他："那么脏，拣它干吗？"赵彤廷一边捡着粪一边回答说："我爹说，多施粪倭瓜才能长大个。"敌人听了觉得是实话，就没有介意。等敌人走过，他撒腿就从另一个方向往大纸坊屯跑，把信及时送给区长晏凤，抗日干部马上转移，敌人扑了个空。

1945年5月12日晚9时，冀察军区发动的察南战役正式开锣登场，此役主旨在于使冀察、冀晋新解放地区连接起来，控制察南、察西，开辟察北和热西，因而主战场在冀西怀安、涞源、广灵一线，有六个团和部分县游击支队投入战斗。当时交给第十二军分区（平北军分区）的任务是"派兵力对张家口、宣化进行活动，但必须取得牵制作用"，为此段苏权和詹大南、钟辉琨率平北主力，向龙关、赤城、崇礼外围据点发起攻击，攻克和逼退鸡鸣驿、大小囫囵、太子城、浩门岭、狮子沟、雕鹗堡等二十几个重要据点。

6月5日，《热西战役任务部署》下达，命令"采用多数武工队从多方面逐步推进，十团一部正面配合"，"十团主力应用于开辟昌平、顺义、怀柔、密云之平原地区"；四十团"仍对赤城、样田、后城线活动，长期逼困某些据点，同时掩护此次已扩大之龙关、崇礼等县大块解放区，另组一支队开辟张北广大地区"；同时着令十一分区四十四团"全部于6月15日左右进入平北中心区，接替四十团之任务"。

6月29日，段苏权和詹大南决定攻打塞外重镇崇礼县城。这个决定，正是得益于隐蔽战线传来的情报。

崇礼地处大马群山（属阴山山脉）支系与燕山余脉交接地带，东沟、正沟、西沟、前沟四条大沟纵横全境，四千七百二十五条支沟错落其间，境内有山峰两千三百七十一座，山体面积占全县面积的百分之九十二点五。

崇礼县东部、南部以北魏长城划界，为少数民族杂居之地，是古代从未建制的深山区，1934年5月，才有了崇礼设治局之名。察南战役开始前，平北部队即向崇礼周围各据点提前展开攻势：

攻打崇礼县城西湾子，事先进行了周密准备，早在开春，分别在西湾子日伪人员中建立了互不联系的两条内线，一条是龙崇宣联合县委和公安科掌握的田芳（王明儒）和朱玉山，一条是派遣进去的刘子明和被他争取的伪警察刘新芝。

田芳是河北满城人，原为西沟区委书记，朱玉山原是第四纵队三十四大队班长，后任龙崇赤县大队三中队长，俩人都是被捕后编造假口供，蒙混过关。田芳因有文化分配到警察署搞内勤，朱玉山被编到特务班搞侦察，他们始终与崇礼县公安科长刘勋和组织部长胡子奇保持联系，是强有力的内应。西湾子有三个步兵中队、一个骑兵中队，经过教育争取，他们掌握了除一中队长于福和以外的大部分骨干，并在班长、战士中发展了内线。为了较好的隐蔽，两条内线关系是分别由部队和地方各自掌握的。地方上由崇礼县公安科科长刘勋、专署公安科科长葛启掌握；部队上由军分区司令部侦察参谋王国瑞负责。

6月中旬，田、朱二人传出秘密情报，大意是"随着整个战局发展，崇礼城内空虚，人心惊慌。内线人员力量有所发展，约有十个人可以随时调转枪口，新建的伪军三中队基本为我控制。援助县城的日军小分队三十余人即将离城北去，建议我军立即采取行动，解放崇礼城！"

刘勋接报后，立即向军分区政委段苏权汇报。

覃国翰于1945年前往中央党校学习，军分区司令员由詹大南接任，钟辉琨任副司令员。段苏权对大家说："如果情况属实，确实是一个很好的机会。"

詹大南说："考虑到崇礼县城是张家口的外围据点，又是张家口东北边的屏障，攻克它不是轻而易举的事。不能有侥幸心理，必须设想到各种可能发生的事情，做好足够准备，以防万一。"

"不错，我同意司令员的看法。这是一次需要集中使用我平北分区部分主力、关系成败的重大军事行为，要慎重从事。"钟辉琨说："应该立即指派地方和部队有关部门，分头设法了解崇礼县城敌伪的情况，同时组织部队进行战斗准备。"

经过十来天的努力，汇集了各方面了解的情况。证明内线情报属实，定下了采取军事行动收复崇礼城的决心，段苏权作出决定："将原来两条内线关系统一起来，协同一致行动，均委任田芳掌握。同时，由钟辉琨同志率四十团先行进到大、小口子和砖楼一带，进一步查明敌情，并与当地党政领导共同筹划和准备工程事宜。"

钟辉琨和崇礼县委书记王一心、县长王煜文、县委组织部长胡子奇，根据掌握的敌情进行了分析，大家一致认为："时机不能放过。"6月27日，钟辉琨发回电报："内线均无变化，建议按原计划行动。"

6月29日，段苏权和詹大南率十团和军分区特务连奔赴太子城、砖楼一带与四十团会合，冀察军区政委兼政治部主任刘道生、参谋长易耀彩也亲临前线指挥战斗。

崇礼城内驻有日本指挥官五名，伪警察大队三个中队和一个特务队，共有兵力四百余人。这时候的敌人已是惊弓之鸟，只要战斗一打响，敌人必然要从张家口、张北或宣化、赤城等地迅速调兵增援。特别是张家口距此很近，且有公路联通，敌人闻讯之后定会使用机动车辆沿公路增援，因此军分区决定使用较大的兵力向张家口方向担任阻援任务。

十团团长这时已经由李荣顺继任。1944 年夏，团长王亢到晋察冀军区党校学习。11 月，李荣顺任副团长兼参谋长。1945 年 3 月，王亢调任平北军分区参谋长兼热西支队司令员，李荣顺成为十团第三任团长。

李荣顺生于 1917 年，是湖北省荆门县桥头村人，幼时家境贫寒，八岁给地主放牛，十四岁到一家工厂当学徒工，刚十六岁就参加了工农红军，在湘鄂西的第二军团第六师第十八团当战士。1935 年初加入中国共产党，1935 年 9 月，李荣顺随部队参加了长征，在一次反围剿的战斗中，他负了伤，可仍坚持行军打仗，胜利到达陕北。

1938 年第四纵队挺进平北时，李荣顺在第四纵队第三十一大队任特派员，参加了沙峪战斗。

1941 年到 1943 年间，李荣顺先后担任警卫大队政委和龙赤区区队长。在开辟平北的斗争中，带领广大军民多次粉碎了日伪军的"扫荡"和进攻。

这次解放崇礼的战斗，以十团团长李荣顺、政委吴迪和崇礼县支队支队长刘义荣、崇礼县委书记王一心为攻城部队；四十团由团长赖富[①]、政委刘国辅、参谋长杨森、政治处主任陈昶率领，布防在榆树林、三道

---

① 赖富（1913—1991），福建永定人，1936 年，加入中国共产党。经历长征。抗日战争时期，曾任晋察冀军区四十团团长、察蒙支队支队长等职。新中国成立后，曾任华北军区装甲兵参谋长、北京军区装甲兵参谋长等职。1955 年，被授予大校军衔。

河一带，破坏电话线和公路，担任阻击张家口增援敌人的任务。骑兵支队长吴广义、政委方城率领本支队，布防在东沟门到大夹道沟一带，以防御来自张北、狼窝沟方向的援兵。

战场情况瞬息万变，6月29日，崇礼城内敌情发生了意外的变化，由张家口突然来了一支两百余人的日军"讨伐队"。这个意外的情况给攻打崇礼城带来了极大的困难，这不仅因为日军的战斗力远比伪军强，在日军的督战下，伪军也将拼死的抵抗，而且当时八路军弹药奇缺，不可能进行一次持久的攻坚战，特别是战斗不能速战速决，援军一到，很难实现战略目的。此时"内线"人员更为焦急，情报送不出，日军又不走，眼看一切安排已经就绪，攻城的日期迫近怎么办？

内线人员李荣贵来找田芳："得想办法把敌人调走。"

李荣贵急急忙忙跑去向日军军官报告："八路军有几千人在威远门一带杀猪宰羊，大吃大喝，准备担架、城梯，据说要打大囫囵、张北城呢。"

日军军官半信半疑，命令再派人核实。不久，在内线人员安排下，西湾子的甲公所来人报告，确有其事，再加上北面骑兵支队的活动，终于使敌人上了当。

6月30日黄昏，八路军主力部队向崇礼县城出发了。当部队进抵距县城仅十二里的三道营子、马丈子一带时，天气突变，大雨如注，山上的水流一时猛涨起来，部队无法涉水过河，被迫停止前进。在距离城几公里这样一条小小的山沟里停驻，这样多的人马，稍有不慎会很快暴露目标。紧要关头，地方党组织有力配合大部队。迅速动员了大批党员干部和可靠的民兵与部队一起，严密封锁了全部通往崇礼的道路，过往行人许进不许出。

几位负责人脑子里都盘旋着一个难以解决的重大问题：面临如此情况，是打还是撤？很明显，不打，很可能错过良好的机会，时不再来，特别是全部内线关系有可能暴露；但如果等雨停水退后按原计划行动，又有可能因时间耽误久了，意图暴露，敌人增加防范，迅速增援，就达不到"里应外合，出敌不意，突然袭击"的目的了。最后决定还是等待雨停水退，查明情况再做决定。

大雨下了整整一夜，部队只得在三道营子、马丈子这条沟里原地宿营。第二天，天虽放晴，但部队不宜在白天行动，必须更加严密的封锁消息，同时派出侦察员等候内线送来最新情报。

大约晚上9点半，派在沟口的侦察员迎到了内线派来的联络人员："虽然大军迫近，但未泄露消息，敌人没有察觉，情况也没有变化。"段苏权认为，虽延误一天，但按原计划还是有把握的，于是命令部队当即行动。当大部队抵达距崇礼城八里的时候，内线朱玉山领着另外几个人前来接应部队。

攻城突击队由十团担任，二连长李凤仪任队长，朱玉山在前当向导，指挥部紧随大部队之后。由于事前已做了周密的部署，城内各哨卡已调换为"内线"人员，伪县公署周遭四个炮楼由三中队接防。三中队大部分是新兵，队长路生兆和刘永棠已被我方策反。内线人员情况熟悉，处处接应，在敌人毫无察觉的情况下，顺利地通过了岗哨，迅速接近了东门。

将近半夜12点，伪警机要人员接到张家口蒙疆司令部急电，要求迅速查清西湾子周围八路军动向，译电员出门即被我内线人员控制。时针指到12点，路生兆将顶门石移开，火速打开东大门，刘子明控制西南角炮楼，刘新芝控制南门头上的炮楼，同时用机枪封锁警察住宿处的大门。

主力部队兵分三路冲入崇礼伪县公署大围子，一时间，枪声喊杀声响成一片。伪军们惊慌失措，还没来得及做抵抗就被缴了械，准备潜逃的首席指挥官兼县长渡边被战士活捉。

紧靠县公署后面的北山上，有个大碉堡，里面有二十多个伪军，一挺重机枪，两挺轻机枪和三十多支步枪。他们发现电话不通，又不清楚外面的情况，吓得不敢出来，派人打白旗出来要求停火，等天一亮就出来投降。很明显，这是在要花招，主力部队调整部署增强了兵力，决心歼灭北山的顽敌。

北山碉堡是敌人俯视崇礼县城的一个制高点，它居高临下，可以直接以火力控制全城，这伙敌人妄图凭借据点，拖延时间等待援军。没想到被十团副参谋长周德礼和连长李占远率领战士，一鼓作气端了下来，取得了解放崇礼县城的全胜。

此役击毙日伪军三十余人，俘虏两百多人，缴获机、步枪三百余支，电台两部，子弹数万发，伪币一百一十四万元，攻城部队伤亡二十余人。此外，从敌伪仓库里还缴获了大量粮食，棉花和布匹，为日后的大反攻补充了装备、辎重。

根据老百姓强烈要求，将伪警署长刘振东、巡官苏茂青、警长石旺、特务队长宋子玉等十名罪大恶极的汉奸公审后处决。

里应外合光复崇礼城，不仅是军事的胜利，也是一次"暗战"的成功，隐蔽战线居功甚伟。

"治好一个伤员等于扩充五个新兵"

一

村舍烧光剩荒山，风雪夜营天地宽。

若问伤员与病号，土窑山草不知寒。

二

雪花如毛风如刀，残垣断壁歌如潮。

山柴火映胸中火，敢将悍虏顽奸烧。

——刘力生《荒山夜营二首·1942年》

252

聂荣臻在回忆录里曾说："长征的时候，一路转战，我们始终没有个落脚的地方，大批的伤病员无处安置，红军是吃尽了苦头的。"

平北军分区的医疗卫生工作，是平北抗日斗争中重要的组成部分。卫生队和休养所凭借海陀山山高、沟深、林密的自然条件，克服重重困难，一次又一次地粉碎了日伪围剿的阴谋。在恶劣的环境中，医护人员想尽各种办法，用精湛的医术，医治伤员，让他们不断康复归队，为抗战胜利保驾护航。

段苏权在1982年赤城县党史资料征集座谈会上，做了《开辟平北抗日根据地的十条经验》的发言，其中有一条是"全力保护干部和部队骨干"，"部队流动性大，平时干部和伤员常常就地寄存。我们的医院在大海陀里面，敌人经常搜山，我们的伤病员，就按照名单自己组织在山里转，又打游击又治伤，当时魏元君是黑龙潭医院的指导员，也是靠人民的支持才坚持下来……有的群众为使我们的干部战士得以脱险，遭到敌人毒打，甚至付出了宝贵的生命，这一点，我们是永远忘不了的。"[1]

段苏权所说的魏元君，原为七团二营八连的副指导员，1940年6月下旬，随七团挺进平北，以下即是魏元君的回忆片段：

"1940年初夏，我七团二营驻扎在平西东南地区，我当时任八连副指导员。此时正值麦收季节。为了保护即将收获的粮食，我部全力以武装护收。这时，挺进军司令部下达命令，指示我们迅速准备粮草、弹药，第二次挺进平北。萧司令员动员以后，宣布了命令，段苏权任平北军分区政治部主任，率领我们挺进平北。在佛峪口附近，我们与敌人交了火，整个战斗持续半天多时间……到大海陀后一整理，伤员总共三十四个，人人需要休养护理，咋办呢？部队在朱家沟，决定把他们交给十七岁的共产党员刘乐彬，我们二营随段主任出了长城，进入了满洲国。大部队

---

[1] 段苏权：《开辟平北抗日根据地的十条经验》，载平北抗日斗争史调研组编：《巍巍海坨山——平北人民抗日斗争纪实（一）》，内部发行，1989。

走后，小刘首先想到地方政府，蔡平县长听说了，带领伤病员找山沟、转住户，做了分散安置，小刘一人操持三十多人的医疗、食宿，干得相当出色。不久他们又和一支队沟通联系，陈友才带五个卫生员来到海陀山下，建立了平北第一个卫生机关，以后七团二营撤回平西，这部分伤病员就归一支队管理。"①

魏元君随部队挺进丰宁、滦平一带，途中负了重伤，屁股上有子弹，腿上也穿了眼，一步也走不动。在大石窑沟口，碰到段苏权派来的警卫二连，连长让他到海陀山的南碾沟去找七二。

魏元君很奇怪，他不知道七二是谁。被抬到南碾沟才知道，七二是地委书记苏梅的代号，段苏权代号是七一。段苏权说，我们现在有卫生所了，在团家沟和黑龙潭，你们可以安心疗养，以后仗打得再残酷也不会把你们丢了，一是咱有了龙赤根据地，二是有了自己的卫生机构，三是在北边打了胜仗，缴获了不少东西。

1940年底，活动在丰滦密的十团和活动在赤城地区的平北游击支队都建立了自己的卫生队和后方休养所。休养所先后由张友台、谭文亮、赵淤培等同志任所长。以大海陀山的三官庙、黑龙潭、瓦窑沟、大南沟、团家沟、石佛寺一带为主要活动地区。

魏元君到龙门口团家沟住下，苏梅和段苏权也来了，两人说，你因伤住院，不过要边治病边工作，你当卫生所的指导员吧！魏元君说："好吧，不过我重伤在身恐怕当不好。"段苏权说："那没关系，召集个会议，讲个什么事，你让他们跑去，你组织一下，全面照顾一下就可以了。"这样魏元君就留在了卫生所，为统一领导，段苏权让他把黑龙潭卫生所的工作也管起来。1941年春，正式下了命令。魏元君回忆，下命令时，钟辉琨写，段苏权进行了宣布。

---

① 魏元君：《回忆第二次挺进平北及我军卫生队机构的建立》，载平北抗日斗争史调研组编：《魏巍海坨山——平北人民抗日斗争纪实（三）》，奥林匹克出版社，2000。

海陀山北麓的黑龙潭，东侧崖下有个泉眼，是渗水泉，长年涌水不断，传说里面住着黑龙，故而得名。这里古树参天、沟深草密，更有不尽的洞穴溪流，是理想的藏身之所。明《宣府镇志》载："在雕鹗堡东三十里，山最高，有黑龙居其中，祷雨辄应"。黑龙潭庙掩映在绿树红花丛中，一进山门，两进院落都是五间正殿，殿堂内雕梁画栋，龙王爷、哼哈二将、四大天王、十八罗汉神态各异，雷公电母、送子观音、赵公财神，号称有求必应。两侧有配殿，旁边跨院是下处。每年春暖花开季节，善男信女结伴而行，烧香许愿者络绎不绝。沿沟而下，还有一处庙宇，体量虽小一些，也很壮观，当地人管它叫三官庙。

此地距敌人较远，又有支队把住山口，卫生机构在这儿落脚，伤员安全是有保障，但很难及时得到群众支持，又是一个不利的条件。当时黑龙潭刘乐彬处有一百多人，团家沟、龙门口一带也有百十号人，现在一下又增加几十个，住处人满为患。

魏元君找来刘乐彬、牛耀彩和曾医生、庞医生商量，大家一致认为最难办的是缺医少药。没有药，唯一的方法是自己炮制，小西地的西沟有柴胡、大黄等人工种植的药材，还有峡谷里的生地、贝母、远志、手参等野生药材，特别是最常用的黄芩、金莲花、红景天、鹿蹄草，漫山遍野唾手可得，卫生所用大黄洗伤口，用柴胡熬上大锅汤，大家喝。

黑龙潭庙、三官庙在明处，就利用海陀山的大小山洞加以改造，小石洞能容几个人，集中在石佛庙一带，另外在陈家沟、后河的大石洞中，搭上了两铺大炕，各住百把人，后方休养所就形成了。

1941 年的 5 月，日伪扫荡海陀山区，因为一个战俘的逃跑，卫生所暴露了。日伪军凭借火力优势，机枪、迫击炮、掷弹筒一齐向黑龙潭庙射击，大家从南沟通向庙头的小尖山上，看到敌人闯进庙里砸锅、摔家具，眼睁睁看着龙王庙烧毁了。

这伙日军因畅行无阻，一路十分疯狂，卫生所因为有伤员跑不快，正在生死关头，一件偶发的事件救了他们。一个卫生员由于攀爬慌张，不慎将块斗大的岩石踩落，巨石狂奔而下，又砸下不少石块，从沟子洞里直往敌人队伍中滚去，日军吓得哇哇怪叫，当场砸死砸伤几名日伪军。敌人停止了追击，改用机枪、迫击炮攻击，卫生所里的人员凭着山石树木掩护慢慢转到了山上。晚上，点起篝火烧水为伤员洗伤上药。

这次敌人"扫荡"，损失了黑龙潭和三官庙的全部住房，几百号伤员住宿成了难题。大家群策群力，明里大张旗鼓地抢修三官庙，暗里集中力量在大南沟、瓦窑沟盖简易住房，挖一个大型地坑，然后架起房架，上边搭满树枝，用黄泥封住，下边铺满山草。另外在山上挖掘炭窑似的洞子，建设起连片的医疗基地，后来虽然让敌人烧了几次，大家还是烧了盖、毁了建，连伤病员也仿佛是铁打的汉子。

军分区为了保护卫生所，从不让战斗部队和他们共居一处，避免招来无谓的牺牲。1941年晚秋，日伪军又来山区"扫荡"，因大南沟事先暴露，敌人直接奔袭包抄，为保卫伤员免遭涂炭，军分区和平北游击支队派出两个连在姚家梁和敌人硬顶，部队以重大代价掩护转移重伤员，轻伤员百余人经团家沟由后河顺水而下，至西沟一个大岩洞中栖身躲避。

1942年5月，为了补充和支援平北抗日根据地，由詹大南、曾威带了八团和一部分司、政、后、卫干部到了平北，同时带来了不少医疗器械和西药，解决了大问题。杨维森任平北军分区卫生处长，杨维森之后是高彪，刘国辅任协理员，陈森任医务主任，成立了两个所。一所为病号所，所长王化轩；二所为伤员所，所长姜惠。

姜惠一上任，就和主治医任秀川在团家沟的小山神庙做起了手术。小庙长只两米，宽一米半，高不能抬头，伤员躺在门板上接受治疗，每次手术都是低头进行，时间长了出来伸伸腰。就这样，尽管当时医药器械极端困难，医疗环境极其简陋，但全体医药卫生人员，为两百多名伤员动了手术，效果很好，战士们大都能解除病痛，恢复健康，重返前线。

二所驻在团家沟，主治外伤，每次战斗后，伤员都送到这里。伤员们多数是伤口内残留弹丸、弹片和有腐骨，因此长期不能愈合。所长姜惠抓住敌人"扫荡"的空隙时间，为伤员做了手术。

当时的手术室设在一个小山神庙里，伤员躺在门板上接受治疗，室内最多只能站两三个人，医生直不起腰来，稍一伸腰就会碰到房顶，只好弯着腰操作。郭声九同志右上臂负伤，后因为有腐骨长期没有治愈，经过扩创，取出腐骨，很快地出院了。

1940年9月，魏元君在打黑河时，左下肢筋骨负伤，因为伤口内有腐骨，带伤坚持工作了好几年，也是在这里给他做了扩创清理手术后痊愈的。魏元君的臀骨伤残后，这次由他们取出碎骨，终于痊愈了。八团的刘占彪连长左腿动了手术，二连副指导员胳膊开了刀，只有少数伤员需要做第二次手术，可以说在这样的艰苦条件下，手术质量还是很高的。

有时因为有敌情，不能在室内做手术，就在树林里，石洞中用白布围成一圈，为伤员做手术。就这样，一批一批的伤员从这里重返前线。

军分区的领导经常抽空来探望，派人送来缴获的药品、被毯、罐头等，山下群众有机会就给卫生所送粮。虽然没有准确的统计数字，但可以肯定，平北部队的大多数伤病员是经南山、北山休养所治愈出院的[①]，送到晋察冀军区大后方的是极少数。

段苏权自己的腿在战场上受伤致残，有过痛彻心扉、孤立无援的伤残经历，所以他对伤病员的痛苦、烦恼和无奈，有深切的体验，所以经常对医务人员讲，治好一个伤员，就等于扩充五个新兵，有的一个顶十个。

这时，敌人在大南沟开始夏季"扫荡"，日军旅团长真野亲自到赤城云州指挥作战。云州堡在龙门峡南五里，辽代设望云县，元代升为云州，明代建军堡，是军事要地。由于敌人的连续"扫荡"，"进剿""围剿"加

---

① 延庆盆地是北京最大的山间盆地，其北部的海陀山称北山，南部则属军都山系，称南山。

"驻剿"，很快粮食就没有了，卫生所每天只吃稀粥野菜，伤员营养不良，伤口加剧溃烂、化脓，有时连水都喝不上。关键时刻，主力部队在坝上地区开展战斗，使敌人匆忙撤出了中心区，地方警察、特务也龟缩进县城据点，大家才放起心来。

敌人是狡猾的。这一天，天还没亮，就听后河卫生处方向轰隆隆开起火炮、打起机枪，原来日军从大同方向乘火车而来，夜间偷偷抵达康庄，下车后由汉奸和叛徒带路，直奔小鲁庄①进山口，到后河袭击我卫生处。

这几天因敌情不严重，卫生所放松了警惕，直到日伪摸到小庙跟前，出来解手的一个伤员才发现鬼子进村，马上大呼"鬼子来了！鬼子来了！"

枪声响了，大家才爬起来。好在平北根据地的人都习惯睡觉不脱衣服不脱鞋，由刘国辅指挥突围，因事先有预案，见敌人打南边来，大家自觉向规定的西山坡和西沟突围，两路均告成功。

重伤员转移到小西地，轻点的奔石佛寺分散隐蔽，更轻的由魏元君和姜惠带着去大南沟的三岔路口，由于雾大，小雨淅沥如丝，魏元君让通信班长陈国庆和一个侦察员下去看看，刚下到百多米的乱石江中，日军尖兵就追上来了，两人甩出两颗手榴弹撒腿就往回跑。魏元君赶快派王泽江去小西地、石佛寺报信，带着轻伤号和看护班向相反的东北沟方向转移，当走到里沟乱石江中布置分散躲藏时，敌人已跟着他们的足迹追了上来，一阵排子枪，牺牲了好几个人。天公也不作美，雨停雾散，敌人看得清清楚楚。大家瞬间分散，钻进乱石洞中和草丛密林。

一位姓李的侦察排长，因胳膊挂彩落在后面，在一个山尖被日军抓住，一通拳打脚踢枪砸，逼他讲出伤员藏身的地点，他大声怒喝："老子不知道，这里只有老子一个人！"说着说着，抱起临近的鬼子滚下山涧，

---

① 小鲁庄属北京延庆，今更名为"龙聚山庄"。小鲁庄村北山口，翻过去即为后河，往西进入海陀山区。

附近潜藏的同志都看到了，只能默默流泪。

这次敌人没有"扫荡"成功，但为各据点里的伪军打了气，延庆、康庄、永宁的守军全部出动，四处搜山，卫生所的处境空前困难起来，黄花、木耳、蘑菇、春葱、山韭、蕨菜、山菠菜，凡是能入口的，都采摘来当饭菜，中毒事件时有发生。山里的蘑菇，号称口蘑，个大味美，头两天大家还都喜欢吃，长了就不行了，只好吃了吐、吐了吃。仅有的一点点粮食都优先让休养员吃，哪怕是抓到一只灰鼠，也是先煮给重伤员。

日伪军也日趋狡猾，不再匆忙行动，而是秘密侦察后，有目的地袭击埋伏，往往搞得卫生所非常危险。

据魏元君回忆，有个不是笑话的笑话："一次从平西来平北巡视工作的卫生部肖部长，刚一下马就感到平北的卫生工作一无是处，不是这里太土，就是那里不正规。指示卫生处杨处长马上下通知，召开卫生工作扩大会议，'好好整顿整顿'。杨处长也不作声，按照他的指示，通知下边来开会，通知未下达完，敌人就来'扫荡'了，我们便把这位部长送到司令部随部队行动，保护他的安全。到部队后，他还和在平西一样大脱大睡，毫无防备。结果，天刚拂晓，敌人的机枪打响了，部队迅速转移。而他只穿裤衩就跑了出来，马匹和其他东西全部丢失。最后，我平北机关给他回平西钱行，临走时杨处长开玩笑地说：部长，通知已经下了，等开了卫生扩大会议，帮助我们整顿好了再走吧。这位部长面带愧色地说，不开了，平北的环境确实是艰苦，你们能坚持到这个程度，就很好了。"[1]

1942年底，平北抗日根据地伤员多，病员少，技术力量调配有困难等情况，上级决定将一所、二所合并，成立卫生处附属休养所。由王化

---

[1]　魏元君：《回忆第二次挺进平北及我军卫生队机构的建立》，载平北抗日斗争史调研组编：《魏巍海坨山——平北人民抗日斗争纪实（三）》，奥林匹克出版社，2000。

轩任所长，魏元君任指导员，李华新任副指导员，任秀川任主治医生。

1943年4月，晋察冀军区又派来了大批医务卫生人员，使平北卫生机构的力量得到充实和加强。

1944年春天，随着部队的发展和壮大，各县都成立县支队，也都派了卫生所长，从此平北军分区的卫生机构，更加健全起来了。

当时平北军分区要求：卫生机构任务就是给伤员治好伤、治好病。敌人来了要隐蔽好，保护好伤病员，争取不受损失或少受损失，卫生员成为坚持后方战胜敌人的精神支柱。

平北抗日根据地，处于平西和冀东两个根据地之间，又紧挨敌侵华大本营北平，战略地位极为重要。日伪军对这个平北地区特别注意，经常进行残酷的军事"扫荡"和经济上的封锁，给医药供应带来了严重的困难。

当时药品器材，主要是靠关系到敌占区去买，或者部队缴获送来。常用消毒药品、消炎药品、精制棉、纱布经常告罄。

在艰苦的环境中，卫生战士总能想方设法解决困难，精制棉用光了，就把棉衣里的棉花抽出来，经消毒后代替。纱布用光了，就用棉衣里子经消毒后代替。消毒药没有了，就用盐水洗伤口。伤病员发烧没有解热药、镇痛药时，就采些黄芩、柴胡熬汤给咳嗽的病人喝；没有祛痰止咳药，就挖些远志根熬汤喝。有的同志胃肠不好，大便干燥，就挖些野大黄根，用以润肠。这种药少吃些可以通便健胃，多吃了就要腹泻，他们也在工作中逐渐摸索出相应的剂量。

北山卫生所活动范围内，群众很少，粮食主要靠延庆、怀来两地群众的供应，龙关、赤城附近海陀山的群众也供应一些，但因路途较远，加上敌人"扫荡"，特务监视，粮食运送时有间断。有时一锅饭仅放三四碗米，饭碗里清汤寡水找不到几个米粒。缺粮时他们就用野菜、山果充饥。苦菜用水煮熟，放在水里泡一泡。吃的时候，开始很苦，但越嚼越甜，大家乐观地叫它"革命菜"，就像革命一样，先苦后甜，苦尽甜来。

卫生所在大山里隐藏好几天，米吃光了，只能找野菜吃。有的同志吃了就吐，但吐了还得吃，尽管如此，卫生员坚决做到了不犯群众纪律，不侵犯群众利益。吃群众的粮，到期一定偿还。有一次，在石佛寺村，魏元君看到伤病员实在没有东西可吃了，就和庙里的老道士商量，把他的土豆挖出来吃，并亲自给他打了借条，等搞到粮食就如数还他。还有一次在石门，卫生员同一位老太太商量，借了她家的菜和土豆，后来卫生所有了粮食，就及时还给了她。

为应付敌人的"扫荡"，卫生所平时把粮食分散在各个隐蔽的山洞里。

1942 年夏天，住在石佛寺的伤员没有粮食吃了，卫生班副班长吕文章带领卫生员王宗志、赵柱子和炊事员等趁着雨夜掩护，来到二十多里外的大南沟口，在那里有隐蔽起来的一个石洞，找到一些小米。由于大雨滂沱，回来时小米都淋湿了，又无处晾晒，结果小米都发酵了。煮出饭来吃着发甜，大家开玩笑地说：这饭还真有点麦芽糖的味道呢！

被服方面更为困难，大雪纷飞的严冬，大家都穿不上棉衣，卫生员就用羊毛代替，因为都是粗羊毛，慢慢地羊毛就顺针眼跑了。棉衣变成了夹衣，夹衣又变成了单衫，难挡风寒。被子和褥子都很薄，夜里睡觉只好靠铺草取暖，或者两个人睡在一个被窝里，互相以体温取暖。由于衣服不能经常换洗，长虱子成为普遍现象，大家开玩笑地说：虱子是光荣虫。

卫生员在海陀山一带坚持斗争，一旦发现敌情，迅速把重伤病员背的背、抬的抬，分别送到较隐蔽的石洞里，每天按时给换药，送饭。喂饭、喂水、接屎、接尿更是常事。

轻伤员天不亮就吃完饭，换完药，由工作人员扶着到茂密的树林里隐蔽起来。敌人来了，大家机智勇敢地和敌人周旋，不叫苦、不怕累、不怕险、不畏死。每个重伤员都携有两枚手榴弹，必要时就和敌人同归于尽。

敌人一走，大家又说又笑，时而哼唱革命的歌曲。他们还规定了一套制度和纪律，要求人人遵守。比如上山时，夏天有山洞小溪的地方，踏石头走。走草地时，尽量不留下脚印，或者踏着一个脚印走，绝不暴露行踪。

1942年冬天，龙崇赤二区区长王雪年受敌人袭击，跑到山上，两脚脚趾都冻掉了，肉烂露骨，走起路来疼痛难忍，长期不能愈合。当时卫生所没有麻药，经研究，决定采用寒冷麻醉的方法为他做了手术。当时正是"三九"天气，卫生员用冰水将他的一只脚冻麻木，迅速消毒后，为他切除了坏死的脚趾骨。王雪年非常坚强，硬是说不痛，在他的要求下，接着又为他做了另一只脚的手术。经过一段治疗，王雪年也恢复体能出院了。

1943年的夏天，休养所在大南沟，一天，八团团长詹大南的爱人李凡要临产，送到这里来。卫生员都没有接产的经验，更没有产钳之类的器械，再加上李凡年龄偏大，又是第一胎，当时还有敌情，不敢在房子里生，只好来到大南沟北山上一个炭窑里，经李树、刘昌玉、蔡克俭等同志的精心护理，产程达二十多个小时，小生命终于安全降生了，母女安全无恙，大家心情愉快，一再向母女表示庆幸。詹大南特别高兴，给这个孩子取名为窑生。这个孩子，就是詹大南的长女詹化文。

1944年，卫生所在大海陀南沟，四十团送来了十多名伤员，其中有一名姓韩的战士，下颌骨粉碎性骨折，下嘴唇全部打掉了。吃饭非常困难，卫生员就用绷带把他的下巴兜上，用小米菜粥、拌莜麦面、玉米糊糊喂他，经过耐心照料和治疗，小韩战士很快地痊愈了，出院时，非常激动，含着眼泪对医务人员说："不是你们这样护理我，饿也把我饿死了"。

文艺尖兵

风雷号角海陀山，笔阵刀锋若等闲。

更有英雄薮狂虏，头颅怒掷壮人间。

——刘力生《挺进报·1944 年》

1937 年 8 月 25 日，中共中央政治局在洛川会议上通过的《关于目前形势与党的任务的决定》，内容共八条，其中第八条提道：

"共产党员及其所领导的民众和武装力量，应该最积极地站在斗争的最前线，应该使自己成为全国抗战的核心，应该用极大力量发展抗日的群众运动。不放松一刻工夫一个机会去宣传群众，组织群众，武装群众。只要真能组织千百万群众进入抗日民族统一战线，抗日战争的胜利是无疑的。"

毛泽东在很多文章论述中都提到宣传什么、如何宣传、如何针对反动宣传进行宣传等内容。《论持久战》中指出抗日战争进入第三阶段，是收复失地的反攻阶段："收复失地，主要地依靠中国自己在前阶段中准备着的和在本阶段中继续地生长着的力量。然而单只自己的力量还是不够的，还须依靠国际力量和敌国内部变化的援助，否则是不能胜利的，因此加重了中国的国际宣传和外交工作的任务。"[1]

事实上，现代战争并非限于交战双方的冲突，军事、经济、宣传是密不可分的三位一体。对内宣传，使得民众了解战争，明白战争的目的，然后激励爱国情绪；对外宣传，保持联盟国的友谊、争取其他中立国家的同情和援助，进而造成有力的舆论。所以说，宣传是现代战争的重要组成部分。

---

[1] 毛泽东：《毛泽东选集》（第二卷），人民出版社，1991。

平北抗日根据地也把宣传工作作为中心工作之一，利用文艺演出、报纸、刊物，服务军民，推动了抗日斗争的开展，有力地配合了在军事战线上的抗日运动。

1942年2月，《平北地委对丰滦密工作的指示》中提出的第一项中心工作就是宣传：

"目前你们的中心工作是在群众中进行普遍的宣传，克服群众的恐慌与动摇，这里提出以下的几项中心宣传口号：

1. 强调提出中国必胜、日本必败的理由与实事。

2. 把全世界最强的国家英美打日本，一共二十六个国家打日本的事实。

3. 这里所提出的一实事，如中国准备反攻等。

4. 日本军的捉人是因为他国里没有人了，把中国人捉去送到太平洋去当兵或送到前线当苦工。

5. 日本国里没粮吃了，抢中国粮食往前线送。

6. 大家一咬牙就把现在的困难挺过去了。

用以上这些口号在群众中广泛宣传鼓动，这是目前你们的中心工作。不管在党内群众中和其他工作都以鼓动为中心。"①

1942年1月，在聂荣臻主持下，晋察冀分局召开军分区以上高干会议，段苏权代表平北军分区参会，会议核心内容是实行精简整编、紧缩机关、整编三级武装，使主力军、地方军和民兵武装更适应当前对敌斗争的需要。

会议期间，聂荣臻专门和段苏权进行了谈话。段苏权特别向萧克提出，要补充军工修械所、战地医院、宣传队和报社。

冀热察挺进军原来有宣传队，除了部队宣传员，还有挺进剧社、西战团等文艺工作者，现在冀热察挺进军解散了，正不知往哪里去，正好

---

① 平北地委：《对丰滦密工作的指示》，载中共北京市委党史研究室编《北京地区抗日运动史料汇编》（第四辑），中国文史出版社，2000。

前赴平北。

1942年仲春，在赤城前孤山村，宣布第十二分区宣传队成立，段苏权和覃国翰、杨春圃出席并讲话。宣传队由陈靖、吴凤翔负责，组建时三十一人[①]，到1945年，在此基础上成立长城剧社[②]。平北的宣传队员，有四分之一的人把热血或生命永远留在了长城之外。平北抗日宣传队战斗在长城内外的抗日烽火之中，成为一支在平北广大地区奏响抗日胜利序曲的文艺尖兵。

宣传队员高唱《挺进军歌》："挺进！挺进！在卢沟桥畔，在永定河边，在敌人的远后方，在祖国的最前线……"到平北后，宣传队又创作了新歌："抗战、抗战，左边是燕山；抗战、抗战，右边是渤海平原。敌人要把这块土地当作侵略后方，毛主席命令我们在这里坚持抗战。"

1942年，抗战异常艰苦，平北根据地在山中坚持的军地干部战士，仍保持着高昂的战斗热情。

杨春圃希望宣传队立即组织一台演出，以振奋部队战斗情绪，活跃部队文艺生活。宣传队马上召集全体战士，研究演出节目。大家七嘴八舌，有的会这个，有的会那个，最后确定：大合唱三首歌曲，即：《挺进剧社社歌》《救国军歌》《长城谣》，跳乌克兰舞和青年舞、女声小合唱、口琴独奏等，最后演一幕活报剧，同时还准备了预备节目。

宣传队临时从供给处弄来一些布缝成了幕布，借了几个煤油灯。服装有的是借老乡的，基本上全是黄军装。大家利用村中间的空地搭了个舞台，演出从会后第三天晚上6点开始，部队和群众来得真不少。

演出开始唱起了歌，歌声一落，掌声四起，部队情绪一下子高涨起来了，有的部队还喊起了口号，"打倒日本帝国主义""中华民族解放万岁"。《长城谣》唱完后，穿插了舞蹈。女生小合唱是利用旧调填的新词，

---

① 三十一人中包括有分配到冀东的六位同志。
② 社长李光启、副社长白竞、指导员史兰生。

最后压轴戏是"活报剧"，当枪毙汉奸时，使用的是去掉弹头的真子弹，因为留的火药过多，把宣传员孙欣的棉衣穿透，肚皮都烧伤了。闭幕了孙欣仍爬不起来，痛得浑身出汗，一动不动。把他扶起来，马上去上药，他痛得都咬着牙，可还说不要紧。军分区的领导非常生气，当场批评了效果组，很好的一台晚会，让这一事故泼了冷水，直到夜里一点多，舞台才收拾完。

宣传队回到宿舍，还没睡觉，就听到了枪炮声，敌人从东、北、西三面包围了前后孤山村，分区机关紧急向南转移，一边行军，一边将宣传队人员分配到部队去，女同志分配去地方。多数宣传员是在政治干事率领下，分到各团、支队，然后再分配到连。基本上是每连一名宣传员，任务是组织开展连队青年队工作等。

多路敌人的反复"扫荡"，迫使部队化整为零，以连排为单位单独活动。宣传员们有的分配到山沟里与医护人员共同为伤病员服务，没粮食吃，就采野菜、蘑菇，煮熟了喂伤病员；下雨了给伤病员搭棚子：敌人搜山了就抬着重伤员转移，承受着多方面的艰巨工作。分配去执法队的宣传员，负责对犯人警戒，还要经常躲避日伪军的追捕；在连队的宣传员，除了不站岗放哨外，比战士还要辛苦，部队休息时，他要做鼓动工作或教唱歌，部队行动时，他要与连队干部到各房东家，了解群众反映，检查群众纪律，每次总要追赶部队。部队到哪里，标语就写到哪里。是党员的，因那时连队中的党组织未公开，只跟指导员或支部书记联系，连队执行特殊任务，宣传员总是走在前面，连队与地方干部组成武工队，负责到敌占区捕捉汉奸、伪保长，进行筹粮、筹款、药品、布匹等等物资时，都有宣传员参加。

在捉伪保长、镇长时，战士把宣传员托在手上举上墙头，宣传员跳入院内，打开大门，战士们再进去，捉住伪保长，进行教育，责令他把款、粮等物资，送到根据地里去。

组建新兵连时，宣传员又去从事对新兵的教育。连队打仗时，这一群不知天高地厚的十五六岁的少年，认为大显身手的好时候到了，他们总是冲锋在前，退却在后，个个赤胆忠心，英勇无畏。宣传员袁辅义在赤源骑兵连队，从来就不知什么是怕，一打仗就冲在前面，支队首长看他作战勇敢，任命他为连队支部书记，人们送他一个外号叫"小老虎"。和他在一起的战士们，有些人不知他的名字，可是一提"小老虎"，人人都知道。

宣传员孟宪林每次作战，都和侦察员在一起，在一次战斗中，他用打不响的枪，俘虏了一名伪军连长，缴获了一支德国造手枪。贾健在十团一连，在怀柔县峪口战斗中，俘虏了敌军中队长和两名士兵，缴获一挺机枪和七百余发子弹，还有两个手榴弹，为此受到了上级的表扬，还奖励他三块银圆。李元禄在十团二连，在进攻延庆柳沟的战斗中，参加了七人突击组，每人带了一个手榴弹，目标是消灭碉堡下的前沿战壕火力点。七人分三组，从民房的窗户进入，接近战壕，一阵猛攻，敌人的战壕火力点，四处开花，王亢团长在城墙上高喊"打得好"。

在人们的眼里，宣传员都是孩子，以为他们"好奇心盛"，是儿童的心理反应，哪里知道，他们都是1938年和1939年就参军的"老兵"了。虽说当时年纪才十二三岁，可都是在战斗中生活长大，经过百战的磨炼，不管多么艰苦，他们从不说苦叫累。冬季塞外的严寒有时把他们冻昏，苏醒后，又是生龙活虎般地工作起来。他们随着队伍东进进入伪满洲国境时，看到村里老百姓家中，赤身围着火盆，全家人只有一条破裤子，谁出屋谁穿。他们泪流满面，把自己的衣服被子送给乡亲，用实际行动宣传党的政策。部队有时吃不上饭，好心的炊事班长，总要找一点吃的给宣传队员，但都被他们拒绝了。战士有什么心里话，都愿意向宣传员讲，因为他们心直口快，无所顾忌，敢向任何人提意见。人们在背地里说：这些"小家伙"，不愧是政治机关派来的。连队上的干部、战士都很喜欢他们，爱护他们。

1942年秋季，利用敌人"扫荡"的间隙，宣传队集中于南碾沟，队长吴凤翔也从四十团回到宣传队，组织队员的业务训练和政治教育，集中与分散练习发声、乐器、演技等多方面的技能。在10月份全部到教导队学习，政治课学的是"中国革命与中国共产党"，军事课是从步哨员到班、排、连进攻与防御，还学习了各种武器的使用方法。毕业后研究创作，大家共同编了一本油印的《歌曲集》，基本是旧调新词，以这本《歌曲集》作为教部队唱歌的教材。政治部各位科长、干事们，全都投入了编写标语传单的工作，以便宣传员到敌占区去书写和张贴。

传单大约有五十多种，油印需要很长时间，有不少传单宣传队员都能背记，以便到敌占区书写。

1943年下半年，平北军分区决定发给宣传队八条马步枪，分别配给了张立忠、李元禄、贾健、王坤林、田忠、袁辅义、高成、赵平安。没有配枪的刘自敏、王景太、路铁成、白金山、陈培、郭志强，每人配了两颗手榴弹。队长吴凤翔有支驳壳枪，在队长带领下，真正成了武装宣传队，单独活动在游击区和敌占区，主要任务是配合主力部队对敌发动政治攻势。在所到之处路口、村头贴传单，墙上写标语，写得最多的是路铁成，他的美术字写得好。

深入在敌占区，都是白天隐蔽，夜间活动，向敌据点喊话，用弓箭把传单射到敌人据点里去。也给伪保长送警告信，有时也与地方干部、民兵等在一起组织活动。

十团活捉了昌延地区的铁杆汉奸赵海臣，召开群众公审大会处决，宣传队利用这个好机会，大力开展了政治攻势，向敌伪军及其家属宣传"日本快要完蛋，及早劝亲人弃暗投明、改邪归正，八路军欢迎他们"等内容。宣传队利用一切手段宣传党的政策，从山里到山外，从南山到北山。所经之地，大造声势，搞得各个据点的敌人真假难辨，弄不清是什么部队，也不知要进攻哪里，异常恐慌。

集中起来开展政治攻势几个月后，宣传队又分散去各连队开展文艺活动。宣传员到哪里，哪里就有歌声、笑声。组织连队游艺活动，是最受战士欢迎的。小型比赛，使连队充满了生机。唱歌比赛、体育比赛、游艺比赛，把连队生活搞得热火朝天。

1943年秋，宣传队又集中到平北军分区机关驻地南碾沟，组织创作与演出。先后演出了《铁的八路军》《门里门外》《送郎上前线》等节目。宣传队与四十团参谋孙再兴创编了《三怪》剧本，这个剧描写希特勒、墨索里尼、东条英机的末日来临，当初他们张牙舞爪疯狂不可一世，现在是死神降临，万分惊恐，以快板押韵的表演方式演出，受到上下普遍好评。

宣传员不仅用文艺的武器进行战斗，而且也握紧手中的枪弹向敌人冲杀！不管在什么样艰难困苦的环境下，他们都勇往直前。宣传队员多是贫农或矿工的子弟，少年时代离开了父母，投身革命，在连队的战火中成长起来，从来没有个人的要求，在历次的战斗中，有的队员英勇牺牲，永远长眠在平北的大地上。

挺进剧社音乐教员祁式超，江苏人，是上海学生，1938年历尽千辛万苦，参加了新四军，后来又到延安学习，1939年到挺进剧社工作，1942年自愿到艰苦的平北军分区工作，偶然被医务人员意外的点错了眼药，使他双目失明。在敌人反复"扫荡"中，他隐蔽在陈家沟南山，不幸被叛徒许苏出卖，落入敌手。他勇敢坚定，视死如归，大骂日本、汉奸走狗，与敌人抱在一起搏斗，惨死在敌人的刺刀下。这位很有音乐才华的文艺战士，死得慷慨悲壮。

袁辅义是密云人，十三岁参加冀东大暴动入伍，十四岁入党。跟随第四纵队宋时轮支队南征北战，担任宣传员。1939年2月，宋支队改编为挺进军第九团，他还是团里的宣传员。在著名的"百团大战"中，因为作战勇敢和积极抢救伤员，曾被九团授予"模范军人"和"模范青年"称号。1941年，精兵简政，决定送他去晋察冀陆军中学学习，他坚决要求来平北。平北地区十分艰苦，战斗频繁，在一次战斗中，袁辅义身负重伤，不幸牺牲。这位人称"小老虎"的英雄少年，牺牲时还不满十八岁。

孙欣，山东人，因家乡灾荒，童年时代逃到北平，流浪街头讨饭，干杂活，吃尽了苦。一二九运动时，被当时的中国大学学生会主席白乙化遇到，为他找了个卖报的工作。七七事变爆发，白乙化奔赴绥远垦区工作，孙欣跟随白乙化到了垦区。垦区暴动时，成立抗日民族先锋队，1938年先锋队到雁北地区与三五九旅会师，孙欣此时已经入党，1939年调到挺进剧社工作，1941年到平北后，分配到四十团工作，多次参加对敌斗争。一次在往永宁南山的一个小村转移时，遭敌伏击，壮烈牺牲。这位以演"反派"人物著称的文艺尖兵，过早地走完了他的一生。

平北军分区的宣传队，在近三年的战斗历程中，平均每四人就有一人不死即伤，历经了艰险困苦，圆满地完成了各项任务。部队壮大，地区发展，在宣传队的基础上，1945年成立了"长城剧社"，王景太（改名柳堤）、陈培、侯殿卿、白金山等同志仍留在剧社工作，又调来了一批新同志，其他老队员们，都又走上了新的战斗岗位。[①]

除了宣传队的尖兵，另一支有力的宣传武器，就是《挺进报》。

因为小说《红岩》以及由此衍生的文艺作品，世人对解放战争时期重庆名声大振的《挺进报》耳熟能详，但是在抗日战争时期，冀热察也有一份《挺进报》，这份报纸恐怕并不为人所熟知。

夺取政权不仅要靠"枪杆子"，还要靠"笔杆子"。《挺进报》最早叫《黎明报》，1939年9月1日在平西涞水县蓬头村创刊，张致祥、金肇野参与了筹备工作，是冀热察区党委机关报，每期发行一千至三千份，为

---

① 孟常谦：《平西和平北抗日根据地的文艺宣传》，载《回首望长城》，改革出版社，1996。

八开石印三日刊。

1942年，段苏权向萧克提要求，将挺进军的新闻轻骑"连锅端"至北平，北方分局指示："《挺进报》移平北作为平北与冀东两地之党报"[1]。1942年春，报社迁至海陀山区，社长是张致祥，同时张致祥被中共中央北方分局任命为平北地委宣传部长。报社最初驻在南碾沟，后辗转小朱家沟、石板沟、南台子、老庙地，1944年迁至纪宁堡村，设在侯庄子自然村亮棚沟一个崖壁上的山洞里。

据当年在报社工作的沈育、伊敏、何光回忆，挺进报社"在42年上半年，集合它的主要力量，从社长、编辑、记者，到电台、印刷、采购、发行人员共二十多人，分两批带着简单的设备，包括一部收报机、一架油印机、两块钢板，从平西涞水县福山口出发，向敌人更深远的后方挺进。"

《挺进报》除了刊登"新华社"的新闻外，主要刊登平北地区的新闻和评论文章。这些内容，紧密结合当时各方面的斗争，如反蚕食、减租减息、村政权建设等等，架起了党与群众思想上的桥梁，鼓舞了军民斗志。同时，还积极配合部队和地方干部，通过宣传形势和政策，对敌发动政治攻势，瓦解敌伪军，成为对敌斗争的思想武器。

1942年，报社记者安适、赤城发行站站长伍晋志等五名同志，为守护这份党报光荣牺牲。

安适，曾任延安新华书店校对科长，夏季在龙崇赤地区采访，被叛徒阴谋杀害，当年12月12日《晋察冀日报》刊登了安适牺牲的消息。任显志，先后任报社勤务员、通讯员，到平北后任龙赤联合县交通站长，在夏季反"扫荡"中，与侯庄子民兵并肩战斗，血洒疆场。袁广才，报社印刷工人，到平北后任龙延怀交通站站长，9月上旬他在执行任务时，在怀来北山边东门营村被敌人包围，拼死战斗流尽最后一滴血。田旭明，

---

[1] 中共中央北方分局：《关于平北两年来工作的指示》，1942年1月31日。载中共北京市委党史研究室编《北京地区抗日运动史料汇编》（第四辑），中国文史出版社，2000。

原为印刷工，到平北后转任采购员，他带着一支枪，来往延庆川几个据点之间。同年9月，他和两位同志在延庆小鲁庄南与敌遭遇，毙伤敌三人，自己负重伤，当敌人接近时，他扔出最后两颗手榴弹，与敌同归于尽。贺庆芝，报社勤务员、交通员，乐观向上、天真纯洁，1942年秋季反"扫荡"，他带病于延庆北山只身与敌遭遇，奋勇拼斗壮烈殉国，时年不到二十岁，用青春的生命谱写了《挺进报》辉煌的篇章。

日伪对平北中心区实行"三光政策"，制造"无人区"，妄图扼杀共产党、八路军这支抗日力量。根据地缩小了，困难加重了，但平北军民在艰苦卓绝中坚持了斗争。

《挺进报》的工作人员，冬天全靠自己打柴烧炕，每人只有一身棉衣，没有被子，也没有衬衣、内裤，人们谑称"真空管"——老虎下山一张皮。天热了，又要对付蚊子、跳蚤，虱子更是全年骚扰，成群结队，当地老乡风趣地说：有虱子才是真八路。

《挺进报》抓住一切斗争间隙，不定期地坚持了编辑和出版工作。全年一半以上的时间要在打游击的途中坚持办报，巩固思想阵地。编辑人员背着文具、稿纸、地图和少量的参考资料；报务员背着收发报机和大块的干电池、电码本；文书背着钢版和油印机。只要一停止行进，马上就地开始工作，架设起电台，安放好油印机和稿件袋。老乡的炕沿、锅台和露天的大石头，都是写稿的"书桌"，还有的稿子在膝盖上写出的。一发现敌情或听到枪声，报社人员马上撤下天线，背起收发报机和油印机就走。遇到敌人包围和追击时，在几分钟内迅速收拾完毕，和部队一起，投入激烈的战斗。

在平北工作的笔杆子，绝不是悲天悯人手无缚鸡之力的白面书生，挺进报社成员，既是工作队、宣传队，也是随时拿枪杆子的战斗队。报社人员每晚睡觉，从不脱鞋子，把鞋带拴好，背包、手榴弹兜背在身上，有几次被敌人包围甚至堵在屋里，都是经过战斗才脱离危险。

《挺进报》一个时期从石印改为油印出版，就是因为迁到平北之后，环境残酷，条件不足，但基本上坚持了三日一刊。报纸印好后由四五个交通员轮流送报，送到发行站后，再由村村传送，外勤工作非常危险。发行范围，除发分区、县、区三级党政群机关和部队外，还送到了北平郊区及张家口、承德附近，包括昌平、顺义、怀柔、密云、丰宁、滦平、延庆、怀来、宣化、龙关、赤城、崇礼、沽源、宝昌等县的广大农村。限于条件，印刷份数不多，但是每份报纸都是辗转传阅，保存很长时间。很多部队和地方干部常把报纸带在身边，像重要文件一样保存着，走到哪里就拿出来，给群众宣读、传阅。

1944年春天，形势转好，根据地也较为巩固，《挺进报》改为石印，四开四版，三日一期，发行份数为一千五百份左右。石印机和印刷用的石板，是通过北平的地下关系买到的，装在一列北平到张家口的火车头里。当列车停在南口北边一个小站时，把机器和石板卸下来，用几头毛驴驮着，昼伏夜出，经过延庆等地，辗转运进延庆北山。石印机的拆卸运输，难以适应游击战争环境，需要有个比较稳定的地方，就请拥军模范赵顺，在侯庄子亮棚沟附近的半山腰上，找了一个地形隐蔽的山洞，把机器装在洞里，成为石印厂。石印报比油印报字迹清楚，印刷份数多。在印刷之前要用毛笔蘸上药墨，将字写在药纸上，然后通过手摇机器的轮子，用重压力把药纸上的字迹拓在石头上，再用手摇机器轮子，一次一张地印刷。一期报纸印完后，要把石头磨光，才能再拓再印。

山洞里整天见不到阳光，潮湿昏暗，再加上营养不足，报社人员脸色蜡黄，但是他们把红色的革命种子播撒到《挺进报》这片思想的阵地中。

文书们的字迹写得工整美观，有仿宋体字、黑体字、楷体字、美术字，还有画的花边、插图，和铅印报纸没有多大差别，让人看到寒冬中的春意，黑暗中的曙光。

有几名记者长年在分区所属各县活动，或者随军战斗和采访。记者还在地方干部、小学教师和部队指战员中组织通讯网。这样，地方新闻稿件源源不断地投到报社。军分区、地委和各县的负责同志也为报纸写稿。军分区政委兼地委书记段苏权、副书记武光、陆平等同志，都亲自过问报社工作，指示报道方针和内容，并为报纸撰写文章。

报纸是桥梁，把平北军民的心连在一起。为了瓦解敌伪军，各级党委都成立了敌工部，县里的敌工部下设几个敌工站，《挺进报》成了向敌占区散发的重要宣传品。

1944 年 2 月，《挺进报》在朱家沟召开全体人员参加的改版座谈会，地分委书记段苏权和政治部主任吴涛、组织部长刘书亭、民运部长刘力生共同出席，并在会上讲了话，勉励报社同仁克服一切困难，创造更大的成绩。会后合影留念，留下了珍贵影像。照片上横幅写的是："报纸是集体的宣传者与组织者 列宁"，下横幅写的是："挺进报社召开……（字迹不清）会合影"。4 月 1 日，《晋察冀日报》刊登二十九字的消息："创刊于 1939 年 9 月 1 日的《挺进报》，在平北改版，内容、形式均有改进。"这条消息像阳光，鼓舞了报社同志们的斗志，他们决心更好地守护它。

1944 年，中共中央决定各级党委成立城市工作部，把开展敌占区大城市、交通要道的工作，提到与根据地建设同等重要的地位。这时更多的《挺进报》传入了敌占区，成为团结教育群众，打击敌人，争取抗战胜利的重要武器。

在残酷的斗争中，报社得到了群众的大力支持和掩护。敌人知道北平附近的八路军有个《挺进报》，也知道山里有个印刷厂，但他们一直没有发现印刷厂的所在地，这主要得益于群众的帮助和支援。因为《挺进报》在群众中有广泛、深刻的影响，对于敌人威胁很大，所以敌伪"扫荡"时，把它列为"搜剿"目标之一。最无耻的是盘踞在怀来的敌人，仿照《挺进报》的样子，编了一个伪《挺进报》，企图欺骗当地人民。但那张伪《挺进报》一到群众手中，马上就被识破了，人们说："这个《挺进报》是假的，八路军的报纸不说这些鬼话。"

如今《挺进报》已经是片纸难求，在张家口市档案馆保存有1945年2月14日的《挺进报》，因年深日久，报纸已残缺不全，只能看清一首没歌名、没词曲作者的骑兵战歌："军号响，马飞腾，在辽阔的草原上，奔驰着铁骑的子弟兵。风雪在怒号，杀敌的仇恨在燃烧。凶暴的日本鬼子汉奸兵，挡不住我们的前进，荒凉的塞外人民得到了光明。"

随着抗日战争形势的发展，《挺进报》一步一步地壮大起来。1945年8月，日本投降，历史掀开了崭新的一页，平北《挺进报》和平西《冀察群众报》工作人员在张家口会师，临时组成《张垣日报》社。[①]11月2日，在宣化成立察哈尔省人民政府，12月1日在宣化财神庙街，创办了中共察哈尔省委机关报《新察哈尔报》[②]，《挺进报》完成了它的历史使命，当年规划挺进冀热察的任务也画上了完满的句号。

"赵五爷子"和"英雄母亲"

百战人人血汗功，海陀风雪会英雄。

登台纵论胸中志，重整乾坤掌握中。

——刘力生《平北军分区群英会·1944年冬》

在平北抗日根据地，提起赵五爷子——赵顺，大概是无人不晓。平北专署和抗联为小学生和识字班（扫盲班）编写的课本，有赵顺爷爷的

---

① 《张垣日报》共出版十六期。

② 1947年5月1日，《新察哈尔报》与《新张家口日报》合并为冀热察区党委机关报《冀热察导报》。1949年1月，中央人民政府建立察哈尔省，省府设在张家口。1月13日，《冀热察导报》与《北岳日报》《张家口日报》合并为察哈尔省委机关报《察哈尔日报》。1952年11月15日，察哈尔省撤销，《察哈尔日报》于1952年12月7日终刊。

故事，有关"赵顺小调"，据说有十余首，其中有一首歌曲，到 20 世纪 80 年代，许多平北的老人还能哼唱：

众位乡亲们，听我表一番，表一表赵顺——拥军拥政好模范。全家六口人，跟前只一男，送儿当兵上前线，保国保家园。四下送公粮，不怕风雨天，管收管藏不歇停，家里好像公粮站。病号躺满炕，全家忙又忙，喂吃喂喝接屎倒尿，好像亲爹娘。帮助子弟兵，安置荣誉军，管吃管住送盘缠，自家人一般。公家存东西，自动给坚壁，细心负责不大意，从来不会丢东西。1944 年，平北选模范，赵顺真光荣，到处美名传。①

还有一首通俗的五言诗，登在《挺进报》上，是平北军旅诗人刘力生所作：

侯庄小山村，有位赵老汉，称呼老五爷，抗日人人赞。带领他全家，事事走前面，公粮交在先，支前不怠慢。侦察敌伪军，情报联络站，军政过往人，接待称方便。物资坚壁好，石洞最妥善，掩护伤病员，长期经考验。早起背进山，窝棚备茶饭，夜晚背回家，日夜无烦厌。粥饼喂亲人，自家糠菜咽，有时来敌情，沟洞再分散。战士伤病重，医药有时断，远近寻土方，草药勤采办。伤病康复了，安全转前线，人人口颂扬，拥军老模范。②

---

① 吴永田、孟炜烨整理：《赵顺歌》，载平北抗日斗争史调研组编《巍巍海坨山——平北人民抗日斗争纪实（二）》，内部发行，1989。

② 刘力生：《拥军模范赵顺》，载孟广臣、高德强主编《平北抗战诗歌》，天马出版有限公司，2011。

赵顺的家，在海陀山峰东侧大平顶山腰的侯庄子村，侯庄子是个不大的自然村，属纪宁堡大庙子行政村管辖。赵顺从九岁起给地主富户放羊，也当过长工打过短工，可总填不饱肚子，衣服净是窟窿眼。时间长了，也无人知道他的大名，因为他排行老五，都叫他"五羊倌"。

1938年夏末，赵顺在坡上锄地，突然看到西山梁有支带枪的队伍走过，吓得他慌慌张张跑回家，心里突突直跳。家里人不知发生了啥事，都躲在一边不敢吱声。过了半晌，村中也没什么响动，赵顺推门往外走，见几个当兵的坐在地边上歇息，有个小战士还热情打招呼："大伯，来这儿坐坐！"

赵顺壮着胆磨蹭过去，不想"呼啦"围了一伙人上来，大伯长，大伯短，问这问那，说他们是八路军第四纵三十四大队，从冀东返平西，是老百姓的队伍，专门打日本鬼子。赵顺活了四十多年，第一次看到这样和蔼可亲的兵，他转身回家挑来一担水，拿葫芦瓢给大伙舀水喝。战士接过水都会说声"谢谢大伯"，喝完了还张罗着付水钱，赵顺不收，人家硬把铜钱扔到水桶里。

部队开拔了，赵顺拉着他们的手急着说："别走，别走，我叫家里给你们做上饭了"，"部队有任务，我们得走了，大伯，我们不久就会回来的。"赵顺望着队伍走远，直到最后一个战士翻过山梁。

"他们是好人啊，是咱的亲人。"五羊倌常对别人提起这档事，"这事儿我一辈子也忘不了……"

1939年冬天，五羊倌盼的亲人真的回来了，腊月的一天，钟辉琨派连队干部王子华、周之匀化装成皮货商人，以收羊皮为名，到纪宁堡一带开展工作，通过赵顺说服了"伙会"头目李恩，成立了抗日救国军，后来又成立了龙赤联合县。这些事儿前文已经说过，也是从那时起，乡亲们不再称赵顺"五羊倌"了，都管他叫赵五爷子，透着亲近，也透着敬重。

段苏权一到海陀山，县长蔡平就把赵顺介绍给他，说赵顺称得上是海陀山"老革命"，四处走村串户寻亲访友，动员大家伙投身抗日，参加八路军。

此时日军霸占黑河川已达七年，渗透长城以西的赤城、龙关也两年半有余，建立了严密的统治体系，在这里创建抗日根据地和发展党组织十分困难。赵顺有一个儿子四个闺女（因家贫送人一个），赵顺带头把独生子赵尚文交到部队。小伙子眉清目秀，人如其名，能吃苦耐劳，啥事都跑在前头，部队很是喜欢，没多久就入了党。

1941年5月下旬，平北游击支队一大队百里奔袭狮子沟，在这次战斗中，一大队只牺牲一人、负伤三人，不巧的是，牺牲的恰恰是冲在最前头的赵尚文。身为领导的段苏权，为此感到对不住赵五爷子，没把人家的独子看护好。

赵顺听了，说"保家卫国哪有不牺牲的！"在抗战最艰难的岁月里，他将大女儿赵玉珍送到区里工作，先后担任了区、县妇救会主任，二女儿留在村里忙前顾后，小女儿派到红石洼八路军卫生所当看护，天天给伤病员喂饭上药、端屎端尿，儿媳张秀英担任村妇救会主任，一家五口都先后加入了中国共产党。张秀英是赵顺家第一个党员，也是龙赤县第一个女党员。不幸的是，1943年夏，秀英从专区开完会又到县里开会，走路又累又渴，汗流浃背地回到家在阴凉处休息，喝了一口凉水，不料得了霍乱，过早地离开了人世。

赵顺的家成为八路军部队的中转站和伤病员安置所，一天做十几次饭是常事，最多时三间房里挤了二十多名伤残人员，迎来送往、照顾伤病员，这一切又都落在老伴身上。没有药，他采草药，没有盐，他冒着生命危险到敌占区去搞。

赵顺和老伴吃糠就着树叶野菜做的糊糊，把仅有的一点粮食一口口喂伤兵。有个伤员伤口化脓，腐肉里生了蛆，赵顺上山捋了杏树叶，和上烟锅油敷在伤口，将蛆虫引出杀死。一个姓董的战士在怀来作战负重伤，抬到五爷家已不省人事，赵顺天天为他清洗伤口，向后坑村沈家讨来点白面和鸡蛋，一勺一勺喂小董吃。有了敌情，白天背山洞，深夜背回家睡暖炕，有时一天要换几个地方。半年后，小董康复了，临走时动情地说："您就是我的亲爹，等您老了我来孝顺您！"赵顺笑着说："孩子，你这是说到哪儿去了，你报答我干什么呀？只要你狠狠打鬼子，那就是最大的孝心！"

平北军分区驻地，在海陀山东北麓大山深处的南碾沟，北靠大西山，眼望延庆川，往北过一道山梁，就是赤城的鸭地、纪宁堡，往南是杨树河、五里坡。南碾沟、纪宁堡、鸭地一带，正是平北根据地各机关所在地，平北地委驻西坡，专署驻朱家沟、平地村附近，军分区驻南、北碾沟，当时群众中流传甚广的一首歌唱道：

"1940年，八路军到北山，宣传老百姓，组织抗日军，还有青抗先；打鬼子、捉汉奸，纪宁堡子、南碾沟，成了平北的小延安；五里坡做军服，杨树河造炸弹，'饱了横'① 不敢来欺侮咱，受苦难的老百姓笑开了颜。"

赵顺所在的侯庄子，在纪宁堡东北角，段苏权时常路过，喜欢找赵五爷子聊天，了解了许多当地的情况。赵顺比段苏权大十九岁，算得上是两茬人了。赵顺不识字，收粮登记，就用玉米粒记数，划道记账，段苏权见了，派专人教他学文化。

赵顺虽不识字，但人记性好，收发文件、催缴公粮、埋藏物资、接送伤病员，心里都跟明镜似的，从来不出错。《挺进报》社进驻侯庄子时，赵顺把石印机运到大西坡上极隐秘的鸽子洞内，洞口下面是个约三丈高的陡立石崖，人要拉着上面吊下来的绳索，才能慢慢攀上去，洞外

---

① 饱了横，平北军民对汉奸的称呼。

满生丛林杂草，就是走近也不易察觉。

1943 年 12 月下旬，在南碾沟军分区所在地，由平北地区专署专员张孟旭介绍，段苏权亲自批准，赵顺光荣加入了中国共产党。1944 年底平北地区召开群英大会。12 月初，平北各县、各区队选出的英雄模范们，冲过敌人层层封锁，陆续到达海陀山，他们怀着异常兴奋的心情，共赴一场属于他们自己的大会。

海陀山东侧的朱家沟，红旗飘扬，张灯结彩，用松枝搭起牌坊戏楼，在三声礼炮声中开幕。有趣的是，因为没有专门的礼炮，引爆了地雷来代替。在这次大会上，赵顺被选举为拥军拥政模范，同时还有"一级功臣谢瑞，一级民兵战斗英雄何金海，二级民兵战斗英雄张升，爆炸英雄李宝山，一级模范工作者冷天贵，模范工作者袁福林（即袁水）"等十五位作出突出贡献的英雄模范，并推举赵顺、何金海、冷天贵为出席晋察冀边区群英大会的代表。

段苏权以平北地分委书记兼军分区政委的身份，在会上讲了话，发奖大会则由地分委所在地的朱家沟，移至军分区所在地南碾沟，张孟旭专员给英模颁发了奖品，颁给拥军模范赵顺三张奖状、一头毛驴、两百元蒙疆票，还有镐、锄等生产工具。除生产工具外，何金海获赠两支手枪、一头毛驴；冷天贵获奖一支"狗牌撸子"、五十元蒙疆票、三匹蓝布。最后一天演出京剧《陆文龙》，数千军民前来观看，盛况空前。

会后，宣传部干事赶写赵顺的模范事迹，以通栏的形式登载在 1945 年 3 月 11 日《晋察冀日报》上，文章朴实真切：

"四二年秋天大'扫荡'时，有七八个病号，害了伤寒和天花，找医院找不到，老五爷子便把他们领到自己家里，给他们烧炕，端屎盆，而且还给他们擦屁股。所以有一个病员好了以后，说：'老五爷子真和我的亲生父母一样！'……老五爷子对待荣誉军人也很好……有四个回冀东原籍去的退伍军人，路过侯庄子，老五爷子不但留住吃饭，还每人送给十块钱的盘费，这四个同志感激的说：'你老人家这片心肠，我们死也忘不了啊。'……为什么老五爷子能把全家全村弄得这样好呢？是因为他发扬了民主，他说，'我也不打，也不骂，我一见对军队不利了，就把大家找到一块开一个会，告诉他们哪个不对，应该怎样去做。'……"

文章结尾说："平北抗联曾发出指示，号召全区百万人民，广泛开展赵顺运动，为了全面的学习赵顺的模范行为和英雄事迹，还具体规定了开展赵顺运动的内容、步骤、办法和应注意的问题。"

平北群英大会后，顺势开展了"赵顺运动"。1945年3月中旬，段苏权起草了《在拥军拥政优抗月中开展"赵顺运动"的指示》，称"赵顺同志是根据地建设当中涌现出来的最忠心的拥军拥政模范，他的事迹、他的行为、他的方向，就是改造与密切军政民关系中群众所应依循的标准。我党应抓住这个最现实的典型，掀起拥军拥政的热潮"。号召在开展"赵顺运动"中，发现和培养各地区之"赵顺"，"切实给各地之'赵顺'以鼓励与帮助，使他们在人民中享有崇高之荣誉与模范推动作用，真正成为当地人民的楷模。"

据《张家口文史资料》记载，新中国成立后"以革命英雄人物和其他人名为地名的有：存瑞、战海、辉耀、赵顺等"，一个少知名姓的羊倌，成为乡名，足见其"享有的崇高荣誉"。

1951年，赵顺光荣出席了在北京召开的老区人民代表大会。1954年，张家口地委把赵顺接到张家口附属医院治疗眼疾，1959年进入市福利总院。该院总支发函称："赵顺同志自入我院养老以来，一直保持艰苦奋斗的作风，在个人生活上，处处不让国家多花钱。本人虽然年岁大还坚持劳动，对院内种的蔬菜，总是起早睡晚地照料着，并且出席过区、市的烈军属积极分子代表会。"

1989年，这位九十三岁的老人，走完了平凡又极不平凡的一生。此时，段苏权已患尿毒症，靠透析维持生命，但他执意要赶去为老人送最后一程。秘书说，去张家口的路不好走，发个唁电、送个花圈就行了，段苏权说："别人的追悼会我可以不参加，老五爷子的葬礼我不能不参加，他对平北的贡献太大了！"

平北有老父亲般的赵五爷子，也有像邓玉芬一样的英雄母亲。

2014 年 7 月 7 日，习近平总书记在纪念全民族抗战爆发七十七周年仪式上的讲话里，特别提道："在这场救亡图存的伟大斗争中，中华儿女为中华民族独立和自由不惜抛头颅、洒热血，母亲送儿打日寇，妻子送郎上战场，男女老少齐动员。北京密云县一位名叫邓玉芬的母亲，把丈夫和五个孩子送上前线。"

邓玉芬 1891 年出生在密云县水泉峪村，小时候家境贫寒，没有成年就嫁到邻村张家坟村的任家，丈夫任宗武。嫁过去后，婆家更穷，夫妻俩婚后房无半间，地无一垄，只好借住在亲戚家，靠租种地主的几亩土地过活。性格刚强的邓玉芬，从 1911 年起，二十年间，先后拉扯起七个儿子。

1933 年，古北口长城抗战失败后，密云长城以外的地区被日本侵略者占领，归属伪满洲国。邓玉芬一家的日子更加艰难，为了糊口，三个大点的儿子只得离家外出去扛活，夫妻俩也被迫带着几个小儿子搬到张家坟村东南的猪头岭山上开荒度日。

在日伪统治下，除了生活上的困苦，邓玉芬发现日本人不许中国人使用中国的年号，还强迫百姓忘掉自己是中国人。邓玉芬虽没有什么文化，也清楚这意味着什么，她每年祭祖时，一次又一次地叮嘱儿子们："记住，咱们是中国人，到死也不能忘了祖宗！"

1940 年 5 月，十团挺进丰滦密地区，不久就派工作队来到张家坟宣传抗日道理。接着，参谋李瑞徵又来到这里组织抗日游击队。邓玉芬见到八路军和地方工作人员打日本、爱穷人，像见到亲人那样高兴，听说要组织武装打日军，更是打心眼里赞成。她让丈夫把两个在外当长工的儿子找回来，参加抗日队伍。丈夫二话没说，揣块糠饼子连夜出去找儿子。

6 月 10 日晚上，白河游击队在猪头岭正式成立。邓玉芬的大儿子永全、二儿子永水成了游击队的战士。9 月，三儿子永兴不甘忍受财主的欺压，跑回家，也参加了游击队。永全、永水从小就泡在苦水里，到游击队后，进步很快，打起仗来机智勇敢。随着白河游击队被编进丰滦密县大队，继而编为十团二营四连，他俩也同时升为班长。不久，永全当了排长。

三个儿子去抗战，邓玉芬的生活虽然更为艰难，但对未来却充满了希望。她除去操持家务外，还抽出时间参加抗日工作。当时，张家坟一带是丰滦密抗日根据地基本区，抗日队伍和游击队经常来往经过。十团的供给处和卫生处等，也在村西南大山里。邓玉芬经常忙着为抗日队伍烧水、做饭、缝补衣裳，照顾伤员，传送情报。她还积极支持老伴任宗武为八路军运送军粮、子弹，支援前线。

她的家是干部战士和伤病员的经常住所，她待他们像亲人，每个干部战士到了她这儿就像到了家一样。烧水做饭，缝补衣服，邓玉芬为伤病员接屎接尿，喂汤喂水，从不嫌烦。她和孩子们以粗糠、树叶、野菜充饥，却把自家大部分粮食省下来给伤病员，甚至连杏干、杏仁、倭瓜籽之类的小吃食也精心收攒起来，留着款待同志们。为了让伤病员早日恢复健康，她专门养了几只母鸡，下了蛋一个也舍不得给儿子吃，全用来补养伤病员。每当伤病员痊愈后离开她的家，她都像送儿子出征一样，把衣服洗净补好，带足干粮，仔细叮咛着，把他们送出老远、老远。自打八路军来了那天起，谁也说不清她究竟迎来送走了多少干部战士，养好了多少伤病员。凡是来过她家的同志，都感到邓玉芬对待自己就像亲妈妈对待儿子那样温暖。所以大家都称呼她为"邓妈妈"。

1941 年秋末，日伪军对丰滦密抗日根据地发动了万人大"扫荡"，实行残酷的烧光、杀光、抢光、片光（片光青苗）的"四光"政策和"围子"，疯狂制造"无人区"。邓玉芬的家就在"无人区"内，敌人到处烧房抓人，强迫百姓迁入"围子"。邓玉芬等许多老百姓坚决不进日军的"围子"，而躲进深山沟里，坚持斗争。房子被烧了就搭窝棚；窝棚被烧了，再重新搭起来。一个月之内被烧达七八次。东西被抢走，很多人惨遭杀害。但是，这没有使邓玉芬屈服，反而激起对日军的更大仇恨。这时，邓玉芬又把在山外扛活的四儿子永合、五儿子永安找回来，参加了本村的自卫军（民兵），配合八路军打击日本侵略军。冬季，天气寒冷，为了安全，丰滦密联合县政府，动员一部分老弱妇女暂时撤离"无人区"，去投亲靠友。邓玉芬响应号召，带着未成年的小儿子，投奔到东户部庄的亲戚家住。

1942年3月，大地解冻，天气回暖。丰滦密县政府号召"无人区"的群众返回村里春耕。邓玉芬家积极响应。她帮助老伴任宗武收拾好农具、种籽，先回猪头岭。任宗武到猪头岭一看，草房早被日军烧毁，墙被推倒，火炕被刨掉，家具已荡然无存。甚至连石碾子、石磨都给毁掉了。这里距道路很近，不能隐蔽，于是就到猪头岭上边的百梯子居住。

百梯子是张家坟一带一个较高的山峰，断壁悬崖，道路艰险。山顶上有一块平地，有几间窝棚，地方工作人员和游击队，经常住在这里。当时，区游击大队长任永海正住在这里。任宗武和四儿永合、五儿永安也和他们住在了一起。由于坏人告密，马营据点一百多名日伪军扮成打柴的偷偷摸上山来。

那天清早，任宗武与永合、永安正在推碾子。永安发现有人上山，正要向窝棚里跑，敌人开枪打中了他的腿部，倒在地上；任宗武没跑多远，也中弹，立刻牺牲；永合急忙跑回窝棚，向任永海报告。任永海听后，知道情况紧急，先点火烧了文件，然后便带着大家向外冲，但被敌人射中，不幸牺牲。其余人也被敌人逮住。永安伤势很重，半路上被日军开枪打死。永合被投入监狱，由于不肯讲出我方情况，又被押到东北鞍山做劳工。

丈夫死了，五儿死了，四儿被抓走了，仿佛一夜之间天就塌了，邓玉芬听到噩耗顿时就晕了过去，六儿七儿扑到她的怀里，大声地呼喊："妈妈，妈妈！"

邓玉芬醒了过来，她紧紧地抿着嘴，半晌没说出一句话来。亲戚看到她孤儿寡母，分外凄惨，就劝："玉芬，当家的走了，你别回去了。"

邓玉芬谢绝了亲戚的挽留，拉着两个儿子的手斩钉截铁地说："走，咱回家去，姓任的杀不绝，咱和鬼子干到底！"邓玉芬回到了猪头岭，用丈夫握过的锄头刨地，用丈夫带回的种子播种，她要把荒芜的土地开垦好，打下粮食支援八路军。她要把未成年的儿子拉扯大，哺育成人。

然而，命运没有放过这位母亲，不幸的事情接踵而至：1942年秋，大儿永全在保卫冀东盘山根据地的一次战斗中英勇牺牲；1943年夏，被抓走的四儿永合惨死在鞍山监狱中；1943年秋，二儿永水在战斗中负伤回家休养，因伤情恶化无药医治，死在邓玉芬的怀里。

二儿媳妇也改了嫁。三儿永兴参军后，一直没有消息。这时，邓玉芬身边只有六儿永恩和还没起大名的七儿。国恨家仇的怒火燃烧在邓玉芬的胸中，她拼命地劳动。她要用自己的汗水把两个未成年的儿子养大，凡是对抗日有益的事样样干在头里，从早到晚闲不住。

1944年春，敌人再次进行疯狂"扫荡"，一连七天七夜搜山剿岭，百姓纷纷躲进深山。邓玉芬的六儿跑丢了，她只好背着不满七岁的小七躲进一个隐蔽的山洞里，一藏就是好几天。山洞里又阴又冷，加上几天几夜没有东西吃，小七生病发烧，又哭又闹。邓玉芬虽然百般哄劝，儿子仍然哭闹不止。如果小七的哭闹让搜山敌人听到，躲在山洞里的人们都会被敌人抓住杀死。眼看敌人离山洞越来越近。邓玉芬急中生智，撕下一块破棉絮堵在了小七的嘴里。等敌人走远了，才把堵在嘴上的棉絮拉出来，这时小七的脸已憋得青紫，都哭不出声来了。经过这次惊吓，再加上冻饿疾病，连个大名都没有起的小七，就离开了人间。邓玉芬忍受着悲伤，忍受着饥渴，也不下山去向敌人低头，直到晕倒在山上。"扫荡"的敌人撤走后，乡亲们把邓玉芬抬下山来，无不感动地流下热泪。

坚强的邓玉芬，又一次战胜了失子的剧痛，重新站了起来，乡亲们来安慰她时，她反倒安慰大家说："只要大家平平安安的，小七死了也值。"

邓玉芬顽强地生活着，她要亲眼看到胜利的那一天。这一天终于来到了。1945 年 8 月，抗战胜利，邓玉芬笑了，她用笑声告诉九泉之下的丈夫、大儿、二儿、四儿、五儿、七儿：咱们胜利了！

邓玉芬，平北一个普普通通的农村妇女，为了打败日本侵略者，无私地献出了丈夫和五个孩子。新中国成立后，党和政府在生活上给了邓玉芬很好的照顾，为她在张家坟村盖了两间瓦房，冬天为她送棉袄，夏天为她送单衣，病了送她到医院治疗，即使在三年最困难时期，也为她送去足够的细粮。在物资匮乏的年代，她经常拿政府发给的粮食、衣物接济周围生活困难的邻居。

1956 年，国务院一位负责同志接她到北京去住，她去了几天就硬要回家，临行前工作人员陪她逛了商店，并转达领导的话，要她买些需要的东西，由国家开支，但她只是饱了饱眼福，一分钱东西也不肯买。她说："政府对我那可是一百一，我很知足。眼下不缺吃不缺喝，怎能再给国家添麻烦。"

1961 年春节，邓玉芬光荣地出席了北京市烈军属代表大会，受到彭真、刘仁、吴晗等领导同志的接见。面对政府的照顾，邓玉芬无比欣慰，但又为自己给国家增添负担而感到不安。为此，她三次谢绝了县领导要把她的家迁到平原富庶地区的好意。

1970 年 2 月 5 日，邓玉芬因病医治无效不幸逝世，享年七十九岁，这一年正是农历除夕。邓玉芬临终前，嘱咐公社干部和亲人："别把我埋在深山里，把我埋在大路边，我要看着十团孩子们回来。"

2012年，中共北京市委宣传部、密云县委县政府在石城镇张家坟村修建了"英雄母亲邓玉芬"主题雕塑和英雄母亲主题广场。雕塑高五米，花岗岩材质，基座为山石，邓妈妈伫立在山岩上，左手握布鞋，右臂挎针线筐，眺望着远方，盼着亲人和战士们胜利归来。

在抗日战争时期，平北地区像赵五爷子和邓妈妈这样为了国家大义，把亲人送上前线、自己支援抗战的群众有千千万万，对于百姓而言，他们朴素的心愿就是："打跑小日本，过上好日子。"这是抗日战争胜利的基石。

第六章　鏖战张垣

平北的目标

壮志昂扬个个夸，胸前朵朵大红花。

送郎送子牵衣话，"为打东洋莫念家"！

——刘力生《扩军所见·1943年》

时间进入 1944 年，日本侵略者的日子愈发不好过。对于 1944 年秋季的治安状况，华北侵华日军第一课高级参谋寒川吉溢大佐曾哀叹：在方面军占领的三个特别市（北平、天津、太原）四百个县当中，治安良好的除三个特别市以外，只有七个县。有一百三十九个县差不多未部署兵力，不得不听任中共活动。还有二百九十五个县属于中间地区，在该地区彼我势力浮动很大，行政力量大多不能充分贯彻执行。其中大部是以县城为中心，只将兵力分驻几个乡村，民心多倾向共产党。[①]

寒川吉溢的叹息，实际上宣告了日伪势力统治的破产。北平尽管是"治安良好"，但是以北平城为圆心，画一个圆圈，敌人在北平的统治，还不到六十里。感受切肤之痛的日军大本营连连抱怨："1943 年中期，分驻各地的日军部队、铁路警护队、华北绥靖军部队等，几乎都被封锁在

---

① 转引自《正视历史事实 深化抗战研究——访中共中央党校党史教研部教授李东朗》，《中国社会科学报》2015 年 6 月 26 日。

各自的驻地，有的附近就是共产党恐怖横行之处。至同年末，治安更加混乱，不仅日本军的小队、中队，就连大队本部有时也成了中共军夜袭的目标。"①

平北的局势也愈发明朗，段苏权后来在文章中回忆1943年1月到1944年12月的工作时说："中共平北地分委和平北支队司令部分别作出了反'蚕食'斗争和军事斗争的决定，一致强调密切地方与部队的协同配合，广泛开展群众工作，深入群众，贯彻政策。部队开展广泛的分散游击活动，袭扰敌人，争取一枪一弹的胜利，积小胜为大胜。主观指导上的转变，使军平北军民从1943年下半年开始，在武装斗争和政权建设方面，开始逐步赢得主动，并不断取得胜利……不但收复了1942年失去的地区，还开辟了滦昌怀顺联合县和龙崇宣联合县两个地区；恢复与再建村政权四百一十五个，新开辟两百七十三个，共计六百八十八个，占全地区总村数百分之四十八点八，这部分村庄人口有六十一万九千余人，龙关、赤城、延庆地区武装斗争的主动权，基本上掌握在我军手中"②。

经历风雨如磐的1942年，时任军分区政治部主任的杨春圃和政委段苏权对于平北发展的形势有些分歧，杨春圃认为："在军政委员会与地委联席会议上③，我认为平北不应按发展形势来布置，段认为北面龙崇赤仍是发展的形势，在6月会议前后我有些意见。"④

两人的意见分歧，其实来自战术方面，段苏权之所以紧盯龙崇赤地区，着眼的是宣化的经济政治价值。

秦统一六国，此后大一统的王朝都非常重视以宣化为主要方向的北

---

① 日本防卫厅战史室编：《日本军国主义侵华资料长编·大本营陆军部》摘译，四川人民出版社，1987。

② 段苏权：《忆平北抗日根据地的斗争》，载中共北京市委党史研究室编《北京地区抗日运动史料汇编》（第四辑），中国文史出版社，2000。

③ 指1942年6月12日平北地委军政委员会联席会议。

④ 见晋察冀人民抗日斗争史平北分会：《平北地区抗日战争时期历史资料选编》（第一辑），1982。

部边防。

史海钩沉，仅汉、唐、宋、明四个朝代，北方游牧民族经宣化南犯的较大战争就达七十余次，其中明代尤甚，不下五十余次。其后控沙漠，左扼居庸之险，右拥云中之固，战略地位十分重要。也正因明代重视边防，宣化逐渐发展为有相当规模的边防军城，建七门一关，嘉靖年间，宣化城军户近三万人，官户四千人，而民户仅两千，故有"九边冲要数宣府"一说，设有相当于省级（布政使司）的军事机构——万全都指挥使司，治所在宣化。明中叶以后，随着北方鞑靼、瓦剌和兀良哈部族频繁入侵，朝廷还另向这里委派更高级别的挂"镇朔将军印"的总兵，宣府成为京北政治、经济中心。

宣化的繁盛可追溯到元代，意大利旅行家马可·波罗在至元年间，曾随忽必烈到过此地，在《马可·波罗游记》中对宣化（元时称顺宁府宣德县）有详细记述。自清以降，由于张（北）库（伦）大道的开通，对蒙、对俄的贸易风生水起，紧邻宣化的张家口，才取代宣化膺升塞外第一重镇。

宣化的再度"繁荣"和引起关注，出自日本侵略者的政治野心。

1927年7月25日，日本首相田中义一在他的秘折中提出"惟欲征服支那，必先征服满蒙；如欲征服世界，必先征服支那。倘支那完全可被我国征服，其它如小中亚细亚及印度南洋等，异服之民族必畏我敬我而降于我，使世界知东亚为我国之东亚，永不敢向我侵犯……而满蒙权利果真落入我手，则以满蒙为根本，以贸易之假面具风靡支那其余各州。再则以满蒙之权利为司令塔，而攫取全支那之利源。"

日本细菌学家金井章二，1924年出任满洲铁路株式会社地方部卫生课长，因鼓吹日本应在中国"建立一个多民族的、自治的满洲国"而受到军方青睐。1937年8月9日，关东军接到赴察哈尔作战的命令，金井章二随关东军参谋长东条英机所率机械化部队跃过长城。8月13日关东军司令部推出《察哈尔方面政治工作紧急处理纲要》，主张建立"统辖察北察南的统一政权"，但遭到最高统帅部陆军部的反对，并训令关东军对其内蒙古工作应以长城以北的察、锡两盟为限。

陆军部的反对，并不能让关东军罢休。先行制造既成事实，再来推行自己的方案，是关东军历来的习惯。8月27日，日军占领张家口，立即积极开展工作，9月4日，迅速成立察南自治政府，受张家口特务机关长松井太久郎大佐（其前任为松井源之助）及最高顾问金井章二指导，察哈尔派遣兵团独立混成第一旅团长叫酒井镐次，所以留下一个有趣的细节，后来蒙疆的伪职人员常自嘲是"掉进井里"。

10月27日，在东条英机操控下，成立伪"蒙古联盟自治政府"，指定乌兰察布盟盟长云王为名誉主席（次年病故），锡林郭勒盟代盟长德王 [1] 为副主席兼政务院长，金井章二为最高顾问。11月22日，蒙、察南、晋北三个伪政权派代表汇集张家口，按预定计划组成伪"蒙疆联合委员会"，"这样，由以前察哈尔建政的设想，一跃变成建立包括绥远、晋北的蒙疆政权的蓝图"。这个理论根据，出自金井章二的跨学科"研究"：晋北和察南在经济上和地理上都与南面的中国不同，商品运输量的百分之八十是通过大同做东西向流通，地理上五台山脉实际形成晋北与晋南难以逾越的障碍，从经济上讲，内蒙古才是它们天然的伙伴，况且平绥铁路已使这个区域融为一体，晋北的大同煤矿、察南的龙烟铁矿最有吸引力，若将察南、晋北分离出去，仅在内蒙古实现独立自主是有困难的，必须将三处统合起来，这就是后来被日寇规划为"蒙疆"地区的由来。

---

[1] 德王（1902—1966），德穆楚克栋鲁普，"德王"是其简称，内蒙古王公，主张内蒙古独立，抗日战争时期与日本侵略军合作在察哈尔、绥远两省境内（今内蒙古自治区中部）建立了傀儡政权蒙疆联合自治政府，并担任要职。1963年春获准特赦出狱，被聘为内蒙古文史馆馆员。1966年5月23日在呼和浩特过世。

日军侵占张家口时，张家口魁星高布庄经理于品卿，因为率众手持自制"膏药旗"接迎有功，被封为"察南自治政府"最高委员，把原察哈尔省坝下（坝上数县早已沦陷）的宣化、怀来、龙关、赤城、延庆等十县拼凑在一起。

于品卿是河北南宫人，早先在布店学徒，上过八年私塾，加之伶牙俐齿、八面玲珑，很快爬上经理宝座。12月27日，日本陆军大本营决定察哈尔派遣兵团司令部改为驻蒙兵团司令部①，自此脱离关东军建制，但"关东军从未改变其设想，而努力使驻蒙兵团继承关东军的方针"。

1938年6月，金井章二带着德王、于品卿、夏恭和李守信，赴日本国"考察"，随带搜刮的大批珍宝向日本天皇和政要进贡，受到裕仁天皇接见和日本内阁陆军大臣板垣征四郎、海军大臣米内光政等人的宴请。7月4日，驻蒙兵团又改为驻蒙军（又称蒙疆驻屯军），编入北支那方面军（华北方面军）序列，其基本部队为一个师团（先为第二十六师团，后为第一一八师团）和一个旅团（独立混成第二旅团），曾经配属坦克师团、骑兵旅团、野炮联队、飞行中队、独立警备队等部队。

1939年9月1日，为加强对察绥地区的控制，"察南自治政府""晋北自治政府"和"蒙古联盟自治政府"三个伪政权正式合并在一起，成立了伪"蒙疆联合自治政府"，首府设在张家口，以四色七条旗为标识，借用成吉思汗734年为纪元年号，俨然以国家形态出现在世人面前。施政大纲是："日察如一，剿除共党，民族协和，民生向上。"德王为主席，于品卿、夏恭为副主席，辖察哈尔、乌兰察布、锡林郭勒、巴彦塔拉、伊克昭五盟和察南、晋北政厅，盟下辖旗与市，政厅下辖县与市。1943年1月1日，察南、晋北两个政厅改为省，察南政厅改为"宣化省"，下辖张家口市及万全、宣化、怀安、怀来、龙关、赤城、延庆、蔚、涿鹿、

---

① 驻蒙兵团又称蒙疆兵团，直隶日本陆军大本营，负责蒙疆地方防卫。

阳原等十县；晋北政厅改为"大同省"，下辖大同市及大同、怀仁、阳高、天镇、浑源、广灵、灵邱、朔平（右玉）、山阴、应、朔、左云、平鲁等十三县，面积四十五万平方公里。[1]

1943 年 1 月，随着察南政厅改宣化省，由张家口迁至宣化办公，张家口升格为特别市，归政务院直辖。

日本本就资源匮乏，视华北为"大东亚战争的兵站基地"，蒙疆地区更是日本侵略者实行经济垄断与物资掠夺的重要场所。在"中日经济提携"口号下，提出所谓"粮食就是子弹""羊毛就是火药""人力就是武力"的生产协力三原则。"蒙疆联合自治政府的主要目标是：一、最大限度地对日本提供重要国防资源；二、确立自给自足的体制；三、使大陆各地区之间的交易更加圆滑。"

张家口和宣化唇齿相依，段苏权的战略思考，认为平北之目标，应该在西面的张家口，而非东面的热河。

从 1942 年起，龙延怀联合县的五区就将触角不断伸向宣化县，游击小队两次攻打葛峪堡[2]伪大乡。7 月，在常家庄建立了宣化县第一个农村党支部，冷天贵成为第一名党员。

1943 年 5 月，平北地分委在龙（关）宣（化）公路以北建立龙崇宣工委、县佐公署，王一心任工委书记，王煜文（王育之）任工委委员兼县佐。

王一心回忆说："1943 年 5 月，平北地分委根据形势，决定组织武装工作队，扩大根据地，缩小敌占区。地分委书记段苏权、副书记陆平找我谈话，说明从龙延怀和其他县抽调干部和武装人员十五人，八条枪，组成龙崇宣武工队和工委、县佐公署，让我担任'龙崇宣'工委书记兼武工队政委……当时，龙崇宣这块地区非常复杂，西临伪蒙疆首都张家

---

[1] 周总印，《罪恶的集合——伪蒙疆政权的建立》，《张家口日报》2021 年 5 月 10 日。
[2] 明代宣府镇中路参将驻地，修筑时间长达一百四十九年。

口；西南是宣化城和下花园交通要道，以及榆林敌飞机场；东边是龙关城；北边是崇礼县城和张北城；只有东南与我龙延怀联合县游击区毗邻。在这方圆四百华里地区，有大、小日伪据点——警察署三十多处；各村都建立了伪行政机构甲公所；敌特网点遍布各村，控制严密，我方一有活动，敌人很快知道，稍有疏忽，就发生意外；加之，敌人反动宣传的欺骗、恫吓，许多群众对国家和民族的前途，几乎丧失了信心，悲观绝望情绪相当严重，对我们听之恐惧，所到村庄群众敬而远之，政治处境对我十分不利。"①

在这种艰难的境况下，王一心等人通过扎根群众、秘密建党、建设政权、主动出击等工作方式，逐渐在崇礼前沟和宣化赵川北山立住了脚，随后龙关片为一区，崇礼前沟片为二区，赵川北山片为三区，宣化常峪口②片为四区，在二十三个村成立了党支部。

在平北的昌延联合县，1943 年春，十团由丰滦密地区回到了延庆川，团长王亢，政委李光辉，副政委曾威。大概半年的时间，十团部队尽管采取灵活机动的战略战术，但在一些战斗中还没有歼灭或重创过敌人，因而昌延地区的形势并未有实质性变化。日伪军依然猖狂，驻在延庆县城的是伪蒙疆骑兵大队，凭借着战马，时不时地突然袭击，包围某一个村庄，这给十团的活动，还有地方工作的恢复造成了极大的麻烦。十团曾几次寻机歼灭他们，但都未能奏效。

6 月上旬的一天上午，王亢和曾威率领一、二、四连正在延庆城东南方向八公里处的老银庄一带活动，伪蒙疆骑兵大队闻讯进行突袭。

老银庄东、西、南面群山起伏连绵。当蒙疆骑兵大队突然袭击来时，十团借助这里的有利地形，沿着东山沟，越过窑湾东梁，往瓦庙村的石

---

① 王一心，《凤凰山上红旗飘——龙崇宣抗日根据地的开辟及发展》，载中共张家口地委党史办公室编，《张家口地区党史资料选编·第二集》，内部资料，1986 年 10 月。

② 明代著名关口，因修有凤凰台，又称凤凰台口。

294

亩梁方向转移。骑兵可以在平川地带横冲直撞，然而到了山区就不灵了。敌人一看到八路军从马厂川退走，以为万事大吉了。恰巧此时，正逢午饭时节，敌人进到村里，挨门挨户搜罗米面鸡鸭，生火做饭，把整个村子搞得鸡飞狗跳，乌烟瘴气。

十团刚转出去不远，看到日伪军不来追击，王亢于是登上附近最高的石亩梁山梁，看到村中的情景，心中不禁一喜。

王亢同曾威商定："以急袭手段痛打老银庄之敌。"当即指挥一连迅速抢占老银庄村东小山梁，用火力猛袭在村中的敌人，二、四连由村东南向西迂回包抄，防止敌人逃跑。

战士们翻过石亩梁，顺沟下到窑湾，直奔老银庄东山时，被敌人在山上设置的一名便衣探子发现。他扭头就往村中跑，企图回村报告。一连见此情况，以迅雷不及掩耳之势抢占了村东小山梁，展开火力对准村中敌人猛烈射击。

这时的伪蒙疆骑兵大队做梦也没想到十团会杀回马枪，正当他们欲待饱餐一顿的当口，八路军战士却如神兵天降，敌人慌乱得不知所措。有的被当场击毙，有的扔下饭碗逃进了村外的庄稼地。

遗憾的是二、四连包围圈拉得太大，收拢不及，又加上东北面有高山寺敌人据点，担心腹背受敌，未能在此方向设置兵力，致使溃逃的敌人从老银庄经达默口子逃回延庆县城。

这场战斗毙敌十多人，其中有一个日本指导官，缴获战马二十多匹，部分步枪、弹药。据事后了解，有一名特务当时藏起来未能逃走，部队撤离后，特务被村民们发现将其砸死。

后来老乡反映，战斗结束后的第三天，敌人重新返回村里，用老乡家的木柜装走了被打死的日本指导官尸体。

伪蒙疆骑兵大队遭此打击，不久又在柳沟西山被十团设伏，全歼一个排，其嚣张气焰完全被打下去，再也没敢单独出来骚扰过。

1943 年秋末冬初，十团团部和昌延县领导机关都活动在果庄和北地一带深山区里。这一天，县委在果庄开会，向干部布置工作。

果庄往东北五十里地就是大庄科，驻守着伪满洲军第二旅三十五团二营。伪满洲军三十五团是主力团，装备好、弹药充足，受过日本人特殊训练，但是最精锐的二营，屡遭八路军重创。

1938 年 6 月邓宋支队挺进平北，在丰宁县花盆村（今属延庆区）南孤山，歼灭的就是三十五团二营，詹大南是当时的指挥员之一。1940 年 5 月 28 日，白乙化率十团主力挺进平北，第一个咬上来的又是三十五团二营。十团在沙塘沟东北的一座山梁，爆发"沙塘沟战斗"，毙伤敌伪两百余人。

1940 年至 1941 年，三十五团分驻大水峪、永宁、大庄科各一个步兵营，四海驻有步兵连和骑兵连，团部率直属分队驻永宁。三十五团团长叫阎冲，是锦州人，一贯作威作福，欺压老百姓，俨然平北各县伪政权的太上皇，对"后七村"多次围攻"扫荡"，还把延庆划归他的管辖范围。阎冲的全家住永宁城里，他的儿子、内弟在北京念大学，到了夏天放暑假期间回家省亲，1940 年 8 月 27 日，返校途经吴坊营村高家坟附近（延永公路），被五中队指导员武殿义截了这辆车。

阎冲在事发次日，出于报复心理，派一个营经过昌延县一区二区，直奔小庄科"扫荡"，恰好遇到昌延联合县书记徐智甫和县长胡瑛住在窑湾黄土梁，双方交火，徐、胡遭残杀。后来战士们讲，像这么反动的家伙，应该把阎冲的儿子宰了！但最终还是执行党的政策，不仅没杀，还把他们的伤治好，进行教育以后，释放他们回去。阎冲对此有所触动，此后三十五团内部起了很大变化，对于抗日政权的活动，睁一只眼闭一只眼。日本人发现后，名义上升旅长，将阎冲调离。阎冲临走时，对一直为抗日政权服务的甲长杜春林说："我在这里驻防，感谢诸位支持，我带来多少弟兄，走时还是多少。再来的二营长赵海臣要驻大庄科，他比我狠……"

阎冲的暗示果然应验，这个赵海臣心狠手辣，又狡猾异常，早先是个惯匪，杀人不眨眼，百姓称他是"见东西就抢，见房就烧，见人就杀的铁杆汉奸"。每次出去"扫荡"，他都扮成士兵模样，悄悄溜出，又偷偷溜回，使人弄不清他的真实面目和行踪。他在昌延县的一些村庄，敲诈勒索，捆绑吊打，杀人放火，干尽了坏事，仅他亲手杀害的抗日军民就有二三十人。对解放区的骚扰、破坏相当严重。一次他乘十团不备，带着队伍偷袭了立石沟村的十团供给处，抢走部队准备的几百套过冬棉衣。从此，赵海臣的气焰益加嚣张，口出狂言："我要像捡芝麻一样，一个一个地捡老十团，最后要把王亢捡到手。"

十团早就想除掉赵海臣这条毒蛇，这次机会来了。县委在果庄开完会的第二天，伪满洲军三十五团在团长刘书元的带领下，窜到果庄，企图袭击军政机关。二营原本在驻地留守，但赵海臣由于曾偷袭供给处得了便宜，这天早晨八时，也溜出大庄科，带着队伍奔向果庄一带，妄图继续来场偷袭。

当时，十团的四个连队驻在北地和三道岭两个村。中午时分，王亢在北地村山梁上，用望远镜向果庄北大梁观察，见到敌人所放的警戒哨，下撤向果庄；同时，看到太子沟方向上空烟雾弥漫。王亢唯恐隐藏在太子沟的机要资料、平时所记日记和物资被敌人搜掠去，决定率一、二、四连去太子沟察看情况，留下团部和三连在驻地。

王亢率领部队赶到太子沟东大梁上，向沟底一看，原来是日伪军在搜索、焚烧十团的物资。王亢立即令四连一个排迅速占领果庄北大梁，扼守制高点，防止走向果庄方向的敌人主力回援；另两个排为预备队，又命令一、二连分别由太子沟左右两个小山坡上插去，构成两面夹击敌人的态势。

下午3时左右，战斗打响。十团战士勇猛顽强，居高临下，同时向敌人开火，机枪声、步枪声、手榴弹爆炸声震撼整个山谷。日伪军遭到这突如其来的猛烈攻击，吓得晕头转向，立即乱作一团。没有被击中的，慌忙躲到大石头后面，乱枪还击。

八路军越战越勇，越打越猛。赵海臣这时才知道错打了算盘，碰上了硬对手，他不敢在沟底恋战，带着残兵拼命地往山上攻，企图占领制高点。但他万万也没有料到，王亢已经预先将两个排埋伏在山顶，等候多时。当赵海臣爬到半山腰，距我军只有二十几米时，激烈的枪声和手榴弹的爆炸声在敌人头顶上响起，几十个伪军当即丧命。战士们边喊边冲，要敌人缴械投降。

赵海臣的队伍，死的死，伤的伤，被俘的被俘，已溃不成军。赵海臣和日本指导官田岱，还有二十余个伪军，慌里慌张地钻进了一个大石头缝里。八路军战士在外边喊话，但里面却打出冷枪，使一名战士负伤。

直到战士们接连往里投了两颗手榴弹，这些残敌才知道无路可走，才把枪扔了出来，一个个地举着双手走出。赵海臣最后爬出来，战士质问："谁是赵海臣？"此时，赵海臣知道无法瞒过，便垂头丧气地回答："本人就是。"

此时，刘书元带领的伪军，窜到果庄，已经扑了个空。听到太子沟一带的枪声，知道发生了激烈战斗，不敢救援，赶紧带着队伍溜出果庄，绕道逃窜。

这次战斗，从下午 3 点开始，5 点结束，整整打了两个小时，击毙敌连长、军医以下百余人，俘虏赵海臣及日本指导官田岱以下七十余人，缴获机枪三挺，步、手枪一百余支。

经请示军分区和地委，决定处决十恶不赦的赵海臣。12 月的一天，在延庆南山莲花滩村开公审大会，群情激愤，十里八乡的老百姓都来了，有的还骑着驴，或全家坐着牛车，足有上千人，县长郭蕴和副政委曾威在会上讲了话。

赵海臣是辽宁黑山人，王亢是辽宁营口人，算是小同乡，行刑前王亢和政委李光辉问他还有什么话说，赵海臣一副死猪不怕烫的架势，说："当兵的还能死在炕上？"却又心存侥幸地说："你们八路军不是不杀俘虏吗？"

群众纷纷上台控诉赵海臣的罪行。最后县公安科长张俊英代表政府宣判赵海臣的死刑。接着便将赵海臣押赴村外处决。其余俘虏，根据党的政策，都予以释放，其中包括日本指导官田岱。田岱回承德后，被其上司第九独立守备队司令安腾忠一郎少将逼令切腹自尽，安腾特意给王亢写了一封信，意彰显"大日本皇军的体面"。

太子沟战斗的胜利，赵海臣被活捉，三十五团二营被歼灭，极大鼓舞了昌延地区人民群众的抗日热情。

稳固的根据地

尖刀插入敌区深，小队特兵各路分。

屏虏山穷又水尽，敢言"蚕食"与鲸吞！

——刘力生《反蚕食敌后武装工作队·1943年》

1944年初，日军不得不承认"华北地区治安日趋恶化"，北特警在其报告中叙述："冀东及平北地区，中共对于华方（伪政权）及重要资源地区的策动极为活跃。近来，各地频繁召开干部会议，积极加强保粮生产运动、反特工作及反扫荡的对策。特别在对满洲行政力量的伸展方面，诸如逐渐改革行政区划及建立新县政府等项工作，均有进展。北部山区，以长城线为中心的行政势力，亦在迅速发展中……此外，其军事集结等活动，近来更加活跃。以袭击和绑架等手段，以获得武器、弹药为目的的活动，以及破坏交通和通讯线路，对开滦煤矿地区进行各种阴谋活动，特别引人注目。"①

1944年3月到4月间，平北地区日伪放弃了二十多个据点和堡垒，对此，平北军分区在报告中分析："苏德战场红军冬季攻势消灭德寇一百零二万，第二战场可能随苏军夏季攻势而开辟。在太平洋战场盟军在新几内亚登陆，逐岛反攻的形势日趋紧张"，再加上"中国战场遭受八路军新四军的打击，兵力不足更加严重，士气日下，战斗力日减，军纪败坏，因之敌寇不得不被逼撤退据点。"这一形势"基本上是对我们有利的"，可以预料的是，"敌寇的新阴谋，将采取奔袭合围及部分地区'清剿'战术，敌集结兵力于主要交通线及大城市，其机动性必然加大。在军事上既然采取奔袭'清剿'战术，为加强其耳目，必然强化内奸及特务活动，利用各种封建迷信团体，收买落后及国特分子，为其效力。""有些干部和群众看到敌伪撤退了一些碉堡，即认为敌寇马上要垮台，几个月即可退出中国去的速胜论思想复活，夸大自己、轻视敌人的骄气亦颇为嚣张，这种不全面不正确的认识是非常有害的"。②

平北地分委根据地在斗争中不断地发展壮大，主力部队和地方武装都壮大起来，遇到敌人，不再躲避，而是主动迎击。为加大对蒙疆经济核心区的打击力度，粉碎日寇"以战养战"的图谋，利用敌战力捉襟见肘的窘境，平北军分区不断派出小股部队对日伪军进行袭扰。

1944年开年，十团就在延庆的古城和双营，打了个漂亮的伏击战。到了1944年5月，为了打开连通昌平北部山区通向平原的两扇大门，十团指战员在王亢团长的率领下，又在十三陵长陵、景陵地区，与日伪军一日三战，称得上"一日三战，三战三捷"。

南山延庆、昌平地区形势的好转，对北山根据地斗争是个极大的支持和鼓舞，日伪势力对山区的各种封锁被打破，山区的物资保障又源源

---

① 日本防卫厅战史室编，《华北治安战》，天津人民出版社，1982。
② 段苏权：《关于平北目前形势认识中的几个问题及收复地区工作的指示》，1944年5月10日。

不断的送了进去，山地与平川的抗日斗争烈火又连成了一片。

巍峨的海陀山像冲天的火炬，也照亮了西部的群山，当地的群众高兴地唱道："一九四四年，环境大改变。苦难龙崇宣，就要见晴天……"

据日本防卫厅编著《战史丛书》记载："第二独立混成旅团于 1944 年春曾进行清剿作战，给中共军平北支队以很大打击，可是到了秋天，平北支队又开始活跃起来，并企图破坏我资源开采、袭扰京包线，其动向实有必要予以警惕"。

为此日军下令铁道两旁不准种树和高秆农作物，就连多年的灌木丛也砍伐殆尽。运矿石和煤的列车加挂瞭望车，车上架重机枪或迫击炮，还在铁路沿线每隔两里垒两道高墙，墙高五米、厚一米，长约三十米左右，作为临时避险之地，真是杯弓蛇影、草木皆兵。

华北战场的形势对日军越来越不利，日军华北方面军在以半数左右兵力，参加打通中国大陆交通线作战，另一部兵力调往太平洋战场，同时"为了确保东北通向华北的走廊，防范我军向东北挺进，驱使伪满军主力十几个旅和各省讨伐队的大部向热河集结，并逐步进入冀热边和平北地区，与华北系统、蒙疆系统的日伪军协同向我进攻。"①

因此，敌人在平北的兵力反而有所增加，伪蒙疆、伪满洲、伪华北三个伪政权的合作也更协调和紧密。

时任平北地委副书记兼军分区政治委员的陆平，在 1944 年 7 月党员干部大会的报告中总结了平北当时的形势，报告指出：自 3 月会议②以后到现在，平北是始终处于反"扫荡"当中，这次反"扫荡"于 5 月中自龙崇赤开始，之后，又相继转到龙延怀、昌延和龙赤地区，自开始至结束，先后共历三个半月的时间，至 6 月末，战役方算告一段落。

陆平在报告中总结，敌人这次"扫荡"有两大特点，一是敌人这次

---

① 北京军区晋察冀军区战史编写组：《晋察冀军区抗日战争史》，军事科学出版社，1986。

② 此处指 3 月 15 日，平北地分委召开的"扩干工作会议"。

"扫荡"是在我春季攻势开始以后发动的，目的是为了配合其所谓"施政跃进"运动，但由于我们先发制人，使得敌人的阴谋遭到了严重的失败；二是在战术上，敌人这次"扫荡"和过去是有所不同，其基本不同，有以下几点：

1.敌"蚕食"失败又来了新的阴谋，他撤退了一些小据点聚集机动兵力，改变过去分散配备办法，实行"肃正"伪军，加强特务工作；

2.野战性、机动性加大，用奔袭、合击等办法，企图消灭我主力和指挥机关；

3.持久性，反复性加大，在这三个月里敌曾不断反复"扫荡"，到处破坏；

4.由于其兵力不足，不能全面"扫荡"，于是采取有重点的使用兵力，在每一时期内，各有一个重点，集中力量，尽力突击；

5.带有轮番性，伪蒙疆、伪满洲、伪华北各地区敌伪轮流进行"扫荡"，企图使我疲于应付，经常处于战斗之中。

陆平在此次报告中，将这次敌人"扫荡"分为两个时期：即5月底以前是奔袭合击，6月以后是有重点的搜山"清剿"，掠夺物资，企图破坏根据地军民的生存条件。①

敌人一段时间的"扫荡"虽然使出毒辣的阴谋诡计，但在平北抗日根据地军民的一致努力之下，反"扫荡"终于胜利了。除了个别部分由于马匹和准备不足而遭受了一些不必要的损失以外，根据地的武装和物资财务并没有受到什么大的损失，敌人"清剿"的企图再一度归于失败；在反"扫荡"过程里，根据地曾取得了街口、吴风营等各次战斗的胜利，收复了独石口、后城等重要据点，在军事上打击了敌寇，振奋了群心。同时，根据地政治攻势的蓬勃开展，又粉碎了敌寇所谓"施政跃进"的计划。

---

① 以上总结自陆平《平北形势》一文，载平北抗日斗争史调研组编：《巍巍海坨山——平北人民抗日斗争纪实（三）》，奥林匹克出版社，2000。

1944 年，平北抗日根据地在军事上，基本赢得了主动地位，这个主动地位的获得，是由于敌我力量有了变化，同时根据地主力部队主观上，采取先机制敌所造成的结果。春夏之间进行了较有规模、有组织的战役出击，这种行动与政治攻势相结合，在斗争的胜利影响下，开始围攻占领区边沿的敌人据点，打开了向外发展的有利局面。5、6 月虽还处在反"扫荡"中，但依然扩大了战果，取得了胜利。9 月敌人的"扫荡"，在根据地有准备的前提下，民兵地雷战与外线战斗有机结合，短时即被粉碎。8 月开始有组织的围点斗争，也收到了良好的效果。

　　军事成绩超过抗日战争以来的以往年份，主动战斗的次数大大增加，在 1944 年的两百三十四次战斗中，共毙伤俘虏敌伪两千零八十一人，缴获轻机枪十八挺，炮两门，投弹筒两个，步马枪五百八十三支。攻克和逼退敌人据点、碉堡五十三处，昌延中心区的三条封锁线[①]也被粉碎了。特别是双营，猴儿山、景陵、新营子、李官屯等战斗，表现出八路军英勇顽强的战斗精神。同时也对于保护党政民干部和反抢粮斗争有很大的鼓舞士气的作用。

　　正如《论持久战》中所说："战争的伟力之最深厚的根源，存在于民众之中。日本敢于欺负我们，主要的原因在于中国民众的无组织状态。克服了这一缺点，就把日本侵略者置于我们数万万站起来了的人民之前，使它像一匹野牛冲入火阵，我们一声唤也要把它吓一大跳，这匹野牛就非烧死不可"。

　　组织和武装广大人民进行战争。以人民军队为骨干，依靠广大人民，建立农村根据地，进行人民战争。平北人民武装的战斗和爆发，此时虽还不是普遍性的群众运动，但在工作较有基础地区已经是燎原之势了。比如地雷爆炸就起了决定性作用，不仅杀伤了敌人，更震慑了敌胆。

---

① 　第一条：东山庙、长安岭；第二条：白草洼、旧县、西灰岭、柳沟、高山寺；第三条：黑山寨、九渡河。

华北大平原地雷战经验，传到平北地区较晚，推广和大规模运用，是在 1943 年上半年，写进晋察冀边区平北办事处拥军公约："埋地雷、造土炮，开展爆破运动。"

地雷是中国古代原创发明，到 14 世纪，中国出现采用机械发火装置的真正地雷。中国共产党的军队开展地雷战，可追溯到 1928 年方志敏领导的闽浙赣苏区，当时正规武器极少，"捱丝炮"走上历史舞台，这种原始触发地雷，原是山区人民对付深山猛兽的利器。

1942 年，在晋察冀军区召开的高干会议上，冀中平原开展的地雷战给参会的平北干部留下深刻印象，对于极少武器、缺乏训练、难于担当战斗任务的民兵来说，制造和使用地雷，实在是保存自己、消灭敌人的妙招。

1943 年秋季，敌人对北岳区进行大规模的所谓"毁灭扫荡"，8 月 8 日，敌以六千多兵力，首先向平北发起进攻，企图将北山地区彻底摧毁。8 月 17 日，《平北反"扫荡"部署》肯定了"我半年来部队积极活动，开展爆破，予敌不少打击与威胁"，要求"龙延怀区队以一个中队，在海陀山开展爆炸及麻雀战，在怀来南向怀来及铁路活动、袭击"，"龙赤区队在赤城、龙门所以南向后城至龙门所、赤城至雕鹗堡破路扰敌，各山口、山头遍布地雷，碾沟一带有教导队，一个排分散打麻雀战及埋设地雷"。

晋察冀地方军分为地区队、县基干游击队与区基干游击队，地区队是主力部队精简后，由精简下来的部队与地方游击队合编而成。1942 年初整编，新增八个地区队，其中十三区队（即龙延怀区队）和十四区队（龙赤区队）隶属第十二军分区，所以在分派任务时，将区队作为准主力部署。①

平北初期的地雷战难称顺利，哪有电影里展现得那样简单！

---

① 1943 年初，骑兵大队不再隶属四十团，改编为龙崇赤区队，相当于营级建制，直属平北军分区。

1943 年的战斗总结中，提及龙赤县游击组活动情形：与敌作战十三次，共埋地雷十八个，臭了七个，被敌人起去五个，炸到敌人只六个："一个炸伤特务一人、伪军一人、牲口一只；水泉边两个，炸死敌人两人（内有小太君、翻译官各一人），伤敌四人；一个在纪宁堡南，炸伤敌伪两名；一个在四区大道，炸伤特务一人、伙子一人；二区炸死牲口一只、伙子一人"。也就是说，十八枚地雷，只响了六枚，炸死敌人两人、炸伤九人，误伤赶脚农民两人。

军分区为提高区小队和民兵的游击战本领，在龙赤县一区河西堡举办教导队，并在老虎槽开办四期游击小组长和区武装干部训练班，"加强教育工作，提高战斗技术"，进行射击、投弹和埋取地雷的训练，并由爆破能手传授实战经验。在小北川大山深处的旧站堡村，军分区专门开办了地雷训练班，课堂就在村中龙王庙，由军分区人武部李智聪授课，讲解地雷的构造、性能、制造和使用方法。

龙赤县四区地处海陀山东山沟的沟北口，是根据地的北大门，当地尤庄子民兵，在尤佳贵率领下，利用地形地物，凿石为雷、凿山为雷，让进山的敌人先过"鬼门关"，先后炸死炸伤日伪军八十余人。最有创意的是延庆白草洼村的民兵，在区队长姜永清启发下，民兵英雄李明的游击队，每天挖空心思造地雷，什么踏板雷、绊线雷、坛子雷、子母雷、树雷、河底雷等十余种地雷应运而生，炸死松田队长等几十个鬼子。龙赤县八区大小西沟的民兵，在李胜奎、杨仲山带领下，在赤城通往兴仁堡的交通要道四里墩处埋雷，炸死赤城绰号"大毛驴"的参事官中村勇，一次就干掉七个日伪军。

地雷战搞得敌人无计可施，纷纷哀叹"怕的是八路军，没承想七路半（指民兵）也了不得呀"！1944 年 4 月，平北地分委在总结报告中写道："地雷战在龙赤已普遍展开……我们的民兵没有任何人屈服投敌，相反地，我们李长沟、侯庄子的游击小组，自动结合起来商量布置地雷打击敌人……去年上半年有很多干部强调没武器不能斗争，而今天就好多了，有的县创造了地枪、雷子枪、石雷等。"

1944 年下半年，地雷战大显神威，10 月 20 日《晋察冀日报》以《平北九月初反"扫荡"中民兵地雷战活跃》为题，刊登"平北讯"：

> 九月初，向我平北腹地进行"扫荡"之敌，在我子弟兵与民兵、内线与外线互相配合下，获得了游击战、地雷战的空前战果，仅龙赤野猪窝至保皇寺的八里路上，即炸死伤鬼子四十余，使鬼子哭声震荡山谷，最后顺山沟水流逃跑。而由姜庄子冒犯大海陀之敌，因痛尝地雷滋味，一天仅走二里地。进至大平顶上之敌，困守山头数日，不敢向山下村庄迈一步。现仅据龙赤、龙延怀二县初步统计，即炸地雷五十余个，死伤敌伪一百八十余名。

1945 年 2 月，《1944 年工作估计与 1945 年的任务》中记载："军事成绩超过往年，主动战斗的次数大大增加，在两百三十四次战斗中，共毙伤俘敌伪两千零八十一人……人民武装的战斗和爆炸，虽还不是普遍性的群众运动，但在工作较有基础地区，是掀动起来了……特别是地雷爆炸起了决定性作用，不仅杀伤了敌人，且震慑了敌胆，仅民兵在全年就毙伤俘敌伪五百零三名"。①

3 月 15 日，《晋察冀日报》的通讯《平北民兵组织日益壮大》，盛赞 1944 年平北人民武装走上了空前活跃的阶段，"民兵数量也比一九四三年增加一倍，现已拥有四三六四一人。在去年春季中，各地民兵就结合着如火如荼的政治攻势，针对蒙疆敌伪的五次'施政跃进'，展开积极的活动……爆炸在一九四三年还没有开始，去年却炸雷一八五颗。"

---

① 《冀察十二地委扩大干部会文献》，载晋察冀人民抗日斗争史平北分会：《平北地区抗日战争时期历史资料选编》（第一辑），1982。

为此，平北根据地涌现了一批爆破英雄、爆炸大王、民兵战斗英雄，分别出席了晋察冀边区群英大会和 1950 年 9 月召开的全国战斗英雄代表会议，与军区首长、党和国家领导人合影留念，为抗战胜利谱写了精彩绝伦的篇章。

进入 1944 年，有关平北开展政治攻势的消息也屡见报端，成为《晋察冀日报》热门话题：《粉碎敌伪"五次施跃运动"，平北发动政治攻势，展开了反掠夺斗争》《平北龙崇赤区，我政治攻势声势浩大》（为此，配发了社论《猛烈开展对敌政治攻势》）《平北怀来宣化一带展开大规模政治攻势，敌占区人民欢腾敌伪恐慌》等等，并相继报道长城线上传来的消息："8 月间我子弟兵主动出击，屡获胜利。20 日攻入赤城北云州，摧毁碉堡四座、伪大乡一处，同日甘子堡、石盘口两据点被迫撤退。24 日敌伪恐慌异常，又将大据点独石口及羊坊撤退。按独石口位于外长城，是古来有名的军事重地，亦为塞内外交通要道。"

云州堡在独石口至赤城之间，辽代设望云县，元升云州，明代建军堡，有城楼三座、角楼四座，堡内原有"长安日边""望云古地"两坊。

文中又提道："平北大据点长安岭（宣化东四余里），亦在我围困下于 9 月 9 日撤退，10 日另一股四百余，经佛峪口退延庆。"

长安岭和佛峪口正是紧扼大海陀西门和南门的壁垒。长安岭在今怀来县王家楼回族乡，旧名枪杆岭，号称险隘，今人呼为桑乾岭，盖音近之误。元为怀来、龙门县界，置枪杆岭驿，明永乐年间筑城，改称长安岭，宣府镇中路长城南端起点。明代沿长城设九镇，号称"九镇之首"的宣府镇"且分屯驻军，倍于他镇"，辖四海至大同一千三百里的防御任务。长安岭地势险要，最高峰达一千八百四十八米，中通一线道路，上岭之路几经回转，方可到达岭口，是南北交通重要隘口。日军侵占龙关后，即在此驻扎有一营兵力，亦是"扫荡"我平北中心区的集结地之一。

1945 年 2 月 3 日，在延安的《解放日报》亦以《平北抗日根据地的扩展》为题，文中写道："去年纱帐起来以后，我军曾攻入高丽营、孙河、牛栏山等据点，并逼退香堂、八家、桃峪口等炮楼，解放了广大人民，给敌人重大打击。青纱帐倒了以后，敌人满以为八路军一定要回山，于是又开始蠢动，我抗日政府和当地驻军就在这个时候，对敌展开大规模政治攻势⋯⋯一队队精干的武装队，配合政府工作人员，从山里涌出来，一直逼向北平的近郊——北苑附近。到处开群众大会，散传单、写标语，闹得真是火热。当晋察冀区委会号召伪军组织人员改过自新大布告贴到德胜门、安定门的时候，敌人惊慌失措，城门紧闭起来。侦缉队在平北近郊到处巡回着。"①

据守备北平及附近地区的第六十三师团，师团长野副昌德中将记载："师团虽以主要城市和铁路沿线为部署守备重点，但第一线守备队与敌区非常接近⋯⋯管区内治安日趋恶化⋯⋯9月份平谷保安队发生哗变，北京西直门分哨发生被狙击的事件；11月份南口、昌平地区，12月份密云地区敌情活跃起来，炸毁铁路或未遂事件屡屡发生"。②

1944年8月1日，平北地分委通过了《为消灭'白点'扩大巩固区而斗争》的对敌斗争形式及方针的决定："敌寇目前新的方针是：在军事上集结敌兵与伪军主力于交通干线（平绥路、宣龙公路等）与主要城镇（各县重镇），以此优势兵力进行机动'扫荡'为目的。而对交通支线及其要点、碉（多为根据地内之第一线），则以配备少数伪军、伪青年围击守备力量，加强工事积极防御与我坚持，作为其主要据点的外线御支点⋯⋯一年来我在反"蚕食"斗争中获得了不少成绩，仅就地区的巩固与地区的恢复和发展来说，已超过平北任何时期的版图，而这些新恢复与开辟的地区，已树立了抗日政权，进一步贯彻了政策，也日渐巩固

---

① 《平北抗日根据地的扩展（1945年2月3日）》，载中共北京市委党史研究室编《北京地区抗日运动史料汇编》（第四辑），中国文史出版社，2000
② 日本防卫厅战史室编：《华北治安战》，天津人民出版社，1982。

了……由于国际形势极端有利于我及我们政治攻势的开展，平北人民斗争情绪是处于高潮的，而敌伪情绪则日益低落。由于敌老兵一批批地抽走，战斗力日益下降，一些小据点的伪军失去日本军依靠，加上我不断的进攻，伪军已异常动摇"。因此，"根据以上的分析，消灭根据地内的某些据点，扩大我之巩固地区，实现大片巩固根据地的条件已逐步形成。然而，这个方针的实现，决不是军事上的'攻坚'或是无条件地向一切据点进行进攻，而是要动员党、政、军、民的一切力量，在一元化领导之下，全面运动，造成群众运动、集中力量指向某些条件件较成熟的据点，坚持较长时局（间）的围点斗争，以求进而消灭之。"[1] 所谓"攻心为上、攻城为下"，又说"不战而屈人之兵"，以政治优势辅助军事斗争，正来源于中国共产党建军的宗旨，是战胜敌人的锋锐武器。

由于思想战、攻心战、政治战开展得早、抓得细及针对性强，使冈村宁次津津乐道的"总力战"化为乌有。"中共平北地分委前后印制十万余份各种宣传品，广为散发。在龙崇赤联合县，各日伪据点里都贴上了抗日政府劝谕伪军、伪组织人员悔过自新的布告。宣传队开展了对炮楼喊话，给据点内伪军'上课'等活动。在这次政治攻势中，大量摧毁了伪大乡与伪甲牌组织，第一次大量的没收了敌伪所发'身份证明书''居住证''户口册''门牌''等统治证件，争取了部分逃亡户回到根据地，建立了一大批抗日一面村政权、群众团体与抗日小学。"[2]。

1944 年 5 月 13 日的《晋察冀日报》发表文章《平北政治攻势威力强大，人民振奋敌伪恐慌动摇，根据地日益巩固发展》称："在过去一年中，我平北党政军民曾有计划进行了三次对敌的政治攻势，得到了相当重大的战果。在攻势当中，我们宣传的深入性与普遍性，较前大为提高。

---

[1] 中共北京市委党史研究室编《北京地区抗日运动史料汇编》（第四辑），中国文史出版社，2000。

[2] 中共张家口市委党史研究室：《中共张家口地方史》，中共党史出版社，2001。

如龙延怀 × 区，区干部注意对训练区游击队为口头宣传队，每天布置，每天检查。区游击队员都是本地人，他们在群众中的宣传、较外来干部更为有力。龙赤 × 区以大鼓书的形式填写新的内容，进行新年娱乐活动，收到了很大的效果。延庆川我部队与敌展开标语战，我们擦去它的标语，写上自己的标语；敌人又来擦去我们的标语，写上它的标语，这样反复擦写多次，而最终还是我们获得了胜利。昌延我工作人员把宣传品贴到敌人火车上，敌人的火车成了我们的'宣传列车'。在怀来城内伪蒙疆银行和伪警察队门前，柳沟据点伪军营房的门前，延庆城的城墙上，都曾经发现过我们的传单和布告。去年年底，我部队和工作人员进入 ×县据点，一面用部队封锁碉堡里的敌人，一面召开当地的群众大会，在会上，由政府代表向群众说明了目前的形势和抗日政府的政策，并宣布通缉当地大汉奸苏广明，没收他的财产。当时派人到苏逆家里，把他的粮食财物驮走充公。对炮楼里面的伪军，也进行了喊话教育。当时，附近数十里的群众非常高兴，伪军卫组织人员不敢随便四出骚扰。在我党政军民的深入宣传之下，敌占区游击区的广大同胞对目前的形势，抱有更坚定之胜利信心，情绪大为振奋。至于敌伪军、伪组织人员则时常表现惊惶失措和极端的动摇。在各据点里，关城、戒严、搜索等，已成为经常的现象。赤城伪军很多人要求退伍，出发'讨伐'西沟时，请假者在一半以上，敌川口指导官唉声叹气，连说'大大的没法子！'龙关伪县署某职员，一年内辞职八次。龙赤某据点伪军出来时，向老百姓问道：'你们说我这些日子坏不坏？'因为他们也知道，死心塌地、罪大恶极的汉奸是难逃法网的。去年政治攻势是与中心工作及各类斗争密切结合的，政治攻势给我们的工作创造了有利开展的条件，同时，各种工作的开展，又为以后政治攻势打下了基础。平北根据地在我军事政治攻势节节胜利中，日益巩固发展。"

当时编有大鼓书，到 20 世纪 80 年代，还有老人能够背诵："一九四四年哪，小鬼子就要完。四下里挨打，到处被歼，留下了故事一串串……"

鉴于根据地扩大和斗争形势的需要，1944年7月中旬到10月上旬，晋察冀分局和军区在阜平柏崖村召开县团以上干部会议，会议由程子华、刘澜涛主持并做了主旨发言，赵振声、唐延杰、朱良才也分别做了报告。萧克已于4月间动身去延安，参加"中共七大"和养病。"中共七大"是按解放区人口选派代表，晋察冀的迅猛发展也使代表名额一再增加，很快分局副书记兼军区副政委刘澜涛亦作为增补代表离开阜平，程子华就任分局代理书记、军区代司令员兼政委。

经萧克在延安提议，1944年7月28日，中共中央指示晋察冀分局和军区下设冀晋、冀察、冀中、冀热辽四个区党委（相当于省委）、行署及军区（二级军区，相当于省军区）。其中冀察军区（包括党委、行署）下辖第一、十一、十二、十三军分区（包括地委、行署），1945年又增加了十九军分区（察北）。

根据此项指示，9月6日，晋察冀分局就主要干部配备向中央报告："冀察军区以刘道生、郭天民、张苏、段苏权、牛树才、梁正美、冯骥、易耀彩、阎子庆为区党委委员……平北熊奎任司令员，段苏权任政委兼地委书记，吴涛任政治部主任，詹大南任副司令员兼参谋长"。刘道生是冀察区委书记兼军区政委，郭天民是军区司令员，张苏是行署专员，本来安排段苏权到军区任职，但段苏权认为在平北更能发挥作用，向热察猛力挺进的任务已提到议事日程，便向程子华提议继续留在平北，结果成了唯一挂名的冀察区党委委员。

时经批准，9月21日，《晋察冀军区关于成立冀晋、冀察、冀中、冀热辽四个军区的命令》下达："为适应敌后斗争环境，便于更及时而有效地掌握对敌斗争……奉中央军委命令，决定第十三军分区改为冀热辽军区，雁北改第五军分区，平北改为十二军分区。"不久，由于熊奎赴任新组建的十三军分区（察南），詹大南遂被任命为十二军分区代司令员。此次设置二级军区，机构膨胀，人员变动大，直到年底才全部就绪。

从平北军分区成立起，段苏权就未离开过平北这方热土，直到1945年9月20日，段苏权率平北部队攻取察南重镇新保安，实现察哈尔全境全为我有的战略目标，当日，即接到担任热河省军区司令员的命令，离开了艰苦奋斗达五年的平北。

1944年秋，晋察冀机构大调整后，到当年年底，平北军分区（十二军分区）健全了领导班子，詹大南任代司令员，钟辉琨任副司令，吴涛任政治部主任，王亢任参谋长。平北地委增设社会部①、城市工作部②，陆平不再兼任宣传部长，而由李庚尧代之。分局会议结束后，一行人回到海陀山，途经龙延怀一区③，新任区长王风在回忆文章《难以消逝的记忆》中说："（我）以主人翁身份在姚家营村接待了从晋察冀分局开会回来的地委书记兼分区政委段苏权，副书记陆平，分区司令员詹大南，政治部主任吴涛，聆听了领导对当前开展对敌斗争指示精神，更加对夺取抗日胜利充满信心。"

在海陀山的小北洼，至今还有一株特别的山杨树，它曾是四十团战士居住窝棚的一根窗棂，跨越八十年，竟已亭亭如盖。当年，战士们会在简易的"营房"前，插些湿树枝当作窗棂，以便通风透光，到后来战士离开，窝棚也在岁月流逝里消失无踪，然而，这根窗棂，却感受着平北战士的强大生命力，继续成长。顽强生长的这棵树，见证了海陀山艰苦奋斗的抗战历程，也向世人彰显着中国人不屈的民族精魂。

---

① 部长赵振中，后为葛启。
② 部长为张克宇。
③ 东起延庆的张山营，西至怀来城北的黑山口，面积三十多平方公里。

曙光在望

一手镰刀一手枪，孤城困虏有何妨！
千军万马秋收仗，月黑风高夜正忙。

——刘力生《武装秋收》

从 1940 年下半年开始，为保卫所谓"满洲国西南国境线"，伪满军和东北讨伐队就不断入关，是平北抗日根据地主要的对手和最凶恶的敌人。1944 年年中日军"一号作战"展开，为保障华北的物资供应和交通安全，又紧急抽调八万伪满军及关东军一部，加强热河防务并进入长城以内，分布在冀东、平北、察南和冀中地区，试图挽救四处漏水的沉船。

然而，世界反法西斯局势愈加明朗，1944 年 11 月 24 日，中共中央对晋察冀分局下达了一个颇富雄心的指示："准备全部夺取平绥铁路""努力争取实行察南全为我有"。12 月 15 日，在陕甘宁边区第二届第二次参议会上，《一九四五年的任务》中提出十五项任务，其中第一项也是最振奋人心的目标，就是扩大解放区，缩小沦陷区，我们必须把一切守备薄弱、在我现存条件下能够攻克的沦陷区，全部化为解放区。

平绥铁路自北平西南丰台起，至绥远归绥县止。远在京张铁路通车前，清政府已决定修筑张家口至绥远（今呼和浩特）段。1911 年 11 月，通车至阳高时，因武昌起义而停工。1914 年修至大同。1916 年京张、张绥两路合并，改称京绥铁路。1921 年通车只到绥远，1923 年 1 月才通车至包头，即今京包铁路。这条线路全长八百一十七点九公里，与黄河航道相连接，对当时西北的察哈尔、山西、绥远、宁夏、甘肃、青海等各省的交通均有重要作用。

1944 年 12 月 20 日，中共中央晋察冀分局根据中央指示，作出关于开展平绥路工作的决定，为此成立四个工作委员会，其中张北工作委员会，受平北第十二地委领导。

转年就是 1945 年，抗日战争形势发生根本逆转，华北日军已经呈现全面衰败的迹象。平北根据地在 2 月接到分局指示后，将主要精力放在控制平绥线和争取察南的战斗中。

此时日本的战争资源日渐枯竭，1944 年的军费开支由 1931 年的四亿六千万日元增加到七百三十五亿日元，军费在国民生产总值中的占比也由百分之三点七六猛增至百分之九十八点五，兵力与劳动力的比例由 1931 年的 1 : 94.1，上升至 1 : 4.5。

1945 年，驻伪蒙疆军主力依然是独立混成第二旅团，"旅部设在张家口，辖十二个县（察南十个县，察哈尔盟两个县），针对当时迅速发展的中共军平北支队及第十一军分区的威胁，特负责京包线和重要资源产地的安全。关于对苏作战准备，预定依靠张北及平地泉附近的设施"。"旅团于 44 年春曾进行'清剿'作战……到了秋天，平北支队又开始活跃起来，并企图破坏我资源开采、袭扰京包线……9 月上旬以第一、第二独立步兵大队为主力，首先在龙关南方进攻中共军平北支队，接着进攻企图破坏开采石棉的第十一军分区，10 月上旬作战结束。在此期间，军自第十二野战补充队增调七个连，分别配置在延庆、怀来、宣化、下花园、涿鹿等地，负责铁路的警备。"①

从中不难看出，独立混成第二旅团把平北部队当成主要对手和"破坏治安"的心腹大患，必欲除之而后快，1944 年秋季"扫荡"失利后，将新补充的七个连也大多安置在平北境内。

尽管如此，与平北军民长期作战的北特警依然忧心忡忡，北特警高级参谋大森三彦大佐哀叹："北特警尽力作到：使自己具备游击部队的主动性，研究如何能够与敌接触的方法，励行'每日出动''突击索敌'，

---

① 日本防卫厅战史室编：《日本军国主义侵华资料长编·大本营陆军部》摘译，四川人民出版社，1987。

掌握地方的特点及敌情，熟悉千变万化的游击战法等。但游击战本来是在民众协力下才能进行的一种战法，所以在异民族土地上进行游击战十分困难，肃清敌人的游击队已是不可能的事情。"[1]

随着有利形势的变化，平北根据地积极向外发展，顺义和宣化境内及赤源坝外，部分地区得到较大的发展，共有两百六十个村庄，二十二万同胞，脱离日伪统治。这些地区大多村庄稠密，经济富庶，具有一定文化基础。而在宣化东南地区的发展中，在地方工作组的帮助下，从贯彻政策发动群众做起，使发展工作打下了基础，这种方针同只做征收工作，画地图式的发展有很大的区别。为了达到巩固工作的要求及适应地区新的发展形势，1945年初，平北军分区、地分委在南碾沟召开军政干部会议，宣布恢复平北地委，同时决定将原六个联合县改为八个县治：赤城、龙关、延庆、昌平、崇礼、宣怀、赤源、怀顺。从中不难看出，跨境统编的联合县仅剩三个，更不见三县以上的混编县，与平北开创初期情况已然不同。会后，军分区与地委共同从海陀山东侧迁到海陀山西麓，邻近沙（城）赤（城）公路，距东山庙只有五里的蔡窑子村。

1945年2月11日的《解放日报》特别刊登消息《平北解放区扩大一倍，去年解放同胞二十二万》："【新华社晋察冀五日电】一年来，平北军区打垮了敌人的"扫荡"、"清剿"，逼退与攻入了五十四个据点。巩固区由占全部地区百分之一一·二，变为百分之三三·三。解放了二百六十个村庄，使廿二万多同胞重归祖国怀抱，整个平北解放区因之加巩固与扩大。十二专署特将龙赤、龙延怀、龙崇赤、昌延、龙崇宣、滦昌、怀顺等县制一律取消，重新划为赤城、龙关、延庆、昌平、崇礼、赤源、宣化、怀顺等八个新县治"。[2]

---

① 日本防卫厅战史室编：《华北治安战》，天津人民出版社，1982。

② 《平北解放区扩大一倍》（1945年2月11日），载中共北京市委党史研究室编《北京地区抗日运动史料汇编》（第四辑），中国文史出版社，2000。据原件校改。

1945 年 2 月中旬，军分区通过内线关系拔除了蔡家窑西部重要据点高栅子，3 月又在对敌樱花节政治攻势中，解放了赤城小张家口和有"赤城门户"之称的兴仁堡，使赤城、龙关根据地连成一片。

南部延庆的情势，此时已基本稳固。延庆盆地中部有一座永宁城，北抵缙阳山、南接燕羽山，位于妫水河北岸冲积平原。明永乐十二年（1414 年）建永宁县，取《书经》"其宁唯永"之意，东路南北向的外长城长六十一点五公里，有明代军堡十八座。宣德五年（1430 年）修筑永宁城，成化五年（1469 年）设宣府镇东路，参将驻永宁城，该城辖火路墩四十座。万历十七年（1589 年）重修四座城门，东迎晖、西镇宁、南宣安、北威远，城中胡同三十三条，十字街心建玉皇阁，四隅寺庙四十四处，一时称盛。

热河被日军侵占后，伪满军三十五团长期在永宁驻扎一个营，其军用物资、生活给养都由火车运抵康庄站，再用毛驴由康庄经延庆驮往永宁，春秋各一次。这一规律很快便被十团摸到，将情况报告了军分区司令部，请求批准十团伏击去永宁的运粮队，段苏权得到报告后，赶到十团驻地，一起制定了作战方案，决定派三个主力连隐蔽在吕庄，都摆在临大道的围墙内，一连在村的西南角，二连在村的东南角，四连在村的南门口两侧，团长李荣顺和参谋长周德礼亲临四连阵地指挥作战。

吕庄明代建村，为延庆卫军屯，称吕庄屯堡，嗣后军属日繁，分为前、后吕庄，村西南建有土城一座，时至今日，亦为我解放军某部驻地。

"3 月 3 日拂晓前，各队隐蔽进入阵地，封锁消息、断绝来往，上午 9 点多钟，伪满军的尖兵已越过东八里庄向吕庄前进，指战员得知消息后，顿时兴奋紧张起来……伪满军的行军速度很慢，而且尖兵排与本队拉得距离很远，时间一长，有的战士就不耐烦了。敌尖兵队已进入我伏击圈中，在南门口附近停下来，警觉地东张西望，四连勇士们心痒难熬，只盼一声令下，当敌本队快到村边，离我们伏击圈还有三百米远时，敌尖兵忽然发现了我伏兵，大声喊叫"村里有八路"，边喊边往回跑。四连在周德礼指挥下，机枪、步枪、手榴弹一齐开火，敌尖兵排有死有伤有被活捉的，敌本队听喊声枪声情知不妙，后队改前队掉头回窜，我一连见状只好出村展开攻击，终因距离远而眼睁睁看着敌人缩回延庆城，只缴获两驮子枪弹。此役我牺牲两名战士，由团政治处干事张炳直负责抬到北山边常家营，由区里买两口棺材掩埋。"①

这场战斗，虽然没有全歼敌人，却让延庆的敌人吓破了胆，再不敢轻易露头，十团乘势拔除小鲁庄、柳沟、下屯、白草洼四个据点。3月15日《晋察冀日报》刊登消息：三月三日平绥路怀来东十二里康庄伪满军三百五十余名，掩护向永宁城运粮，为我某团一部于永宁城西南十里吕庄设伏，因暴露目标过早，仅将其先头部队尖兵排歼灭。我缴获轻机枪一挺，步枪十二支，驳壳枪一支，子弹一〇八五三发……毙伪十名（内小队长一），伤伪二十名，俘九名，我仅伤亡六名。

到4月初，日伪军垂死挣扎，驻龙关的第一独立步兵大队②所属吉田中队两百余日军倾巢出动，4月5日凌晨乘汽车由龙关出发，纠集雕鹗堡中心据点的三百多伪军，直奔平北军分区机关，进行"斩首行动"。

雕鹗是雕窠的讹传，是龙关、赤城、沙城、滦平公路交汇点，唐代曾在雕窠村修筑边城，元设云州雕窠站，明初置浩岭驿，永乐中改雕鹗堡，筑城置戍，隆庆四年（1570年）增修，是下北路长城重要军堡和赤南贸易场所。

4月上旬，正是春耕大忙季节，四十团各连队分散在阎家坪、朱家庄、赵家窝铺等处开荒种地，大家唱着："我们去开荒哟，我们去背粮，我们打柴上高山哟，劳动的心儿跳荡，劳动的歌声嘹亮，劳动的战士快

---

① 曾威：《吕庄伏击战》，载平北抗日斗争史调研组编：《巍巍海坨山——平北人民抗日斗争纪实（一）》，内部发行，1989。

② 第一独立步兵大队为日伪第二独立混成旅团主力，负责怀来、延庆、龙关三县的警备。

乐像春风一样……"

平北机关驻地东北方向，隔一道山梁，有座高出公路三百多米的山丘，南依大海陀，北向雕鹗川，有四十多户人家的南梁村，就散落在这片不大的山丘之上。

所谓中队是日本陆军基本战术分队，大致相当我国军队一个半步兵连。甲种中队两百零五人，乙种中队一百八十一人，除步枪、轻重机枪、掷弹筒外，单独执行战斗任务还会得到火力加强，通常是一至二门九〇重迫击炮或九二式步炮，有时还可得到一个辎重小队（步枪三十支）的支援。尽管北特警司令官明确规定，在与平北地区的萧克军作战时："最低限度要有两个中队"，但作为关东军余脉，驻蒙兵团因为长期保持一个师团和一个旅团，自诩兵精弹足、训练有素，从来都是趾高气扬。

4月5日上午10时，日伪军主力到达行字铺村，一路伪军沿南梁东沟向上迂回，日军则从正面进攻，企图翻越南梁进入施家村，实施两面夹击。

首先与敌人接火的，是四十团一连一个排，稍做阻击后便向南梁转移。在南梁担任警戒任务的分区警卫连，很快投入战斗，连长王宁邦、指导员王亚夫，是陕北老红军，硬核的角色。经警卫连迎头痛击，深感穷途末路的伪军顿生怯意，大嗓门高喊："八大哥好好打呀，都剩鬼子了，我们可走啦"！边说边沿山沟向雕鹗撤退，途中遭驻向阳村的龙赤县大队截击，遂向北面狼窝沟（今镇川堡）、小雕鹗山上溃逃。正在赵家窝铺、朱家庄一带开荒种地的四十团主力，听到激烈的枪炮声，知分区驻地有了敌情，四十团团长赖富立即命令二连由团参谋长杨森率领，搜罗现场武器，抄近路赶赴施家村，由詹大南司令员指挥，由蔡家窑子东山投入战斗。

此时敌人已占领南梁西部高地，这块小高地东西长约五十米、南北宽约三十米，敌人的炮火硝烟弥漫，我军亦甩出成排的手榴弹，把高地打成一片火海，双方你死我活，白刃格斗六七回，阵地数易其手。一位人称"大老胡"的战士，抢起大刀闯入敌阵，劈倒三个鬼子，自己也身负重伤，临死前拉响身上的手榴弹，与敌同归于尽。还有一名战士与敌机枪手抱在一起，死时嘴里还紧紧咬着鬼子的耳朵。在战斗最紧张的时候，段苏权把张永宽、李志几个警卫员全派下去参战，自己伏在山石上连续射击。

下午4时，援兵赶到，赖富回忆说："我和王政委率团主力经官庄子进到蔡家窑村西小高地，与分区负责同志和军区首长（指唐延杰参谋长）见面了，并将与首长相见的消息传达给部队，战士们的斗志更加旺盛。我第三、第四两个连协同二连从敌左侧实施突击，把敌人压缩至东面的小山梁上"。[①]

据《张家口军事志》记载："团长赖富、政委王启刚率四十团主力下午赶到蔡家窑，在西山坡与分区政委段苏权见了面，段政委介绍了敌情，下达了歼敌命令。此时二连与日军激战已达白热化程度，赖团长命令一连顺行字铺抢占南侧山地，敌见势不好，怕后路被切断，遂边打边撤，退到行字铺村时，又遭在此担负警戒任务的警卫连二排阻击，日军交替掩护狼狈逃回龙关。"

此役击毙日军近百人，生擒日军医官一名，两个受伤的日本兵，一直不肯老实就犯，被抬担架的老乡扔进山涧。日军逃回龙关后，将三辆汽车的尸体烧掉，在龙关竖立所谓"忠灵碑"，以悼战殁亡灵。

战斗期间，恰逢晋察冀军区参谋长唐延杰率队前往冀东途经平北，队伍中有将赴冀热辽军区任组织部长的谢明、情报部长的张挺，以及杨维群、张西帆、兰矛等同志。"唐参谋长和我们一起指挥了这次战斗。三十八年后，原北京卫戍区副司令的张西帆风趣地回忆说，距分区机关二点五公

---

① 赖富：《蔡家窑战斗》，载平北抗日斗争史调研组编：《巍巍海坨山——平北人民抗日斗争纪实（四）》，奥林匹克出版社，2000。

里激战，机枪、掷弹筒、手榴弹声震天响，而机关女同志，依然为客人炸糕、包饺子，老乡也没有跑的，泰然自若可见平北军民习惯于敌人点线间的生活。"①

南梁战斗，平北的部队也付出高昂代价，警卫连伤亡三十多人，四十团二连打得只剩四十二人，机枪班仅存班长张存义及战士四人。战后老乡从阵地上捡回十几筐手榴弹，也可见我军自制武器之窳劣。

平北的地方部队长期坚持游击战、麻雀战，此次阵地阻击战，是一场难得的锻炼，对骄狂的日军则是致命打击，加上其战略重心，转移到张北一线的对苏战备，从而结束了"扫荡"与反"扫荡"长期反复的僵持局面，早成惊弓之鸟的日伪人员更加剧了恐慌，为平北全面大反攻创造了极为有利的条件。

1982年夏天，赤城县民政局拨款，在当年硝烟弥漫的主阵地上，建立起南梁战斗纪念碑，碑的正面刻有四个大字"南梁战斗"，为后人留下永恒的纪念。

1945年4月，中共"七大"召开之际，"地委和军分区提出了'东西并重'的发展战略，向东深入伪满境内抑制敌人，准备开辟东北工作；西向伪蒙疆之张北地区，以期包围张家口"②。5月，经上级批准，成立热西地分委，吴涛任书记兼支队政委，王亢任支队长，李守庭任办事处主任。6月初，平北地委决定将原张北工委改为县委，柴书林③任书记，陈

---

① 段苏权：《平北抗日反攻序曲——南梁之战》，载平北抗日斗争史调研组编：《巍巍海坨山——平北人民抗日斗争纪实（四）》，奥林匹克出版社，2000。

② 段苏权：《忆平北抗日根据地的斗争》，载中共北京市委党史研究室编《北京地区抗日运动史料汇编》（第四辑），中国文史出版社，2000。

③ 柴书林（1913—1995），张家口张北县馒头营村人。1935年参加一二·九运动，次年加入中国共产党。曾任华北学联主席。1938年入延安抗大学习。后任晋察冀军区营教导员、中共平北地委敌工部副部长、察北专署专员、冀热察军区分区参谋长、皖南军区分区副司令员。新中国成立后，历任华东军区干部部办公室主任，南京军区工程兵副主任，上海警备区副司令员、顾问。

博文任县长。6月上旬，唐延杰前往察北了解情况、察看地形，刘道生、段苏权陪同，柴书林、吴广义及部分警卫人员随行。

时值绿草如茵、野花绽放的季节，敌人龟缩在据点里，早已没有了往日的嚣张，一行人信马由缰，或爬山，或骑马，在张北脑包图、大囫囵一线向康保、化德以及宝昌、多伦方向勘察，搜罗了不少察北地区风土民情和敌情地貌等资讯。

张北高原俗称坝上，因其南缘有一条自张家口向东，绵亘千里，越过西拉木伦河上游谷地，与大兴安岭相接的岗峦，其宽约三十里，明以前单称岭，清又称兴安岭，俗称为坝。

这条坝古来是中原与大漠的天然分界线，燕、赵与北魏长城蜿蜒其巅，明王朝更立九边防线以备不时之需，清则在主要坝口设栅栏，驻兵把守。民国时期察北、察南以长城为界。大坝分南北，也隔寒热，坝北[①]高原海拔一千四百到一千六百米，而坝南地势陡降，落差四百到六百米，平均温度相差四摄氏度到五摄氏度。清兵入关后，坝上的游牧区被划为禁区，人口稀少，由有战功的蒙古贵族"跑马占荒"，行政势力很少伸展于该地。这里绝大多数为外来人口，拾荒者、逃难者、罪犯凶徒等，囿于交通闭塞，经济落后，匪气和流民意识特别浓厚。

清末民初，因平绥铁路建设及近代思想和文化传播，农业和商业方见起色。日本侵占察北后，采用赤裸裸的殖民地统治方法，将伪蒙疆与伪满同等看待，各种施政纲要、行政机构、组织办法均抄袭伪满洲国系列，科长以上行政人员，警佐以上警务人员，均由日人、满人或蒙古人担任。这一地区与察南相比，缺少共产党的活动，八路军影响有限。

唐延杰回军区后，中共中央晋察冀分局很快下达开辟察北的指示，7月7日，冀察军区上报《开辟察北初步计划》："为执行分局开辟察北指

---

① 清时称坝外或口外，近代俗称坝上。

示，十三分区对路北以五个骑兵连组成支队，并令陈宗坤率领，前往配合地方工作，首先开辟兴和、尚义、万全三县。十二分区组成骑兵区队，吴广义任区队长（原赤源支队长），肖泽全任副政委（原分区组织科长），首先开辟张北、商都、康保三县，各部队均已出动。"同一天，冀察军区下达了《平北赤（城）独（石口）战役部署》，要求"十团、四十团首先求得拔除赤城外围各点，进而占领赤城。赤源支队围困独石口，张北支队围困大囫囵，延庆支队围困永宁城"。"为进一步扩大平北战果，有增加力量之必要，因此四十四团9日开平北作战"。

唐延杰一行走访察北，是为跨越长城解放察哈尔全境所作的先期筹划，揭开了平北大反攻的序幕，"伪满军在我攻势威胁下，已放弃后城、大庄科、黄花城，现诸点均已为我控制，独石口、云州、赤城、龙门所、永宁堡沿线各点伪满军已撤出，将防务移交伪蒙警察队接管，但均恐慌。"①

7月10日，晋察冀军区下达《对冀察深入开展热南西部工作指示》，称"平北6月份至7月初战役结果，已实现了将伪满军自独石口至四海全线挤退至外长城以外的目的，为巩固平北既得胜利，应继续对东撤之伪满军积极进逼，迫其再行后退，向热河西南部扩大解放区，并与十四分区动作取得更有力之配合"。

挺进热河，打出关外，这是平北根据地开辟之初就梦寐以求的一天！"为执行这项命令，平北地区党政军领导，专门作了部署，带去了大量布匹、食盐，准备换取给养和救济灾民。同月16日地委书记兼分区政委段苏权率十团自龙关东南之雕鹗堡一带出发，经孙庄子、青罗口、后城，进至南卜子、巡检司一带，并在这里宿营。次日，分区副司令钟辉琨所率刚由平西调来的四十四团也赶到这里。我们的目的是，东出长城，

---

① 冀察军区1945年7月7日《关于平北赤独战役部署》，晋察冀人民抗日斗争史平北分会《平北地区抗日战争时期历史资料选编》（第一辑），1982。

先打万泉寺拥有几百户人家的大围子，解放'人圈'里的群众，然后继续向东卯、大阁、围场进击。"①

四十四团是小团，四个连六百人，团长雷清龙，陕西绥德人，曾任第四纵队教导员，1938年10月率部从赤城县城东门首先破城，政委徐元甫是湖北天门人，1930年入党，1931年参加红军，也是个老革命。副团长丁龙飞，参谋长刘光第。

聂荣臻曾说，1945年夏季，"冀察区打开了察北、热西、平西的局面，与冀晋新解放区连成一片，敌人被压缩在张家口和铁路沿线以及少数城镇里，出现了对我们空前有利的形势。"②

7月20日，程子华、耿飚向中央军委报告《晋察冀地区开辟及战果》，内中对平北战役记叙尤详："6月中旬开始，重点在中心区龙关、赤城、后城一线，减轻敌对平北压力，迫使伪满军后退。由于围场边境我军活动，敌受东南两面威胁，被迫放弃独石口线据点，并已攻克逼退据点二十一处。7月1日攻克崇礼，逼退新营子、历沟，赤城之独石口、云州堡、石嘴窑子，昌平之大庄科、黄花城、二道门，延庆之四海、永宁，密云之马营、守营、大沟门，攻入南口车站、宣化南关"。③

会盟张北

宾主围炉茶话声，春风满座笑盈盈。

捷书恰喜山前报，延庆怀来奇袭兵。

——刘力生《春酒——春节分区拥政爱民座谈会·1945年》

---

① 段苏权：《龙门所伏击战》，平北抗日斗争史调研组编《巍巍海坨山——平北人民抗日斗争纪实（一）》，内部发行，1989。

② 聂荣臻：《聂荣臻回忆录》，解放军出版社，1986。

③ 北京军区晋察冀军区战史编写组：《晋察冀军区抗日战争史》，军事科学出版社，1984。

时间很快进入 1945 年 8 月 9 日，对日本侵略者而言，注定是充满噩梦和最难挨的一天。从子夜 0 时 10 分开始，在华西列夫斯基元帅统领下，苏联红军三个方面军，计有诸兵种部队一百三十一个师、一百一十七个旅及二十一个边防区，总计一百五十七万人，从西、北、东三个方向越过中苏、中蒙边界，在比整个西欧面积还大的中国国土上，向关东军发动大规模进攻。上午 11 时 2 分，美国空军在日本长崎投下第二颗原子弹，如后来在日本投降书上签字的日本政府代表重光葵所言："使九州的一角完全毁灭"。为了向在竞选中落败的丘吉尔表达敬意，美国政府将这颗原子弹命名为"胖子"。

苏联将对日宣战和出兵东北，中共中央早有耳闻。在雅尔塔会议前，中共中央从斯大林的几封电报中，已获悉苏军在西线取得决定性胜利后，将要出兵东北。

8 月 9 日清晨，新华社从广播中收听到一则消息，苏联向日本宣战，今天凌晨苏联红军已经越过了边界线。

随即中共中央全体委员在杨家岭开会，在这次七届一中全会第二次会议上，毛泽东阐述了苏联参战后的形势和党的方针、任务，指出：苏联参战，使抗日战争进入最后阶段。我们准备发表一个声明。我们的任务有四项，即配合作战、制止内战、集中统一、国共谈判。如何同苏联红军配合作战，还要等战争的展开。我们现在要做的是配备干部，发展攻势，准备几十个旅打仗，考虑一个计划。我们要对日本军队放手进攻，这不会犯冒险主义，要学习较大规模的作战。①

会议结束后，就苏联对日宣战发表声明，号召"中国人民的一切抗日力量应举行全国规模的反攻，密切而有效力地配合苏联及其他同盟国作战"。这篇声明以《对日寇的最后一战》为题，收入《毛泽东选集》第

---

① 中共中央党史和文献研究院网站，《党史百年天天读》https://www.dswxyjy.org.cn/GB/434461/434469/434612/index.html

三卷。①

8月10日，在十八个小时内，八路军总部连续发布七道命令，其中有三道命令是有关配合苏联红军作战的。这三道命令与其说是八路军的行动指南，不如说是抢占先机的政治宣传。其中第二号令是命原东北军将领吕正操、张学思、万毅分别率部向热河、辽宁挺进。同时命令驻冀热辽边境的李运昌所部，即日向辽宁、吉林进发，晋察冀军区所部向秦皇岛、张家口、山海关、北平等地进军。

此时此刻，中共中央并不了解苏联出兵的真实意图和具体态度，只是决定配备干部，发动攻势，尽可能争取集中多数兵力与苏军实现战役上的配合。

然而，中共很快发现，局势的发展并非如己所愿。8月15日，美国总统杜鲁门批准了远东盟军最高统帅麦克阿瑟的第一号命令，宣布中国战区（满洲除外），台湾及北纬十六度以北属越南境内的日伪军应向蒋介石政府军投降，从而使中共受降失去合法依据。事实上，蒋介石甚至连再占华南都有极大的困难……事实已清楚地摆在我们面前。

当时的形势如杜鲁门总统所言："假如我们让日本人立即放下他们的武器，并且向海边开去，那么整个中国就将会被共产党拿过去。"②

8月10日，根据八路军总部的命令，晋察冀军区司令员聂荣臻指示所属各部：第十二、十三、十九军分区迅速夺取张家口、张北、多伦，冀热辽军区主力一部立即向辽宁、吉林挺进！

命令发出后，中央军委领导留下聂荣臻，开了个小会，重点指示，晋察冀全军的重点任务是尽量多占一些地方和主要交通线，要高度重视东北，争取东北成为我们的根据地。

---

① 中共中央党史和文献研究院网站，《党史百年天天读》https://www.dswxyjj.org.cn/GB/434461/434469/434612/index.html

② [美]哈里·杜鲁门：《杜鲁门回忆录》，生活·读书·新知三联书店，1974。

会后，身在延安的聂荣臻、萧克、刘澜涛立即给第十二军分区（平北军分区）拍发了加急电报，因为如果要同苏联配合作战、相向而行，长期活跃在长城内外的平北部队。就成了与苏联红军会师并配合作战的首选。

8月11日上午10时，程子华、耿飚收到聂荣臻、萧克、刘澜涛的电报："外蒙已宣战并出兵，可能直趋张家口，望郭天民率部配合苏蒙军首先占领张家口。并令平北骑兵沿张（家口）库（伦）大道与蒙军联络，蒙军到张家口后，要求一、二架飞机来延接我们。"

8月12日，正率部围攻赤城的平北地委书记兼军分区政委段苏权，收到程子华、耿飚转发的急电，延安总部从莫斯科广播的路透社电讯中得知："蒙古人民共和国军队已出现在日本占领下的热河林西附近，林西位于北平东北两百五十英里处"，"据悉北平西北一百英里蒙疆首都附近发生战事"，由此推断苏蒙联军穿越三百公里富盐沼泽地、戈壁荒漠，"可能直趋张家口"，牵制日本华北派遣军。为此命令平北察蒙骑兵支队沿张库大道与苏蒙联军联络，将情况随时报告中央，同时平北部队做好进攻张家口的准备。

库伦即今乌兰巴托，元朝定都北京，开辟了这条官马大道，清代重修以北京为中心的驿路时，对该道进行了重点整修。"西有杀虎口（在山西右玉县境内，又称西口），东有张家口"，这条连接中蒙俄三国的运输线，每逢夏秋时节，马驼成群、且行且牧，成就了"皮都"和"华北第二商埠"之名的张家口，尊享三百年的兴旺繁华，并成为中国第一条自主修建的铁路线终点。

段苏权和詹大南接电后不敢稍懈，即刻做了部署，令平北主力部队在雕鹗堡、三岔口一线集结，于8月15日迫近张家口。在大囫囵以南、石窑子以北坝顶休整的察蒙骑兵支队，接到电令后迅速集结了三个骑兵连和两个步兵连，分别从崇礼县狮子沟和张北脑包图出发，向张北县城和德化（今化德）方向去接应苏蒙联军。

据时任中共张北县工委书记、察蒙地分委副书记兼办事处主任柴书林回忆："13 日清晨，中央发来电报，命我骑兵去多伦与苏蒙联军会师，我们立即调动部队，准备执行中央命令。正在这时，我们从 12 日的伪《蒙疆日报》上，看到苏蒙联军已到达化德的消息。根据判断，苏蒙联军是高度机械化兵团，行动迅捷。很有可能在中央发报的同时，他们已由多伦进抵化德。我和老吴决定：一方面做好出发的准备，一方面再等等中央的进一步指示。果然，14 日中央又发来电报，命我们直接去伪察哈尔盟所在地——张北县城与苏蒙联军会合。我与吴广义同志随即率领支队主力，向张北疾进。路上听说十三分区察北支队已经收复了尚义、兴和，我们不由地快马加鞭驶向张北。"[1]

苏蒙联军西路总队 8 月 11 日进入中国二连浩特，然后兵分两路，一路取道滂江进占德化，14 日晚进入张北县城；一路经苏尼特右旗南下，经商都亦到达张北县城。察蒙支队于 8 月 15 日在察哈尔盟首府张北县城外遇到苏蒙联军，联军对这支衣冠不整、武器长短不齐的部队产生严重怀疑，不许部队进城，要求以班为单位，把枪架起来，马拴到另一边，统由联军看管。

此后，经柴书林和吴广义反复交涉，两军正式在张北会师。

平北的察蒙骑兵支队与苏蒙联军在张北会师之日，日本天皇通过广播宣读了《终战诏书》，随即日本内阁正式宣布无条件投降。

8 月 16 日中午，苏蒙联军派一名上校与我方会谈，将城内日伪军的仓储物资、武器弹药全部移交，防务仍由苏军负责。

张北最晚在南北朝时就已立城，名怀荒镇，盛于元朝，武宗时在张北不远处建有元中都，显赫一时。有清以来因张库大道而引商致富，

---

[1]　柴书林：《回忆苏蒙联军收复察北诸县的经过》，载平北抗日斗争史调研组编《巍巍海坨山——平北人民抗日斗争纪实（三）》，奥林匹克出版社，2000。

1935年到1936年间，张北有一千七百多住户，百分之八十是工商户，手工作坊、商号、旅店比比皆是，县城里的大小商店多达四百余家。

8月17日上午，程子华、耿飚向十八集团军总部叶（剑英）、滕（代远）、杨（尚昆）报告："冀察删电平北主力已到张家口东六十里之青边口，铣电已进距张家口二十里。张家口现集敌一个旅团，近日积极外运物资并大部抓丁向西向北运送，可能是构筑工事防止苏军。十二分区已派骑兵向化德方向前进以与苏军联络。"

据韵目代日表，删为15日，铣为16日。清末开通电报时，因费用昂贵，人们为节约用字，一度以地支代替月份、韵目代替日期。当晚晋察冀军区接到平北电报，于22时向中央报告："我冀察军区部队于16日在张北，同苏联红军已会师。红军要联络手续，应如何办，请即示"。在这份抄收件右上角，写有"快送主席"四个字，在右下角则写有"已办毛"，可见中共中央对该文件的重视程度。①

如电文报告所言，8月15日傍晚，段苏权和詹大南率平北军分区主力部队，抵达张家口东边的青边口、人头山一线，先头部队进至距张家口二十里的羊房堡。

青边口南距宣化二十公里，是离明宣府城最近的重要隘口，由于清水河上游是崇礼县的正沟河，青边口北面出长城外山下五里远是水晶屯，从而马队可沿河川直奔关口。在关口中间，有个特殊的敌楼，当地人称九门九关台，和蓟镇长城②的空心敌楼不同，楼下面是实心，有台阶通上面的房子和楼顶。

青边口堡位于明长城南侧七里处，今为青边口村，堡建于宣德五年（1430年），现堡墙包砖已被拆光，东城墙还存有一个砖券门洞。中路长城的最西端起自海拔一千六百一十三米的人头山，与上西路长城相接，

---

① 此段文字，见段渼恒：《不息的号角——段苏权散记》（第六章、第七章），未出版稿。

② 举世闻名的八达岭长城，即为蓟镇长城重要代表。

经一千五百七十五米的西高山、一千五百一十八米的高嘴山、一千八百米的东高山，终于一千八百零九米的猴儿山，全长十九公里，分属常峪口堡、青边口堡、羊房堡管理。

人头山旧称鳌头岭，是张家口市区最高峰。羊房堡关在青边口以西十里处，时中路最西端的军戍堡城，现关隘尽失，只有人行小道从关口穿过通往崇礼。小清水河和大清水河流经这几处关堡，沿着河沟分布许多小村庄，村民不少是蒙古族，有的村庄始建于元代。

8月16日下午傍晚，接到察蒙支队接收张北的电报，段苏权决定亲赴前方掌握第一手资料。詹大南知道段苏权脚有残疾，长途跋涉不便，就主动提出由他奔赴张北，段苏权同意，让平北地委委员、城工部长张克宇带一部电台和詹大南同去。十团三连长孙玉禄、指导员袁伯修率全连护送。

詹大南代段苏权艰难跋涉，其腿脚也难称利索。1940年在平西反"扫荡"中，詹大南被日军掷弹筒弹击中大腿，跛了三个多月，由印度柯棣华大夫做了手术，从此留下碗口大的疤。

2020年11月15日，詹大南在江苏南京逝世，享年一百零五岁。詹大南于1955年被授予少将军衔，曾获二级八一勋章、二级独立自由勋章、一级解放勋章。至此，在文献记载中，抗战时期曾在平北海陀山战斗过的二十三名将军，全部逝世！

平北的战斗经历，在这些将军的心里，可能是最难磨灭的记忆。

1995年，詹大南写了首诗，回忆平北抗日的岁月："八达岭上望山川，往事茫茫俱眼前。挥师雁北插敌后，挺进冀东遵党遣。燕山南北歼日伪，长城内外破险关。难忘人民情似海，屈指已过五十年。"1989年10月，平北抗日烈士纪念园落成时，詹大南还在北京居住，每年都会前去凭吊战友，直到身体欠佳，回到南京。詹大南从南京军区副司令员退下，在他住所的客厅里，始终悬挂着一张大幅的平北地区地图，想起往事，他总会注目望上一会儿。

2017 年，拍摄纪录电影《北平以北》时，我们摄制组曾想去拍摄詹大南，当时他正在医院抢救，处于昏睡状态。摄制组进来时，警卫员俯在他耳边说："首长，平北来人了。"将军两眼立马睁开，看着我们，用目光打招呼。

平北，似已镌刻进骨髓深处！

詹大南从青边口到张北，要从张家口东南到正北绕半个圈，其间经过好几道山梁和深沟，还要绕过敌伪占领的村镇，持续向张北急进。二十余人又走了一夜，于 18 日拂晓才到达张北县城。

8 月 18 日 17 时，程、耿专电中央，报告第一支与苏联红军会师的中国军队："与红军会师系平北部队，根据中央宣布张学思部在此方向活动，为了对外宣传，故发表为张学思部"。18 时，延安以中央名义给程、耿发电："我军与张北红军会师的部队是何部？有多少人？负责首长是谁？望即电告，以便正式介绍和办理联络手续，望即刻覆。"

根据平北分区察蒙骑兵支队已与苏军会师的报告，中共中央迅即找聂荣臻、萧克了解平北部队的情况，21 时，中央又一次发出"带电台密赶张北与红军联络"的急电："分局：（一）望立即电令平北分区政委段苏权，带电台及与分局通电的密码，迅速赶往张北与红军会面，取得联络。段到后可将晋察冀军事情形告知红军司令，并负责将红军情形及其意见迅速电告延安。（二）经过现在张北与红军会师的我军，将附上朱总司令给红军贺电亲自送去，以便联络，并配合其作战。"22 时，中共中央专电询问与苏军会师部队的番号及首长名姓，程、耿回电"军区司令郭天民、政委刘道生，平北分区代理司令詹大南、政委段苏权"。

8 月 19 日上午，詹大南拿着中央军委的贺电向苏军表示祝贺，但由于准备不足，没有俄语翻译，找的两个商人只会讲外蒙独立前的蒙语，又不懂军事术语和政治术语，先把汉语翻成蒙语，再由蒙军翻译成俄语，一句话要过几道关，折腾半天还说不清楚。

到 8 月 19 日下午 5 时，程、耿向军委及十八集团军总部报告："十二分区詹部已与苏军确取联络，并已组织配合攻击张家口。苏军预定 20 日分三路攻击，各部队排以上单位指挥用红旗联络……与红军联合行动之部队兵力待报。"

8 月 19 日晚，平北察蒙支队受到邀请，翌日晨在张北南门楼城头上观战。

狼窝沟是位于张北城正南十五公里野狐岭黑风口的小村，郭沫若有诗句"辞去狼窝张北行，此途古代惯用兵"。野狐岭东西绵延数十里，岭北是坝上草原，岭南沟壑纵横，黑风口又将野狐岭拦腰截断，成为沟通张家口和坝上、内蒙古的咽喉。黑风口地势险要，它将长城斩断，两边山高坡陡，岭上崎岖蜿蜒，平均海拔一千六百米，最高峰达一千六百三十九米，是神威台（后称万全）坝上的险隘。唐朝之后，中原王朝重心东移，这里就成了狼烟不断、金戈铁马的百战之地，其中尤以蒙金 1211 年的野狐岭大战为最。金国以张北为防御蒙古的前沿要冲，当时成吉思汗率三个儿子和不足十万人马，进攻在坝上筑有坚固工事的四十万金军，用死士猛攻中路，打开缺口，最终将金兵精锐殄灭殆尽。这次以少胜多的战争典范，改写了中国历史，对世界格局和走向也产生影响。

1935 年岁末，李守信的部队占领察北各县旗后，进驻张北城，一个月后，德王策划的伪察哈尔盟公署在张北挂牌执政。日寇曾动用大量人力物力，沿坝顶修了总长约三百公里点线结合的环形筑垒工事，用钢筋混凝土修建明碉暗堡两百多个，事后将三千多民工拉至安固里淖杀人灭口。

苏蒙联军从 8 月 17 日开始，天天进行炮击，侦察机也不断从头顶上飞过，20 日晨更是以两轮急促猛烈的炮火猛轰狼窝沟前沿阵地。

中方部队曾建议绕过雷区和壕沟，从侧翼进攻，未被苏蒙联军指挥官采纳。在攻击日军前沿北路大桥战斗中，联军先后击退日军十数次反扑，使后续主力得以迅速通过，冒雨冲向野狐岭日军阵地。经过雷区和防坦克壕，联军再次受阻，晌午时终于突破了黄花坪、老北台等日军阵地。20日夜，苏蒙联军再次发起攻击，深入到黑风口东侧山岳地带，日军拼死抵抗，展开短兵相接的白刃战。21日上午，日军打白旗提议停火，以种种借口拖延时间，以掩护绥远、大同之敌和张家口四万多侨民撤逃，拒不缴械。21日晚，日军利用夜幕悄悄向张家口撤退，22日联军占领日军狼窝沟全部阵地。

这场战役沉重打击了日军独立第二混成旅团的主力，震慑了张家口日军，据前苏联国防部档案馆档案："担任骑兵机械化集群先遣支队的摩托化步兵二十七旅向张家口发展进攻，8月18日同预有准备并已占领筑垒地域防御阵地的日军遭遇，第二天，该旅进行了多次战斗侦察，并调来了炮兵和后勤……8月21日，骑兵机械化集群以主力实施正面突击，对日军防御阵地发起了坚决的冲击。"此役"该集群的部队缴获二十四门火炮、二十门迫击炮、一百零一挺机枪、三十一具火箭筒及其他武器和弹药。"毙伤俘日军八百六十多人，其中击毙两百余人，俘虏军官八十二人，士兵五百七十八人，苏蒙联军在战斗中亦死伤四百余人，履行了崇高的国际主义义务。据事后了解，参与张北狼窝沟之战的苏蒙联军部队，包括蒙古机械化第二十七团、第七装甲旅及骑兵一部，苏军第三十摩托化团、第三炮兵团等。

狼窝沟战斗结束后，张北县政府修建了墓地、烈士纪念碑。1957年，又重建苏蒙联军烈士纪念塔、烈士墓和纪念碑，坐落在小狼窝沟村西南、野狐岭半山上。纪念塔高二十八点八米，镌刻着六十名烈士名单、职务，聂荣臻、谢觉哉、乌兰夫、张苏分别题词。

2017年1月，张北地区温度低于零下二十摄氏度，积雪盈尺，跋涉艰难，在凛冽的寒风中，我去拍摄苏蒙联军烈士纪念塔，相机目镜中的天空，蓝得耀眼，我猛然抬头，塔顶上三颗等高互连的红五星，在太阳辉映下闪闪发光。

塞北"小延安"

> 烽火年年壮士羞，反攻今日定神州。
> 兵锋直指张家口，禹域尧疆走马收。
> ——刘力生《平北部队誓师雕鹗堡进军张家口·1945 年 8 月》

1945 年 8 月 11 日，也就是日本外务省发出乞降照会的第二天，正在冀察区党校工作的林明被副校长葛琛叫到了一边："小鬼，日本鬼子投降了，现在报社、新华社正在组织记者团，准备进军大城市，你赶快去报名，马上出发！"

"我可不行，我没干过新闻工作，到记者团能做什么？"

"不会做，还不会学吗？抗战就要结束了，一切都要重新开始，好多你想不到的任务还多着哩。"

林明清脆地答了一声"是！"便向着报名处跑去了。

新华社冀察支社和《冀察群众报》报社就驻在涞水县下明峪。当天下午林明就到了这里，电台的同志们已经开始抄收延安总部的进军命令了，一道接着一道的命令，同志们都在热烈地议论着未来局势的发展，议论着马上就要进去张家口后如何进行新闻工作。大家都沉浸在胜利的欢腾之中。

8 月 18 日，部队从军区驻地李各庄出发，记者团跟随着大部队急速北上。五天后的 8 月 23 日傍晚，部队终于抵达了张家口的南郊。这时，从城里开出几部大卡车，将远路而来的记者团同志们接进城里。

卡车一路向北，在夕阳的余晖中，部队的战士们正在打扫着战场，搜索着残敌，远处的枪声时紧时缓地清晰可辨。卡车开得很慢，带着记者团的同志们在这硝烟中驶向这座曾经是伪"蒙疆联合自治政府"首府所在地的张家口。

就在记者团到来的三天前，收复张家口的战役打响。

1945 年 8 月 15 日晚，段苏权和詹大南率平北的主力部队到达张家口附近的青边口、人头山一线，8 月 16 日，詹大南前往张北，联络苏蒙联军，段苏权留在张家口，这一天，日军司令部派出两名骑兵，打着白旗寻找八路军，联系投降事宜。段苏权把八路军要日军投降的命令交他们带回。17 日，八路军派出两名代表前往日军司令部谈判，日方表示，同意提出的受降条件，但要请示北平司令官后才能办理投降事宜。等到 8 月 18 日，再去催促时，日方说已获冈村宁次命令，不能向八路军投降。八路军代表据理驳斥，但未取得任何结果。根据情报显示，日军可能继续抵抗，伺机撤退。此时，傅作义的部队正向张家口方向开进，活动在兴和、尚义、张北一带的国民党土匪武装，也准备配合傅作义东进部队抢占张家口。在此情形下，段苏权决定，张家口只能靠武力去收复，而且动作务必要快。

张家口城垣的发源地在今张家口市桥西区堡子里一带，宣德四年（1429 年）指挥使张文始筑城堡，名张家堡，东南各开一门，东曰永镇门，南曰承恩门。嘉靖八年（1529 年）守备张珍为北上行旅的方便，又在北城墙开小门，曰小北门。因门小如口，又由张珍开筑，百姓习称张家口，蒙古人和布里亚特人称之为"卡尔干"。

收复张家口这座省会城市，对平北部队是个严峻考验。

《剑桥中国史》中曾有如下评述："8 月 23 日，政府军总司令何应钦将军命令侵华日军总司令官冈村宁次将军，在政府军到达之前，日军在必要时要就地防御共产党军队的进攻。日军还接到命令，要他们收复新近丢失或被迫交给共产党军队的地区，他们遵循这一命令展开了进攻行动……共产党在安徽、河南、河北、江苏、山西、山东和绥远丢失了大约二十座城镇。在他们所得到的城镇中有张家口，当时这是一座有十五万至二十万人口的中等城市，为察哈尔省的省会。张家口于1945年8月的最后一个星期从日本人手中收复，这是一个长城南北货物与车辆往来的重要贸易和交通中心。由于它的规模，还由于它距北平并不太远的战略位置，张家口成了共产党人城市管理的一个样板和他们的第二首府，直至一年后被国民党军队占领为止。"①

从8月下旬到9月底，国民党军队不断与共产党军队发生冲突，仅见诸报端的就有一百多次，大批汉奸、日特、伪军、土匪，转瞬间变成"收复失地"的"功臣"。

《剑桥中国史》的评述，其实并没有注意到中国共产党人对张家口怀有的特殊情感。

京绥铁路是产业工人集中的地方，早在1920年秋，受北京共产主义小组和北大马克思学说研究会派遣，何孟雄、邓中夏、罗章龙、高君宇、王仲一等人先后来到张家口，进行调查访问，组织工人运动试点。1921年6月22日，张家口一千多名铁路机务工人开展罢工斗争，可称中共"一大"召开前夕，具有范例意义的工运实践。中国共产党成立后，李大钊曾三次亲赴张家口地区，指导工人运动，建立党团组织。1922年秋，以张家口车务、机务、机修工人为主体，举行了有一万三千多人参加的京绥铁路工人大罢工，由于正确领导和灵活策略，罢工取得完全胜利，对马克思主义传播和工人运动的兴起，起到示范鼓舞的作用。

解放张家口的战斗，并非8月的最后一周，而是倒数第二周。

8月19日午后，詹大南给段苏权发来电报，称苏军计划8月20日进攻张家口，要求平北部队从东、南两面配合进攻，同时要求破坏张家

---

① [美]麦克法夸尔、费正清：《剑桥中国史》，俞金戈译，中国社会科学出版社，1992。

口至北平的铁路，防敌南逃。中央军委接到平北部队的报告，立即下达了《关于配合苏联红军夺取张家口、平津等地给程耿的指示》。

张家口北、东、西三面环山，清水河由张家口市东窑子村入境，于宣化姚家坊注入洋河，由北向南把市区分为东西两部分。

8月20日清晨6时，部队发起了攻击，经过激烈战斗，四十团很快攻下了东山坡南山敌人碉堡，占领了有利地形。居高临下，冲下山去。8时占领了日本大使馆。部队冲进使馆时，使馆人员已经跑光了。四十团指挥所便设在这里。军分区指挥所此时也进到东山坡。教导大队作为预备队，并担任北侧警戒。部队继续向清水河大桥方向攻击。随后，十团一部打进日军后勤警卫部队的营房，消灭了部分敌人。随后，十团主力进至火车站附近，经过反复争夺，占领了车站及其周围建筑物。至下午3点，清水河以东地区已经全部被平北抗日武装占领。十团的二连，按计划攻占了十三里营房和飞机场。

这一天的进展比较顺利，部队坚守在清水河以东一线，等待苏蒙联军的消息。一直到天黑，也没有任何苏蒙联军的消息传来。段苏权立即指示：部队撤至人头山、羊房堡一线待命。

当晚，段苏权给还在张北的詹大南发去电报，通报战况时间及苏蒙联军情况。8月21日晚，詹大南发来电报说，苏军在狼窝沟进攻受阻，并说苏蒙联军22日仍按原部署进攻张家口，要求八路军按原计划行动。

同一时间段，8月20日，热西地分委书记吴涛率新四团在沙河镇北伏击南口至北平日军。同日晚，延庆第八区小队和十几个民兵，在延庆八区武装部长穆桂成率领下，于康庄岔道西关炸毁日军运兵车一列，炸死炸伤日本鬼子十多人。

8月21日，防守狼窝沟的日军开始撤退。下午3时，日军撤退的先头部队到达人头山以西的甲官坪村，在这里碰到了十团的阻击，一直打到天黑，敌人丢下一批重装备，绕道南逃。与此同时，军分区副司令钟辉琨和地委副书记陆平率部队实施围逼县城、在宣化至南口之间破坏铁路的计划。8 月 21 日至 22 日，指挥新六团及延庆支队攻占康庄、狼山和怀来火车站，破坏了怀来至康庄的铁路和公路大桥，歼灭日伪军百余人。接着，察南军分区的察北支队解放了尚义县城。

8 月 22 日上午，段苏权率领平北主力部队再次向张家口发起进攻，部队很快占领清水河以东地区。侦察分队越过清水河，进入河西市区。上午 11 时左右，从大同方向撤下来的大批日军乘火车到达张家口。敌人以铁甲车开道，企图通过张家口火车站向北平撤退。当他们发现火车站已被占领时，就在车站以西与平北抗日武装展开激烈的争夺。十团在四十团一部的支援下，凭借有利地形和建筑物，进行顽强阻击。敌人反复冲锋十多次，一直被阻击在火车站西面，不能前进。

日军把大炮和重机枪架在车上，向平北部队射击，掩护步兵冲锋。这样一来，对平北部队的威胁太大。为了避免过大的牺牲，段苏权立即命令部队稍向后撤，敌人乘机夺路南逃。下午 3 点，防守狼窝沟的日军主力退入张家口，沿着清水河东岸向火车站败退，企图乘车东逃。在油脂公司附近，正在十团侧翼，掩护十团作战的四十团二连、三连、四连马上进行了阻击。日军凭借优势兵力拼命反扑，企图攻占"宣门"石楼，掩护残余部队沿铁路逃窜。

四十团三连的战士在连长鲁珍的指挥下，利用有利地形居高临下，向敌人展开了激烈的战斗。三连和四连的战士在二连左右翼紧密配合下，用步枪、刺刀、手榴弹发起猛攻。日军越逼越近，眼看就要冲到"宣门"石楼底下了。二连排长杨占山、机枪班长张存义、射手易海彬冒着敌人密集的炮火，端起机枪，利用石楼上的垛口作为掩护，站起来向敌人猛烈射击。机枪打红了一挺又一挺，他们和步兵同志们紧密配合，打退了日军十多次冲锋。日军越聚越多，四十团团长杨森在二连阵地上一面指挥二连抗击敌人，另一面指挥三连、四连积极支援。由于平北部队英勇抗击，龟缩在火车站和货场附近的敌人，没有前进一步。

下午 6 点，从坝上又撤下来一批日军，再次对二连发起了进攻。这时候，二连、三连、四连的战士们不顾三面包围，顽强顶住。战斗越打越激烈，在阵地前沿机枪响，手榴弹炸，一片火海。

就这样，战斗整整打了一天，始终没有得到苏蒙联军的消息。于是段苏权命令部队撤至人头山一带监视敌人。平北抗日部队刚刚撤出战斗后，大批日军分多路急速向北平方向撤走。夜里，日军的后卫部队一路经过人头山西侧山地时，遭到十团的阻击，敌人丢下几门山炮和部分马匹，仓皇退走。

同时，在 8 月 22 日，战斗在铁路沿线的新六团攻占了怀来火车站；龙宣怀支队和何金海带领的游击队攻占了下花园发电厂和沙城；新四团在沙河镇北伏击南口撤退到北平的日军，缴获卡车两辆；崇礼县支队再度收复了崇礼县城；赤源游击队和民兵收复了宝源县；察蒙骑兵支队一部收复了康保县。

8 月 23 日拂晓，张家口市内的最后一批日本人集中到火车站附近加紧撤退。此时，平北部队的侦察分队随即进入市区。接着四十团从东山坡北侧进入市区，并于 12 时左右包围了德王府，龟缩在德王府里的伪军政头目及七百多名伪军警全部缴械投降。

十团一部在团长李荣顺和政委吴迪带领下进攻火车站，另一部越过清水河大桥攻入市区，同伪军展开了巷战，俘虏了一批伪军和日军，部分伪军向万全县逃跑，十团乘胜追击，收复了万全县。

第十三军分区二十团和蔚涿支队原拟从南面、西面协同作战，不料山洪暴发，洋河^①水位骤涨，深可没顶，未能及时投入战斗，直到 23 日拂晓，方由南面攻入市区，占领了部分日伪机关和工厂。

---

① 洋河发源于内蒙古兴和县的北山，在怀来县朱官屯与桑干河及妫河汇流，形成北京最大水系永定河。

到 8 月 23 日下午 3 点，张家口市内的战斗结束。

张家口一战，平北主力部队共毙伤俘日军两百多人，伪军两千余人，抓捕伪蒙疆自治政府副主席于品卿和伪市长韩广森、副市长崔景岚。

张家口是八路军依靠自己的力量，在抗战时期，从日军手中解放的第一座也是唯一一座省会城市，是平北建军以来最有荣誉之战！

当晚，冀察区党委和军区负责人带领新华社冀察支社的记者从石门屯赶到张市，十一天前，新任命的张家口市长张孟旭也率专署机关干部赶来，与张孟旭同天任命的还有北平市长宋劭文、天津市长张苏、唐山市长张明远、保定市长刘秀峰、石家庄市长王昭、秦皇岛市长朱其文、大同市长刘达。[①]

8 月 23 日晚上 8 点，林明和同事们跳下了卡车，走进了日本驻蒙军司令部。这里是"渡边军部"所在地，坐落在宣化大街南头路西，大门里有一片建筑物，记者团的同志们被安排进靠近操场的一个大厅里。

林明划着了火柴，检查车灯泡和电路，几分钟后大厅里灯火通明。同志们推开窗子看着这座被平北部队夺取的塞外重镇，大家说不出的喜悦和激动。此时，记者团团长雷行走到林明跟前："真没想到，你还有这两下子。正好广播电台没人懂，明天你就去接管了吧！"

"我哪懂广播电台啊，就是小时候玩过矿石收音机……"

雷行笑着说："不懂就学嘛。别人连这点也不懂呢，明天你就去接管广播电台，电台控制到我们手里，我们要把收复张家口的消息，用电波传给所有中国人。"

8 月 24 日下午 3 点，林明和新华社冀察支社通讯员赶到了日伪广播电台，这座广播电台还沿用着日语的名称叫"放送局"，坐落在上蒙古营胡同的尽头，原址是"三官庙"，临街的前排房子是个二层楼，楼下是传

---

① 见《聂荣臻关于全军区立即部署向大城市前进致分局电》，1945 年 8 月 10 日。

达室，二楼就是编播办公室和唱片资料室，进入院子西边，是一大一小两个播音室。这里的设备非常齐全：供有线广播用的五十瓦扩音机一台、十千瓦、五百瓦、五十瓦增音机各一台，以及和东京、奉天通讯的电讯设备等等。

"放送局"的中国职工看到日本人仓皇逃窜，主动地将这里的设备保护起来，等待人民政府的接受。林明仔细地看着这些保存完好的设备，心里高兴极了。

正在这时，一位身穿军装的女同志走到林明面前，向林明敬了一个礼："报告，战线剧社战士陈紫薇，前来报道！"原来，这是雷行特意安排来的"播音员"。

下午5点，工作人员做好了一切播音前的准备。林明和陈紫薇走进播音室，陈紫薇带着军帽，端坐在麦克风前，用清脆、柔和而又略带一点颤抖的声音播送着："张家口新华广播电台，XGNC……"[①]

林明悄悄地走出播音室，从监听喇叭中听到新华广播向全世界宣告：张家口已经回到中国人民的怀抱！中国共产党的第一座现代化的广播电台已经诞生！

此时，激动的泪花模糊了林明的双眼。

聂荣臻在回忆录中说："8月25日，我在延安听到张家口电台广播，我军已经解放了张家口，真是高兴极了。"[②]

8月25日上午，苏蒙联军派库兹涅佐夫上校驱车从张北来到张家口，向八路军表示祝贺，对于苏军攻打张家口的爽约，库兹涅佐夫解释，他们上级有规定，部队不能越过长城。

这个解释其实并不能让人信服，对于苏军出尔反尔和突然在张北停

---

① 林明：《记张家口新华广播电台的诞生》，载平北抗日斗争史调研组编：《巍巍海坨山——平北人民抗日斗争纪实（一）》，内部发行，1989。

② 聂荣臻：《聂荣臻回忆录》，解放军出版社，1984。

滞，几十年以后谜底方揭晓，其并非出于苏军的规定，而是受到了美国和蒋介石的阻挠。

20世纪70年代末，一份国民党高规格的绝密材料面世，才解答了段苏权等人心中一直以来的疑惑。这份材料是国民党国防部史政局编辑的《世界战争研究会纪录》，该研究会召开会议，均由蒋介石亲自主持并指导。

1945年8月18日下午4时，在国民党军事委员会召开的第四十二次世界战争研究会上，蒋介石声称："现苏军除向东三省推进外，并深入热、察两省，其一部且已进至张北，于此乃发生一严重问题，盖吾人所谓之满洲，乃指东三省而言，但溥仪统治下之伪满，竟包括热察两省于内……现盟方已规定满洲归苏军缴械，实应以东三省为范围，不应侵占热察两省。吾人应持此严正之理由，速向苏联大使馆交涉，请其通知进至张北之苏军，速向东转进，以免与我正向热察两省前进之部队，发生冲突。"[①]

中共中央在延安听到苏蒙联军越过草地荒滩，急速向察北、热北挺进的广播，蒋介石在重庆也同样接收到。蒋介石认为，如苏军突破张家口日军防线："可取道热察，直趋平津，东北地位，实际已成次要。"蒋介石自知国弱言轻，也深知斯大林的固执和傲慢，思来想去，只有美国人说话顶用，何况苏军越界热察，并不符合美国的利益，于是请西南太平洋战区盟军总司令麦克阿瑟出面制止。

尽管苏军当时并无进攻平、津的计划，却也没有止步长城的部署，根据资料显示，贝加尔方面军司令、苏联元帅马利诺夫斯基8月15日确曾下达命令：苏蒙混合骑兵机械化集群在张家口方向上发展进攻，于8月17日日终前占领张北、张家口，以部分兵力于8月18日日终前占领

---

① 国民党国防部史政局：《世界战争研究会纪录》（复印件），1946。

丰宁、热河地域。战役目标是切断关东军与华北日军之间的陆上联系。①

然而，由于日军在野狐岭一线，依托工事进行顽强抵抗，拖延了苏军预定的计划，而美蒋的携手干预，使苏军最终停留在张北一线，中共中央军委关于配合苏军南下作战的意图就此搁浅。

1981 年底，鉴于国内外有关张家口第一次解放的大量不实表述，已经担任中国人民解放军军事学院政委的段苏权，作为收复张家口的亲历者，曾发函请当年参战者撰写回忆录、纪念文章，共收到回函两百余件，其中成文发表的二十余篇。

为了慎重起见，段苏权翻阅了大量档案材料，以及日方、国民党方、苏方的出版物，尽力还原历史真相，在此基础上写出《收复张家口之战》，以正视听。文章写好后，段苏权分别寄给健在的主要领导同志，广泛征询意见。

杨尚昆批示："段苏权同志：张家口是我军收复的，苏军只到达张北，这是历史事实。'八〇二'演习时，许多当时在晋察冀工作的同志，都是这样说的。当时我在延安（聂帅也在），也知道我军占领张家口和与苏军联系的消息，因此，我认为写这篇回忆，是很好的、必要的。至于许多具体史实，我不直接参加，提不出意见，请你多给几个原在晋察冀工作的同志看看，把重要事实核对清楚，争取在 8 月 23 日发表为好。"

程子华批示："7 月 15 号的稿子我看过了，写得很好，我同意，没有什么修改意见，只提两点：一、可否加个纪念我军收复张家口三十七周年的副标题？二、最好附一张要图，特别是应标明苏军到了哪里，让人看了一目了然。"

萧克批示："对我军收复张家口，多年来国际和国内有些错觉，甚至有意的歪曲事实，为正视听，除在《解放军报》发表外，建议在《人民

---

① [苏] 弗诺特钦科：《远东的胜利》，辽宁人民出版社，1979。

日报》发表。"

刘澜涛批示："这个材料写得很好，很有必要，我完全同意，具体问题请萧克同志定。"

耿飚惜字如金，在原件上只写了十八个字："苏权同志：这篇文章写得好，我个人完全同意。"①

段苏权在这篇文章的结尾，客观地评价："张家口是在苏军能去而没有去，蒋军想去而去不了，日军想等而等不得，伪军想守而守不住的情况下，被我军用武力收复的。这个历史事实是任何人也无法改变的。"②

8月27日，晋察冀军区下达《关于领导机关移驻张家口的命令》，此时距1937年8月27日张家口沦陷，整整过去了八年。由于张家口系日本关东军准备长期对苏作战的战略储备中心，物资仓库（包括日商仓库）不下六十座，军械仓库十余座，散落在兵营、阵地、车站、街垒的物资也不少，最初清点出步枪一万余支，轻重机枪两百余挺，子弹五百万发，大口径火炮二十一门（后续有增加），炮弹八万余发，汽油三万桶，军马上千匹及大批军用物资。此后张家口及周围地区成为"基本战略根据地"，在中共统辖的解放区，其地位仅次于延安。

平北部队首次奉命攻击大中城市，无疑面临巨大变化和全新课题，段苏权接到进攻张家口的命令后，很快起草了《冀察十二地委关于入城工作的指示》，于8月18日紧急下发，迈开城市管理的第一步。指示共七条，着重强调保障人权、财权、私有权，完全有别于土地革命时期打土豪劣绅、杀贪官污吏，分田地、吃大户、分浮财的政策。"入城后实施军事管理，成立专门的卫戍司令部"；"对于战争罪犯……死心为首者坚决镇压之。切忌报复与不走群众路线乱捕乱杀，以致造成人心惶惶等错误现象，使秩序不能维持，必须真正保障人权"；"对一切敌伪公私资财、

---

① 以上批示文字，见段汖恒：《不息的号角——段苏权散记》（第六章、第七章），未出版稿。
② 段苏权：《收复张家口之战》，《河北学刊》1983。

公营建筑公物等，均有保护之责任，任何部分无没收之权力。对人民私有之工商业更须秋毫无犯，认真保护财权。应使商店小贩照常营业，公买公卖，不得侵犯商人利益"；"入城秩序安定后，应即抓住中心环节，大量发动群众，应以惩处战争罪犯、清算贪污、救灾增资减租为中心，使城市贫民及小资产阶级团结到我之周围，并在斗争中发展党及群众组织。"

在进入张家口之前，中国共产党的工作重心一直在农村，从未领导和治理过大城市。张家口市市长张孟旭本人也是长期在农村革命根据地工作，从未在城市，尤其是像张家口这样的大城市中担任过要职，缺乏领导和管理城市的工作经验，加之张家口在日伪统治时期是伪"蒙疆自治政府"首都，日伪溃败后，给张家口以及接收张家口的中国共产党留下的是一个烂摊子，治理和建设任务十分繁重。

张孟旭是河北安平人，1929年入党，一直组织抗日救亡运动，1943年3月，来到平北地区，任平北地分委委员、平西专员公署平北办事处主任。1945年8月，率领平北地区部分党政干部，随同平北主力部队来到张家口。

进城不久，张孟旭在市政府全体干部大会上，向市政府全体工作人员明确了张家口党和政府工作的中心任务："当前张家口市党的工作的中心任务就是在共产党的领导下，放手发动群众，组织各界人民，发展壮大人民力量，造成基本群众的优势，惩办汉奸卖国贼，彻底肃清法西斯残余，为建设新民主主义的张家口而奋斗。"[①]

张家口解放了，日伪统治秩序迅速土崩瓦解，被日本侵略者统治压榨下的张家口人民自动地组织起来破坏敌伪的一切设施，夺取敌伪的物资。但在此期间，汉奸、特务、伪军警以及盘踞在这里的地痞流氓也趁机大肆活动，组织起"警防团"浑水摸鱼，打劫敲诈，枪杀人命，有的

---

① 中共北京市委党史研究室、平北抗日战争纪念馆：《张孟旭纪念文集》，中共党史出版社，2009。

居然还冒充八路军抢劫商店。张孟旭面对敌特分子的破坏立即采取行动，成立了张家口卫戍司令部，对张家口实行军事管制。

9月12日，张孟旭来到张家口新华广播电台，在广播中严重地警告破坏分子："……假如你们继续进行这种无法无天的捣乱行为，抗日人民和政府绝不能饶恕你们的，你们如果彻底觉悟，赶快回头，向政府悔过，我政府本宽大政策——不咎既往，给予你们以反省悔过的机会，同时更希望我市市民同胞随时提高警惕性，防范于这些破坏分子，一旦发现这类无耻之徒，你们可公开或秘密的向政府告发检举他们！"

就在张家口解放的一周时间里，全市百分之九十的工矿企业陆续都恢复了生产。

从1945年9月开始，张家口人民开展了轰轰烈烈的对汉奸、封建把头的清算和控诉运动。9月到10月期间，全市召开大规模斗争会一百六十六次，参加斗争的工人达一万两千人，清算出款项一千多万元。当时较大规模的斗争大会有：南瓦盆窑工人斗争汉奸刘润生，理发工人斗争恶霸张子清，下花园、张家口铁路工人斗争连任举、何进仁……10月8日，张家口全市举行公审大会，将伪市长韩广森、崔景岚公开处决。12月底，晋察冀边区特别法庭公审大汉奸于品卿并枪决。

来张家口采访的美国《纽约先驱论坛报》记者司蒂尔和北美新闻联盟记者安德列斯撰文："拿北平与张市相比是很有趣的。北平至今一切汉奸战犯仍逍遥法外，继续横行，没有人去管理与制裁他们，在上海情形也如此。而张市却不同，许多战犯已被政府捕获，广大人民起来控诉他们的罪行，这主要是由于张市有民主政府的缘故"。

宣布死刑判决后，问于品卿有何话说，于品卿连称"背叛国家、危害民族，罪该万死"。于品卿贪婪成性，不仅死心塌地为日本主子效力，自己也千方百计搜刮民财、中饱私囊，仅在张家口没收的不动产和现金财物，就高达六千万元（蒙币）以上，其在京津等地购置的房产就有十几处。

为了解决人民群众的生活，张孟旭组织人民政府立即着手赈济贫苦难民的工作。9月10日，发放赈济粮食七十万斤，棉衣两千套，棉花四千二百斤，受到赈济的人民群众捧着人民政府发下来的物品说："你们再不来解放张家口，我们不冻死也得饿死。人民政府好啊！"

就在此时，时任《晋察冀日报》社社长兼总编辑的邓拓，根据中共中央和中共晋察冀中央局的指示精神，在张家口组织出版了《毛泽东选集》五卷本，收入毛泽东1937年5月至1944年6月的著作共二十九篇，其中两篇为附录。这也是我国最早版本的《毛泽东选集》。

1945年9月，中共晋察冀中央局、边区政府和晋察冀军区司令部以及边区其他党政机关先后迁入张家口市，晋察区党政军机关迁至宣化城。

从1945年8月23日至1946年10月10日的一年多时间里，张家口市被定为晋察冀解放区首府、直辖市，当时的张家口成为晋察冀边区军事、政治、经济和文化的中心。在此期间，张家口市在中国共产党的领导和民主政府的管理下，在政治上、经济上、文化上都取得显著成绩，并因此而享有"第二延安""文化城""东方模范城市"等多种美誉。

根据中共中央的指示和部署，晋察冀军区迅速改变原来大反攻时的部署，撤回向平、津进军的主力，调两万大军到张家口附近集结，命令冀察部队扫清张家口周围拒降的日伪顽敌，为集结主力开创战场。其他军区也都作了相应的部署。

1945年9月2日，四十团与四十四团及察南分区宣化支队解放了宣化，接着涿鹿县城也被察南怀涿支队收复，使得张家口以东的局势转向稳定。9月19日，收复新保安。在此后不到两天半的时间，八路军主力部队势如破竹，解放了整个怀来和延庆四座城镇。龙关就在这种锐不可当的形势下，通过军事压力，里应外合解放，使赤城、大阁的敌人，也成为瓮中之鳖。

平北抗日根据地同其他的抗日根据地有所不同，从创立之初起，就负有挺进东北、收复失地的使命，同时隐含了打通中苏、中蒙通道的战略意图。

平北地委和军分区在 1945 年的局部反攻中，适时提出向北发展、东西并重的战略方针：向东深入伪满境内抑制和打击敌人，积极开辟东北工作；向西则向坝上^①主动出击，以期包围和解放张家口，从而迎来根据地迅猛发展，由原来的六个联合县改建为八个县制，主力部队已发展到四个团和一个骑兵支队^②，另有县区游击队和民兵五万余人。

1945 年 5 月之后，鉴于形势发展，中共平北地委热西分委和察北分委成立，同时将丰（宁）滦（平）密（云）联合县从冀东划回平北，以利八路军迅速向热河西部和中蒙边境挺进。在不到三个月时间里，扩大解放区面积万余平方公里，控制了大海陀中心区以北的张北、崇礼、沽源、康保一线的丘陵草原地带。

在抗日战争这场人类的大浩劫中，平北抗日军民在长城内外，与日伪浴血奋战两千个日日夜夜，天天都有牺牲和流血，克服了常人难以想象的困难，付出巨大代价，终于迎来了平北抗战的最后胜利！萧克曾高度评价说："平北地区部队和地方干部，长期搭窝铺，住山洞及长城楼子，与敌人周旋，和万里长城一样，雄峙云燕"。^③

在平北军民欢庆胜利的时刻，正如刘力生以诗言志，在《抗战胜利追怀烈士》一诗所言："中华儿女争死生，多少头颅抛从容。鲜血夺来胜利日，神州永存壮烈风。"

英勇的平北军民挽起臂膀，凝聚起救亡图存的不屈意志，联结成抵御外侮的钢铁长城，那声声呜咽，声声悲怆，声声怒吼，声声呐喊，在

---

① 当时的坝上，指张北县和沽源县的大囫囵、西辛营子、小厂一带。

② 即察蒙支队，其时拥有五个骑兵连和一个步兵营。

③ 萧克：《萧克回忆录》，解放军出版社，1997。

长城上呼啸盘旋，在山林中激荡奔腾，在峡谷中回旋跌撞。

　　"海陀山上吴钩月，夜照忠魂列阵来！"当历史揭开新的序章，万年巍峨的海陀山，依然雄峙屹立在北京的北部，继续守护她脚下的儿女，一步一步，迈向属于未来的光荣和梦想！

后记

我是海陀山脚下长大的孩子。推开书房的北窗，不需晴天，也可以清晰看到海陀山。

海陀山高，一年之中，约有六个月可以看到"海陀戴雪"的奇观。是以，我给书房撰写了一副对联："推窗观海岳，伏案写春秋"。

海岳者，海陀山也。

海陀山位于今日北京市延庆区与河北省赤城县两地交界，其地横跨延庆区张山营镇、赤城县大海陀乡和雕鹗镇，主峰大海陀山海拔两千两百四十一米，是北京市境内仅次于灵山的第二高峰。小海陀山与大海陀山位置相邻、山体相连，因其高度的落差，成为 2022 年北京冬奥会高山滑雪项目的举办地，在山之南麓建设有国家高山滑雪中心、国家雪车雪橇中心等奥运场馆。

海陀山是美的。明代范鉽曾任怀来卫指挥佥事，有一首诗描写海陀山："天红日上陀峰暖，云淡雾轻缥缈山。绝顶空蒙非世外，足堪醉倒李诗仙。"

海陀山更是壮烈的。抗日战争期间，八路军三进平北，在大海陀山建立抗日指挥中心，近六年的战斗中，开展游击战、麻雀战、破袭战、伏击战、地雷战，不断重创敌人。在这期间，平北抗日根据地牺牲的干部、战士、群众达万余人，歼敌两万三千人，牵制日伪军十余万人。与敌残酷的斗争中，以海陀山为中心的平北抗日根据地不断壮大，发展到长城内外十五个县，总面积达两万五千平方公里，总人口一百六十万人。

诚然，平北抗日根据地在全国众多的抗日根据地中面积较小，也开辟较晚，在各种版本的抗战史中，对它的记录，多者千余字，少者尽付阙如，但它的战略地位非常重要，因为有了平北抗日根据地坚持，才有了独立解放张家口的胜利，从而为中国共产党治理大城市积累了经验，也为后来进军东北，打开了通道。

2008年，我因撰写延庆博物馆近现代史大纲，在延庆县史志办张进军先生指导下，系统梳理延庆革命史，曾看过一份不完整的昌延根据地开辟初期的牺牲名单，在这份不足三十人的名单中，平均年龄不到二十三岁，中学以上学历占到了七成以上！

而今，张先生仙逝多年，可我每次面对散落的文件和口述资料，依旧像是生命初始里那份舍不得忘却的记忆。

2016年到2017年，我参与拍摄纪录电影《北平以北》，走遍了平北抗战的重要事件发生地，当散落的文字和实地走访结合时，我觉得我应该写点什么。

我曾无数次反问自己，为何执着平北抗战的历史书写？因我知道，我受惠于他们带来的和平，我们今日点点滴滴的拥有，都是从曾经的鲜血中生长起来的。

在国内外抗战形势危殆之时，中国共产党是最不妥协且拥有最顽强意志的政党。有这样一批年轻的共产党人，饿着肚子，在平北的沃土上，用最坚定的行动，让世人知道了什么是中国的人心不死！

这本书没有华丽辞藻，甚至在写作中，我尽量减少自己对叙述的干预，让自己进入历史，由历史的后来人，转换成某种意义上的历史的"当事人"，还原历史原貌，还原时间真相，用朴实的字句、客观的事实，反映当时的历史背景、政治环境。

平北的抗战历史，迄今没有一本完整的官方史志，因新中国成立后，行政区划的变动，昔日的十五个县，分处于不同地区，研究一时难以形成合力，所以我只能多方研读不同版本的资料、勘察史迹，收集可以支撑自己写作设计的史料，写出我个人的思索。

所以，这本书不是平北抗战史，只是我作为后来者，对八十年前发生在我家乡的这场战争的追忆。在所有不堪回首的历史往事中，没有哪个事件比发生在八十年前的中日战争给中华民族造成的创伤更为惨重。

感谢平北抗日斗争史调研组和平北抗战史学会，前辈们在三十年前开始资料搜集整理工作，留下了三百多万字的资料，成为我阅读和寻找线索的基础；感谢段洣恒先生，段先生将他撰写整理的关于其父段苏权将军的相关文字，付我学习使用。段苏权将军 1940 年来到平北工作，一直战斗到抗战胜利，将军的这段经历，贯穿了平北抗战始终，是以，我在某些章节和段落，采用了段将军的视角，以期更有现场感；感谢刘继臣和温廷军二位党史专家，通读书稿，并指出了舛错不足；感谢平北抗日烈士纪念馆的研究员夏霖，为我引证的资料寻找原始出处，复核资料。

在章节起始和正文内，我引用了很多平北歌谣和刘力生的诗作，展示了平北军民在艰苦岁月里的浪漫之情。军旅诗人刘力生，在新中国成立后，任解放军八一电影制片厂第一任政委，一生戎马倥偬，吟诵不辍，1993 年出版了诗集《烽火沧桑》，其中大量诗篇记录了平北抗战的风云岁月和血火征程。时年七十八岁的刘力生仍难忘自己在平北十团的经历。我收存的这册诗集，是刘力生的赠书，扉页有他的亲笔手书和印章，上面写道："启贤同志，冀热察挺进军十团战史纪事诗《烽火沧桑》出版，纪英雄之勋业，抒战斗之豪情。一支英雄的部队，从暴动整编战斗，直至抗美援朝凯旋，一部古典诗体的战斗史诗。"在"卷头语"中，他仍念念不忘"我是十团老战士，众英雄立不世之功；老战士挥纪实之笔。"

在平北战斗过的党政军干部，直到他们生命渐至尽头之时，仍然难忘平北时的岁月，因为那里浸染了他们的青春和热血。

我常常想，时代在发展，人们的思想在不断变化，即使进入新时代，人类对理想的追求以及与自身命运抗争的精神主题也不会改变。

八十年前的战争是物质的抗衡，也是精神的较量，历史已经证明，赢得战争的最可靠的力量，是中华民族的意志。书写平北抗日战争的记忆，是我对生活在平北这方热土上的先人不屈不挠、前赴后继、敢于胜利的精神回溯。

我的身上，还流着他们的血。

2021 年 12 月 1 日于凭栏迎雪阁

参考文献

段苏权：《收复张家口之战》，《河北学刊》1983 年第 1 期。

孔宪东、荣国章：《平西、平北、冀东抗日根据地的开辟和发展》，《党校教学》1987 年第 8 期。

高岳宇：《还捉史笔赋长河——记萧克将军视察赤峰》，《党史纵横》1988 年第 5 期。

李铁虎：《北平外围抗日根据地的创建、发展和政区沿革》，《北京党史研究》1989 年第 4 期。

何光：《驰骋敌后的一支新闻轻骑——忆平北抗日根据地的〈挺进报〉》，《北京党史研究》1989 年第 7 期。

赵秀德：《抗日战争和解放战争时期京郊党组织沿革概况》，《北京党史研究》1992 年第 4 期。

孔宪东：《试论北平地区抗日根据地政权的创建及经验》，《北京党史研究》1993 年第 1 期。

赤城县委党史研究室：《平北抗日根据地的创建及其历史作用》，《张家口大学学报》1995 年第 2 期。

靳子川：《昌延抗日根据地历史斗争经验的总结》，《张家口大学学报》1995 年第 2 期。

远志英：《平北抗日根据地独具的创建特色》，《河北师范大学学报》1996 年第 1 期。

邹荣庚：《论晋察冀抗日根据地的巩固和发展》，《军事历史研究》

1996 年第 2 期。

申春：《热血丹心光照人间——金肇野生平事略》，《北京党史》1999 年第 6 期。

王治安：《冀热察区党委、行署、军区机关在怀柔》，《北京党史》2003 年第 5 期。

高建中：《萧克司令员与冀热察挺进军》，《黄埔》2000 年第 2 期。

徐振田：《中共昌延县委首任书记徐智甫》，《首都博物馆论丛》2003 年第 1 期。

郑云山：《极目云蒙山，缅怀烈士魂》，《绿化与生活》2003 年第 1 期。

董保存：《关于"冀热察挺进军"——萧克同志访谈录》，《党的文献》2005 年第 5 期。

王珊：《京西、北地区抗战遗存保护与利用研究》，北京建筑大学 2016 级建筑学硕士论文。

郝沛霖：《在平北抗日根据地的日日夜夜》，《中共党史资料》2006 年第 3 期。

刘卫东、霍冬梅：《平北"小白龙"——记抗日民族英雄白乙化》，《北京档案》2006 年第 8 期。

郑云山：《白乙化与八路军十团》，《北京党史》2007 年第 1 期。

李吉敏：《平北抗日根据地创建的特点》，《世纪桥》2007 年第 1 期。

李吉敏：《平北抗日根据地的政权建设》，《党史博采》2007 年第 2 期。

李吉敏：《平北抗日根据地 1943 年"反右倾"问题的探讨》，《世纪桥》2007 年第 3 期。

安平、赵晋：《郝沛霖在平北的敌后抗战工作》，《北京党史》2007 年第 4 期。

汤小薇：《怀念开国上将肖克》，《文史精华》2008 年第 A2 期。

李吉敏：《平北抗日根据地的历史地位》，《河北师范大学学报》2009

年第 2 期。

赵倩:《抗日战争时期晋察冀边区减租减息运动研究》,山西师范大学 2007 级硕士论文。

程浩:《对冀热察挺进军成立时间的考证》,《北京党史》2011 年第 2 期。

王泽强、李民:《段苏权同志在平北根据地》,《党史博采》2011 年第 11 期。

姜国亭、田侠:《亲历平北抗战》,《北京党史》2012 年第 6 期。

林振洪:《抗日民族英雄白乙化》,《北京档案》2012 年第 11 期。

郭生河:《丰滦密抗日游击根据地的独特作用》,《北京党史》2014 年 5 期。

高德强:《平北抗日根据地的历史地位》,《北京党史》2014 年 5 期。

李桂清:《平西抗日根据地的四个贡献》,《北京党史》2014 年 5 期。

蒲润洲:《大渡河勇士熊尚林悄然消失之谜》,《党史博采》2015 年第 2 期。

蒲润洲:《解读历史档案中的一封将军信》,《档案天地》2015 年第 2 期。

乔克、朱慧敏:《北平抗战史研究十年述要》,《北京党史》2015 年第 5 期。

高德强:《平北抗日战场著英名的 "老十团"》,《中国档案报》2015 年 6 月 19 日。

韩春鸣:《抗日根据地的〈挺进报〉》,《海内与海外》2015 年第 7 期。

明晓光:《朝着你的方向前进——走进平北抗日根据地记实》,《万里长城·中国人民抗日战争暨世界反法西斯战争胜利七十周年纪念专刊》,2015。

马丽芳、周总印:《平北抗日武装斗争与张家口的解放》,《档案天地》

2015 年第 8 期。

程浩、高丽敏：《萧克与挺进军》，《北京档案》2015 年第 8 期。

蒲润洲：《挺进军七团开辟平北的悲壮之旅》，《档案天地》2017 年第 7 期。

乔克：《平郊抗日根据地历史研究述评》，《北京党史》2018 年 4 期。

杨程斌：《舍生忘死 血沃幽燕——长城脚下的平北抗战往事》，《北京档案》2019 年第 9 期。

江和平：《在军事情报战线奉献终身——记我的父亲江涛》，《军事史林》2021 年第 2 期。

段洣恒：《不息的号角——段苏权散记》（第六章、第七章），未出版稿。

参考书目

国民党国防部史政局：《世界战争研究会纪录》（复印件），1946。

日本防卫厅战史室：《华北治安战》，天津人民出版社，1982。

晋察冀人民抗日斗争史平北分会：《平北地区抗日战争时期历史资料选编》（第一辑）1982。

张家口市政协文史资料研究委员会：《张家口文史资料·纪念抗日战争胜利四十周年专辑》（第八辑），内部发行，1985。

聂荣臻：《聂荣臻回忆录》，解放军出版社，1984。

中共张家口地委党史办公室：《张家口地区党史资料选编》，内部发行，1986。

北京军区晋察冀军区战史编写组：《晋察冀军区抗日战争史》，军事科学出版社，1986。

中共张家口地委党史办公室：《张家口地区党史资料选编·抗日战争时期》（第二集），内部发行，1986。

赤城县政协：《赤城文史资料》（创刊号），内部发行，1987。

平北抗日斗争史调研组：《巍巍海坨山——平北人民抗日斗争纪实（一）》，内部发行，1989。

平北抗日斗争史调研组：《巍巍海坨山——平北人民抗日斗争纪实（二）》，内部发行，1989。

中共北京市委党史研究室、中共密云县委党史办公室：《密云革命史》，北京出版社，1991。

《剑桥中国史》，中国社会科学出版社，1992。

河北省赤城县地方志编纂委员会办公室：《赤城县志》，改革出版社，1992。

刘力生：《烽火沧桑》，华艺出版社，1993。

中共北京市委党史研究室、中共延庆县委党史办公室：《延庆革命史》，北京出版社，1994。

中共北京市委党史研究室、中共怀柔县委党史办公室：《怀柔革命史》，北京出版社，1995。

金肇野：《血沃长城》，当代世界出版社，1995。

孟常谦：《回首望长城》，改革出版社，1996。

萧克：《萧克回忆录》，解放军出版社，1997。

中共北京市委党史研究室、中共昌平县委党史办公室：《昌平革命史》，北京出版社，1997。

孟广臣、高德强：《海坨风云①》，中国文联出版公司，1999。

平北抗日斗争史调研组：《巍巍海坨山——平北人民抗日斗争纪实（三）》，奥林匹克出版社，1999。

平北抗日斗争史调研组：《巍巍海坨山——平北人民抗日斗争纪实（四）》，奥林匹克出版社，2000。

中共北京市委党史研究室：《北京地区抗日运动史料汇编》（第四辑），中国文史出版社，2000。

袁秋白、杨瑰珍：《新中国对日本战犯的历史审判：罪恶的自供状》，解放军出版社，2001。

丁奇璋：《少年董存瑞的故事》，解放军文艺出版社，2001。

孟广臣、高德强：《海坨风云②》，奥林匹克出版社，2001。

河北省怀来县地方志编纂委员会办公室：《怀来县志》，中国对外翻译出版公司，2001。

孟广臣、高德强：《海坨风云③》，中国工人出版社，2002。

孟广臣、高德强：《海坨风云④》，中国工人出版社，2003。

孟广臣、高德强：《海坨风云⑤》，天马出版有限公司，2003。

孟广臣、高德强：《海坨风云⑥》，天马出版有限公司，2003。

徐红年：《延庆史话》，陕西旅游出版社，2004。

蒋瑞海、王国荣：《海陀大观》，河北科学技术出版社，2006。

北京市政协文史资料委员会：《北京文史资料精选》（延庆卷），北京出版社，2006。

延庆县政协文史委员会：《妫川往事》，内部发行，2006。

孟广臣、高德强：《海坨风云⑦》，天马出版有限公司，2007。

孟广臣、高德强：《海坨风云⑧》，天马出版有限公司，2008。

孟广臣、高德强：《海坨风云 ⑩》，天马出版有限公司，2009。

孟广臣、高德强：《海坨风云⑨》，天马出版有限公司，2009。

李水清：《从红小鬼到火箭兵司令——李水清将军回忆录》，中国人民解放军出版社，2009。

中共北京市委党史研究室、平北抗日战争纪念馆：《张孟旭纪念文集》，中共党史出版社，2009。

姜国亭：《岁月拾零》，内部发行，2010。

北京市档案馆：《北京档案史料》，新华出版社，2010。

孟广臣、高德强：《平北抗战诗歌》，天马出版有限公司，2011。

任远：《红色特工忆往事》，金城出版社，2011。

中国社会科学院近代史研究所、《近代史资料》编译室：《近代史资料专刊：陕甘宁边区参议会文献汇辑》，知识产权出版社，2013。

李茂盛、杨建中、马生怀：《华北抗战史》，山西人民出版社，2013。

孟广臣、高德强：《平北抗日战争史话》，天马出版有限公司，2013。

中共大庄科乡党委编：《景仰红色记忆》，新华出版社，2014。

王树增：《抗日战争》，人民文学出版社，2015。

中共北京市委党史研究室编：《北平抗战简史》，北京出版社，2015。

孙晶岩：《北平硝烟》，北京十月文艺出版社，2015。

陈永庆：《我这九十年——陈永庆回忆录》，中国社会出版社，2016。

中共北京市门头沟区委员会编：《八路军冀热察挺进军》，北京出版社，2015。

孟广臣、高德强：《平北抗战故事》，中国电影出版社，2016。

全国政协文史和学习委员会编：《我所知道的伪蒙疆政权》，中国文史出版社，2017。

朱德发、蒋心焕、李宗刚编：《第三次国内革命战争时期解放区文艺运动资料汇编》，辽宁人民出版社，2018。

靳子川原著，北京市延庆区大庄科乡人民政府编著：《为有牺牲壮志酬——平北昌延联合县抗日斗争记事》，线装书局，2018。

任远：《真金不怕火炼——任远回忆录（隐蔽战线春秋书系）》，中共党史出版社，2020。

谢忠厚：《河北抗日战争史》，知识产权出版社，2020。

段苏权：《故文辑存》，中国文史出版社，1998。

中共中央党史研究室：《中国共产党历史：1921—1949》（第 1 卷），中共党史出版社，2021。

《中国共产党简史》编写组：《中国共产党简史》，人民出版社　中共党史出版社，2021。

北京市延庆区档案史志馆：《中国共产党北京市延庆区历史 1922—2015》，中共党史出版社，2021。

中共中央组织部：《中国共产党组织建设一百年》，党建读物出版社，2021。